Sonne über Wahi-Koura

ANNE LAUREEN

Sonne über Wahi-Koura

Roman

Weltbild

Besuchen Sie uns im Internet:
www.weltbild.de

Genehmigte Lizenzausgabe für Verlagsgruppe Weltbild GmbH,
Steinerne Furt, 86167 Augsburg
Copyright der Originalausgabe © 2011 by
Bastei Lübbe GmbH & Co. KG, Köln
Umschlaggestaltung: zeichenpool, München
Umschlagmotiv: www.shutterstock.com
Gesamtherstellung: GGP Media GmbH, Pößneck
Printed in the EU
ISBN 978-3-86800-552-3

2014 2013 2012 2011
Die letzte Jahreszahl gibt die aktuelle Lizenzausgabe an.

Ka mate, ka mate, ka ora, ka ora.
Ka mate, ka mate, ka ora, ka ora.
Tenei te tanagata puhuruhuru
Nana nei i tiki mai whakawhiti te ra
A upane, kaupane,
A upane, kaupane, whiti ra.

Ich sterbe, ich sterbe, ich lebe, ich lebe.
Ich sterbe, ich sterbe, ich lebe, ich lebe.
Dies ist der haarige Mann,
der die Sonne holte und sie wieder zum Scheinen brachte.
Ein Schritt aufwärts, noch ein Schritt aufwärts.
Ein Schritt aufwärts, noch ein Schritt aufwärts,
die Sonne scheint.

(Kriegstanz, komponiert von Te Rauparaha, 1820)

PROLOG

WIESBADEN 1910

Nach einem strengen Winter und einem verregneten Frühjahr
verwöhnte der Sommer die Einwohner und Besucher Wiesba-
dens mit Sonnenschein und Blütenpracht. Die Beete mit bunten
Blumen im Garten des Kurhauses leuchteten. Seltene Stauden
und Palmen verbreiteten ein exotisches Flair. Vogelgezwitscher
erklang in den Baumkronen, untermalt vom Plätschern der
Brunnen, die den Platz vor dem neoklassizistischen Gebäude
zierten. Helena von Lilienstein war überwältigt von all dieser
Schönheit. Schwelgend schloss sie die Augen und atmete den
berauschenden Blütenduft ein. Welch kostbarer Augenblick
der Ruhe!

Als Kurgesellschafterin Sophie von Brockums hatte es die
Zweiundzwanzigjährige nicht leicht. Die anspruchsvolle Schwester ihres Vaters litt an einer Lungenkrankheit und war deshalb
noch mürrischer als sonst. Weder der prächtige Kurpark noch
der herrliche Sonnenschein hatte sie zu einem Spaziergang aus
dem Hotel locken können. Sophie hatte es vorgezogen, in ihrem
Zimmer zu bleiben, wo sie ihrer Nichte noch vor wenigen Minuten Vorhaltungen gemacht hatte. Die alte Dame wollte einfach
nicht begreifen, warum Helena noch immer nicht verheiratet war.

»Tante, du weißt doch, dass mir die Verantwortung für mein
Weingut keine Zeit dazu lässt«, hatte Helena erklärt, ohne
jedoch zu Sophie durchzudringen.

»Ein Gatte sollte dir diese Last abnehmen, damit du dich um die wahren Pflichten einer Frau kümmern könntest«, hatte sie erwidert. »Vergiss nicht, dass Frauen nicht zum Arbeiten geboren sind!«

Helena stand der Sinn aber nicht nach Kinderkriegen und Abendgesellschaften. Ihre Liebe hatte schon immer dem väterlichen Weingut gehört. Nach dem frühen Tod der Eltern trug sie die Verantwortung für den Familienbetrieb. Zeit, um auf Bällen und Empfängen nach einem Bräutigam Ausschau zu halten, hatte sie nicht. Natürlich wollte sie eines Tages heiraten, doch warum sollte sie nicht auch als Winzerin erfolgreich sein?

Sophie hatte für diese moderne Ansicht allerdings gar nichts übrig. Immer wieder versuchte sie, das Interesse der männlichen Kurgäste auf ihre Nichte zu lenken. Dabei übersah sie geflissentlich, dass die jüngsten von ihnen doppelt so alt wie Helena waren.

Ach, wenn Tantchen nur einsehen würde, dass sich die Zeiten geändert haben!, dachte Helena nun, während sie auf der Parkbank die wärmende Sonne genoss.

Da ertönten Schritte.

Helena schlug die Augen auf.

Ein Mann stand vor ihr. Er war etwa Mitte dreißig und trug einen braunen Tweedanzug. Schwarze Locken umrahmten ein markantes, sonnengebräuntes Gesicht.

Wie lange hat er mich wohl schon beobachtet?, fragte sie sich erschrocken.

»*Excusez-moi, Mademoiselle*, ich wollte Sie nicht aus Ihrer *petite siesta* reißen.«

»Ein Mittagsschläfchen?«, fragte Helena lachend. »Nein, nein, Monsieur, ich habe nur die Stille genossen. Was kann ich für Sie tun?«

»Ich suche die Trinkhalle.« Er lächelte gewinnend. »Können Sie mir sagen, wo ich sie finde?«

Es überraschte Helena, dass er so flüssig deutsch sprach, wenngleich mit einem ausgeprägten französischen Akzent. Sie musterte ihn neugierig. Die Trinkhalle des Kurhauses, in der man jederzeit Quellwasser zu sich nehmen konnte, war eigentlich nicht zu übersehen. Kaum zu glauben, dass er sie nicht gefunden hatte ... Doch sie wollte nicht unhöflich sein. Was für Augen!, dachte sie, während sie das Gefühl hatte, in dem hellen Blau zu versinken.

»Sie müssen nur geradeaus gehen. Hinter dem Pavillon befindet sich der Eingang.«

»Vielen Dank.« Der Mann rührte sich nicht von der Stelle.

Was will er denn jetzt noch? Helena zwang sich, nicht nervös an ihrem Ärmel zu zupfen.

»Halten Sie mich bitte nicht für unverschämt, aber dürfte ich Sie bitten, mich zur Trinkhalle zu begleiten?«

»Haben Sie etwa Angst, sich zu verlaufen?«

»Nein, Ihre Beschreibung war sehr gut, doch in Ihrer Begleitung ist der Weg sicher angenehmer.«

Wie kommt er bloß dazu, mich darum zu bitten? »Ich kenne ja nicht mal Ihren Namen!«

Dass sie in wenigen Minuten von ihrer Tante erwartet wurde, verschwieg Helena.

»Bitte verzeihen Sie!« Der Fremde deutete eine Verbeugung an. »Mein Name ist Laurent de Villiers. Wir Neuseeländer vergessen schon mal unsere Manieren.«

»Neuseeländer? Das ist ja kaum zu glauben!«

»Wenn Sie wollen, zeige ich Ihnen meinen Pass, Mademoiselle.«

Diese Wendung war Helena peinlich. Sie hatte ihn nicht als Lügner hinstellen wollen. Verlegen senkte sie den Kopf. Über Neuseeland wusste sie nicht viel mehr, als dass diese Insel irgendwo in der Südsee lag. Aber vielleicht hatte er ihr ja tatsächlich etwas vorgeflunkert. »Was treibt Sie denn hierher nach Wiesbaden?«, fragte sie deshalb. »Ich habe Sie für einen Franzosen gehalten. Ist Neuseeland nicht eine *englische* Kronkolonie?«

»Das ist richtig. Dennoch gibt es dort zahlreiche Franzosen. Aber dürfte ich Ihren Namen erfahren, bevor ich Ihnen verrate, was mich hierhergeführt hat?«

Helena war hin und her gerissen. Der Mann verhielt sich sonderbar, aber er hatte etwas Faszinierendes an sich. »Ich bin Helena von Lilienstein.«

Monsieur de Villiers nahm ihre Hand und hauchte einen formvollendeten Kuss darüber. »Es ist mir eine Freude, Ihre Bekanntschaft zu machen, Mademoiselle Lilienstein.«

Helena errötete und schlug verlegen die Augen nieder.

»Haben Sie etwas dagegen, wenn ich mich zu Ihnen setze?«

»Keinesfalls, nur ...«

Er wartete ihren Einwand nicht ab, sondern nahm gleich Platz. Viel zu nahe. Helena rückte unwillkürlich etwas zur Seite. Tausend Schmetterlinge schienen in ihrem Bauch zu flattern.

»Ich bin vor einem Jahr nach Deutschland gekommen, weil ich hier fern von den Ansprüchen meiner Mutter leben kann«, erklärte De Villiers nun.

»Was verlangt sie denn von Ihnen?«, fragte Helena verwundert.

»Dass ich den Familienbetrieb übernehme. Aber ich habe andere Ambitionen.« Theatralisch breitete er die Arme aus. »Ich möchte den Himmel erobern!«

Helena lachte. »Nichts weiter als das?«

»Das genügt doch, oder? Auf den Spuren des Ikarus wandeln ...«

Mit ähnlicher Leidenschaft hätte ich vom Weinbau gesprochen, kam ihr in den Sinn. »Sie wissen aber sicher, welches Schicksal Ikarus erlitten hat.«

10

Laurent nickte. »Er flog zu nahe an die Sonne, seine Flügel schmolzen, und er stürzte ab. Aber mir wird das nicht passieren! Ich werde in einer Maschine aus Eisen, Holz und Tuch fliegen. Kein Wachs und keine Federn. Haben Sie je von Otto Lilienthal gehört? Oder von den Gebrüdern Wright?«

Wie seine Augen leuchten!, dachte Helena. »Von Lilienthal habe ich gehört. Seine Flugapparate waren nicht besonders erfolgreich.«

»Immerhin ist er tausend Mal damit gesegelt. Die Gebrüder Wright haben das erste Motorflugzeug gebaut. Und Henri Farman ist im vergangenen Jahr ein Flug von drei Stunden gelungen, bei dem er hundertachtzig Kilometer zurückgelegt hat. Ich will diesen Rekord verbessern. Nein, ich werde die gesamte Fliegerei revolutionieren!«

»Und wie stellen Sie sich das vor?«

»Ich habe Kontakt zu Louis Béchereau aufgenommen, der an einem ganz neuartigen Flugzeug arbeitet. Ich unterstütze ihn und fliege für ihn. Wir werden Geschichte schreiben!«

Sein eindringlicher Blick stürzte Helena in Verlegenheit. Sie räusperte sich, griff nach dem Buch, das neben ihr lag, und umklammerte es wie einen Rettungsanker. »Wollten Sie nicht eigentlich zur Trinkhalle?«, brachte sie schließlich hervor.

Laurent funkelte sie schelmisch an. »Ich muss gestehen, dass dies eigentlich nur eine Ausrede war, um Sie in ein Gespräch zu verwickeln. Ich beobachte Sie schon seit einer Woche, und mir wollte kein besserer Vorwand einfallen, um Sie anzusprechen.«

Eine Woche!

Helena musste ihn fragend angesehen haben, denn er fügte rasch hinzu: »Ich habe einen Bekannten, den ich hin und wieder besuche, wenn er sich im Kurhaus aufhält. Bei meinem Besuch letzte Woche habe ich gesehen, wie Sie mit einer älteren Dame hier angekommen sind. Von dem Augenblick an wollte ich wissen, wer Sie sind. Und vor lauter Angst, dass Sie wieder abreisen könnten, ohne dass ich Ihren Namen in Erfahrung gebracht habe, bin ich auf die Sache mit der Trinkhalle verfallen.«

Helena vergaß vor lauter Anspannung zu atmen. Warum habe ich ihn nicht bemerkt?, fragte sie sich. »Also gut!« Sie erhob sich resolut von der Bank. »Machen wir einen kleinen Spaziergang. Ich wünsche allerdings, dass Sie mir noch mehr von sich erzählen.«

Laurent lächelte breit, sprang auf und bot ihr seinen Arm an. »Das wird sich einrichten lassen. Hoffentlich langweile ich Sie nicht.«

»Wir werden sehen«, gab Helena lächelnd zurück und hängte sich bei ihm ein. Tantchen wird sicher schon wach sein, überlegte sie, aber jetzt habe ich eine gute Entschuldigung, wenn ich mich verspäte.

Drei Jahre später ...

Seit Stunden lag Helena de Villiers wach und lauschte dem Vogelgezwitscher, das den Beginn eines strahlenden Septembermorgens begleitete. Die Sonne malte ein bizarres Muster an die Zimmerdecke, wurde allmählich kräftiger und tauchte den Raum in rotgoldenes Licht.

Helena verspürte eine ungeduldige Vorfreude. Schon seit Kindertagen liebte sie den Herbst, der die Winzer für die Mühen des zurückliegenden Jahres belohnte und zugleich noch einmal all ihr Können forderte.

Zärtlich blickte sie zu ihrem noch schlafenden Ehemann, bevor sie in ihren Morgenmantel schlüpfte. Barfuß eilte sie zum Fenster und warf einen Blick auf den Garten, den sie nach der Hochzeit mit einigen exotischen Stauden versehen hatte – ein Andenken an ihre erste Begegnung im Kurpark. Tautropfen glitzerten auf dem Buchsbaum, der einen schmalen Kiesweg einfasste. Das Laub der Blutbuche, die das Zentrum des Gartens bildete, leuchtete rot. Unter dem herbstlich verfärbten Laub des Wilden Weins ragte die weiße Kuppel eines kleinen Pavillons empor.

Helena lächelte glücklich in sich hinein. Damals in Wiesbaden hätte sie nicht geglaubt, dass sie eines Tages mit Laurent vor den Altar treten würde. Doch nur drei Monate später, als die ersten Schneeflocken fielen, hatte er um ihre Hand angehalten.

Tante Sophie war überglücklich gewesen. Leider hatte sich ihr Lungenleiden derart verschlechtert, dass sie noch vor Helenas Hochzeit gestorben war.

Das junge Paar lebte auf Helenas Weingut. Obwohl auch Laurent aus einer Winzerfamilie stammte, zeigte er nur wenig Interesse für ihre Arbeit. Seine Leidenschaft galt ausschließlich der Fliegerei, und da Helena ihn über alles liebte, hatte sie nie versucht, ihn davon abzubringen.

Da siehst du mal, Tantchen, dachte sie so manches Mal, jetzt bin ich zwar verheiratet, arbeite aber noch immer und habe keine Zeit für Kaffeekränzchen und Empfänge. Und das gefällt mir so. Nur hätte ich gern früher ein Kind bekommen ...

Der Arzt hatte Helena zu Gelassenheit geraten. Es sei normal, dass manche Frauen erst zwei oder drei Jahre nach der Hochzeit schwanger würden. Da auch Laurent nicht beunruhigt wirkte und nicht darauf drängte, Vater zu werden, hatte Helena sich in ihrem neuen Leben als Ehefrau eingerichtet und genoss es.

Ein Scheppern riss Helena aus ihren Gedanken. Das Leben in der Küche war schon vor gut einer Stunde erwacht. Obwohl die Dienstmädchen sich bemühten, leise zu gehen, vernahm Helena in der Stille deutlich deren Schritte. Kaffeeduft waberte ins Zimmer.

Helena unterdrückte ein leichtes Unwohlsein. Seit Wochen war sie erschöpft und verspürte morgendliche Übelkeit. Zunächst hatte sie eine Magenverstimmung vermutet, aber dann hatten sich die Anzeichen verdichtet, dass sie endlich schwanger war. Am Vortag hatte ein Besuch beim Hausarzt ihr Gewissheit verschafft.

Ich muss Laurent unbedingt davon erzählen. Heute noch.

Als sich ihr Mann regte, wandte sie sich um. Mit seinem verwuschelten schwarzen Haar und den blauen Augen wirkte er noch immer so anziehend wie damals im Kurgarten.

»Du bist ja schon wach!« Gähnend stand er auf. »Kannst es wohl kaum noch erwarten, bis die Lese beginnt.«

»Das weißt du doch!« Sie lächelte versonnen und dachte: Und noch etwas kann ich kaum erwarten. Vielleicht sollte ich es ihm jetzt sagen …

Laurent trat zu ihr und schloss sie in die Arme. Der Duft seiner Haut ließ sie wohlig erschaudern und weckte das Verlangen nach ihm.

Was wäre dabei, wenn wir uns wieder ins Bett zurückzögen und uns liebten?, überlegte Helena. Aber sie spürte deutlich seine Unruhe. Schon machte er sich los, gab ihr noch einen flüchtigen Kuss und verschwand im Badezimmer.

Auch für ihren Mann stand Großes bevor. Seit Tagen redete er von nichts anderem als von dem neuen Flugzeug, das sein Freund Béchereau baute. Die Fertigstellung war nur noch eine Frage von wenigen Tagen. Béchereau hatte Laurent versprochen, dass er den neuen Metallvogel als Erster fliegen dürfe. Helena sah dem mit Sorge entgegen, denn sie wusste ihren Mann lieber bei sich auf der Erde als in der Luft. Da sie ihn liebte und ahnte, wie viel ihm diese Premiere bedeutete, ließ sie sich jedoch nichts anmerken.

Beim Frühstück saß sie schweigsam gegenüber von Laurent, der sich der Morgenzeitung widmete, und drehte unruhig die

Tasse in der Hand. Der Kaffee war bereits kalt, und die Rosinenwecke auf ihrem Teller hatte sie noch nicht angerührt.

Sie musste es ihm sagen, aber sie hatte das Gefühl, dass er mit seinen Gedanken ganz woanders war.

»Wie wär's, wenn wir nachher einen Spaziergang durch den Weinberg machen würden?«, schlug sie schließlich vor. »Nur wir zwei.«

Vielleicht ist es albern, so zu zögern, aber diese Nachricht braucht den richtigen Rahmen, dachte sie. Und vor allem keine Dienstmädchen, die am Esszimmer vorbeihuschen und die Ohren spitzen.

Laurent legte die Zeitung beiseite. »Ich fürchte, das werden wir auf heute Abend verschieben müssen.« Ein zufriedenes Lächeln trat auf seine Züge. »Ich habe es dir noch nicht erzählt, aber ... die Maschine ist fertig! Gestern hat mir Béchereau die Nachricht geschickt.«

Schon? Vor Schreck brachte Helena keinen Ton heraus. Warum hat er mir das nicht schon gestern gesagt?

»Wir werden heute den ersten Testflug durchführen. Einige wichtige Herren der Société Pour les Appareils Deperdussin werden zugegen sein. Wenn alles so läuft, wie wir es uns vorstellen, wird die Firma das Modell in die Produktion aufnehmen. Und ich kann immer behaupten, dass ich der Erste war, der es geflogen hat.«

Helena war vor Angst wie gelähmt. Ohne sich im Flugzeugbau auszukennen, wusste sie, dass ein Testflug besonders gefährlich war. Erst wenn eine Maschine in der Luft war, zeigten sich ihre Schwächen.

»Freust du dich denn gar nicht für mich?«

»Natürlich freue ich mich.« Sie trank einen Schluck Kaffee. »Aber ist das Flugzeug nicht ein bisschen zu schnell fertig geworden? Vor zwei Wochen hast du noch gesagt, dass es bis zur Fertigstellung noch gut einen Monat dauern wird.«

15

Ein Schatten huschte über Laurents Gesicht.

Wusste ich es doch!, dachte Helena empört. Man hat die Arbeiten wegen der Industriellen beschleunigt.

Zärtlich griff Laurent nach ihrer Hand und küsste ihre Fingerspitzen. »Keine Sorge, mein Liebling, unsere Techniker verstehen ihr Handwerk! Diese Sache ist wichtig. Die Herren von der Société sind nicht gerade für ihre Geduld bekannt. Und die Konkurrenz schläft nicht. Das weißt du ebenso gut wie ich.«

»Aber ich kann nicht abstürzen, wenn beim Keltern etwas falsch gemacht wird. Denk an die Geschichte von Ikarus!«

»Ich werde nicht abstürzen, *ma chérie.*« Er stockte, als käme ihm wieder in den Sinn, was er bei ihrer ersten Begegnung im Park gesagt hatte, und setzte hinzu: »Immerhin sind meine Flügel solide und nicht aus Wachs und Federn. Außerdem sehe ich den Weinberg nur zu gern von oben.«

Enthoben aller Sorgen, dachte Helena, schluckte die Erwiderung jedoch hinunter und nickte. Sie wusste, dass Laurent sich niemals ändern würde. Der Weinbau interessierte ihn nicht. Den überließ er nur zu gern seiner Frau. Aber daraus hatte Laurent ja nie ein Geheimnis gemacht. Und sie wollte keinen Streit mit ihm. Helena beschloss, die gute Nachricht auf den Abend zu verschieben. Wahrscheinlich nimmst du sie dann besser auf als jetzt, wo du mit dem Kopf bereits über den Wolken bist. Die Neuigkeit würde dich bestimmt nur ablenken, überlegte sie.

Laurent schaute sie noch eine Weile zärtlich an, dann leerte er seine Tasse und erhob sich.

»Willst du nichts essen?«, fragte Helena, denn sie hätte ihn gern noch etwas länger bei sich behalten.

»Ich bringe wahrscheinlich erst etwas hinunter, wenn der Testflug gelaufen ist. Heute Abend werde ich dir haarklein berichten, was die Konstrukteure gesagt haben. Und wie es sich angefühlt hat, dort oben zu sein – frei wie ein Vogel.«

Damit beugte er sich über sie und legte die Arme um ihre Schultern. »Wir werden Geschichte schreiben, Helena. Und ich werde es mir nicht nehmen lassen, über den Weinberg zu fliegen und dir zuzuwinken.« Damit gab er ihr einen Kuss und verabschiedete sich.

Nachdem sie ihr Kopftuch geknotet hatte, trat Helena vor die Tür. Ebenso wie ihre Arbeiter trug sie grobe Kleidung: Leinenhose, Baumwollbluse und kniehohe Stiefel. Das hatte ihr in den ersten Jahren große Verwunderung eingebracht und in der feinen Gesellschaft von Koblenz empörtes Getuschel ausgelöst. Doch mittlerweile hatten sich zumindest ihre Leute daran gewöhnt.

Ende September waren alle Tätigkeiten auf dem Weingut darauf ausgerichtet, einen reibungslosen Ablauf der Lese zu gewährleisten. Pressen wurden überprüft, Erntekörbe ausgebessert, Fässer geschwefelt und vom Weinstein befreit oder aussortiert – sofern das Reinigen nicht mehr möglich war. Ein rauchiger Duft nach Holz drang aus der hauseigenen Küferei, da die neuen Fässer ihre Rauchversiegelung erhielten.

Die Betriebsamkeit auf dem Hof erfüllte Helena mit ungeheurem Tatendrang. Mit dem Vorsatz, einige Trauben zur Probe zu ernten, um ihren Reifegrad zu bestimmen, eilte sie zum Schuppen, wo die Lesebütten standen. Unterwegs hielt sie einen jungen Burschen an, der einen Holzkasten zum Kelterhaus trug. »Sind das die neuen Korken, Michael?«

»Ja, Frau de Villiers, sie sind gerade angekommen.« Er klappte den Deckel auf.

Die Korken lagen fein säuberlich sortiert in der Kiste. An den Längsseiten war bereits der Umriss einer Lilie, das Markenzeichen des Weingutes Lilienstein, eingebrannt.

Helena nahm einen Korken heraus und drehte ihn zwischen den Fingern.

Eine sehr gute Qualität. Acht Jahresringe, glatte Spiegel,

wenig Poren. Die besten Korken seit Jahren. Zuversichtlich lächelnd legte sie den Korken zurück und ließ den Burschen ziehen.

»Guten Morgen, Frau de Villiers! Auf ein Wort!«

Helena wandte sich um. Aus dem Kelterhaus eilte ihr Kellermeister Ludwig Bergau mit einem Spaten in der Hand entgegen. Seine Miene wirkte besorgt.

»Guten Morgen, Herr Bergau! Ist das Wetter nicht herrlich?«

Bergau, ein hochgewachsener, kräftiger Mann Anfang fünfzig, räusperte sich, als habe er einen Frosch im Hals. »Es gibt da etwas, was Sie sich anschauen sollten.«

Helena stutzte. Was will er mit der Schaufel? »Worum geht es denn, Herr Bergau?«

»Das sollten wir besprechen, wenn wir oben sind. Ich will keine Pferde scheu machen, aber heute Morgen ist mir beim Rundgang etwas aufgefallen.«

Helena wurde unwohl zumute. Wenn Bergau besorgt war, dann sicher aus gutem Grund. Ist etwas mit den Rebstöcken? Einige von ihnen kümmerten ein wenig, aber das hatte sie bisher der Sommerhitze zugeschrieben. »Also gut, gehen wir!«

Nachdem sie den Gutshof hinter sich gelassen hatten, erklommen sie den Weinberg auf dem Südhang des Lahntals. Der unter ihnen gelegene Fluss glitzerte im Sonnenschein, der von keiner einzigen Wolke getrübt wurde. Ideales Flugwetter, ging Helena durch den Kopf, und in Gedanken schickte sie Laurent, der in diesen Minuten vermutlich in seine Maschine stieg, einen liebevollen Gruß.

Die Rebstöcke an dem Spalier, zu dem Bergau sie führte, boten einen äußerst traurigen Anblick. Besorgt betrachtete Helena die schlaffen, bräunlich verfärbten Blätter.

»Ich habe diese Stöcke schon eine Weile im Auge. Anfänglich habe ich genau wie Sie vermutet, dass die Hitze an dem Zustand schuld ist. Aber jetzt ist mir aufgefallen, dass auch andere Stöcke kränkeln. Vermutlich haben sie sich die Reblaus eingefangen.«

Bergau griff behutsam nach einer Traube und zog sie unter dem Laub hervor. Die Beeren waren bräunlich gelb und schrumpelig. »Sehen Sie? Die Pflanze verdurstet. Gallen habe ich an den Blättern zwar noch nicht entdeckt, doch das muss nichts heißen.«

Obwohl sie bisher von dieser Plage verschont geblieben waren, kannte Helena die Anzeichen von Reblausbefall. Ihr Vater hatte sie bereits als junges Mädchen in den komplizierten Fortpflanzungskreis dieses Schädlings eingeweiht. In diesem Zyklus gab es eine Phase, in der die Reblauseier, geschützt von netzartigen Gebilden, den Gallen, an den Unterseiten des Laubes hafteten. Das war ein sicheres Zeichen für den Befall mit Blattrebläusen, den harmloseren Vertretern dieser Art. Wurzelrebläuse waren wesentlich gefährlicher, denn deren Auftreten bemerkte man erst, wenn die Weinstöcke bereits nachhaltig geschädigt waren.

Helena presste die Lippen zusammen. Was soll ich nur tun? Die Reblausplage hat in Baden ganze Weinberge vernichtet. Wenn sich der Verdacht bewahrheitet …

»Soll ich die Wurzeln freilegen?« Bergaus Stimme riss sie aus den Gedanken.

»Nehmen Sie den dort drüben!« Helena deutete auf einen besonders schwächlichen Stock.

Bergau setzte den Spaten an.

Erschaudernd verschränkte Helena die Arme vor der Brust. Bitte, lieber Gott, lass es nicht sein!, flehte sie still.

Ein Brummen am Himmel lenkte sie ab. Sie legte den Kopf in den Nacken und beschirmte die Augen mit der rechten Hand.

Laurent! Das Flugzeug war wirklich imposant. Die Spannweite der Flügel war enorm, der Rumpf glänzte silbrig. Der mächtige Propeller und die Räder blitzten in der Sonne. Leider flog es zu hoch, sodass Helena ihren Mann in der Führerkanzel nicht erkennen konnte. Dennoch winkte sie, als die Maschine mit ohrenbetäubendem Lärm über sie hinwegdonnerte. Dann wandte sie sich wieder dem Kellermeister zu, der seine Arbeit gerade beendete.

»Da haben wir sie.« Bergau strich Erdklumpen von den Wurzeln.

Helena schlug entsetzt die Hand vor den Mund, als sie die Verdickungen entdeckte. Sie ähnelten kleinen Kartoffelknollen, aber in Wirklichkeit waren es Geschwüre, mit denen sich die Pflanze vergeblich der Schädlinge zu erwehren suchte.

»Wurzelrebläuse«, stellte Bergau grimmig fest. »Wir sollten die Stöcke ausgraben und verbrennen. Vielleicht gelingt es uns dann noch, die Plage in Schach zu halten.«

Helena schloss die Augen. Habe ich eine andere Wahl? Sie wusste, dass auch Verbrennen nicht viel brachte, wenn die Reblaus erst einmal im Boden war. Aber vielleicht konnten sie wenigstens noch einen Teil der Trauben verwenden.

»Lassen Sie die Stöcke vernichten«, wies sie ihren Kellermeister an. »Wir werden die Lese vorziehen und retten, was noch zu retten ist.«

Helena war sich darüber im Klaren, dass die verfrühte Lese der Qualität des Weins schaden würde. Aber was sollte sie sonst tun?

Nachdem der erste Schock vergangen war, kamen ihr die Tränen. Sie weinte nur ungern vor ihren Leuten. Aber seit sie in anderen Umständen war, reagierte sie wesentlich emotionaler auf ihre Umwelt.

Bergau reichte ihr sein Taschentuch. »Keine Sorge, Frau de Villiers, das kriegen wir in den Griff. Im Badischen sucht man bereits nach einer Lösung. Vielleicht können wir ja einige Stöcke retten.«

20

Helena nickte. Die Tränen kullerten weiter. Warum gerade jetzt? Ist das der Preis dafür, dass mein Kinderwunsch endlich in Erfüllung gegangen ist?

Dankbar nahm sie Bergaus Taschentuch an. Über der verschlissenen Spitzenborte waren die Initialen A. B. eingestickt. Agnes Bergau, seine Frau, war erst vor wenigen Monaten an Krebs gestorben.

Während Bergau auf den Hof zurückkehrte, um die Arbeiter zu holen, blickte Helena wie betäubt ins Lahntal. Mehrere tausend Rebstöcke standen auf den Hängen Spalier wie Soldaten bei einer Parade. Ein wunderbarer Anblick, besonders jetzt, wo sich die Blätter allmählich gelb und rot verfärbten.

Papas ganzer Stolz, dachte sie. Werde ich ihn bewahren können?

Noch sehr gut erinnerte sie sie sich an den Tag, an dem sie die Herrin von Lilienstein wurde. Der Verlust ihrer Eltern hatte sie furchtbar mitgenommen, aber sie hatte sich zusammengerissen und die Arbeit angepackt. Weder die konkurrierenden Winzer noch düstere Prophezeiungen seitens ihrer Neider hatten sie davon abgehalten, erfolgreich zu sein. Wahrscheinlich werden sie sich höhnisch die Mäuler über mich zerreißen, wenn sie erfahren, dass wir Rebläuse haben, dachte sie nun.

Erneut brummte es über dem Weinberg. Als Helena aufsah, schoss Laurents Maschine über sie hinweg. Hat er gesehen, was hier los ist?

Plötzlich stotterte der Motor. »Oh, mein Gott!«, schrie Helena, als schwarzer Rauch aus dem Triebwerk drang.

Mit angehaltenem Atem beobachtete sie die Rauchspur am Himmel. Bilder und Erinnerungen schossen blitzartig durch ihren Kopf: Laurents zärtliches, leidenschaftliches Gesicht über ihr, Laurent, der sie zum Abschied küsste, Laurents glühende Liebesworte ...

Vor Angst und Anstrengung wimmernd, erklomm Helena

den Hang. Zwischendurch stolperte sie, aber sie rappelte sich schnell wieder auf.

Vielleicht schafft er es noch.

Ein Schwindel zwang sie, Atem zu schöpfen. Obwohl Seitenstiche einsetzten, lief sie weiter und ignorierte, dass ihr Weinblätter ins Gesicht klatschten. Als sie den Gipfel der Anhöhe beinahe erreicht hatte, krachte es markerschütternd und der Boden erzitterte unter ihren Füßen. Alle Kraft zusammennehmend, kämpfte sich Helena nach oben. Nein! Er darf nicht abgestürzt sein. Bitte, bitte, lieber Gott, mach, dass er überlebt!, flehte sie. Er darf nicht sterben.

Oben angekommen sah sie eine Rauchsäule. Der Wind wehte den Gestank von Treibstoff zu ihr hinüber.

»Laurent!«

Schluchzend mühte sie sich durch Weinstöcke und Gestrüpp, bis sie schließlich das benachbarte Feld erreichte. Sie spürte weder die Stoppeln des abgeernteten Getreides unter den Schuhsohlen, noch bemerkte sie die zu Hilfe eilenden Männer.

Er lebt, redete sie sich verzweifelt ein. Er hat es sicher irgendwie geschafft.

Sie lief auf das flammende Inferno zu, bis die Hitze sie stoppte. Ihre Lunge brannte, und ihre Schläfen pochten. Schwarze Punkte trübten ihre Sicht, aber sie starrte erwartungsvoll in die Flammen.

Doch Laurent erschien nicht.

Die schmerzliche Erkenntnis raubte Helena den Atem: Nie wieder werde ich ihn in den Armen halten. Und er wird nie erfahren, dass ...

Da zerriss eine Explosion die Stille, und die Druckwelle schleuderte Helena zu Boden. Eine Männerstimme schrie ihren Namen.

»Laurent«, stöhnte Helena leise, dann wurde alles schwarz.

»Laurent!« Die Finsternis wich. Langsam öffnete Helena die Augen. »Laurent, wo bist du?«

»Gott sei Dank, sie ist wach!«, flüsterte eine Frauenstimme. »Peter, hol den Herrn Doktor!« Wenig später schob sich das rundliche Gesicht ihrer Haushälterin Martha in ihr Blickfeld. »Frau de Villiers, bleiben Sie bitte ruhig! Es wird alles gut.«

»Wo ist mein Mann?« Helenas Stimme klang rau. »Was ist passiert? Warum liege ich im Bett?«

»Psst! Sie dürfen sich jetzt nicht aufregen.« Martha kämpfte mit ihrer Beherrschung, als sie ihr sanft die Schulter streichelte. »Denken Sie an Ihren Zustand!«

Vergeblich versuchte Martha, Helena davon abzuhalten, sich auf den Ellenbogen zu stützen. Helena mühte sich hoch und wollte sich aufsetzen, aber ein Schwindel zwang sie zurück in die Kissen.

Indes klappte eine Tür, und Schritte näherten sich. Karbolgeruch stach Helena in die Nase. Habe ich etwa das Kind verloren?, durchfuhr es sie.

»Gut, dass Sie kommen, Herr Doktor!« Martha entfernte sich vom Bett.

An ihre Stelle trat ein Mann mit Vollbart und ergrautem Haar, auf dessen Nase ein Zwicker saß. »Frau de Villiers, wie geht es Ihnen?«

Dr. Alois Mencken betreute Helenas Familie schon seit vielen Jahren und hatte ihr in der ersten Zeit nach dem Tod ihrer Eltern beigestanden.

»Bestens«, schwindelte Helena, denn ihr eigenes Wohlergehen war vorerst Nebensache für sie. »Ist etwas mit meinem Kind?«

Dr. Mencken erstarrte, dann schob er das Plumeau ein wenig beiseite und setzte sich auf die Bettkante. »Frau de Villiers, wie Sie wissen, bin ich Ihrer Familie seit vielen Jahren verbunden.

Ich darf und kann Sie nicht belügen. In diesem Fall, hinsichtlich Ihres Zustands, würde ich es gern tun, aber . . .« Er stockte.

Nun reden Sie schon!, dachte Helena, brachte aber keinen Ton hervor. Stattdessen füllten ihre Augen sich mit Tränen, denn eine unerklärliche Panik ergriff von ihr Besitz.

»Was ist los, Herr Doktor?«, fragte sie zitternd.

Die Augen des Arztes glänzten feucht hinter den runden Brillengläsern. »Ihr Mann ist bei dem Flugzeugabsturz ums Leben gekommen. Die Explosion hat . . .«

Helena schnappte erschrocken nach Luft und schlug die Hand vor den Mund. Plötzlich war die Erinnerung wieder da. Die schwarze Rauchfahne, die dem Flugzeug folgte, als es auf den Hang zuraste. Der Knall, das Krachen, das Feuer.

Nein, das kann nicht sein! Sicher ist das nur ein böser Traum.

»Glücklicherweise hat Ihr Kind bei Ihrem Sturz offenbar keinen Schaden genommen«, fuhr der Arzt fort. »Und Ihre leichte Gehirnerschütterung und die Schürfwunden werden bald vergehen.«

Helena sagte nichts. Wie ein wildes Tier tobte die Trauer in ihr. Sie weigerte sich zu glauben, dass Laurent wirklich tot war. Sie starrte an Mencken vorbei ins Leere.

»Es tut mir furchtbar leid«, fügte der Arzt hinzu. »Sie können sich auf meine Hilfe verlassen; ich werde für Sie tun, was ich kann.«

Bei diesen Worten barst etwas in Helena. Klagend wälzte sie sich zur Seite, zog die Knie an den Bauch und drückte ihr Gesicht ins Kissen.

Während sie hemmungslos weinte, wachte der Arzt wortlos neben ihr. Irgendwann legte er eine Hand auf ihre bebende Schulter. »Bitte beruhigen Sie sich wieder, Frau de Villiers. Denken Sie an Ihr Kind! Ihr Gatte hätte gewollt, dass es gesund auf die Welt kommt.«

»Er wusste es nicht einmal«, schluchzte Helena gequält. »Ich dachte, die Nachricht würde ihn ablenken. Vielleicht wäre das alles nicht passiert, vielleicht wäre er nicht geflogen, wenn ich es ihm gesagt hätte. Hätte ich ihn bloß davon abgehalten zu fliegen!«

»Sie dürfen sich nicht die Schuld an dem Unglück geben, Frau de Villiers. Manche Dinge geschehen, egal, was man tut.«

Die Worte des Arztes prallten an ihr ab. Es ist meine Schuld! Ich hätte ihm von unserem Kind erzählen müssen!

Helena weinte so lange, bis sie erschöpft war. Nur vage vernahm sie die Stimme des Arztes, der Martha anwies, sie nicht aus den Augen zu lassen. Dann schlief sie endlich ein.

Erster Teil

Ankunft

1

Hawke's Bay, Dezember 1913

Unter dem Tuten des Schiffshorns drängten die Passagiere der *White Lily* in Napier von Bord. Helena strich sich eine Haarsträhne aus dem Gesicht, während sie sich in der Menge treiben ließ. Die Meeresbrise, die am Matrosenkragen ihrer schwarzen Bluse zerrte, brachte nur wenig Erfrischung. Bereits jetzt war es hier wärmer als im Hochsommer in Deutschland.

Doch nicht nur die Hitze, die sich durch ihr dunkles Kostüm noch zu verstärken schien, machte ihr zu schaffen. Die Gerüche von Fisch, Seetang, Motorenöl und Schweiß versetzten ihren Magen in Rebellion.

Geht es denn nicht schneller voran? So lange haben wir nicht mal gebraucht, um uns einzuschiffen, dachte sie.

Im Gegensatz zu dem recht komfortablen Dampfer, der sie nach Auckland gebracht hatte, ähnelte die *White Lily* eher einem größeren Fischkutter mit Passagierkabinen. Die vergleichsweise kurze Strecke bis Napier hatte sich wie eine Ewigkeit angefühlt, und Helena freute sich darauf, endlich wieder festen Boden unter den Füßen zu haben. Bis dahin konnte es allerdings noch dauern.

Als ihr schwindelig wurde, tastete sie mit der freien Hand nach dem Geländer der Landungsbrücke und hielt sich daran fest. Beinahe bereute sie, dass sie das Angebot eines Passagiers, ihre Tasche zu tragen, ausgeschlagen hatte. »Ich bin schwanger und nicht krank«, hatte sie ihm harsch geantwortet. Aber nun schien ihr Gepäck mit jeder Minute schwerer zu werden.

Als die Menge ins Stocken geriet, erlaubte sich Helena einen Blick nach oben. Die Wolke, die das Schiff zum Hafen begleitet hatte, leuchtete golden über ihnen. Nichts deutete mehr darauf hin, dass die sechs Wochen, die sie auf See verbracht hatten, von ziemlich wechselhaftem Wetter geprägt waren. In der Zeit hatte Helena mit der Seekrankheit zu kämpfen gehabt, die die Mittel des Schiffsarztes kaum lindern konnten.

Der Ankunft an der neuseeländischen Küste sah sie erwartungsvoll, aber auch unruhig entgegen. Wie wird mich meine Schwiegermutter empfangen? Kann ich hier wirklich ein neues Leben beginnen?, fragte sie sich auch jetzt wieder.

Als die Landebrücke unter ihren Füßen heftiger schwankte, schob sie die Gedanken beiseite. Die Menge vor ihr bewegte sich wieder. Sorgsam auf ihre Schritte achtend, schloss sich Helena an. Dr. Mencken, den sie vor der Abreise konsultiert hatte, hatte ihr geraten, Stürze zu vermeiden, um keine Fehlgeburt zu riskieren.

Der Fischgeruch wurde unerträglich, als Helena den Kai erreichte. Hier war der Lärm ohrenbetäubend. Rufe von Marktschreiern mischten sich mit den Stimmen der Ankommenden und lautem Begrüßungsjubel, der einem Paar galt, das offenbar von der Hochzeitsreise zurückkehrte. Eine Mitreisende, die Helena an Bord kennengelernt hatte, versuchte, ihre siebenköpfige Kinderschar zu bändigen.

»Alles Gute, Mistress Waxwood!«, rief Helena ihr zum Abschied zu und winkte.

Die Angesprochene erwiderte die Geste, bevor sie einem hochgewachsenen Mann in die Arme fiel. Es war ihr Ehemann, der in Neuseeland Arbeit gefunden und die Familie endlich zu sich gerufen hatte.

Der Anblick dieses Glücks versetzte Helena einen leichten Stich. Mein Kind wird ohne seinen Vater aufwachsen müssen, durchfuhr es sie. Als ihr Tränen in die Augen schossen, wandte sie sich schnell ab. Neugierigen Mitreisenden hatte sie erzählt, dass der Vater ihres Kindes in Neuseeland auf sie warten würde. Glücklicherweise hatte sie bei der Überfahrt eine Einzelkabine gehabt, in der sie ungestört um Laurent trauern konnte.

»Mistress de Villiers?«

Helena wandte sich um. Hinter ihr stand ein mittelgroßer, etwas gedrungener Mann mit dunkler Haut und dichtem schwarzen Haar. Er trug einen dunklen Anzug mit tadellos gestärktem Hemd und Krawatte. Fragend musterte er sie.

»Ja, die bin ich. Helena de Villiers.«

Der Mann verneigte sich kurz. »Mein Name ist Didier. Ich bin der Kutscher Ihrer Schwiegermutter. Sie hat mir aufgetragen, Sie abzuholen.«

Helena atmete erleichtert auf. Trotz Ankündigung hatte sie nicht zu hoffen gewagt, dass man sie tatsächlich abholen würde.

»Freut mich, Ihre Bekanntschaft zu machen, Didier.«

Helena reichte dem Mann forsch die Hand, worauf sie einen verwunderten Blick erntete. Unsicher zog sie die Hand wieder zurück. Offenbar war es hier nicht Brauch, Bedienstete per Handschlag zu begrüßen.

»Ist das Ihr ganzes Gepäck?« Der Kutscher deutete auf die Tasche in ihrer Hand.

Helena bejahte und reichte sie ihm. Sie hatte nur das Nötigste mitgenommen. Alles andere hatte sie zu Geld gemacht und es in die Säume ihrer Kleider eingenäht.

»Kommen Sie, ich bringe Sie zur Kutsche. Bis nach Wahi-Koura ist es ungefähr eine Stunde Fahrt. Wir werden noch vor Einbruch der Dunkelheit dort sein.«

Der Zustand des Landauers, der am Kutschenstand des Hafens wartete, überraschte Helena. Die Räder waren mehrfach geflickt, der Anstrich des Fonds blätterte. Staub bedeckte die Federn, die Polster wirkten durchgesessen und hatten Risse. Dazu bildete das gepflegte Aussehen der beiden Apfelschimmel einen großen Kontrast.

Didier hievte ohne Umschweife die Tasche auf die Gepäckablage.

Während Helena ihn dabei beobachtete, fragte sie sich, ob er vielleicht ein Maori war, von denen sie auf dem Schiff so einiges gehört hatte. Geschichten von mutigen Kriegern und mysteriösen Riten der Ureinwohner Neuseelands hatten ihre Neugierde geweckt. Didier danach zu fragen wagte sie aber nicht.

Sie machte es sich in der Kutsche so bequem wie möglich. Doch schon beim Anfahren merkte sie, dass das Gefährt alles andere als komfortabel war.

Didier lenkte es umsichtig durch die Stadt, die am Fuß einer grünen Bergkette lag. Die meisten Häuser Napiers waren im englischen Stil errichtet. Zwei Fabrikschornsteine schickten Rauch in den Himmel. Zahlreiche Geschäfte in den Seitenstraßen boten Waren des täglichen Bedarfs an. Helena notierte sich im Geiste den Standort eines Drugstores für den Fall, dass sie ein Mittel gegen Kopfschmerzen oder Schwellungen benötigte. Häuser, an denen teilweise noch gebaut wurde, deuteten auf ein stetiges Wachstum hin. Gut gekleidete Menschen bevölkerten die Gehsteige ebenso wie Arbeiter und Bettler. Hin und wieder sah Helena auch Männer in Arbeitskleidung, die Didier ähnelten. Die prachtvollen Stammesgewänder, die man ihr auf der Reise beschrieben hatte, entdeckte sie nirgends. Auch schien es hier keine Automobile zu geben, die in Deutschland immer häufiger wurden. Die Menschen hier fuhren offenbar ausschließlich mit Kutschen oder Planwagen.

Als sie aus der Stadt hinausrollten, verschwand der Druck auf Helenas Magen. Wie ein seidiger Schleier strich die frische

Luft über ihr Gesicht. Das sanfte Rauschen der Bäume und die exotischen Vogelstimmen schenkten ihr ein wenig Frieden. Allerdings nur für eine Weile, bis die Erinnerung an die vergangenen Monate wieder schmerzte wie eine schlecht verheilte Wunde.

Laurents Tod war nur der Anfang von Helenas Unglück gewesen. *Misery needs company*, Not braucht Gesellschaft – diesen Spruch hatte Helena auf dem Dampfschiff von einem Matrosen aufgeschnappt. Er beschrieb gut, was ihr in den vergangenen Monaten widerfahren war. Der Reblausbefall war trotz schnellen Eingreifens nicht aufzuhalten gewesen. Ein kostbarer alter Weinstock nach dem anderen war abgestorben. Die Trauben von den scheinbar gesunden Stöcken hatten sich als minderwertig erwiesen. Als wäre das noch nicht genug des Unglücks, hatte die Société auch noch Schadensersatz für die abgestürzte Maschine gefordert, deren Entwicklung sie finanziert hatte. Sie behauptete, dass der Fehler allein beim Piloten gelegen habe, da dieser eine zweite, nicht genehmigte Runde geflogen sei. Da niemand Laurents Unschuld beweisen konnte und ein Gerichtsverfahren wesentlich teurer gekommen wäre, hatte Helena schließlich nach zermürbenden Verhandlungen einem Vergleich zugestimmt. Den Schaden durch den Reblausbefall hätte sie vielleicht noch verkraftet, doch durch die Zahlung an die Société waren ihre Finanzreserven erschöpft. Auf Anraten ihrer Bank hatte Helena deshalb ihr Anwesen verkauft. Von dem Erlös hätte sie zwar eine Zeit lang leben können, aber er reichte nicht aus, um sich eine neue Existenz aufzubauen. Und was hatte sie denn anderes gelernt als das Winzerhandwerk?

Bekannte rieten ihr, sich so schnell wie möglich wieder zu verheiraten, ein Rat, den Helena geradezu empörend fand. Kaum war ihr geliebter Laurent unter der Erde, da sollte sie sich einen neuen Ehemann suchen? Wie herzlos musste man sein, um solche Ratschläge zu erteilen? Helena seufzte traurig.

Überdies war dieser Rat vollkommen weltfremd: Denn welcher Junggeselle träumte schon von einer mittellosen Witwe, die noch dazu von jemand anderem schwanger war?

Die einzige Möglichkeit, ihrem Elend zu entkommen, hatte sie schließlich ergriffen: Sie hatte beschlossen, nach Neuseeland auszuwandern und ihre Schwiegermutter um Aufnahme zu bitten.

Auf den ersten Blick eine gute Entscheidung, wenn sie die Landschaft betrachtete. Helena verscheuchte die trüben Gedanken und legte den Kopf in den Nacken, um in den Himmel zu sehen. »Das Land der weißen Wolke« hatte ein Passagier diesen Flecken Erde genannt. Ein schöner Name, fand Helena.

Als sie den Blick wieder auf die grünen Berghänge richtete, knarzte es unter ihr plötzlich laut. Ein harter Ruck warf Helena nach vorn. Sie schrie auf und klammerte sich am Sitz fest, konnte aber nicht verhindern, dass sie den Halt verlor. Hart fiel sie auf die Knie und stieß sich einen Arm.

»Ho!«, rief Didier und sprang vom Kutschbock, sobald die Pferde standen. »Alles in Ordnung mit Ihnen, Madam? Sind Sie verletzt?« Vorsichtig half er Helena auf.

»Nein, nein, keine Sorge!«, antwortete sie. »Ich habe mir bloß den Arm gestoßen. Was ist passiert?«

»Ich werde gleich mal nachsehen. Vermutlich ist eine der alten Flickstellen am Hinterrad gebrochen. Sie sollten wohl besser aussteigen, damit ich den Schaden gleich beheben kann.«

»Können Sie das selbst reparieren?«

»Kein Problem. Ich hab mal ein paar Jahre als Stellmacher gearbeitet.«

Didier half Helena aus der Kutsche. Dann schälte er sich aus seiner Jacke und machte sich wortlos an einem der Räder zu schaffen.

Als der erste Schrecken verflogen war, setzte sich Helena auf einen großen Stein am Wegrand. Böse war sie über diese Unterbrechung nicht, denn jetzt hatte sie die Gelegenheit, sich das farbenprächtige Blütenplaid anzusehen, das die Hänge bedeckte. Zu gern hätte Helena die Namen all dieser Pflanzen gewusst, die in intensivem Rot, kühlem Blau und tiefem Gelb erstrahlten. Nun, die Erforschung der fernen Flora musste sie auf später verschieben, aber auch die Vegetation am Wegrand war interessant. Riesige Farne wogten in der sanften Brise. Durch das mit Blumen gesprenkelte Gras krochen seltsame Insekten. Helena nahm eines, das sowohl Ähnlichkeit mit einem gepanzerten Wurm als auch mit einer Heuschrecke hatte, auf die Hand und betrachtete es.

»Lassen Sie die lieber, wo sie ist, Madam!«, warnte der Kutscher sie. Offenbar hatte er sie aus dem Augenwinkel beobachtet. »Wenn man nur eine von diesen Schrecken auf sein Grundstück lässt, hat man bald Tausende von den Viechern. Weta sind sehr fruchtbar.«

»Weta?«

»So heißen sie. Nach dem Gott der hässlichen Dinge, den die Maori ›Wetapunga‹ nennen.«

Helena musste lachen. Sie fand das Insekt ganz und gar nicht hässlich – eher wehrhaft und stark. Sie betrachtete es noch eine Weile, bevor sie es auf den Boden setzte. »Ich hatte nicht vor, sie mitzunehmen. Ich wollte sie mir nur anschauen.«

Der Kutscher wandte sich wieder seiner Arbeit zu.

Helena zog einen zerknitterten Brief aus ihrer Handtasche. In der schweren Zeit waren die Zeilen ihrer Schwiegermutter ihr einziger Rettungsanker gewesen.

Werte Madame de Villiers,
es betrübt mich sehr, vom Dahinscheiden meines Sohnes Laurent zu hören. Ich habe keine Kenntnis davon, ob Sie mit der Geschichte unserer Familie vertraut sind, aber da Sie mir

schreiben, wird mein Sohn Ihnen von mir erzählt haben. Ich gebe zu, unser Verhältnis war nicht besonders gut. Wie Sie sicher wissen, setzte er mich von seiner Hochzeit mit Ihnen erst Monate später in Kenntnis und mied auch sonst jeden Kontakt zu mir. Unter den von Ihnen geschilderten Umständen bin ich jedoch bereit, Sie auf meinem Weingut aufzunehmen – des Kindes wegen. Geben Sie mir telegrafisch Bescheid, wann Sie in Napier ankommen, damit mein Kutscher Sie abholen und nach Wahi-Koura bringen kann.

Louise de Villiers

Helena faltete den Brief wieder zusammen. Zugegeben, er war nicht besonders freundlich formuliert. Außerdem war Louise de Villiers praktisch eine Fremde für sie. Laurent hatte kaum über seine Mutter geredet und stets gereizt reagiert, wenn er auf sie angesprochen wurde. Nach anfänglichem Streit hatte Helena das Thema deshalb ruhen lassen. Das bereute sie nun. Ich hätte mehr über sie herausfinden müssen, dachte sie. Dann wüsste ich, was mich erwartet.

Schwer seufzend verstaute sie den Brief wieder in der Tasche.

»Madam, die Kutsche ist wieder reisefertig.«

»Schon?«

»Es war nur ein kleiner Schaden. Aber jetzt ist alles wieder in Ordnung.«

Didier schnallte den Werkzeugkasten auf die Gepäckablage und half Helena einzusteigen.

Nach etwa einer Stunde Fahrt entlang eines breiten Flusses, den Didier Wairoa River nannte, tauchte auf einem grün bewachsenen Hügel ein aus sandfarbenen Steinen errichteter Herrensitz auf. Der Eingang wurde von vier hohen Säulen flankiert. In den Fenstern spiegelte sich das Sonnenlicht, und das rot gedeckte Dach schien zu glühen. Der Weinberg zog sich über einen großen Hang und reichte fast bis ans Flussufer. Für einen Moment fühlte sich Helena an die Lahn zurückversetzt. Nur hatte die Sonne dort nicht so intensiv gestrahlt.

Wahi-Koura. Auf der Reise nach Napier hatte ein Matrose Helena diesen Namen mit »goldener Ort« übersetzt.

Ein passender Name, fand Helena, während sie versonnen ihren Leib streichelte. Hoffentlich wird unsere Zukunft hier ebenso golden wie das Licht.

Als die Kutsche auf den Hof rumpelte, wurden sie von ein paar Männern neugierig beobachtet. Der Kleidung nach zu urteilen, waren es Winzergehilfen. Helena winkte ihnen zum Gruß zu und betrachtete dann das Herrenhaus, das aus der Nähe noch imposanter wirkte. Sie wunderte sich darüber, dass die Eingangssäulen von deutlich sichtbaren Rissen verunziert waren.

»Wie ist denn das passiert?«, fragte sie Didier, der auf das Rondell vor der Eingangstreppe zuhielt.

»Sie meinen die Risse?«

Helena nickte.

»Das kommt von den Beben. Wir leben in der Nähe eines Vulkans. Hin und wieder wackelt hier die Erde.«

Sie muss gewaltig gewackelt haben, dachte Helena beunruhigt, als die Kutsche anhielt.

»Da wären wir, Madam!« Didier sprang vom Kutschbock.

Helena hatte keinen großen Empfang erwartet. Aber als niemand zu ihrer Begrüßung vor die Tür trat, wurde sie unruhig. Rechnete ihre Schwiegermutter noch nicht mit ihrer Ankunft? Oder hatten sie sich durch das Malheur so sehr verspätet, dass sie bereits andere Verpflichtungen hatte?

Als der Kutscher die Schlagtür öffnete, um Helena hinauszuhelfen, fragte sie: »Ist Madame de Villiers heute nicht zu Hause?«

Ein Schatten zog über das Gesicht des Kutschers. Er senkte

verlegen den Blick. »Madame hat mich angewiesen, Sie zu ihr zu führen, sobald wir eingetroffen sind.«

Helena schüttelte verwirrt den Kopf. Eigentlich gehört es sich doch für eine Hausherrin, den Besuch an der Haustür zu empfangen. Gilt diese Regel hier vielleicht nicht?, überlegte sie.

Die Eingangshalle erinnerte Helena an das Entree eines Châteaus. Ein prächtiger Kristalllüster hing wie eine schwere Traube von der Stuckdecke herab. Der Fußboden war aus poliertem Marmor und bildete ein Schachbrettmuster in Rot und Cremeweiß. Was für ein verschwenderischer Luxus!, dachte sie, während ihr Blick die goldgerahmten Gemälde streifte, die Landschaften zeigten.

Vor einer hohen, mit goldenen Schnitzereien verzierten Flügeltür machten sie schließlich Halt. Der Kutscher klopfte.

»*Entrez!*«, rief eine dunkle, energische Frauenstimme.

Vor Helenas geistigem Auge erstand das Bild einer willensstarken Person, die Ähnlichkeit mit ihrem geliebten Laurent hatte.

»Madame, ich bin soeben mit Ihrer Schwiegertochter –«

»Sie soll reinkommen!«

»Sehr wohl.«

Helena entging nicht, dass der Kutscher bei dem barschen Ton zusammengezuckt war und sie nun fast mitleidig ansah. Sie strich ihr schwarzes Reisekostüm glatt und straffte sich.

Über den Schreibtisch gebeugt saß eine schlanke Frau im Witwenkleid. Ihr graumeliertes Haar war im Nacken zu einem strengen Chignon zusammengesteckt. Der Federhalter in ihrer Hand kratzte über einen Bogen Papier.

»*Bonjour*, Madame de Villiers.«

Die Frau, deren Gesichtszüge recht sympathisch und unbestimmt exotisch wirkten, sah nicht auf. Konzentriert schrieb sie weiter. Erst als sie den Satz beendet und mit Löschpapier abgetupft hatte, hob sie den Kopf.

»Ihre Aussprache lässt zu wünschen übrig!«, sagte sie so beiläufig, als spräche sie vom Wetter.

Helena ballte die Fäuste. Schweißperlen traten ihr auf die Stirn. Ihr wurde plötzlich übel, aber sie riss sich zusammen. Vor einer Frau, die sie mit solch offensichtlicher Abneigung empfing, wollte sie keine Schwäche zeigen.

Dennoch brachte sie kein Wort heraus.

»Man möchte meinen, dass Laurent Ihnen seine Muttersprache beigebracht hat«, fuhr Louise ruhig fort. »Ihr Brief ließ jedenfalls darauf schließen. Aber man hört noch sehr deutlich, dass Sie Deutsche sind.«

»Daran ist doch nichts Schlechtes, oder?« Wider Willen lächelte Helena unsicher. »Für den Standort seiner Wiege kann kein Mensch etwas.«

Louises Augen wurden schmal. »Für seine Wiege mag kein Mensch etwas können, wohl aber für den Umgang, den er pflegt.«

»Madame, ich versichere Ihnen –«

»Schweigen Sie! Meine Zeit ist zu kostbar für irgendwelche Erklärungen. Laurent gehörte nicht in Ihr Land!«

»Und wohl auch nicht zu mir, nicht wahr?«, platzte Helena heraus. Sie hatte sich eigentlich beherrschen wollen. Aber die schroffe Behandlung ihrer Schwiegermutter konnte sie nicht einfach so hinnehmen.

Die Frau musterte sie eisig. Ihr Blick blieb an Helenas gerundetem Leib hängen. »Nun ja, was passiert ist, ist passiert.«

Helena war fassungslos. Kein Wort der Begrüßung! Kein Wort des Bedauerns! Kein Wort über Laurent! War diese Frau denn ein Eisblock?

»Da Ihre Ehe wohl rechtsgültig war und Sie Laurents Kind erwarten, bin ich bereit, Ihnen zu helfen. Aber nur deshalb. Sie hatten kein Interesse an mir als Ihre Schwiegermutter, also erwarten Sie von mir auch kein Interesse an Ihnen.«

Helena rang mit den Tränen. Was mache ich hier?, dachte sie verzweifelt. Es war wohl doch keine gute Idee, mich bei ihr zu melden. Warum hat sie mir geantwortet und mich herkommen lassen? Um mich zu demütigen?

»Madame de Villiers«, hob sie an, um Fassung bemüht. »Ich will weiß Gott nichts geschenkt haben. Wenn Sie erlauben, werde ich gern für meine Unterkunft und Versorgung arbeiten. Dass Laurent den Kontakt zu Ihnen abgebrochen hat, bedauere ich sehr. Ich habe mir immer gewünscht, es wäre anders. Und leider hatte er durch ... das Unglück nicht die Chance, seine Haltung zu revidieren.«

»Das *Unglück*?« Louise schlug wütend mit der Hand auf die Tischplatte. »Es war kein Unglück. Sie haben zugelassen, dass er seinen Dummheiten nachgeht, anstatt ihn an seine Pflichten zu erinnern. Also sind Sie mit verantwortlich für das, was geschehen ist!« Sie richtete den rechten Zeigefinger wie eine Waffe auf Helena. »Sie haben ihn auf dem Gewissen!«

Helena wich verstört zurück. Wieder sah sie die schrecklichen Minuten des Absturzes vor sich. Wie kann sie mir nur vorwerfen, schuld an Laurents Tod zu sein?

Vor Verzweiflung, aber auch Wut krampfte sich ihr Magen zusammen. In diesem Augenblick trat ihr Kind gegen die Bauchdecke. Helena stöhnte und presste die Hand auf den Leib. Sind das vielleicht die Folgen des kleinen Sturzes?, fragte sie sich bang.

»Didier!«, hallte Louises Stimme über Helena hinweg. Das Unwohlsein ihrer Schwiegertochter schien sie nicht zu bemerken.

Der Kutscher erschien sogleich in der Tür. »Sie wünschen, Madame?«

»Bring diese Person in den leer stehenden Flügel, und sorge

dafür, dass sie sich ausruht! Wir wollen doch nicht, dass das Kind Schaden nimmt.«

Mit frostigem Blick wandte sie sich wieder dem Schreibtisch zu.

Helena glaubte zu fallen, so schwindelig war ihr plötzlich. Ihr brach erneut der Schweiß aus, ihr Gesichtsfeld wurde an den Rändern schwarz und verengte sich. Sie drehte sich um und tastete sich leise stöhnend zur Tür.

Da wurde sie von Didier gepackt und gestützt. »Kommen Sie, Madam, Sie müssen sich ausruhen. Die Reise war beschwerlich«, redete er ihr sanft zu.

Zugleich beschämt und verärgert über sich selbst, ließ Helena sich von ihm hinausführen.

In der Halle bugsierte er sie auf ein kleines Sofa. Helena atmete tief durch. Das Unwohlsein wich allmählich. Nur der Schweiß klebte unangenehm auf Stirn und Nacken.

»Geht es Ihnen gut?«, fragte Didier ehrlich besorgt.

»Ja, danke, es ist schon besser«, antwortete sie, denn sie wollte keine Schwäche mehr zeigen. »Könnten Sie mir vielleicht meine Tasche holen?«

»Natürlich. Ich bin gleich wieder bei Ihnen.«

Während Helena dem Kutscher nachsah, fragte sie sich, warum sich Louise ihr gegenüber so feindselig verhielt. Habe ich ihr irgendeinen Grund dazu gegeben?

Tränen füllten ihre Augen, während sie die Arme um den Körper schlang. Erneut regte das Ungeborene sich, und obwohl es diesmal nicht unangenehm war, schnürte sich Helenas Kehle noch fester zusammen. Ist das hier wirklich das Richtige? Ich sollte mir vielleicht eine andere Bleibe suchen, überlegte sie.

»Madam?« Didier stand in der Tür, mit der Tasche in der Hand. »Alles in Ordnung? Oder soll ich einen Arzt rufen?«

Einen Arzt, der erst in einer Stunde hier ist, dachte Helena finster. »Nein, nicht nötig. Hin und wieder wird man in meinem Zustand von Übelkeit geplagt, aber das geht vorbei.« Fahrig wischte sie sich übers Gesicht, als sie Didiers prüfenden Blick bemerkte.

»Kommen Sie, es ist nicht weit bis zu Ihrem Zimmer.« Didier bot ihr seinen Arm an, doch sie verzichtete dankend auf die Hilfe. Der aufsteigende Trotz kräftigte sie wieder. Helena straffte sich entschlossen. Louise sollte keinen Anlass finden, ihre Schwiegertochter für schwach und unwürdig zu halten.

Im Westflügel des Hauses war es still und roch nach Staub. Der Wind, der draußen kaum spürbar war, heulte in den Gängen wie ein Rudel Wölfe. Helena erschauderte. Das ist der richtige Ort, um mich zu vergessen, fuhr ihr durch den Kopf. Der Gang, in dem sie ihr Zimmer vermutete, wurde von der Abendsonne erhellt, das durch zwei große Fenster fiel. Obwohl Helena die Sauberkeit bemerkte, wollte ihre Beklommenheit nicht weichen.

Vor einer einfachen braunen Flügeltür machten sie Halt. Didier ließ ihr beim Eintreten den Vortritt. Der spärlich möblierte Raum war zwar hell, wirkte aber durch den weißen Anstrich nahezu steril. Wie in einem Sanatorium, dachte Helena und bat den Kutscher, die Tasche neben dem einfachen Messingbett abzustellen. Ebenso wie der Schrank und die Kommode wirkte es seltsam deplatziert, so als hätte das Zimmer eigentlich eine andere Bestimmung gehabt.

»Ich werde die Köchin bitten, Ihnen etwas zu essen zu schicken«, verkündete Didier. »Sie müssen umkommen vor Hunger.«

Das war zwar nicht der Fall, aber Helena dankte ihm trotzdem.

»Wenn ich sonst noch irgendwas für Sie tun kann, sagen Sie es mir bitte«, setzte er hinzu. »Ich bin nicht nur der Kutscher von Madame, sondern auch das Mädchen für alles, wie es die Europäer nennen.«

Helena lächelte. »Sie sind ein Maori, nicht wahr?«

»Ja, das bin ich.« Didier reckte sich stolz.

»Und wie sind Sie zu Ihrem Namen gekommen? Didier ist doch gewiss nicht typisch für Ihr Volk.«

»Madame hat ihn mir gegeben. Sie hat mich nach dem Tod meiner Mutter aufgenommen.«

»Und wie lautet der Name, den Ihre Mutter Ihnen gegeben hat?«

»Darüber möchte ich nicht sprechen.«

Helena räusperte sich verlegen. »Oh, entschuldigen Sie. Ich wollte nicht indiskret sein. Haben Sie nochmals vielen Dank!«

Didier verharrte an der Tür und trat verlegen auf der Stelle.

»Gibt es noch etwas?«, fragte Helena, während sie sich auf der Bettkante niederließ. Was für eine Wohltat für Füße und Rücken!

»Bitte verzeihen Sie mir, es steht mir eigentlich nicht zu.« Didier senkte beschämt den Kopf. »Aber ich habe vorhin mitbekommen, was Madame zu Ihnen gesagt hat. Glauben Sie mir, sie meint es nicht böse. Sie und ihr Sohn haben sich im Streit getrennt. Dass er fortgegangen ist, hat ihr das Herz gebrochen.«

Und jetzt hat sie die Möglichkeit, ihren Zorn an mir auszulassen. Aber das werde ich nicht hinnehmen. Noch einmal werde ich keine Schwäche zeigen, schwor Helena sich.

»Das ist sehr freundlich von Ihnen.« Seine Worte waren nur ein schwacher Trost, aber er meinte es gut mit ihr. »Gute Nacht, Didier.«

Als der Kutscher fort war, wandte Helena sich ihrer Tasche zu und zog zwischen den Kleidungsstücken ein goldenes Medaillon hervor. Da ein Passagier behauptet hatte, dass es im Hafen von Napier von Dieben nur so wimmele, hatte sie ausnahmsweise darauf verzichtet, es um den Hals zu tragen. Alles durfte sie verlieren, nur nicht das!

Wehmütig lächelnd öffnete sie das Schmuckstück und betrachtete das Foto darin, das Laurent in seinem Fliegeranzug zeigte.

Ach, Liebster, wärst du jetzt nur bei mir!

Sie küsste das Porträt zärtlich und legte sich die Kette um.

2

Helles Morgenlicht weckte Helena. Blinzelnd öffnete sie die Augen. Das Messinggestell ihres Bettes quietschte leise, als sie sich zur Seite drehte, um aus dem Fenster zu sehen. Was für ein wunderbarer Morgen nach dieser unruhigen Nacht!

Obwohl sie todmüde gewesen war, hatte sie lange nicht einschlafen können. Ungewohnte Geräusche hatten sie immer wieder aufgeschreckt. Doch nun weckte Kaffeeduft ihre Lebensgeister. Der Ärger über den eisigen Empfang durch ihre Schwiegermutter war beinahe vergessen. *Vielleicht war ich nur überspannt von der Reise und habe mir alles zu sehr zu Herzen genommen,* überlegte sie.

Helena erhob sich, warf ihren Morgenmantel über und trat ans Fenster. Die Aussicht auf die Weinstöcke war grandios. Über dem Weinberg spannte sich ein wolkenloser blauer Sommerhimmel.

In Deutschland schneit es jetzt sicher, dachte sie mit einem Anflug von Heimweh, der aber sofort verging, als sie sich vor Augen hielt, dass sie hier erneut ihrer Leidenschaft, dem Weinbau, nachgehen könnte. *Vielleicht wird mir die Arbeit helfen, meine Trauer zu überwinden und Louise davon zu überzeugen, dass Laurent die richtige Wahl getroffen hatte.* Helena erwartete nicht, dass sie Freundinnen würden, aber vielleicht würden sie irgendwann miteinander auskommen.

Nachdem sie liebevoll über ihren runden Leib gestrichen

und ihrem Kind einen zärtlichen Gedanken geschickt hatte, zog sie sich zurück und kleidete sich an. Da sie gestern zu müde fürs Auspacken gewesen war, kleidete sie sich in das Kostüm, das sie bei ihrer Ankunft getragen hatte. Danach ging sie kurzerhand dem Kaffeeduft nach in der Hoffnung, auf diese Weise zur Küche zu gelangen.

In der Eingangshalle fand sie die Haustür sperrangelweit offen vor. Rufe ertönten von draußen. Louises Arbeiter begaben sich an ihr Tagwerk. Von plötzlicher Sehnsucht gepackt, entschied Helena, vor dem Frühstück einen kurzen Morgenspaziergang zu machen.

Eine frische, nach Gras duftende Brise strömte ihr entgegen, als sie ins Freie trat. Da die Männer keine Notiz von ihr nahmen, folgte sie ihnen zum Weinberg und verschwand zwischen zwei Reihen Reben. Das Weinlaub streifte ihre Hände und benetzte ihre Haut und ihr Kostüm mit Tau. Unter den gezackten sattgrünen Blättern, die hier und da bereits rote und gelbe Sprenkel aufwiesen, entdeckte sie hellgrüne Trauben, die bis zur Reife mindestens noch einen Monat, wenn nicht zwei brauchen würden. Müller-Thurgau, stellte Helena verwundert fest. Wie war es möglich, dass diese Neuzüchtung des gleichnamigen Schweizers schon an das andere Ende der Welt gelangt war?

Sie pflückte eine noch unreife Weinbeere ab und zerrieb sie zwischen den Fingern. Der säuerliche Duft des Saftes erinnerte sie an ihre Heimat, an die letzte Lese und die Zeit, in der sie glücklich war. Ach, Laurent, warum ist nur alles so gekommen?, dachte sie wehmütig. Dann schloss sie die Augen, lauschte dem Rascheln des Laubes und breitete die Arme aus, als wolle sie sich in die Lüfte erheben.

»He, was suchen Sie hier?«, bellte eine Männerstimme.

Helena schrie vor Schreck auf und wirbelte herum.

Ein schlanker blonder Mann ragte vor ihr auf. Aus blauen

Augen musterte er sein Gegenüber streng. Nur ein Grübchen am Kinn milderte seine kantigen Gesichtszüge. Der Arbeitskleidung nach zu urteilen war er einer der Winzergehilfen. Andererseits verriet seine Haltung, dass er gewohnt war, Anweisungen zu erteilen.

»Ich wollte mir nur den Weinberg ansehen«, antwortete Helena, peinlich berührt.

»Wer hat das erlaubt?«, grollte der Fremde. »Verschwinden Sie von hier!«

Helena straffte sich, blieb aber freundlich. »Brauche ich als Schwiegertochter von Madame de Villiers denn eine besondere Erlaubnis, wenn ich mich hier aufhalten möchte?«

»Schwiegertochter?« Der Mann zog überrascht die Augenbrauen hoch. »Dass Sie bereits hier sind, hat mir niemand gesagt.«

Das überraschte Helena nicht. Ich bin eben nur ein ungeliebter Gast, dachte sie, behielt es aber für sich. »Ich bin erst gestern Abend eingetroffen. Helena de Villiers.«

Sie streckte ihm resolut die Hand entgegen, doch der Fremde erwiderte die Geste nicht.

»Zane Newman, der Kellermeister von Madame de Villiers.«

Ein Engländer als Kellermeister, dachte Helena spöttisch. Das würde es im französischen Mutterland nicht geben. »Sehr erfreut.«

Newman rieb sich verlegen das Kinn. »Entschuldigen Sie, dass ich nicht wusste, wer Sie sind. Natürlich können Sie sich ohne Erlaubnis hier aufhalten ... sofern Sie meine Leute nicht von der Arbeit abhalten.«

Sein Tonfall ließ darauf schließen, dass es ihm alles andere als leidtat, sie angefahren zu haben. Aber Helena wollte nicht vorschnell urteilen.

»Keine Sorge, ich weiß, wann ich im Weg stehe«, begann sie,

versöhnlich lächelnd. »Wenn Sie der Kellermeister sind, kennen Sie sich doch bestens auf dem Gut aus.«

»Natürlich.«

»Hätten Sie Lust, mich ein wenig herumzuführen? Ich würde gern –«

»Bedaure«, fiel er ihr ins Wort. »Ich habe zu tun. Sie hätten sich doch auch allein umgesehen, wenn ich nicht aufgetaucht wäre.«

Was für ein ungehobelter Kerl! Helena ärgerte sich. Aber sie wollte noch nicht aufgeben. »Schon, aber es ist wesentlich interessanter, wenn ich jemanden an meiner Seite habe, der mir alles erklärt.«

»Das gedenkt Madame sicher noch zu tun, und ich will ihr nicht vorgreifen. Sie interessieren sich auch bestimmt nicht für unsere Arbeit. Da gibt es gewiss Kurzweiligeres.«

Newman deutete eine kleine Verbeugung an und wandte sich zum Gehen, aber Helena hielt ihn zurück. »Hören Sie! Sind sie zu allen Besuchern so unfreundlich oder nur zu mir?«

»Ich weiß nicht, was Sie meinen, Ma'am.«

»Oh, das wissen Sie durchaus!« Helena stemmte die Hände in die Seiten. »Wären Sie bei mir angestellt, würde ich Sie zur Ordnung rufen.«

»Dann sollte ich wohl froh sein, dass ich in den Diensten Ihrer Schwiegermutter stehe. Guten Tag!« Damit entfernte er sich rasch.

Helena fehlten die Worte. Was für ein ungehobelter Klotz! Wütend stapfte sie zum Haus zurück. Dabei lief sie beinahe das Dienstmädchen über den Haufen. Im letzten Moment wich sie ihm aus.

»Entschuldigung«, murmelte Helena auf Deutsch und wollte schon weiterstürmen, als das Mädchen fragte: »Mistress de Villiers?«

»Was gibt es?«, fragte Helena unwirsch.

»Ich habe Sie schon überall gesucht! Ich habe Ihnen das Frühstück gebracht, aber Sie waren nicht mehr auf dem Zimmer.« Das Mädchen zupfte unsicher an seiner tadellos gestärkten Schürze. Das Häubchen auf den dunklen Locken saß ein wenig schief.

Helena rang sich ein Lächeln ab. Immerhin konnte die Kleine nichts für Newmans Verhalten. »Ich habe nur einen kleinen Spaziergang gemacht. Wie heißt du denn?«

»Sarah, Madam.« Das Mädchen senkte den Blick. Erst jetzt fiel Helena auf, dass es eine etwa sechzehn oder siebzehn Jahre alte Eingeborene war.

»Sarah, könntest du mir bitte ein Bad bereiten?«

»Sehr wohl, Madam.« Das Mädchen knickste und lief ins Haus zurück.

Der Duft von Kaffee, Gebäck und Croissants strömte Helena entgegen, als sie ihr Zimmer betrat. Als Erstes kostete sie von der leuchtend gelben Konfitüre. Das köstliche Aroma war ihr fremd.

»Woraus wird diese Konfitüre hergestellt?«, fragte sie Sarah, als diese mit einem Wasserkrug erschien. »Sie schmeckt einfach himmlisch.«

»Wir machen sie aus Mangos und Papayas.«

Helenas Neugier war geweckt. »Wo findet man diese Früchte denn?«

»Die wachsen überall. Besonders viele gibt es in der Nähe des Dorfes.«

»Welches Dorf meinst du?« Wahrscheinlich liegt es weiter im Landesinneren, dachte Helena, denn auf der Fahrt hierher hatte sie keines gesehen.

Aber das Dienstmädchen schlug nur betreten die Hand vor den Mund, als hätte es etwas Falsches gesagt, eilte hinaus und rief auf dem Flur: »Ich hole Ihnen noch mehr Wasser, Madam.«

Nach dem Bad beschloss Helena, ihrer Schwiegermutter trotz der eisigen Begrüßung am Vortag einen guten Morgen zu wünschen. Dazu legte sie ihr dunkelblaues, im Empirestil geschnittenes Baumwollkleid an, eines ihrer besten.

Als sie ihre Witwenkleidung in Auftrag gab, hatte sie bei der Schneiderin auch zwei dunkelblaue Kleider bestellt. »Ich ehre das Andenken meines Mannes sicher nicht weniger, wenn ich statt Schwarz mal Dunkelblau trage«, hatte sie der verwundert dreinblickenden Frau erklärt, denn noch immer waren die Ehefrauen gezwungen, nach dem Tod ihres Mannes ein Jahr lang Schwarz zu tragen. Helena fand das nicht wichtig. Was für sie zählte, war, die Liebe für den Verstorbenen auf ewig im Herzen zu bewahren, statt sie unter schwarzem Stoff zu begraben und womöglich mit dem Witwenschleier abzulegen.

Auf dem Weg zu Louises Arbeitszimmer begegneten ihr einige Dienstmädchen mit Wäschekörben, die sie diskret grüßten. Wie viel Personal mag meine Schwiegermutter haben?, überlegte Helena.

Vor der Tür des Arbeitszimmers strich sie sanft über ihren Bauch, bemüht, mit dem Gedanken an ihr Kind die Nervosität zu unterdrücken. Zeige keine Furcht!, ermahnte sie sich. Du bist hier zu Gast und hast nichts Unrechtes getan.

Auf ihr Klopfen rührte sich nichts. Helena lauschte. Ahnt sie vielleicht, dass ich es bin? Lässt sie mich mit voller Absicht warten?, mutmaßte sie.

Auch nach einem weiteren Klopfen blieb alles still. Als Helena den Türknopf drehte, bemerkte sie, dass das Zimmer abgeschlossen war. Was für Geheimnisse ihre Schwiegermutter dort wohl hütete?

Helena drehte sich um. Hinter ihr stand ein Mann in einem sandfarbenen Anzug. Mit seinem ordentlich gekämmten braunen Haar und der Nickelbrille ähnelte er dem Notar, der den Verkauf ihres Weinguts beurkundet hatte. Ob er ein Butler war?

»Mein Name ist Helena de Villiers«, stellte sie sich vor, um nicht wieder für eine Unbefugte gehalten zu werden. »Ist meine Schwiegermutter nicht da?«

»Bedaure, aber Madame ist heute schon in aller Frühe nach Napier aufgebrochen.«

Da muss sie aber früh auf den Beinen gewesen sein, durchfuhr es Helena. Oder lässt sie sich vielleicht von ihrem Angestellten verleugnen?

»Ich bin Jacques Pelegrin, der Sekretär von Madame.« Der Fremde verneigte sich leicht. »Kann ich Ihnen vielleicht weiterhelfen?«

»Nein, danke, Monsieur. Ich wollte mich nur kurz mit meiner Schwiegermutter unterhalten. Wann wird sie aller Voraussicht nach zurück sein?«

»Das ist schwer zu sagen. Sie hat mir den Grund ihrer Abwesenheit nicht genannt, doch es ist anzunehmen, dass sie sich mit Geschäftspartnern trifft. Gegen Abend wird sie gewiss wieder hier sein.«

»Und eine Nachricht für mich hat sie nicht hinterlassen?«

»Nein, bedaure.«

»Ist gut. Haben Sie vielen Dank.« Helena versuchte ihre Enttäuschung zu verbergen, indem sie davonlief.

»Wenn ich doch noch etwas tun kann …«, tönte es hinter ihr her, doch bevor er den Satz zu Ende bringen konnte, bog sie um die Ecke.

»Ich hätte es wissen sollen«, murmelte sie leise vor sich hin und kühlte die glühenden Wangen mit den eiskalten Fingern. »Sie hat offensichtlich keinerlei Interesse, mich näher kennenzulernen.«

In der Eingangshalle blieb Helena stehen. Sie wollte sich nicht in ihr Zimmer zurückziehen, wo sie sich nutzlos und gefangen fühlte. Durch ein Fenster beobachtete sie Männer, die mit dem Schrubben und Schwefeln von Fässern beschäftigt

51

waren. Eine Knochenarbeit, denn der Weinstein ließ sich nicht leicht entfernen. Drei bis fünf Mal nur konnte ein Fass belegt werden, bevor man es ausmustern musste. Ob Louise wohl eine eigene Küferei hatte? Soweit Helena es von weitem beurteilen konnte, waren die Bottiche sehr gut gearbeitet.

Schließlich wurde sie auf einen hochgewachsenen, dunkelhaarigen Mann aufmerksam, der einen Werkzeugkasten in den Schuppen neben dem Herrenhaus schleppte. Ölflecke verunzierten seine Hose, seine Schuhe waren staubig. Ob dort die Presse steht?, fragte sich Helena, während sie den Hals reckte. Zu gern hätte sie mitgearbeitet. Selbst Fässer hätte sie jetzt geschrubbt, ohne zu murren.

Worauf warte ich eigentlich?, dachte sie schließlich. Ich brauche niemanden, der mir alles erklärt. Ich werde mir alles allein ansehen.

Schon stand sie im Hof.

Die Luft hatte sich erwärmt und war erfüllt von dem Geruch nach Maschinenöl und Schwefel. Obwohl sie sich so unauffällig wie möglich umschaute, zog sie sogleich die Blicke der Arbeiter auf sich. Helena grüßte sie lächelnd und schritt forsch zu dem Schuppen, in dem der Handwerker verschwunden war.

Ihre Vermutung, dass sich dort die Vorrichtungen zum Pressen und Gären befanden, bestätigte sich. Ein säuerliches Aroma überlagerte hier alle anderen Gerüche. Traubenmost. Es war in die Wände und das Holz der Fässer eingezogen.

Fasziniert betrachtete Helena die hohen Kessel an der Wand. Die Zentrifuge stand still. Zwei riesige Holzbottiche standen bereit, um den Most zur Gärung aufzunehmen. Die zahnradbetriebene Presse war größer und schwerer als die Presse auf Gut Lilienstein. Und auch älter. Helena schätzte, dass sie noch vor der Jahrhundertwende installiert worden war.

Drei Männer scharten sich um die riesige Kelter. Der Hand-

52

werker zog seinen Kasten auf und wandte sich der offen stehenden Maschinenklappe zu. Ein metallisches Geräusch ertönte, dann griff er nach einem Schraubenschlüssel.

Eigentlich hatte Helena nur stumm zuschauen wollen, aber alle Männer starrten sie an.

»Guten Morgen, *messieurs*, ich bin Helena de Villiers«, erklärte sie auf Französisch. »Ich wollte Sie nicht stören. Nur ein wenig zusehen, wenn Sie gestatten.«

Die Arbeiter wechselten verwunderte Blicke. »Sie sind die Schwiegertochter von Mistress de Villiers!«, sagte der Techniker. Sein Französisch war noch akzentbehafteter als ihres.

Helena nickte. »Ja, die bin ich. Ich drehe gerade eine Runde, um mich mit allem vertraut zu machen.«

»Paul Walker, angenehm. Das sind Yves Leduc und Jean Michelot.« Er wies auf den Blonden und den Rothaarigen neben sich.

»Haben Sie Schwierigkeiten mit der Presse?«

»Nein, das ist nur die übliche Wartung vor der Lese. Allerdings lief sie schon im vergangenen Jahr nicht mehr ganz rund; früher oder später muss das alte Mädchen wohl ausgetauscht werden. Solange wir sie aber noch selbst reparieren können, tun wir das.«

»Wie viele Jahre hat das gute Stück denn schon auf dem Buckel?«

»Fünfzig!«, antwortete Walker stolz. »Madame de Villiers' Vater hat sie angeschafft, kurz nachdem sie auf den Markt gekommen war. Sie wurde mit einem Schiff aus Frankreich gebracht. Der Maître hätte auch eine aus England kriegen können, aber die wollte er nicht. Jedenfalls erzählt man sich das. Miterlebt hab ich's nicht, ich arbeite erst seit zehn Jahren hier.«

Für das Alter ist die Maschine sehr gut gewartet. Besser als die Kutsche, spottete Helena im Stillen. »Sie alle leisten sehr gute Arbeit, denn man sieht der Presse ihr Alter kaum an.«

Walker antwortete nicht, sondern senkte bescheiden den Kopf.

»Was haltet ihr hier Maulaffen feil?«, hallte plötzlich eine Stimme durch den Schuppen.

Helena seufzte. Newman! Dem entging aber auch nichts.

»Wir haben der Schwiegertochter von Madame erklärt, wie die Presse funktioniert«, antwortete Walker verlegen.

Der Kellermeister blickte Helena an, als erwarte er eine Bestätigung.

»Das haben sie«, stimmte sie zu. »Und ich wäre untröstlich, wenn diese fleißigen Männer sich meinetwegen Ärger eingehandelt hätten.«

Newman schnaubte. Dann wandte er sich an Walker. »Wird die Presse zum vorgesehenen Termin laufen?«

»Es spricht nichts dagegen.«

»Gut, dann machen Sie weiter!« An Helena gerichtet, fuhr Newman fort: »Und Ihnen würde ich raten, den Schuppen zu verlassen, Madam. Es wäre möglich, dass Ihnen irgendwas auf den Kopf fällt.«

Helena sprach nicht aus, was ihr auf der Zunge lag: Bin ich ein Kleinkind? Oder sehe ich aus, als könnte ich nicht bis drei zählen? »Machen Sie sich um mich keine Sorgen, Mister Newman!«, sagte sie nur. »Ich habe mich in meinem eigenen Kelterhaus nie verletzt. Und sofern sich keines der Zahnräder löst, werde ich hier auch keinen Schaden nehmen, denn ich hab nicht vor, mich in den Bottich zu stürzen, wenn die Maschine läuft.«

Verhaltenes Kichern folgte ihren Worten.

Der Kellermeister presste die Lippen zusammen, während er sie stechend musterte. »Machen Sie doch, was Sie wollen!«, murmelte er und stürmte hinaus.

54

»Mister Newman, warten Sie!«, rief Helena und folgte dem Kellermeister, der mit energischen Schritten über den Hof eilte. Schnaufend blieb er stehen. »Was wollen Sie denn?«

»Mister Newman, ich habe auf meinem Gut genauso gearbeitet wie meine Leute, und es interessiert mich sehr wohl, wie der Wohlstand dieses Gutes entsteht.«

»Worauf wollen Sie hinaus?«

»Da Sie offenbar glauben, ich würde nicht hierhergehören, will ich Ihnen das Gegenteil beweisen. Geben Sie mir eine Aufgabe, und ich erledige sie.«

Newman starrte fast schamlos auf ihren geschwollenen Leib. »Sie wollen arbeiten? In Ihrem Zustand?«

»Ich bin schwanger und nicht krank, Mister Newman. Ich weiß, dass ich weder schwer heben, noch andere Tätigkeiten ausführen kann, die Ihre Leute erledigen. Aber ich könnte die Reben ausdünnen. Die Weinbeeren stehen zu dicht, sie werden nicht zu voller Größe heranwachsen, wenn man nicht eingreift.«

»Für diese Arbeit habe ich meine Männer.«

»Aber offenbar sind die noch nicht dazu gekommen, diese Arbeit zu verrichten. Wie viele Monate sind es noch bis zur Lese? Zwei? Zweieinhalb? Ich habe einen Blick dafür, wie dicht die Reben stehen müssen, und wenn ich einen Hocker mitnehme und das Ausdünnen im Sitzen verrichte, könnte ich Ihnen eine wertvolle Hilfe sein, ohne meine Gesundheit aufs Spiel zu setzen.«

Newman betrachtete sie finster. »Nein.«

»Und weshalb nicht?«

»Weil ich die Verantwortung für die Weinstöcke trage. Ich kann nicht riskieren, dass Sie zu viel wegschneiden oder andere Schäden anrichten.«

Helena verschränkte die Arme vor der Brust. »Offenbar haben Sie mir nicht zugehört! Ich habe Ihnen doch gerade gesagt, dass ich mich mit Reben auskenne. Auf meinem Gut habe ich diese Arbeit immer gemeinsam mit meinen Leuten verrichtet.«

»Und warum sind Sie dann hier, wenn auf Ihrem Gut alles so ordentlich abgelaufen ist?«

Eine Ohrfeige hätte Helena nicht schlimmer treffen können. Am liebsten hätte sie ihm an den Kopf geschleudert, dass nicht ihre mangelnden Kenntnisse, sondern die Reblaus ihr Unglück bedeutet hatte. Aber ihre Kehle war wie zugeschnürt.

»Entschuldigen Sie mich, ich habe zu tun.«

Helena kämpfte mit den Tränen, als sie Newman nachsah. Bloß nicht weinen!, ermahnte sie sich.

Das war aber leichter gesagt als getan. Zornig ballte sie die Fäuste, versagte sich aber, etwas hinter ihm herzuschreien. Stattdessen lief sie zurück ins Haus und schwor sich, ihm die Leviten zu lesen, wenn sie sich wieder abgeregt hatte.

3

Quietschend durchpflügten die Räder des Landauers den Sandweg. Louise spürte jedes Schlagloch im Rücken. Sie konnte sich Angenehmeres vorstellen, als an diesem Morgen in der Kutsche durch die Gegend zu schaukeln. Aber besser geschundene Knochen als ein verdorbener Morgen mit diesem Frauenzimmer, dachte sie grimmig.

Um Helena aus dem Weg zu gehen, war Louise schon in aller Frühe aufgebrochen. Sie wollte ein wenig herumfahren, um beim Anblick der bezaubernden Landschaft Frieden zu finden. Der Gedanke an ihre Schwiegertochter ließ sich allerdings weder durch den Anblick der grünen Hügel noch durch den frischen Duft der taubedeckten Wiesen vertreiben. Nicht mal die goldene Sonne und das Rauschen des nahen Wairoa River vermochten das.

Wie hatte Laurent diese Person nur heiraten können! Eine Frau, die nicht mal imstande war, ihr Geschäft zu führen ...

Louise seufzte schwer. Natürlich hatte sie es sich selbst zuzuschreiben, dass Helena hier war. Eine Ablehnung des Hilfegesuchs hatte ihr Gewissen nicht zugelassen. Laurent war tot. Sein einziges Erbe war das Kind, das Helena trug. Wenn ihm etwas zustieß, würden die De Villiers aussterben – und damit wäre alles vergeblich, wofür sie und ihre Vorfahren hart gearbeitet hatten. Also hatte sie zum Federhalter gegriffen.

Sie bezweifelte, dass sie sich je mit Helena anfreunden

könnte. Die Enttäuschung über Laurents Flucht saß einfach zu tief. Eine deutsche Winzerin!, dachte Louise bitter. Laurent hat genau in die Welt eingeheiratet, vor der er geflohen ist.

Auf ihr erbostes Schnaufen hin wandte Didier sich um. Ihm entging nichts trotz des Lärms, den die Kutsche machte.

»Alles in Ordnung, Madame? Das Schaukeln ist gleich vorbei, da vorn wird die Straße besser.«

»Mein Unmut kommt nicht von dem schlechten Weg, Didier. Ich war nur in Gedanken.«

Der Kutscher blickte wieder nach vorn.

Louise bemühte sich, Helena zu vergessen. Es gab noch ein leidiges Thema, das sie seit Monaten beschäftigte.

Die jüngsten politischen Entwicklungen waren überaus beunruhigend für die Winzer. Nachdem vor drei Jahren der Entwurf eines Prohibitionsgesetzes die erforderliche Mehrheit knapp verfehlt hatte, regten sich neue Bemühungen, den Weinbauern das Leben schwer zu machen. In einzelnen Städten der Südinsel war der Verkauf von Wein bereits verboten, worauf viele örtliche Winzer ihre Güter aufgegeben hatten. Gerüchten zufolge hatte einer von ihnen aus Verzweiflung sogar sein Haus angezündet.

Louise ballte entschlossen die Fäuste. So werde ich auf keinen Fall enden! Und wenn ich persönlich nach England reisen und dort vorstellig werden muss!

Didier hatte Recht, die Straße wurde besser. Nach einer halben Stunde erreichten sie die Stadtgrenze von Napier. Eine frische salzige Brise schlug ihnen entgegen. Ich könnte Didier bitten, ans Meer zu fahren, dachte Louise sehnsüchtig. Wie lange ist es schon her, dass ich an der Küste gestanden und Tangaroas Gesängen gelauscht habe?

Obwohl die Versuchung groß war, diesem Verlangen nachzugeben, entschied sie sich, in die Stadt zu fahren. Es wurde Zeit, dass sie ihrer alten Freundin Amalia Grimes mal wieder einen Besuch abstattete.

»Didier, bring mich bitte in die April Street!«

Mehr musste sie nicht sagen. Der Kutscher lenkte den Landauer gehorsam durch Nebenstraßen, bis sie die Main Street erreichten, wo ein Tumult ihn zum Anhalten zwang. Eine unüberschaubare Menschenmenge verstopfte die Straße.

»Didier, was ist da vorn los?« Obwohl sie den Hals reckte, konnte sie nicht viel erkennen.

Er richtete sich auf dem Kutschbock auf. »Ein Menschenauflauf, Madame. Soweit ich es überblicken kann, stecken noch andere fest. Soll ich mal nachsehen, was die Ursache ist?«

Ob das wieder diese Suffragetten sind?, fragte Louise sich. Seit einiger Zeit machten die Frauenrechtlerinnen verstärkt die Gegend unsicher. Nach dem Wahlrecht, das schon seit einiger Zeit in Neuseeland galt, forderten sie weitere Rechte und verlangten so absurde Dinge wie die Abschaffung des Korsettzwangs in der Mode. Dinge, über die sie nur den Kopf schütteln konnte. »Nein, nicht nötig. Bleib nur hier! Wir wollen nicht zu neugierig erscheinen.«

Davon überzeugt, dass sich der Stau schon bald auflösen würde, lehnte Louise sich zurück und strich den Rock ihres Witwenkleides glatt.

»Mistress de Villiers!«

Von einer kleinen Staubwolke umgeben, hetzte Jason Callaway auf sie zu. Das Gesicht des Pub-Besitzers war hochrot.

»Ich habe gerade Ihre Kutsche gesehen und dachte mir, ich sag Ihnen Bescheid.« Keuchend lehnte er sich an den Kutschenschlag.

»Was gibt es denn, Mister Callaway?«

Er brauchte einen Moment, um zu Atem zu kommen. »Sie haben ein totes Mädchen gefunden. Neben dem Laden von Mister Morton.«

Louise schlug die Hand vor den Mund. »Du lieber Himmel!«

»Die Polizei hat die Straße abgesperrt, damit der Doktor die Leichenschau vornehmen kann.«

»Hier auf der Straße?« Louise war entsetzt über diesen Mangel an Pietät, den die örtliche Behörde zur Schau stellte. Auch wenn es sich um einen Mord handelte, musste die Tote doch vor den Blicken der Neugierigen geschützt werden!

»Ich fürchte, ja«, antwortete Callaway. »Sie können sich vorstellen, wie aufgelöst der alte Teddy ist.«

Der Gemischtwarenhändler Thaddeus Morton war nicht gerade nervenstark. Louise ahnte, was er durchmachte.

»Und wie lange wird die Sperre noch dauern?«

»Das müssten Sie die Polizisten fragen. Aber ich rate Ihnen, wenn möglich, umzukehren und durch Seitenstraßen zu fahren.«

Louise bedankte sich für die Auskunft, verabschiedete sich und ließ Didier wenden.

Amalia Grimes schnarchte in einem Ohrensessel mit zur Seite gelegtem Kopf selig vor sich hin, als Louise durch die Salontür trat. Das Dienstmädchen, das sie hereingeführt hatte, wirkte ein wenig unsicher, ob es die Herrin wecken solle oder nicht.

Doch schon zuckte Amalia zusammen und sah auf.

»Louise! Welche Überraschung! Wie lange stehst du denn schon da? Und warum hat mich niemand geweckt?«

»Keine Sorge, ich bin gerade erst angekommen.«

Louise nahm ihren Hut ab und reichte ihn samt Hutnadel dem Dienstmädchen. Während die kleine Blonde damit verschwand, umarmte Louise ihre Freundin herzlich.

»Komm, setz dich zu mir! Ich dürste nach Neuigkeiten über Wahi-Koura.«

Früher war Amalia eine der besten Tänzerinnen des Landes

gewesen und hatte Louise häufig auf dem Weingut besucht. Aber seit ihre Beine nicht mehr mitmachten, ging sie kaum noch aus dem Haus und freute sich immer, wenn ihre Freundin vorbeischaute.

Louise ließ sich auf der Chaiselongue gegenüber von Amalia nieder. Obwohl die Freundin im Rollstuhl saß und meist eine Decke auf ihren Knien lag, achtete sie immer auf tadellose Kleidung. Auch sie war Witwe und trug deshalb seit zehn Jahren nur Schwarz. Dennoch unterschieden sich ihre mit schwarzen Jetperlen bestickten Kleider erheblich von der üblichen Trauerkleidung. Sie waren so elegant, dass man sie beinahe für Abendroben halten konnte. Und Amalias silbergraue Haarpracht war stets gut onduliert.

Ebenso wie Amalia besaß der Salon eine gepflegte Eleganz. Der im Raum schwebende Duft nach Zitrone erinnerte Louise an ihre Jugendzeit, als sie am Institut von Mrs Higgins unterrichtet worden war.

»Mary, bringen Sie uns doch bitte einen Tee!«, wies Amalia das Dienstmädchen an, das inzwischen wieder in der Tür aufgetaucht war. Dann wandte sie sich an Louise. »Wie geht es deinem Weinberg, Liebes?«

»Danke. Besser denn je.«

»Du klingst aber so, als seien dir sämtliche Stöcke erfroren. Was ist los?«

Auch heute redete Amalia nicht lange um den heißen Brei herum. Sie mochte vielleicht ein großes Haus und Bedienstete haben, aber im Herzen war sie immer noch das einfache Mädchen aus Wellington, das als Gattin eines Rinderbarons nach Napier gekommen war.

»Ach, mir geht so manches im Kopf herum.« Soll ich ihr erzählen, dass Laurents Frau hier ist? Nicht jetzt, entschied Louise nach einigem Ringen und antwortete: »Der Wind wird rauer für uns Winzer.«

»Das habe ich auch gehört«, meinte Amalia. »Ehrlich gesagt mache ich mir allmählich Sorgen. Du erinnerst dich sicher noch, wie knapp der Antrag auf ein Alkoholverbot beim letzten Mal gescheitert ist.«

Louise nickte seufzend.

»Der Druck, der auf den Stadträten liegt, ist sehr hoch. Erst vor kurzem haben die Abstinenzler wieder vor dem Government Building protestiert und sogar eine Anhörung erreicht. Ihr Argument, dass der Alkohol Männer verderbe und zur Trunksucht verführe, ist schwer zu entkräften.«

»Als wäre Wein dazu gedacht, sich bis zum Wahn zu betrinken!« Louise ballte empört die Fäuste. »Diese Banausen mögen das vielleicht glauben und praktizieren, doch der Wein ist und bleibt ein Kulturgut, Amalia. Ein Genuss und kein Mittel zum Rausch!«

»Das sehe ich auch so, liebe Freundin. Aber dennoch musst du zugeben, dass viele Menschen schwer ein Maß finden, wenn es ums Trinken geht.«

Amalia sprach aus Erfahrung. Auch ihr Mann war am Ende seines Lebens der Trunksucht verfallen. Dennoch hatte sie sich nie auf die Seite der Abstinenzler gestellt.

Louise presste die Lippen zusammen. Sollten die Abstinenzler in Neuseeland wie in Amerika ein Alkoholverbot erreichen, würde sich alles, wofür sie gekämpft hatte, in Rauch auflösen.

Als das Dienstmädchen den Tee einschenkte, wurde Louise von dem würzigen Duft abgelenkt. Obwohl ihr Vater Franzose war, hatte sie eine Schwäche für dieses Getränk entwickelt.

»Einer der besten Earl Greys, den man finden kann«, erklärte Amalia stolz, schüttete etwas Milch in ihre Tasse und gab ein Stück Kandiszucker dazu. »Dir liegt aber noch etwas anderes auf der Seele, oder?«

Louise setzte die Teetasse ab und schwieg.

»Hat es mit Laurent zu tun?«

Nachdem Amalia von Laurents Tod erfahren hatte, war sie unverzüglich zu Louise gefahren, damit die Freundin in ihrem Schmerz nicht allein blieb.

»Seine Frau ist gestern angekommen. Ich habe ihr ein Zimmer im Westflügel zugewiesen.«

»Das war sehr großherzig von dir.« Amalia betrachtete ihre Freundin prüfend. »Warum hast du sie nicht mitgebracht? Ich hätte sie gern kennengelernt.«

Soll ich etwa zugeben, dass ich vor Helena davongelaufen bin? Nein, entschied Louise und sagte: »Sie war noch nicht wach. Außerdem hat sie eine weite Reise hinter sich.«

Nervös führte Louise die Tasse an den Mund. Vielleicht hätte ich nicht von Helena erzählen sollen, dachte sie.

»Du hast dem Jungen noch immer nicht verziehen, nicht wahr?«

»Seine Frau ist schwanger«, wich Louise aus. »Ich werde Großmutter.«

»Wie schön! Das ist doch ein Grund zur Freude. Warum nur hört es sich bei dir an wie ein Trauerspiel?«

»Nach allem, was passiert ist, kann mich nichts mehr erfreuen. Ich habe Helena aufgenommen, weil sie in Not geraten ist. Und damit hat's sich.«

»Ach, Louise! Wenn das Kind erst einmal da ist, wirst du überglücklich sein, glaube mir.«

»Wir werden sehen«, brummte Louise unwirsch und stellte die Tasse wieder ab.

Seufzend legte Amalia eine faltige Hand auf die Rechte von Louise. »Meine Liebe, mit dem Enkelkind ist der Fortbestand deiner Familie gesichert, und vielleicht erinnert es dich eines Tages ein wenig an Laurent.«

Louise schüttelte abwehrend den Kopf. Ihr war ganz elend zumute. Die Trauer über den Tod ihres einzigen Sohnes nahm

63

wieder von ihr Besitz. »Warum hat er sie bloß geheiratet? Ausgerechnet eine Winzerin! Manchmal frage ich mich, ob er mich damit ärgern wollte.«

»Ärgern? Ach, Louise! Nein, das hat bei seinen Überlegungen ganz bestimmt keine Rolle gespielt. Ich bin sicher, er hat sie geliebt.«

Louise erwiderte nichts, denn sie wollte nicht mit ihrer Freundin streiten. Amalia wirkte müder als bei ihren letzten Treffen, und der Gedanke, dass dieser Sommer für ihre Freundin der letzte sein könnte, bereitete ihr Unbehagen. »Ich habe deine Zeit schon viel zu lange beansprucht«, sagte sie sanft und erhob sich.

Amalia winkte ab. »Du hast mich davor bewahrt, einzuschlafen und schlecht zu träumen. Ich möchte dir einen Rat mit auf den Weg geben: Sei nett zu dem Mädchen, nicht dass du es noch vergraulst! Helena könnte es sich anders überlegen und mit deinem Enkel fortgehen. Je eher du Frieden mit ihr schließt, desto mehr Freude wirst du an dem Kind haben. Du kannst nicht ewig der Vergangenheit nachhängen.«

Vielleicht hat Amalia Recht, dachte Louise, als sie wieder in die Kutsche stieg. Wenn ich nur nicht solch eine Abneigung gegen diese Person hätte!

Eine Unterhaltung zwischen zwei Frauen, die auf dem Gehsteig miteinander plauderten, lenkte sie ab.

»Weiß man schon, wie sie gestorben ist?«

»Jemand hat ihr den Schädel eingeschlagen.«

»Wie furchtbar!«

»Und einen Verdächtigen haben sie auch schon. Er soll sich mit dem armen Ding gestritten haben, jedenfalls hat Jenny Grable das gehört.«

»Und wer ist der Bursche?«

»Einer von den Wilden, die für Mister McIntyre arbeiten. Joe heißt er.«

Louise fuhr zusammen. Ist das nur dummes Geschwätz, oder hat der Maori wirklich eine Frau erschlagen?, fragte sie sich entsetzt.

Mit einem unguten Gefühl in der Magengrube ließ sie sich nach Hause kutschieren. Das Gehörte ging ihr nicht mehr aus dem Kopf.

4

Helena betrachtete fasziniert den Wairoa River, der sich in sanften Windungen durch das Tal schlängelte. Wunderschön, dachte sie. Wie ein funkelndes Juwelencollier auf grünem Samt. Was der Name des Flusses wohl bedeutet?

Von dem Felsvorsprung aus, auf dem sie saß, konnte Helena einen großen Teil des Tals überblicken. Schäfchenwolken zogen über den blauen Himmel, und über den grünen Hängen kreisten große Vögel, die fremdartige Laute ausstießen.

Warum wollte Laurent nur von hier fort? Es ist ein wahres Paradies – wenn man mal von Louises abweisender Art absieht, sinnierte Helena. Bevor der Gedanke an ihre Schwiegermutter die Oberhand gewann, richtete sie den Blick auf die gegenüberliegenden Felsen. Einer von ihnen hatte die Form eines Männerkopfes mit breiter Unterlippe. Nase und Augenbrauen waren grasbewachsen. Ein grotesker Anblick, der sie zum Lächeln brachte. Was für eine seltsame Laune der Natur! Oder hatten Menschen dieses Gesicht geschaffen? Ist es vielleicht ein Kultplatz der Eingeborenen? Sie nahm sich vor, Sarah oder Didier danach zu fragen.

Hufschlag unterbrach ihre Überlegungen. Helena spähte nach unten.

Louises Landauer schaukelte den steilen Weg hinauf.

Die Hausherrin ist also zurück, dachte Helena und wurde plötzlich von Unwohlsein erfasst. Warum nur habe ich heute

Morgen mit Louise sprechen wollen? Sie hatte es vergessen, empfand jedoch Erleichterung, dass ihr eine erneute Konfrontation erspart geblieben war.

Ein Floß glitt langsam flussabwärts, voll beladen mit Körben. Gleichmütig stieß der Flößer die Stake ins Wasser, eine idyllische Szene, die jeden Maler begeistert hätte. Eine Weile verharrte Helena bei diesem Anblick, bis es hinter ihr raschelte.

»Madam!«, rief eine Mädchenstimme.

Helena wandte sich um. So wie Sarah die Arme an den Seiten ausstreckte und über die Steine balancierte, ähnelte sie einer Seiltänzerin.

»Dieser Ort ist gefährlich«, warnte sie. »Sie sollten nicht hier sein. Womöglich stürzen Sie noch ab.«

»Vielen Dank für deine Sorge, Sarah, aber deswegen bist du doch nicht hier«, antwortete Helena amüsiert.

»Nein, Ihre Schwiegermutter möchte Sie sehen! Und zwar unverzüglich.«

Helena runzelte die Stirn. Was kann sie von mir wollen? Hat der Sekretär ihr mitgeteilt, dass ich sie sprechen wollte? Seufzend erhob sie sich. »Also gut, ich komme.«

Sarah streckte ihr eine Hand entgegen. »Soll ich Sie nicht lieber festhalten? Nicht, dass Ihnen noch etwas passiert. Wenn Sie fallen, dann sterben Sie und Ihr Kind.«

»Keine Sorge, Sarah! Ich bin es gewohnt, mich am Steilhang zu bewegen. Mein Weinberg lag auch am Berg.«

Helena lächelte dem Mädchen aufmunternd zu und folgte ihm ins Haus.

Louise thronte im Esszimmer am Kopfende einer langen Tafel, die mit weißen Rosen geschmückt war. Seidenrosen, wie Helena feststellte, als sie näher kam. Ihre Schwiegermutter schaute sie direkt und beinahe stechend an. Ihr Teint wirkte noch blasser als am Vortag.

Helena zwang sich, die Hände nicht in den Rock zu krallen. Warum bin ich plötzlich nur so unsicher?, fragte sie sich verärgert. Je mehr Schwäche ich ihr zeige, desto mehr Aufwind bekommt sie. Sie straffte sich und blieb ein paar Schritte vor dem Tisch stehen.

»Sie wollten mich sehen, Madame?«

Ein missbilligender Zug legte sich um Louises Lippen. »Sie tragen Blau.«

»Wie bitte?« Helena errötete, als ihr aufging, was Louise meinte.

»Sie sind noch keine drei Monate Witwe, nicht wahr? Ich weiß nicht, wie man es in Deutschland hält, aber hier sollten Sie besser Schwarz tragen und nicht Blau.«

Helena senkte betreten den Kopf. Gerade weil sie einen guten Eindruck machen wollte, hatte sie dieses Modell gewählt.

»Bitte verzeihen Sie, ich werde mich umziehen.«

»Sie werden hierbleiben!«, fuhr Louise sie an. »Wie Sie sehen, ist der Tisch bereits gedeckt. Wir werden heute gemeinsam zu Abend essen.«

»Man hat mir nicht mitgeteilt, dass Sie mit mir zu essen wünschen«, antwortete Helena überrascht.

»Setzen Sie sich!«, befahl Louise schroff und deutete auf den Stuhl am anderen Ende der Tafel. »Für heute lasse ich Ihren Aufzug durchgehen, aber morgen sind Sie passend gekleidet, haben Sie verstanden?«

Helena nickte und nahm Platz. Warum fühle ich mich in ihrer Gegenwart wie ein unmündiges Kind?, dachte sie. Ihre Kehle schnürte sich zu. Wie soll ich bloß etwas hinunterkriegen? Morgen Mittag werde ich mich verstecken, damit Sarah mich nicht findet, beschloss sie.

Auf einen Wink von Louise eilte ein Dienstmädchen mit einer Wasserschüssel herbei.

Sie will meine Manieren testen, dachte Helena. Ich darf mir keinen weiteren Fauxpas leisten.

Nachdem Helena ihre Hände gesäubert und abgetrocknet hatte, wandte sich das Dienstmädchen der Hausherrin zu. Diese wusch sich ebenfalls und erteilte Adelaide die Anweisung, die Mahlzeit aufzutragen. Eine unangenehme Stille erfüllte den Raum. Helena fand die Atmosphäre erstickend und kämpfte gegen den Drang, sich zu räuspern. Vielleicht sollte ich den Anfang machen, dachte sie. Doch worüber soll ich mit einer Frau reden, die offenbar kein gutes Haar an mir findet?

Louise kam ihr schließlich zuvor. »Sie haben sich das Gut angesehen.«

Da diese Worte eher wie eine Feststellung klangen, ging Helena davon aus, dass ihre Schwiegermutter mit Newman gesprochen hatte.

»Ja, das habe ich, jedenfalls teilweise. Sie haben wirklich ein wundervolles Anwesen. Der Weinberg ist prächtig.«

Louise nahm das Kompliment auf, ohne eine Regung zu zeigen. »Wir produzieren jedes Jahr über tausend Liter. Nicht besonders viel im Vergleich zu den Weingütern in Frankreich, aber genug, um mit der örtlichen Konkurrenz Schritt zu halten.«

»Das ist sehr erfreulich für Sie.«

»In der Tat. Wie Sie sehen, kann man ein Weingut viele Jahre erfolgreich führen – auch als Frau.«

Helena presste die Lippen zusammen. Kann sie nicht mal einen Satz von sich geben, der mich nicht verletzt?, dachte sie. Um Beherrschung bemüht, antwortete sie: »Unser Weingut bestand auch lange Jahre, und wenn nicht die Reblausplage über uns gekommen wäre, wovon ich Ihnen ja berichtet habe, dann würde ich es noch immer führen. Aber das Schicksal ist manchmal unerbittlich.«

»Schicksal!«, platzte Louise heraus. »Das Schicksal wird von Menschen gemacht!«

Bevor sie zu einer Tirade ansetzen konnte, erschien Adelaide, begleitet von Sarah und einem anderen Mädchen. Sie trugen Platten mit Fleisch und Gemüse sowie Getränke auf. Den köstlichen Duft konnte Helena allerdings nicht genießen, denn Louise musterte sie unablässig.

Als Sarah den Wein einschenken wollte, bemerkte Louise: »Für meine Schwiegertochter bitte Wasser. In ihrem Zustand sollte sie keinen Wein trinken. Ich kann nicht zulassen, dass dem Kind etwas geschieht.«

Auch diese Bemerkung traf Helena wie eine Ohrfeige. Als ob ich nicht selbst auf mein Kind aufpassen würde!, empörte sie sich insgeheim. Kann sie nicht einmal freundlich und nicht herablassend sein?

Als die Mädchen beiden Frauen Fleisch und Gemüse aufgelegt hatten, verließen sie den Raum.

Während des Essens herrschte ein frostiges Schweigen. Immer wieder schweifte Louises Blick zu Helena, die es vermied aufzusehen.

»Haben Sie sich bereits eingerichtet?«, fragte ihre Schwiegermutter schließlich.

»Bislang noch nicht.«

Louise zischte missbilligend.

Woher hätte ich Möbel nehmen sollen?, fragte sich Helena und versuchte dann, ein anderes Thema anzuschlagen.

»Wie ich gesehen habe, bauen Sie Müller-Thurgau an. Warum keine französische Sorte?«

Louises Lippen kräuselten sich. »Der Sauvignon, den mein Vater anbaute, hat schlechte Erträge gebracht. Ich war gezwungen, viele Stöcke durch eine weniger anspruchsvolle Rebe zu

70

ersetzen. Es ist eine hervorragende Züchtung, die auf dem hiesigen Boden sehr gut gedeiht und ordentliche Erträge bringt.« Louise verstummte kurz, dann fuhr sie fort: »Mister Newman sagte mir, dass Sie im Kelterhaus waren.«

Helena griff nach ihrem Wasserglas, trank aber nicht. Sie musste ihre Nervosität überspielen. Wusste ich's doch, dass sie mit ihm geredet hat!, dachte sie. Wahrscheinlich hat er ihr noch mehr erzählt. »Ja, ich habe mir die Presse angesehen. Sehr eindrucksvoll.« Die wenigen Bissen, die sie hinuntergezwungen hatte, lagen ihr schwer im Magen.

»Und er sagte auch, dass Sie ihn um Arbeit ersucht haben.«

»Das hab ich tatsächlich.«

»Offenbar hat Ihnen Ihr Arzt nicht geraten, sich während der Schwangerschaft zu schonen.«

»Doktor Mencken hat mich für reisetauglich befunden und mir nur ans Herz gelegt, nicht zu schwer zu arbeiten.« Helena bemühte sich um einen leichten, unbekümmerten Ton, obwohl sie innerlich vor Wut kochte und ihrer Schwiegermutter inzwischen am liebsten jedes ihrer grauen Haare einzeln ausgerissen hätte. »Mister Newman hat Ihnen doch sicher erzählt, was ich vorgeschlagen habe?«

Louise blickte sie nur abschätzig an.

»Nun gut, ich hab mich erboten, die Reben auszudünnen. Das ist eine verhältnismäßig leichte Tätigkeit, die ich schon oft verrichtet habe. Jedenfalls oft genug, um zu wissen, wann es schadet und wann es sinnvoll ist, um die Erträge zu steigern. Und bevor Sie mir unterstellen, dass ich Ihnen schaden will, möchte ich klarstellen, dass dies nicht der Fall ist. Ich möchte nur meinen Beitrag leisten.«

Louise sagte noch immer nichts.

Verdammt, tu doch nicht so, als hättest du mich nicht verstanden!, dachte Helena verzweifelt.

»Sie sollten sich besser schonen«, erklärte Louise barsch.

»Die Sorge um Ihre Gesundheit ist Ihre vornehmliche Aufgabe. Wenn das Kind erst einmal auf der Welt ist, werden Sie ohnehin keine Zeit mehr für irgendwelche Flausen haben.«

Jetzt reichte es Helena. Sie riss sich die Serviette vom Schoß und warf sie neben den Teller. »Sie nennen also meine Absicht, mich an der Arbeit zu beteiligen, Flausen? Dann sage ich Ihnen jetzt was: Ich will nicht als nutzloser Esser dastehen, wenn ich hier schon nicht willkommen bin! Vielleicht sollte ich mir besser eine Bleibe in der Stadt suchen, damit Sie mich hier nicht mehr ertragen müssen!«

Damit wirbelte sie herum und verließ erhobenen Hauptes den Raum.

»Das werden Sie nicht tun!«, polterte Louise. »Kommen Sie gefälligst wieder zurück!«

Aber Helena dachte gar nicht daran zu gehorchen.

Zwei Stunden später, als Helena gerade mit ihrer Abendtoilette fertig war, klopfte es an ihrer Tür. Sie warf ihren Morgenmantel über und bat den Besucher herein.

Es war Sarah, die ein Tablett mit einer silbernen Abdeckhaube und einem Wasserkrug trug. »Ihre Schwiegermutter hat mir aufgetragen, Ihnen das zu bringen«, erklärte das Mädchen zögerlich. »Sie hätten kaum etwas gegessen.«

Helena konnte nicht glauben, dass Louise sich um sie sorgte. Neben dem abgedeckten Teller entdeckte sie einen kleinen Umschlag.

»Ist der auch für mich?«

Sarah nickte.

Was will sie wohl mitteilen?, fragte Helena sich. Dass sie mich rauswirft? So, wie ich mich verhalten habe, wäre das kein Wunder. Aber hätte ich mir weiterhin ihre Vorwürfe und Anweisungen anhören sollen? Ich bin eine erwachsene Frau!

»Ihre Schwiegermutter erwartet eine Antwort. Unverzüglich«, flüsterte Sarah.

»Die soll sie kriegen!« Helenas Hände zitterten, als sie den Umschlag aufriss und las:

Madame,

da Sie vor unserer Unterhaltung geflüchtet sind und es unter meiner Würde ist, jemandem nachzulaufen, sehe ich mich gezwungen, Ihnen diese Nachricht zukommen zu lassen. Ich setze Sie hiermit davon in Kenntnis, dass ich Ihren Auszug aus meinem Haus nicht dulden werde. Mein Einfluss in der Stadt ist groß. Deshalb werden Sie schwerlich jemanden finden, der Ihnen eine Herberge bietet. Sie sind meine Schwiegertochter und gehören zu meiner Familie, ob mir das nun gefällt oder nicht. Als Oberhaupt der De Villiers habe ich zu bestimmen, wo Sie leben. Ihr Platz ist hier, vergessen Sie das nicht! Also zügeln Sie Ihr Temperament, denn noch so einen Ausbruch wie den von vorhin werde ich nicht dulden!

Zorn tobte in Helena, als sie das Blatt sinken ließ. Was fällt dieser alten Schreckse bloß ein? Es steht ihr nicht zu, über mich zu bestimmen!

Doch die Stimme der Vernunft riet Helena, sich zu beruhigen.

Mit dem Brief trat sie an den Schreibtisch, griff nach einem Bleistift und schrieb so akkurat wie möglich auf dessen Rückseite:

Bitte verzeihen Sie meinen Ausbruch, Madame. Er war unpassend und tut mir leid. Ich werde das Haus nicht verlassen. Allerdings würde ich es sehr schätzen, wenn Sie mir nicht das Gefühl vermitteln würden, hier nur geduldet zu sein. Ich verstehe und teile Ihren Schmerz über den Verlust Ihres Sohnes. Und ich bin Ihnen sehr dankbar dafür, dass Sie mich hier aufgenommen haben. Ich werde mich bemühen, Ihnen zu beweisen, dass Laurent die richtige Wahl getroffen hat.

»Bitte, gib das meiner Schwiegermutter!«, sagte Helena, als sie den Bogen wieder im Umschlag verstaut hatte.

»Brauchen Sie noch etwas, Madam?«

»Nein, danke, Sarah.«

Als das Mädchen das Zimmer verlassen hatte, warf Helena einen Blick unter die Abdeckhaube. Das Hammelfleisch duftete immer noch köstlich, aber sie verspürte nach wie vor keinen Appetit. Sie deckte alles wieder zu und setzte sich aufs Bett.

Mir wird wohl nichts anderes übrig bleiben, als mich mit Louise de Villiers zu arrangieren und zu lernen, ihre Angriffe zu ignorieren, erkannte Helena niedergeschlagen, während sie nach ihrem Medaillon griff und es an die Wange legte. Aber die erste Gelegenheit, mich davonzumachen, werde ich ergreifen, schwor sie sich.

5

Die Straßen von Napier waren um sechs Uhr morgens noch verlassen. Nur ein einsamer Hund döste auf dem Gehweg und schaute kurz auf, als eine Kutsche vor dem zweistöckigen Polizeigebäude hielt. Hinter den Fensterscheiben leuchtete der schwache Schein einer Petroleumlampe. Auch hier schien nicht viel los zu sein.

Als Louise die Wache betrat, fand sie nur einen einzigen Constable vor.

Der junge Mann mit den rotblonden Locken sprang sogleich auf und richtete seine Uniform. »Guten Morgen, Mistress de Villiers! Was führt Sie zu uns?«

»Ich möchte mit dem Gefangenen reden, den Sie gestern wegen Mordes verhaftet haben.«

»Den können Sie nicht sprechen, Ma'am.«

»Warum denn nicht? Stellt man ihn gerade vor Gericht?«

»Nein, aber...«

»Dann lassen Sie mich mit ihm reden«, beharrte Louise. »Oder muss ich warten, bis Ihr Vorgesetzter kommt?«

»Aber der Mann ist ein Mörder«, wandte der Constable ein.

»Sie werden gewiss ausreichend dafür gesorgt haben, dass er nicht entfliehen kann. Ich will nur mit ihm reden und ihn nicht befreien. Ihr Vorgesetzter wird nichts dagegen haben, das garantiere ich Ihnen.«

Der Constable wirkte für einen Moment unschlüssig, doch

dann griff er nach den Zellenschlüsseln. »Also gut. Bitte folgen Sie mir!«

Im Zellentrakt roch es nach Schimmel. Von vier Zellen waren zwei besetzt. In einer davon nüchterte offenbar ein Trinker aus. Der mutmaßliche Mörder saß am Ende des Ganges ein.

Dieser elende Dummkopf!, dachte Louise, während sie spürte, dass sich ihr Innerstes zusammenzog. Wusste er nicht, in welche Schwierigkeiten er geraten würde? In welche Schwierigkeiten er uns alle bringen würde?

Der Maori saß mit hängendem Kopf auf einer Pritsche. Seine Hände waren mit Handschellen gefesselt, und um sein rechtes Bein trug er einen Eisenring mit Kette. Er blickte auf, als die Schlüssel im Zellenschloss klirrten.

Joes verquollenes Gesicht und die roten Augen erschreckten Louise zutiefst. Eine Platzwunde an seiner Lippe deutete darauf hin, dass die Polizei bei seiner Verhaftung nicht zimperlich vorgegangen war.

»Können Sie ihm nicht die Handfesseln abnehmen?«, flüsterte Louise dem Constable zu.

Der starrte sie entsetzt an. »Aber Madam!«

»Der Bursche sitzt hinter Gittern! Durch das kleine Loch dort in der Wand wird er wohl kaum verschwinden. Und wenn er zur Tür hinauswill, muss er an Ihnen vorbei. Was also befürchten Sie?«

»Ich kann es trotzdem nicht tun, das bedarf der Zustimmung meines Vorgesetzten. Ich kriege Ärger, wenn ich eigenmächtig handele.«

Das verstand Louise, und sie war auch nicht hier, um mit dem Constable über die Haftbedingungen zu sprechen. Das war die Sache eines Anwalts. »Nun gut, dann lassen Sie ihn so.«

»Mistress de Villiers!«, rief der Gefangene, als er Louise sah. »Was für eine Überraschung!«

76

»Ich habe gehört, was du angestellt haben sollst, Joe. Was ist dran an den Vorwürfen?«

»Ich ...« Ängstlich blickte er zum Constable.

»Hast du einen Anwalt?«

»Ja. Mister Meedes.«

»Meedes ist ein Winkeladvokat. Das Gericht hat ihn gestellt, nicht wahr?«

»Ja, Ma'am.«

»Ich werde Jonathan Reed Bescheid geben. Er ist der Anwalt meiner Familie und wird dir helfen.«

»Vom Vorwurf des Mordes kann der ihn auch nicht reinwaschen«, murmelte der Constable.

Als Louise ihn scharf ansah, wurde er rot.

»Ich habe kein Geld, um Mister Reed zu bezahlen.«

»Das lass nur meine Sorge sein!«

Louise wandte sich dem Constable zu. »Kann ich einen Moment allein mit ihm sprechen?«

»Aber er hat eine Frau ermordet!«

»Sie haben ihn gefesselt. Glauben Sie wirklich, er kommt mit der Fußkette bis zur Tür und erdrosselt mich mit gefesselten Händen?«

»Tja, ich weiß nicht ...«

»Ich werd's Ihrem Vorgesetzten nicht verraten. Und Sie werden doch bestimmt vor der Tür warten, bereit, mir im Notfall zu Hilfe zu eilen, oder?«

Brummend zog sich der Mann zurück.

»Wie ist es passiert?«, flüsterte Louise, als der Constable verschwunden war.

»Was meinen Sie?«

»Das Mädchen. Hast du es mit Absicht umgebracht? Oder war es ein Unfall?«

Joe senkte den Kopf und zog die Nase hoch. »Ich wollte es nich' ...«

»Du wolltest es nicht. Und warum hast du es dann getan?«
Wieder sah der Bursche zur Tür.

»Du fürchtest, dass der Constable dich hören könnte.«
Joe nickte.

»Dann rede leise. Ich muss wissen, wie es dazu gekommen ist.«

»Ich hatte getrunken. Sehr viel getrunken. Betty wollte mich davon abbringen, sie hat gesagt, es is' nich' gut für mich. Da hab ich mich wohl irgendwie vergessen. Sie is' rausgelaufen und ich hinterher. Irgendwann hab ich sie zu fassen gekriegt ... Mehr weiß ich nich' mehr. Als ich wach wurde, waren die Polizisten da. Und Betty ...« Joe brach in Tränen aus. Sein Oberkörper zuckte, als würde er von unsichtbaren Kräften hin und her gestoßen.

Louise kniff die Lippen zusammen. So ein Narr!, dachte sie. Diese Tat wird nicht nur Konsequenzen für die Weinbauern haben, sondern auch für die Maori. »Du weißt, welche Schande du damit über dein Volk gebracht hast.«

»Ich weiß. Und es tut mir furchtbar leid. Wenn ich könnte, würde ich es ungeschehen machen.«

Louise seufzte. »Ich werde dir Mister Reed schicken. Er wird dir deine Freiheit nicht zurückgeben, aber er wird dafür sorgen, dass man dir einen fairen Prozess macht und du nicht dein Leben lang im Steinbruch schuften musst.«

»Vielen Dank, Ma'am.«

»Was deinen Stamm angeht, werde ich allerdings nicht viel tun können. Du weißt, welche Strafe dich erwartet.«

Joe senkte den Kopf. »Sie werden mich verstoßen.«

Louise nickte bedächtig. »Ja, das werden sie. Du wirst allein zurechtkommen müssen.«

Der junge Mann nickte und griff ungestüm nach Louises Hand. »Es tut mir so leid«, schluchzte er los. »Danke, dass Sie mir helfen!«

»Helfen kann dir niemand. Ich will nur nicht, dass sich deine Schande auch auf andere ausweitet, die nichts damit zu tun haben.« Damit zog Louise ihre Hand zurück.

Ich brauche eine Beschäftigung, dachte Helena entschlossen, während sie die Mangokonfitüre auf ihrem Croissant verteilte. Wenn Newman mir keine gibt, suche ich mir eben selbst eine. Und wenn ich die leeren Räume nebenan irgendwie einrichte.

»Sarah, hast du eine Ahnung, wie ich in dieser Gegend an preiswerte Möbel kommen kann?«, fragte sie das Dienstmädchen, als es erschien, um das Frühstücksgeschirr abzuräumen.

»Der Dachboden ist voll davon.«

»Der Dachboden hier im Haus?«

Sarah sah sich erschrocken um, bevor sie flüsterte: »Ja, dort stehen eine Menge Möbel. Jedenfalls hat Adelaide das erzählt.«

»Dann sollten wir sie uns mal ansehen.«

»Aber Madam...«

»Ist Madame überhaupt zu Hause?«

»Nein, sie ist heute Morgen weggefahren.«

»Dann steht uns ja niemand im Wege.«

Helena war in ihr einfachstes Witwenkleid geschlüpft und hatte sich die Haare zu einem Chignon zusammengebunden.

Sarah hatte inzwischen eine Petroleumlampe aufgetrieben, mit der sie nun der Hintertreppe zustrebten. Ein wenig unsicher ging sie vor Helena. Eigentlich gab es keinen Grund dafür, denn die Treppe machte einen stabilen Eindruck. Eine dicke Staubschicht lag auf den Stufen. Spinnweben zierten die Wände.

»Was ist mit dir?«, fragte Helena, als das Mädchen zögerte.

»Nichts, Madam, ich finde den dunklen Dachboden nur ein wenig unheimlich.«

»Das geht mir ähnlich«, gab Helena zu.

Muffige Luft strömte ihnen entgegen, als Sarah die Tür zum Abstellraum aufstieß.

»Ich hoffe, hier gibt es eine Luke.«

»Oh, die gibt es tatsächlich, Madam.«

»Dann öffne sie, und lass die Geister, die hier oben schwirren, raus. Sie werden sich freuen, wieder ans Licht zu kommen.«

Ein wenig beklommen schaute sich Helena um. Die kindliche Furcht vor der Finsternis hatte sie zwar abgelegt, aber dennoch hatte sie Gänsehaut, zumal Sarah mit der Lampe in der Dunkelheit verschwunden war.

Wenig später flutete Licht in den weitläufigen Raum. Aufgewirbelte Staubpartikel tanzten in den Sonnenstrahlen, die auf zahlreiche Kisten und mit Laken bedeckte Gegenstände fielen. Helena erahnte darunter Sofas, Schränke, Sekretäre oder Kommoden.

Das ist genug Mobiliar, um mindestens zwei Zimmer einzurichten, dachte sie.

»Weißt du zufällig jemanden, der mir die Sachen heruntertragen kann?« Newman wollte sie nicht fragen.

»Ich kann mit den Männern sprechen«, erbot Sarah sich. »Nach Feierabend werden sie bestimmt gern helfen.«

»Vielen Dank, das wäre nett.« Schwungvoll zog Helena das Tuch von einer Chaiselongue.

Sarah nieste, als ihr der aufgewirbelte Staub in die Nase geriet.

»Gesundheit!«, wünschte Helena, während sie das Sitzmöbel näher in Augenschein nahm. Der blau-weiß gestreifte Stoff wirkte wie neu. Gleiches galt für das Holzgestell. Versonnen strich sie über die glatte Oberfläche. Dann sagte sie: »Nehmen wir alle Tücher ab!«

Nach und nach kamen wunderbare Dinge zum Vorschein. Ein Sekretär mit kostbaren Intarsien, eine mit Schnitzereien verzierte Anrichte, zwei Kommoden und zur Chaiselongue passende Sessel. Außerdem ein bemalter Glastisch, zwei Regale und zahlreiche Kisten.

Helena war überwältigt von den wunderschönen Stücken. Wieso hat Louise die bloß auf den Dachboden verbannt? Wenn sie sie nicht mehr haben wollte, hätte sei sie doch verkaufen können, überlegte sie. »Warum stehen diese schönen Möbel denn hier oben?«, fragte sie Sarah.

Das Mädchen senkte betreten den Kopf.

»Na sag schon! Was haben diese wunderbaren Stücke verbrochen, dass sie in der Dunkelheit stehen, verborgen von Tüchern?«

»Sie waren ... Sie haben dem Sohn von Madame gehört.«

»Laurent?«

Das Dienstmädchen nickte schüchtern. »Ich war noch nicht hier, als er ...«

»... fortgegangen ist?«

Sarah nickte. »Aber ich habe gehört, was die anderen geredet haben. Besonders Adelaide, die den Sohn von Madame von Kindesbeinen an kannte. Immer wenn es Madame nicht gut geht, behauptet sie, dass er die Schuld ...« Sarah verstummte.

Helena schwieg betreten.

»Verzeihen Sie, das hätte ich Ihnen nicht erzählen dürfen.«

»Doch ... Doch, das war schon in Ordnung. Ich wusste nur nicht ...«

Die Vorstellung, dass Laurent an dem Sekretär gesessen hatte, schnürte Helena die Kehle zu. Hier hat er vielleicht seine Pläne fürs Fliegen geschmiedet, dachte sie, und plötzlich verschwammen die Konturen des Sekretärs. Aber sie bekämpfte die Tränen. Da sie gern eine Weile hier allein sein wollte, sagte

sie: »Bitte die Männer doch sofort, die Möbel nach unten zu
tragen. Natürlich nur, wenn sie sich von ihrer Arbeit loseisen
können und Mister Newman nichts dagegen hat.«

Sarah verzog das Gesicht. Offenbar wusste sie, wie der Kellermeister reagieren würde.

»Schon gut. Ich spreche selbst mit Newman.«

Helena fand den Kellermeister auf dem Weg zum Kelterhaus.
»Mister Newman, auf ein Wort!«

Er wandte sich um. »Was kann ich für Sie tun?«

»Madame de Villiers hat mich angewiesen, die Möbel vom
Dachboden zu holen. Da ich das nicht allein schaffe, wüsste ich
gern, ob Sie ein paar Ihrer Arbeiter entbehren können.«

»Ich soll Ihnen meine Leute zur Verfügung stellen, damit sie
Möbel vom Dachboden tragen?«

»Wenn einige von ihnen dazu bereit wären, würde ich mich
sehr freuen.«

Newmans Widerwille war mehr als deutlich. Aber Helena
wusste mittlerweile, wie Sie ihn anfassen musste. Ich kriege die
Männer schon, dachte sie.

»Ich brauche meine Leute im Weinberg.«

»Selbstverständlich. Ich hätte vollstes Verständnis dafür,
wenn Sie meine Bitte ablehnen würden. Aber wenn Sie Ihrer
Dienstherrin eine Freude machen wollen, dann stellen Sie Ihre
Leute vielleicht für eine Stunde frei, damit sie die Möbel herun-
terholen können.«

Newman beäugte sie prüfend.

Ob er ahnt, dass es keineswegs Louises Anweisung ist?, überlegte Helena. Aber sie wollte doch, dass ich mich einrichte ...

»Also gut, wenn Sie sie nicht allzu lange beanspruchen.«

»Keine Sorge! Es sind nicht viele Möbel, ein paar kräftige
Männer haben die Arbeit schnell erledigt.«

»Einverstanden. Ich schicke Ihnen die Leute.«

Helena lächelte ihn gewinnend an. »Vielen Dank, Mister Newman.«

Der Kellermeister winkte ab, brummte etwas Unverständliches und marschierte davon.

Vor dem Polizeigebäude wurde Louise bereits erwartet. Jacob Manson lehnte lässig am Treppengeländer und steckte sich eine Pfeife an. Dem Bankier sah man seine fünfzig Lebensjahre nicht an. Dichtes braunes Haar zierte seinen Kopf, und sein Schnurrbart war wie stets korrekt getrimmt. Der maßgeschneiderte graue Anzug unterstrich seine athletische Figur.

»Ah, Madame de Villiers, was führt Sie denn zur Polizei?«, fragte er spöttisch lächelnd.

»Ich wüsste nicht, was Sie das angeht, Mister Manson«, entgegnete Louise kühl. Manson war wohl der letzte Mensch, mit dem sie jetzt reden wollte. »Haben Sie um diese Zeit nicht Besseres zu tun, als hier herumzulungern?«

Mansons Augen wurden schmal. »Sie haben den Kerl besucht, nicht wahr? Den Mörder.«

Louise erstarrte. Woher weiß er das? Und wieso taucht er hier auf?

»Ich war auf dem Weg zur Bank, da sah ich Ihre Kutsche und dachte mir, dass es doch nett wäre, Sie zu begrüßen und einen kleinen Plausch mit Ihnen zu halten.«

Louise bemühte sich, ihre Nervosität zu unterdrücken. »Wir haben noch nie gewöhnliche Unterhaltungen miteinander geführt, Mister Manson. Sagen Sie mir, was Sie wollen, und dann gehen Sie!«

Manson zog an seiner Pfeife und lächelte spöttisch. »Die aktuellen Entwicklungen sind interessant, nicht wahr?«

»Welche Entwicklungen? Sie meinen den Mord? Daran kann ich nichts Interessantes finden.«

»Gewiss wird die Stadtvertretung die Dinge nun in einem neuen Licht sehen.«

»Da seien Sie mal nicht zu sicher, Mister Manson! Auf Wiedersehen! Ich habe zu tun.«

»Wie Sie wollen. Guten Tag, Madame!«

Louise wandte sich grußlos um.

»Gibt es ein Problem?«, fragte Didier, als er seiner Arbeitgeberin in die Kutsche half.

»Nein, es ist alles in Ordnung. Fahren wir zurück!«

Louise versuchte sich ihren Zorn und ihre Besorgnis nicht anmerken zu lassen. Manson beobachtet sicher jede meiner Regungen, dachte sie, und freut sich über meine Schwäche. Diesen Gefallen werde ich ihm nicht tun!

Als sie sich beim Anfahren der Kutsche umsah, war der Bankier jedoch bereits verschwunden. Aber das Unwohlsein, das seine Worte ausgelöst hatten, wollte nicht weichen. Auch der Anblick der prächtigen Landschaft vermochte es nicht zu verscheuchen.

Innerhalb einer Stunde hatten die Arbeiter die von Helena ausgewählten Möbel vom Dachboden in die Halle geschleppt. Zu Helenas Erleichterung ließ Newman sich nicht blicken. Sie wollte sich die Freude über ihren Fund nicht durch seine schlechte Laune verderben lassen.

Im hellen Tageslicht sahen die Möbel noch besser aus. Das Holz war zwar verstaubt, aber tadellos und ohne Spuren von Wurmbefall. Und der Bezug der Chaiselongue leuchtete wie der Sommerhimmel.

Nach kurzer Überlegung wusste Helena, wie sie die Stücke auf die Zimmer verteilen wollte. Eine Kommode ließ sie in ihr

Schlafzimmer schaffen. Den benachbarten Raum verwandelte sie mittels des Sekretärs, der Chaiselongue und der passenden Sessel in einen Salon.

In einer Ecke fand sich noch ein Teppich, der farblich zu den Sitzmöbeln passte. Zu gern hätte sie selbst mitangefasst, aber die Männer erlaubten das nicht.

»Soll ich Ihnen Tee bringen?«, fragte Sarah zwischendurch, doch Helena lehnte ab und räumte die Kommode im Schlafzimmer ein.

Während sie über ihren Leib streichelte, fragte sie sich, wie sie an eine Wiege kommen könnte. Ob einer der Männer bereit wäre, eine zu bauen?

»Was ist hier los?«, polterte plötzlich eine Stimme auf Französisch. Helena wirbelte herum. Ihre Schwiegermutter stand in der Tür.

Unwillkürlich zog die den Kopf ein. Plötzlich wurde ihr bewusst, dass sie sich einiges herausgenommen hatte. »Ich habe die Möbel vom Dachboden holen lassen«, antwortete sie kleinlaut.

»Das ist ja unerhört! Wie konnten Sie es wagen, sich diese Sachen anzueignen?« Louise baute sich wutschnaubend vor ihrer Schwiegertochter auf.

»Sie haben mich doch dazu aufgefordert, mich einzurichten.«

»Denken Sie ja nicht, dass Sie hier schalten und walten können, wie es Ihnen beliebt! Was fällt Ihnen bloß ein, meine Leute herumzukommandieren?«, fauchte Louise. »Sie haben kein Recht, meine Angestellten für Ihre Zwecke einzuspannen.«

»Mister Newman hat meiner Bitte entsprochen, die Männer freizustellen. Einige von ihnen haben ihre Pause genutzt, um mir zu helfen.«

»Sie hätten die Möbel nicht anrühren dürfen!«

»Ja, Sie haben Recht, Madame. Es tut mir leid. Aber als ich

diese wunderschönen Möbel gesehen und gehört habe, dass sie einmal Laurent gehört haben, konnte ich nicht widerstehen. Es kam mir vor, als würde ich mir ein Stück seiner Vergangenheit aneignen, das mir bisher unbekannt war. Ich kann ihn nicht vergessen ... Und ich will es auch gar nicht.«

»Schweigen Sie!« Louise war kreidebleich geworden. Sie drehte sich auf dem Absatz um und warf die Tür hinter sich ins Schloss.

Am Abend verlangte Louise nicht danach, mit Helena zu essen. Sarah brachte Helena das Dinner in ihren Salon.

Während Helena aß, betrachtete sie die Einrichtung. Ihr Triumph fühlte sich schal an. Ich hätte das nicht tun dürfen, gestand sie sich ein. Doch wie hätte ich Louises Wünschen nachkommen und das Zimmer einrichten sollen?

Müde lehnte sie sich auf der Chaiselongue zurück, und bald fielen ihr die Augen zu.

6

Ein Krachen verscheuchte Helenas Traum. Erschrocken schnappte sie nach Luft und fuhr in die Höhe. Wo bin ich?

Es dauerte eine Weile, bis ihr klar wurde, dass sie sich auf der Chaiselongue des Salons und nicht in ihrem Bett befand.

Was ist los?

Das Morgenlicht glitt sanft in den Raum, alles war still.

Vielleicht habe ich mir den Lärm nur eingebildet, dachte Helena.

Aber im selben Moment ertönte Geschrei. Wütende Rufe hallten über den Hof.

Seufzend erhob sich Helena und eilte zum Fenster.

Eine Menschenmenge hatte sich auf dem Rondell vor der Eingangstreppe versammelt.

Was wollen diese Leute?, fragte sie sich.

Einige von ihnen hielten Schilder in die Höhe. »Nieder mit dem Alkohol!« oder »Nieder mit den Schnapsbrennern!« prangte in dicken schwarzen Lettern darauf.

Als ob Winzer Schnapsbrenner wären! Helena schnaubte empört. Man müsste diesen Dummköpfen einmal gehörig die Meinung sagen.

»Was fällt Ihnen ein, mein Grundstück zu betreten!« Das war Louises donnernde Stimme.

Pfiffe und Rufe wurden laut.

Louise beeindruckte das nicht. Sie schien in der Menge

förmlich zu wachsen. »Wenn Sie noch einigermaßen bei Verstand sind, dann verschwinden Sie auf der Stelle!«

»Sie verführen unsere Männer zur Alkoholsucht!«, kreischte eine Frau. »Der Fusel macht sie zu Mördern!«

Zustimmung brandete auf.

Helena bemerkte einen Mann am Rand der Menge. Mit seiner Körperhaltung und seinem zufriedenen Gesichtsausdruck erinnerte er sie an einen Dompteur, der seine abgerichteten Tiere voller Genugtuung beobachtet.

»Wein macht niemanden zum Mörder! Es ist die fehlende Mäßigung. Vielleicht solltet ihr lieber auf die Leute einwirken, damit sie begreifen, dass Wein kein Wasser ist.«

»Sie wollen einem Mörder helfen!«, brüllte eine hysterische Frauenstimme. »Aufhängen sollte man ihn und Sie ebenfalls!«

Louise stemmte die Hände in die Hüften. »Na los, hängt mich doch! Die arme Betty erweckt ihr damit nicht wieder zum Leben. Ihr besudelt euch vielmehr mit dem Blut einer Unschuldigen.«

Mehrere Menschen schrien nun wüst durcheinander, bis ein Schuss krachte.

Helena blickte zur Seite. Von Zane Newman angeführt, traten Louises Angestellte den Demonstranten entgegen.

»Wer Madame de Villiers auch nur einen Schritt zu nahe kommt, den erschieße ich, wie es mein gutes Recht ist, denn ihr begeht gerade Hausfriedensbruch!«

Die Menge murrte. Ein paar Männer, die aussahen, als wollten sie zum Sprung ansetzen, zogen sich zurück.

»Verschwindet von hier, sonst machen wir euch Beine!«

Die Demonstranten schauten zu dem Mann, der immer noch im Abseits stand.

Bedächtig klopfte er seine Pfeife aus, dann trat er vor.

»Habe ich mir doch gedacht, dass Sie dahinterstecken!«,

fauchte Newman. »Nehmen Sie Ihre Gefolgschaft und verschwinden Sie!«

»Was denn, wollen Sie mich anderenfalls erschießen?« Der Anzugträger lachte. »Ich warne Sie, Madame de Villiers! Machen Sie weiter mit Ihrem schändlichen Tun, dann wird es Konsequenzen haben.«

Louise stürmte vor, wurde aber von Newman zurückgehalten. »Verschwinden Sie von meinem Grund und Boden, und lassen Sie sich hier nie wieder blicken!«, brüllte sie.

Helena war überrascht über das Temperament, das ihre Schwiegermutter an den Tag legte.

Der Widersacher lächelte nur spöttisch und gab seinen Leuten das Zeichen zum Rückzug.

Helena atmete tief durch. Was war das denn? Und was sollte Louise Schändliches getan haben?

Ein Klopfen riss sie aus den Gedanken.

Sarah trat ein, kreidebleich im Gesicht. Das Tablett in ihrer Hand zitterte leicht. »Das Frühstück, Madam.«

»Guten Morgen, Sarah! Warum bist du so blass?«

»Es ist nichts. Nur die Leute dort draußen.«

»Wer waren die?«

»Keine Ahnung, aber ich dachte schon, sie würden Madame was antun.«

»Glücklicherweise haben sie das nicht.«

»Nein, glücklicherweise.« Der Deckel der Kaffeekanne klapperte leise, als Sarah das Tablett abstellte. »Brauchen Sie noch etwas, Madam?«

»Nein, das ist alles, Sarah.«

Nachdenklich betrachtete Helena das Frühstück. Ich muss herausfinden, was hier los ist, dachte sie. Sie beschloss, es nach dem Essen bei Newman zu versuchen.

Helena fand den Kellermeister im Weinberg, wo er sich die Reben ansah. Rebe um Rebe wog er in der Hand und betrachtete sie.

»Guten Morgen, Mister Newman«, sagte Helena.

»Sollen meine Leute wieder Möbel rücken?«, fragte er, ohne den Gruß zu erwidern und sich zu Helena umzudrehen.

Er trägt mir nach, dass ich ihn angeflunkert habe, dachte sie. Kein Wunder! »Nein, keine Angst!«

»Madame war nicht gerade begeistert.«

»Ich weiß. Ich wusste nicht, dass es sie dermaßen wütend machen würde. Immerhin hatte sie mir befohlen, mich einzurichten.«

Newman ließ die Reben sein und sah Helena an. »Was gibt es denn?«

»Sie haben sich heute Morgen sehr heldenhaft verhalten, als all diese Leute ...«

»*Heldenhaft?* Ich habe nur meine Pflicht getan. Ich lasse nicht zu, dass man Madame de Villiers zu nahe tritt.«

So, wie er sie ansah, galt das auch für sie. »Dennoch war es eine recht beängstigende Szene. Wer waren diese Leute?«

Newman schnaufte. »Dieser Manson ist ein gottverdammter Bastard. Verzeihen Sie, wenn ich dieses Wort gebrauche, aber ein anderes fällt mir für ihn nicht ein.«

»War das der Mann im Anzug?«

»Sie haben sehr genau hingesehen.«

»Er ist mir aufgefallen, weil er sich nicht an den Rufen beteiligt hat.«

»Ja, Manson hält sich meistens zurück und zieht die Fäden aus dem Hintergrund.«

»Diese Leute waren irgendein Abstinenzverein, nicht wahr? In Deutschland gibt es so was auch, aber vor meinem Gut sind sie nicht aufgetaucht.«

»Genau genommen war es der Abstinenzverein von Napier,

die Geißel der Weinbauern in ganz Neuseeland«, brummte Newman. »Sie versuchen schon seit Jahren, uns das Geschäft zu verderben. Bisher hatten sie keinen Erfolg, aber das muss nicht heißen, dass es ihnen nicht gelingen wird, uns von hier zu vertreiben.«

»Sie wollen meine Schwiegermutter vertreiben?«

»Genau. Und sie wollen die gleichen Verbote erreichen, wie sie in Amerika seit einiger Zeit gelten. Sie glauben, das Alkoholproblem damit zu lösen. Dabei häufen sich die Berichte aus Übersee, dass der Alkohol dort inzwischen illegal hergestellt wird und sich sogar Banden gebildet haben, die sich gegenseitig bekriegen, weil jeder mit dem Fusel handeln und sich eine goldene Nase verdienen will. Solche Zustände will hier wirklich niemand haben.«

Helena war beeindruckt vom Engagement des Kellermeisters, der sich sichtlich in Rage geredet hatte. So lange hatte sie ihn noch nie sprechen hören. »Und glauben Sie, dass diese Leute wiederkommen werden?«

»Ich hoffe nicht, dass sie so dumm sind.« Newman verstummte und sah Helena eindringlich an. »Wir haben Madame de Villiers so viel zu verdanken. Kreuzen diese Männer wieder auf, werden wir uns ihnen wieder entgegenstellen.«

»Und diesmal schießen?«

»Nein, ich habe nicht vor, einen dieser Verwirrten zu verletzen. Ich will sie uns nur vom Leib halten.«

Das werden Sie sicher schaffen, dachte Helena. »Nun, dann haben Sie vielen Dank für die Auskunft.« Sie wandte sich zum Gehen.

»Warten Sie!«

Helena blieb stehen.

»Ich werde heute in die Stadt reiten, um neue Teile für die Presse zu bestellen. Gibt es vielleicht etwas, was Sie brauchen könnten? Ich bringe es Ihnen mit.«

Das hatte Helena nicht erwartet. »Oh, sehr freundlich ... Ich weiß nicht, ja vielleicht ...«, stammelte sie unsicher, bevor sie sich fing. »Ich hätte gern ein paar Vorhänge, aber ich möchte nicht viel Geld ausgeben. Und eingetauscht ist es auch noch nicht.«

»Wenn Sie wollen, tausche ich Ihr Geld ein«, sagte Newman freundlich. »Ich kenne einen Laden in der Stadt, wo ich Vorhänge bekommen könnte. Welche Farbe hätten Sie denn gern?«

»Blau«, platzte es aus ihr heraus, und auf einmal durchzuckte sie die Erinnerung an einen Ausflug, den sie mit Laurent unternommen hatte. Damals hatte er ihr den Himmel gezeigt und gemeint, dass das Blau über ihnen das Vollkommenste sei, was er je gesehen habe.

»Blau?«, wiederholte Newman, als wollte er sichergehen, richtig verstanden zu haben.

»Blau wie der Himmel«, setzte Helena hinzu und wandte sich ab, damit Newman nicht sah, dass sich ihre Augen mit Tränen füllten.

7

Wieder einmal stand Helena wie ein armer Sünder vor Louises Schreibtisch, denn ihre Schwiegermutter hatte sie rufen lassen.

»Sie wollten mich sprechen.«

»Setzen Sie sich!« Louise deutete mit einer beiläufigen Handbewegung auf den Stuhl vor dem Schreibtisch.

Helena nahm Platz.

»Meine Familie genießt einen guten Ruf in der Gegend. Wir haben hart dafür gearbeitet, und ich werde mir nicht alles zunichtemachen lassen.«

»Aber Madame, warum ...«

»Unterbrechen Sie mich nicht!«, fuhr Louise sie mit blitzenden Augen an. »Sie haben den Tumult heute Morgen sicher mitbekommen. Wir dürfen keine Schwäche zeigen. Und niemandem Grund für Gerede geben. Wenn Sie in die Stadt gehen, werden Sie sich untadelig verhalten und nicht dazu beitragen, dass meine Familie in ein schlechtes Licht gerät. Haben Sie mich verstanden?«

Als ob ich nach Napier laufen würde, um mich dort unmöglich zu benehmen!, dachte Helena empört. »Ich versichere Ihnen, dass ich nichts Schlechtes über meine Familie verbreiten werde. So viel Anstand haben mir meine Eltern beigebracht.«

»Ich bin nicht Ihre Familie!«, schnarrte Louise und schlug

aufgebracht mit der Hand auf den Tisch. »Die einzige Verbindung, die Sie zu mir haben, ist das Kind!«

Helena atmete tief durch. Ihre Kehle wurde eng. »Haben Sie mir noch etwas zu sagen, Madame?«, fragte sie kühl. Sie hatte keine Lust, sich weiteren Tiraden auszusetzen.

Louise schüttelte den Kopf. »Gehen Sie!«

Helena verließ den Raum scheinbar ungerührt. Doch draußen im Gang wurde ihr schwindelig. In ihrer Brust brannte es, und das Atmen fiel ihr schwer. Erschöpft lehnte sie sich gegen eine Wand. Diese Frau ist nicht gut für mich, dachte sie verzweifelt. Ich muss ihr aus dem Weg gehen.

Obwohl es draußen warm war, fühlte sich Helena besser, als sie die Treppe hinter sich gebracht hatte. Langsam überquerte sie den Hof.

Erst als sie ihren Aussichtsplatz erreicht hatte und auf den Fluss hinabblickte, beruhigte sie sich ein wenig. Der Wind spielte mit ihren Haaren, und das Rauschen der Blätter umgab sie wie eine schützende Wand. Dennoch rasten Helenas Gedanken, und der Zorn in ihrem Herzen brannte lichterloh. Wann würde Louise endlich aufhören, sie zu drangsalieren? Die drei Tage ihres Aufenthaltes hier hatten ihr mehr zugesetzt als die vergangenen Wochen der Ungewissheit und die beschwerliche Reise.

Ein Rascheln riss sie aus ihren Gedanken. Helena blickte zur Seite. Ist mir jemand gefolgt? Sarah vielleicht?

Als sich niemand zeigte, erhob sie sich und näherte sich vorsichtig der Stelle, wo sie das Geräusch vermutete. Plötzlich summte jemand. Eine Kinderstimme!

Helena hielt inne. Was sucht ein Kind hier? Gehört es zu einem der Arbeiter?

Aus dem Summen wurde schließlich ein Lied. Die Worte verstand Helena nicht. Ist das die Sprache der Maori?

Vorsichtig schlich sie weiter. Sie entdeckte ein etwa zehn

oder elf Jahre altes Mädchen mit pechschwarzen Locken. Es war braun gebrannt und in graue Tücher gehüllt.

Helena beobachtete gebannt, wie es glatt geschliffene bunte Steine auf dem Boden auslegte. Einige von ihnen schimmerten wie Rosenquarz oder Jade. Die Kleine war vollkommen vertieft. Sie tippte nacheinander auf die Steine und sagte etwas in ihrer Muttersprache. Dann hob sie die Hände und sang.

Ist das ein Ritual?, fragte sich Helena. Oder so etwas Ähnliches wie das Murmelspiel unserer Kinder? Plötzlich knackte ein Ast neben ihr.

Erschrocken sah das Mädchen auf. Seine Augen weiteten sich ängstlich.

»Hallo, Kleine!«, sagte Helena freundlich. »Was spielst du denn da?«

Das Mädchen schnappte nach Luft, raffte seine Steine zusammen und sprang auf. In Windeseile verschwand es zwischen den Weinstöcken.

Helena war verwirrt. Hat sie mich falsch verstanden? Ich wollte ihr doch nichts Böses!

Sie reckte sich auf die Zehenspitzen, doch das Kind war fort.

Während Helena zum Weingut zurückkehrte, nahm sie sich vor, mehr über die Maori, zu denen das Mädchen sicher gehörte, in Erfahrung zu bringen.

Den Abend verbrachte Helena an Laurents Sekretär. Die Suche nach einem Schlüssel für die oberen Fächer war erfolgreich gewesen. Sie zog eine Schublade auf und fand Konstruktionszeichnungen von Flugzeugen, die Laurent offenbar als Junge aus Büchern kopiert hatte.

Helena betrachtete sie gerührt. Allmählich verstand sie, warum ihr Mann sich so gar nicht für den Weinbau interessiert hatte. Vermutlich hatte seine Mutter auch ihn barsch behandelt, sodass er sich schon als Kind in eine eigene Welt geflüchtet hatte ...

Ach, Laurent, dachte sie seufzend, warum nur hast du mir so gut wie nichts aus deinem früheren Leben erzählt? Sie bedauerte erneut, dass sie nicht in ihn gedrungen war, um mehr in Erfahrung zu bringen.

Als es klopfte, wischte sich Helena hastig die Tränen aus den Augenwinkeln und sprang auf. »Herein!«, rief sie, in der Annahme, Sarah wolle ihr das Abendessen bringen.

Die Tür schwang auf, doch die Schritte verharrten an der Schwelle.

»Darf ich eintreten?«, fragte der Kellermeister.

»Ah, Mister Newman! Kommen Sie ruhig näher!«

Sie faltete abwartend die Hände vor dem Körper.

Der Kellermeister grüßte und senkte den Blick.

Er wirkt fast schüchtern, dachte Helena. Wo ist das Raubein, mit dem ich mich gestritten habe?

»Ich habe hier etwas für Sie.« Newman hielt ihr ein in braunes Papier gewickeltes Päckchen entgegen. Noch immer wagte er nicht, sie direkt anzusehen.

»Was ist das?«, fragte Helena.

»Vorhänge.«

»Aber Sie wollten doch ...«

»Die haben zur Aussteuer meiner Schwester gehört«, fiel er ihr ins Wort. »Sie ist gestorben, bevor sie heiraten konnte.«

Helena war sprachlos. »Das tut mir leid«, sagte sie schließlich. »Kann ich sie dann überhaupt annehmen?«

»Sie wollen doch meine Mutter nicht vor den Kopf stoßen?«

»Ihre Mutter?«, wunderte sich Helena.

»Ja, der Vorschlag, sie Ihnen mitzubringen, stammt von ihr. Als ich heute nach ihr gesehen habe, wollte sie wissen, was ich noch zu erledigen habe.«

96

»Und da Sie ein folgsamer Sohn sind, haben Sie es ihr haarklein berichtet.« So hätte ich ihn gar nicht eingeschätzt, dachte Helena amüsiert.

»Natürlich! Als ich ihr erzählte, dass Sie sich blaue Vorhänge wünschen, meinte sie, dass sie noch ein paar sehr gute Vorhänge hätte, die sie selbst nie anbringen würde. Sie seien eher etwas für junge Leute.«

Newman verstummte, als Helena ihn anlächelte. Die Verlegenheit zwischen ihnen währte aber nur einen Moment.

Helena räusperte sich. »Ihre Mutter wohnt also in Napier?«

»Ja. Seit dem Tod meiner Schwester kümmere ich mich um sie.«

»Und Ihr Vater?«

»Ist auf einem Walfänger ums Leben gekommen. Ich war damals erst dreizehn.«

»Oh, das ist ja schrecklich!«

Der Kellermeister nickte und schwieg verlegen.

Auch Helena brachte kein Wort hervor.

»Wollen Sie die Vorhänge nun oder nicht?«, fragte er schließlich.

»Aber sicher, gern.« Helena nahm ihm das Päckchen aus der Hand. »Vielen Dank! Und grüßen Sie Ihre Mutter von mir, wenn Sie sie wieder besuchen!«

Newman murmelte einen Gruß und zog sich zurück.

Helena stand wie angewurzelt und starrte ihm nach. Dann setzte sie sich auf die Chaiselongue und öffnete das Päckchen. Als ihr etwas Himmelblaues aus dem Packpapier entgegenblitzte, füllten ihre Augen sich mit Tränen. Was für wunderbare Vorhänge!

Beim Hervorziehen der Stoffbahnen fiel ihr etwas entgegen. Ein Kalender, wie sie noch keinen gesehen hatte: Er war auf kein bestimmtes Jahr festgelegt, sondern man konnte ihn monatsweise umschlagen und die Tage mittels einer Papier-

97

scheibe einstellen. In einem von Spitzenbordüren gerahmtem Sichtfenster stand die Ziffer Sieben. Die Monatsblätter waren mit getrockneten Blüten, Blättern, Borten und Schleifen dekoriert, passend zu den neuseeländischen Jahreszeiten. Ob Newmans Schwester diesen Kalender gebastelt hatte? Fasziniert schlug Helena Blatt für Blatt um. Den Februar, in dem die Weinlese stattfand, zierten Weinlaub und pflaumenfarbene Bänder.

Wehmut überkam sie. Wahrscheinlich wird meine Schwiegermutter mir nicht erlauben, an der Lese teilzunehmen. Am besten, ich frag sie gar nicht erst danach und versuche Newman davon zu überzeugen, dass ich eine gute Hilfe wäre. Die Vorhänge und der Kalender sind jedenfalls ein Zeichen dafür, dass sein Herz nicht aus Stein ist, dachte Helena.

8

Nur ein Blick auf den Kalender, dem sie einen Ehrenplatz auf dem Sekretär eingeräumt hatte, erinnerte Helena daran, dass Weihnachten nahte. Lächelnd drehte sie die Papierscheibe, bis die Dreiundzwanzig in dem Fenster erschien, das von getrockneten Blättern eines Weihnachtssterns und goldenen Schleifen gerahmt war. Ansonsten deutete weder das strahlende Sommerwetter noch die Stimmung im Haus auf das Fest der Geburt Christi hin.

Was hast du denn erwartet?, schalt sich Helena. Dass Louise ausgelassen mit Tannenbaum und Engelshaar feiert?

Neben der Weinlese waren die Adventswochen und das Weihnachtsfest für Helena die schönste Zeit im Jahreskreis. Sie hatte nie verstanden, dass manche Menschen sich ein rasches Ende der Weihnachtstage wünschten, an denen sie mit Besuchen von unliebsamen Verwandten rechnen mussten. Doch nun wünschte sie selbst, die Festtage wären bereits vorbei. Denn es war das erste Weihnachten, das sie ohne ihren geliebten Laurent verbringen musste.

Helena trat ans Fenster und strich wehmütig über die Vorhänge, die Didier angebracht hatte. Was sie sah, war so gar nicht in Einklang zu bringen mit den Erinnerungen an das deutsche Weihnachtsfest. Helena erinnerte sich an schneebedeckte Rebstöcke, von denen kleine Eiszapfen herabhingen, und einen klaren blauen Himmel über der Lahn. Der Duft von Lebkuchen und Tannennadeln gehörte ebenso zum Fest wie Adventslichter und Weihnachtslieder.

Im vergangenen Jahr waren Laurent und sie um die Weihnachtszeit in einem romantischen kleinen Hotel in Bad Hönningen abgestiegen. Laurent hatte einen Schlitten gemietet, mit dem sie am Nachmittag des vierundzwanzigsten Dezembers in den Westerwald hinausgefahren waren.

Ein Schauer überlief Helena. Das Bild vor ihrem geistigen Auge wurde so stark, dass sie glaubte, wieder in dem Schlitten zu sitzen, unter Fellen, dicht neben Laurent ...

Die klare Frostluft biss Helena in die Wangen und verwandelte ihren Atem in eine kleine Wolke. In ihren dicken Pelzmantel gehüllt, saß sie neben Laurent, dessen Wangen rot wie die eines Winterapfels waren. Schweigend genossen sie den Anblick des sich türmenden Eises am Rheinufer und das Klingeln der Schlittenglocken, das sich mit dem gedämpften Hufgetrappel mischte.

Hin und wieder ähnelten die Eisfiguren Booten, Blütenkelchen oder dem Wasser entsteigenden Feen.

Es ist wie im Märchen, dachte Helena. Als würden wir durch das Reich der Schneekönigin reisen. Fehlt nur noch ein verwunschenes Schloss auf einer Hügelkuppe, und das Märchenland wäre perfekt.

»Wohin fahren wir eigentlich?«, fragte sie, als sie sich an Laurents Arm schmiegte.

»Das ist eine Überraschung, *chérie*.«

»Und du willst mir keinen kleinen Hinweis geben?«

Laurent beugte sich zu ihr und küsste sie.

»Du hast eine seltsame Art, nein zu sagen«, wisperte Helena. Auf einmal wünschte sie, sie wären im Hotel geblieben, um den Tag im Bett zu verbringen. Aber schon gestern hatte sie gespürt, dass er etwas Besonderes vorhatte.

Nachdem sie eine Weile am Rheinufer entlanggefahren waren, bogen sie ab und fuhren auf ein Waldstück zu. Keine Menschenseele war zu sehen. Nur ein Habicht zog über ihnen seine Kreise.

Das Knirschen des Schnees unter den Schlittenkufen und der Hufschlag waren die einzigen Geräusche im Wald. Schnee rieselte von den Fichten und stob ihnen Eiskristalle ins Gesicht.

»Sollen wir nicht besser umkehren?«, fragte Helena, doch Laurent lachte nur.

»Warum denn? Noch sind wir nicht am Ziel.«

»Was erwartet uns denn mitten im Wald? Die Hexe aus dem Märchen?«

»Selbstverständlich. Ich habe ihr aufgetragen, Lebkuchen zu backen.« Laurent strich zärtlich über Helenas Wange.

Ihre Neugierde wuchs. Was hat er nur vor?

Plötzlich schoss ein Reh aus dem Unterholz. Dicht vor ihnen überquerte es den Weg und verschwand im Wald.

Helena juchzte vor Freude und Erleichterung.

»Hast du geglaubt, das seien Räuber?«, fragte Laurent scherzhaft und zog sie in die Arme.

»Wer weiß, vielleicht gibt es mitten im Wald noch welche.«

»Keine Sorge, ich werde nicht zulassen, dass dich ein Räuber entführt. Außerdem sind wir gleich da. Schau mal, da vorn!« Er deutete auf eine schmale Rauchfahne, die sich zwischen den Baumkronen kräuselte.

Der Rauch stieg aus dem Schornstein einer kleinen, aus massiven Bohlen errichteten Hütte auf. Sie wirkte so verwunschen wie das Häuschen, in das sich Hänsel und Gretel verirrten.

»Da wären wir.«

»Eine Waldhütte?«, fragte Helena verwundert, während sich ihr Herzschlag beschleunigte. Laurents Einfallsreichtum erstaunte sie immer wieder.

»Nicht irgendeine Waldhütte«, erklärte er, wobei ihm der Schalk in den Augen blitzte. »Ich habe den Förster lange bitten müssen, damit er sie mir überlässt. Halten Sie hier!«

Sofort brachte der Kutscher die Pferde zum Stehen, und Laurent half Helena aus der Kutsche. Obwohl der Weg zur Hütte geräumt war, hob er seine Frau kurzerhand auf seine Arme.

»Sie können wieder zurückfahren«, rief er dem Kutscher zu.

Der wendete den Schlitten.

»Warum lässt du ihn fahren?«, fragte Helena mit einem Anflug von Panik. »Wir können doch nicht die ganze Nacht hierbleiben!«

»Weil ich die Überraschung allein mit dir genießen möchte.«

Die Glöckchen klingelten nur noch in der Ferne, als Laurent Helena herunterließ und die Hütte öffnete. Eine angenehme Wärme strömte ihnen entgegen und brachte den Schnee auf ihren Mänteln zum Schmelzen.

»Oh, mein Gott!«, stieß Helena hervor. Ein Feuer prasselte im Kamin und tauchte den Raum in ein rötliches Licht. Eine kleine Fichte, die mit vergoldeten Nüssen, Lebkuchen, roten Schleifen, Äpfeln und Engelshaar geschmückt war, verströmte einen aromatischen weihnachtlichen Duft. Aber das war noch nicht alles: Auf einer festlich geschmückten Tafel standen Teller, Gläser und ein gefüllter Picknickkorb bereit.

»Wie hast du das alles herbekommen?«

Laurent lächelte triumphierend. »Ich hatte Hilfe von Knecht Ruprecht.«

»Und der sah zufällig wie unser Kutscher aus?«

»Eine gewisse Ähnlichkeit war schon vorhanden.«

Nachdem sie abgelegt und Laurent noch ein paar Holzscheite nachgelegt hatte, füllte er die Gläser mit Glühwein, den er am Kaminfeuer erhitzt hatte. Sie setzten sich auf das Bärenfell, das vor der Feuerstelle lag, und genossen das heiße Getränk und die behagliche Wärme.

Als es dunkelte, zündete Laurent die Kerzen des Weihnachtsbaumes an. Der goldgelbe Schein erfüllte jeden Winkel, während der Wind raunend Schneeflocken gegen die Scheiben blies.

An keinem anderen Ort auf der Welt wollte Helena jetzt lieber sein.

»Zeit für die Bescherung!«, rief Laurent plötzlich. »Oder möchtest du vorher essen, Liebste?«

Die Antwort erübrigte sich, denn schon zog Laurent ein rotes Samtschächtelchen mit einer goldfarbenen Seidenschleife aus der Hosentasche hervor. »Für dich, *mon amour*.«

Helena riss überrascht die Augen auf. So ein Schuft!, dachte sie liebevoll. Er hätte mir sagen sollen, dass er die Bescherung hier abhalten möchte. Jetzt stehe ich mit leeren Händen da. »Aber...«

»Öffne es, bitte! Ich möchte sehen, ob es dir gefällt.«

Mit zitternden Fingern zog Helena die Schleife auf.

»Oh, mein Gott!« Helena schlug die Hand vor den Mund. Ihr stockte der Atem. Auf einem Samtkissen lag ein wunderschönes goldenes Medaillon an einer goldenen Kette. In den Deckel waren zarte Weinranken eingraviert, die einen traubenblauen Amethyst umschlossen.

Laurent nahm die Kette heraus und öffnete das Medaillon. »Vielleicht ist es ein wenig selbstsüchtig von mir, dass ich immer bei dir bleiben will. Aber ich hoffe trotzdem, dass es dir Freude bereitet.«

»Und ob es das tut!« Tränen stiegen Helena in die Augen. »Das ist das schönste Geschenk, das ich je bekommen habe.« Liebevoll strich sie über die kleine Fotografie, die Laurent in einer Fliegeruniform zeigte. »Doch eigentlich müsste ich böse auf dich sein.«

»Warum denn?«

»Weil mein Geschenk für dich noch im Hotel steht«, antwortete Helena beschämt. »Ich hätte dir jetzt auch gern etwas geschenkt.«

Daraufhin zog Laurent sie kurzerhand an die Brust. »Du bist das schönste Geschenk, das ich bekommen konnte. Das andere kann bis morgen warten.«

»Ich liebe dich, Laurent«, sagte sie überglücklich und küsste ihn leidenschaftlich.

Das Bild vor Helenas innerem Auge verblasste. Sie fror plötzlich trotz der Hitze, die im Zimmer herrschte. Sie zog das Medaillon unter der Bluse hervor, klappte es jedoch nicht auf.

Seufzend steckte sie das Schmuckstück wieder weg. Sie musste auf andere Gedanken kommen. Deshalb ging sie in die Küche.

Dort half Adelaide der Köchin gerade beim Vorbereiten des Frühstücks. Bananen, Mangos und Papayas türmten sich auf einem der Tische. Der Duft von frischem Brot hing in der Luft.

Da die Köchin mit dem Rühren von Teig beschäftigt war, bemerkte sie Helena nicht.

Das Dienstmädchen blickte jedoch verwundert auf. »Guten Morgen, Madam.«

»Guten Morgen, Adelaide. Ich hoffe, ich störe nicht.«

»Nein, Madam, keineswegs. Können wir etwas für Sie tun?«

Helena lächelte gewinnend. »Ich würde gern einen längeren Spaziergang machen und einen Imbiss mitnehmen. Könnten Sie mir vielleicht einen Korb vorbereiten?«

Die Köchin blickte auf. »Einen Korb?«, wiederholte sie entgeistert.

104

»Für ein Picknick.«

Was hat sie nur?, fragte sich Helena. Ist es denn so ungewöhnlich, dass sich jemand von der Herrschaft hier unten blicken lässt? Oder sollte sie nicht wissen, wer ich bin? »Ach, da fällt mir ein, dass ich mich noch gar nicht vorgestellt habe. Ich bin Helena de Villiers, die Schwiegertochter von Madame Louise. Und wie heißen Sie?«

»Marian.«

»Freut mich, Ihre Bekanntschaft zu machen, Marian. Wäre es möglich, dass Sie mir eine Kleinigkeit zu essen und etwas zu trinken einpacken?«

»Aber sicher doch.«

»Vielen Dank.«

»Keine Ursache.«

»Gut, dann hole ich den Korb ab, wenn ich fertig bin.« Lächelnd verließ Helena die Küche.

Auf dem Weg in den Westflügel kam ihr Louise entgegen.

»Guten Morgen, Madame«, grüßte Helena.

Sie war schon an ihrer Schwiegermutter vorbei, da rief Louise: »Warten Sie!«

Helena erstarrte. Will sie mir wieder eine Predigt halten? Langsam wandte sie sich um. »Ja, Madame?«

Louise blickte sie reserviert an. »Ich wollte Sie nur davon in Kenntnis setzen, dass wir morgen Abend zum Weihnachtsgottesdienst in Napier erwartet werden. Bereiten Sie sich dementsprechend vor!«

Soll ich dort etwa vorsingen? Helena verkniff sich die spöttische Frage. »Das werde ich tun, vielen Dank.«

»Und was die Möbel angeht ...«

»Ich habe Sarah angewiesen, dafür zu sorgen, dass sie wieder auf den Dachboden gebracht werden.«

Louise starrte sie schweigend an. »Sie werden diese Möbel unten lassen. Ich erlaube Ihnen, die Räume damit auszustatten.«

Das überraschte Helena. Ist das Louises Weihnachtsgeschenk für mich?, fragte sie sich. »Danke.«

»Wir fahren morgen Abend um sechs nach Napier. Seien Sie pünktlich an der Treppe!« Damit rauschte Louise davon.

Eine halbe Stunde später erschien Sarah mit dem Picknickkorb.

Helena war gerade auf dem Weg in die Halle. »Ah, da kommt ja mein Proviant«, bemerkte sie lächelnd.

»Das hat mir Adelaide gegeben«, erklärte Sarah. »Sie sagte, Sie wollen einen Spaziergang machen.«

»Ja. Vielen Dank.«

Als Helena die Hand nach dem Korb ausstreckte, wich Sarah zurück. »Sie wollen den Korb doch nicht allein tragen, Madame!«

»Was spricht dagegen?«

»Er ist ziemlich schwer. Es wäre besser, wenn ich ihn trage.«

»Mit anderen Worten, du möchtest mich begleiten.« Helena schmunzelte, als Sarah errötete. »In Ordnung. Ein wenig Gesellschaft ist nie verkehrt. Weißt du vielleicht, wo es in der Nähe einen ruhigen Ort für ein Picknick gibt? Vielleicht einen ohne Absturzgefahr.«

»Unten am Fluss ist es sehr schön.«

»Aber der Weg dahin ist beschwerlich, und ich möchte Didiers Dienste nicht in Anspruch nehmen.«

Als habe er seinen Namen gehört, erschien der Kutscher in der Tür und schaute sich in der Halle um, als suche er jemanden.

»Wie sieht es mit dem Wald hinter dem Gut aus?«, fragte Helena. »Die Landschaft dort ist reizend. Da findet sich doch bestimmt ein nettes Plätzchen.«

Sarah erbleichte. »Nein, da sollten Sie nicht hingehen.«

»Warum?«

»Weil dort das Dorf ist.«

»Das Dorf?« Helena war verwirrt. Was hat sie nur? Hausen dort wilde Tiere?

Sarah presste verlegen die Lippen zusammen.

»Nun sag schon, was ist mit dem Dorf? Ist es verboten, es zu besuchen?«

Sarah schüttelte den Kopf.

»Das Dorf gehört den Maori«, schaltete sich nun Didier ein. »Verzeihen Sie, wenn ich mich einmische, Madam, aber ich habe zufällig gehört, worüber Sie sich unterhalten haben.«

»Mögen die Dorfbewohner nicht, wenn man in ihrer Nähe spazieren geht?«

»Die Leute sind misstrauisch gegenüber *pakeha*«, antwortete Didier.

»*Pakeha?*«

»Das ist ihre Bezeichnung für die Weißen.«

»Und die mögen sie nicht.«

Sarah und Didier wechselten einen kurzen Blick.

»Die Maori sind friedliebende Menschen. Sie sollten nur nicht allein dort auftauchen. Ihre Bräuche sind für Menschen aus Europa sehr ungewöhnlich. Sie könnten schockiert sein.«

»Warum sollte ich schockiert sein, Didier? Laufen diese Menschen etwa unbekleidet herum?«

»Nein, aber Sie könnten einiges missverstehen.« Didier senkte den Blick. »Und falsch reagieren.«

»Ach, keine Angst, ich nehme ja Sarah mit«, beschwichtigte Helena, die es vor Neugier plötzlich kaum noch abwarten konnte, das Dorf zu sehen. »Sie wird mich sicher warnen, wenn sich etwas Schockierendes ankündigt.«

Der Kutscher neigte nur den Kopf und verschwand in Richtung Arbeitszimmer.

Helena wandte sich aufmunternd lächelnd an Sarah. »Also, wollen wir es wagen?« Damit stürmte sie zur Tür hinaus.

Auf dem Spaziergang entdeckte Helena so viel Neues, dass sie die körperliche Anstrengung vergaß. Sarah führte sie auf verborgenen Trampelpfaden durch das Buschland, die Helena allein niemals gefunden hätte. Die Wachsamkeit des Mädchens war auffallend.

Fürchtet Sarah sich vor Gefahren?, wunderte Helena sich. Didier hat doch behauptet, dass die Maori friedlich sind.

Plötzlich raschelte es neben ihr. Helena sprang erschrocken zur Seite. Sehen konnte sie nichts.

»Hatten Sie Angst, Madam?«

»Ich dachte nur, es wäre ein wildes Tier.«

»Hier gibt es keine wilden Tiere.«

»Wirklich? Keine Schlangen oder Skorpione?«

»In Neuseeland gibt's keine Schlangen. Jedenfalls nicht auf dem Boden, sondern nur im Wasser. An Land haben wir Vögel, Weta, Fledermäuse ...«

»Eine Weta habe ich auf dem Weg hierher gefunden.«

Sarah riss erschrocken die Augen auf. »Haben Sie sie etwa mitgenommen? Madame Louise ...«

»Nein, keine Sorge!« Helena legte Sarah beruhigend die Hand auf den Arm. »Didier hat mich bereits gewarnt. Ich habe sie gelassen, wo sie war.«

Das Dienstmädchen atmete auf. »Madame wird sehr ungehalten, wenn sie Weta auf ihrem Grund sieht.«

»Was ist mit Fledermäusen oder diesen Kiwis?«, fragte Helena.

»Die Fledermäuse zeigen sich erst in der Dämmerung. Auch die Kiwis sind sehr scheu. Es ist ein Glück, wenn man einen zu sehen kriegt.«

»Und sonst? Gibt es keine Rehe oder Hirsche?«

»Es gibt in manchen Gegenden Füchse. Und Hasen. Die ersten Engländer haben sie mitgebracht, um jagen zu können.« Sarah deutete nach oben, wo es in den Baumkronen raschelte. »Das da sind Keas. Sie können ziemlich laut schreien.«

Helena gelang es nach einigen Augenblicken, grün gefiederte Vögel mit einem auffallend gekrümmten Schnabel auszumachen, die sie an Papageien erinnerten. Sie turnten in den Baumwipfeln, und hin und wieder flatterte einer von ihnen krächzend auf.

»Weißt du, ob es im Haus Bücher über die Pflanzen- und Tierwelt der Insel gibt?«

»Ich weiß nicht, Madam. Vielleicht sollten Sie in die Stadt fahren.«

»Madame hat keine Bibliothek?«

»Doch. Aber ich glaube nicht, dass sie solche Bücher hat.«

»Hast du schon mal nachgesehen?«

»Adelaide putzt die Bibliothek. Ich darf da nicht rein.«

Helena zog erstaunt die Augenbrauen hoch.

»Madame möchte nicht, dass zu viele Leute in ihren Räumen herumlaufen. Adelaide ist unsere Vorgesetzte.«

»Das habe ich bemerkt.«

»Und ich bin für Sie verantwortlich.«

Helena nickte. »Na gut, gehen wir weiter! Es gibt doch sicher noch mehr zu entdecken, nicht wahr? Außerdem sollten wir bald unser Picknickplätzchen finden.«

»Ja, Madam.«

Nach einer Weile erreichten sie eine Lichtung, die von hohen Bäumen umstanden war. Helena blickte fasziniert an den blassgrauen Riesen hinauf. Einige benachbarte Kronen waren so ausladend, dass sie miteinander verschlungen waren.

»Was sind das für Bäume?«

»Kauri-Bäume, Madam. Die Maori fertigen Boote daraus.

Und die Schnitzereien in den *maraes*. Das sind unsere Versammlungshäuser.«

Helena ging eine Weile schweigend neben Sarah. »Vermisst du dein Volk nicht? Deine Familie?«

Sarah senkte den Kopf. »Mein Vater und meine Mutter sind tot.«

»Dann hat Madame dich deshalb aufgenommen?«

Sarah nickte nur.

Helena war es inzwischen peinlich, dass sie offenbar unliebsame Themen angeschnitten hatte. Wäre ich doch nur allein gegangen!, dachte sie. Dann wäre ich nicht gezwungen, mühsam Konversation zu machen.

In der Mitte der Lichtung schlugen sie ihr Lager auf. Sarah holte eine Decke aus dem Korb und breitete Gebäck, Obst und Limonade darauf aus.

Der Wind frischte auf und milderte die brütende Hitze, die über dem Wald lag. Dankbar ließ sich Helena auf der Decke nieder. Erst jetzt merkte sie, wie sehr ihre Knöchel schmerzten.

»Geht es Ihnen gut?«, fragte Sarah, die Helenas leises Stöhnen als Unwohlsein gedeutet hatte.

»Ja, mir geht es sehr gut. Aber es ist nicht leicht, ein Kind mit sich zu tragen. Es wiegt von Tag zu Tag mehr.«

Sarah lächelte versonnen in sich hinein.

»Träumst du davon, eines Tages selbst Kinder zu haben?«

Sarah errötete und senkte den Blick. Das Lächeln jedoch wollte nicht weichen.

»Hast du denn schon einen Mann im Sinn?«

»Einer der Pflücker gefällt mir. Aber Madame wird das nicht erlauben.«

»So jung, wie du bist, sicher nicht. Aber wenn du älter bist, wird sie bestimmt nichts gegen eine Ehe einzuwenden haben. Irgendwann möchte doch jede Frau heiraten, oder?«

Auf einmal wurde Helenas Kehle eng. Sie erinnerte sich daran, dass sie selbst nicht nach dem Eheglück gesucht hatte – bis ihr Laurent über den Weg gelaufen war. Vielleicht hätte ich damals nicht in den Kurpark gehen sollen, dachte sie bitter. Dann wäre mir viel Schmerz erspart geblieben.

Seufzend schloss sie die Augen und lauschte dem Raunen des Windes und dem Vogelgesang – eine exotische Sinfonie. Die Wehmut vertrieb diese Musik nicht, aber Helena erkannte, dass ihr Gedanke Unsinn war. Die Zeit mit Laurent war wunderschön, und sie wollte keine Sekunde davon missen.

»Du hast heute Morgen von einem Dorf gesprochen«, begann sie, als sie die Augen wieder öffnete.

Sarah, die in Gedanken versunken war, schreckte auf. »Entschuldigen Sie, Madam.«

»Was denn? Dass du geträumt hast? Das ist an diesem Ort unvermeidlich.« Helena lächelte freundlich, und Sarah entspannte sich ein wenig.

»Ist das Dorf noch weit von hier entfernt?«

Augenblicklich erbleichte Sarah.

»Was ist mit dir?«, fragte Helena besorgt.

»Sie wollen wirklich hingehen, Madam?«

»Warum denn nicht? Die Maori sind doch sicher keine Menschenfresser, oder?«

Sarah schüttelte den Kopf.

»Die Maori aus dem Dorf mögen keinen Kontakt zu den Weißen, stimmt's?« Helena wusste, dass die britische Krone sehr viele der Ureinwohner Australiens getötet und deren Kinder zwangschristianisiert hatte. Ob das in Neuseeland auch geschehen war?

»Die Maori wollen leben, wie sie es schon vor langer Zeit getan haben. Deshalb bleiben sie lieber unter sich. Außer wenn sie Handel treiben. Dann gehen sie manchmal in die Stadt.«

»Und was ist mit den Maori, die in der Stadt leben?«

»Die gehören zu einem anderen Stamm. Genauso wie Didier und ich. Unsere Stammesmitglieder wollen von den Engländern und Franzosen lernen.«

»Und weshalb wollen es diese Menschen hier nicht?«

»Sie glauben, dass der neue Gott ihre Götter vertreibt. Und sie haben Angst, dass von ihnen bald nichts mehr übrig ist.«

Helena schwankte zwischen Faszination und Unglauben. In diesem Land, das die Engländer kolonialisiert hatten, sollte es tatsächlich noch Eingeborene geben, die davon unberührt geblieben waren?

Ach, Liebster, warum hast du mir nicht mehr Geschichten von deinem Land erzählt?, dachte sie. Neuseeland ist so viel größer als dein Elternhaus, das von den Launen deiner Mutter beherrscht wird.

Obwohl Helena das Gesagte nachdenklich gestimmt hatte, bat sie: »Lass uns in die Nähe des Dorfes gehen! Ich verspreche, ich werde das Ehrgefühl dieser Menschen nicht verletzen. Ich möchte nur sehen, wie sie leben.«

Sarah war ganz offensichtlich nicht wohl dabei. Aber ihrer Herrin konnte sie keinen Wunsch abschlagen.

Nach dem kleinen Imbiss setzten sie ihren Weg in westlicher Richtung fort. Wieder raschelte es rings um sie herum. Helena kam es vor, als sei der Busch erst jetzt richtig erwacht. Wie weit mögen wir von Louises Anwesen entfernt sein? Sie wollte sich den Weg merken, falls sie Lust verspürte, noch einmal herzukommen.

»Weshalb kennst du dich hier so gut aus?«, fragte sie Sarah, die forsch wie ein erfahrener Sherpa voranschritt.

»Ich verstehe nicht, Madam.«

»Du hast mir doch erzählt, dass du einem anderen Stamm angehörst. Woher weißt du, wohin wir gehen müssen?«

Sarah schritt schneller aus, als könne sie so der Frage entgehen. »Ich war schon mal hier. Als Kind.«

Was hat sie damals nur hergeführt?, fragte sich Helena. Ob sich die Stämme untereinander besuchen?

Eine Stunde später hatten sie die Lichtung weit hinter sich gelassen. Der Busch wurde zunehmend dichter. Hohe Farne säumten den Wegesrand. Keine ordnende Hand hatte die Büsche davon abgehalten, ihre Äste in alle Himmelsrichtungen zu strecken. Einige waren zu einem undurchdringlichen Dickicht verschlungen.

»Und hier soll es einen Pfad geben?«

»Ja. Er ist schwer zu finden. Weiße würden sich hier wahrscheinlich mit einer Machete durchhacken.«

Auf so eine barbarische Idee wäre Helena nicht gekommen. Die hohen Büsche wirkten eher wie schützende Wände. Eine Schneise hineinzuschlagen würde einen Frevel gegen die Natur bedeuten.

»Da entlang, Madam!«, rief Sarah nun und führte sie zu einem versteckten Durchgang.

Es ist wie ein Tor zu einer verwunschenen Welt, dachte Helena, während sie sich durch das Blattwerk zwängte. Dahinter war es vollkommen still. Sie hörte nur ihre Schritte und ihren Atem. Wie schön wäre es gewesen, dies alles mit Laurent zu erkunden!, dachte sie.

Hinter der Enge lichtete sich der Weg nur wenig. Das dichte Laub und die hohen Farne erschienen Helena wie die Wände eines Labyrinths, dessen Ausgang nur Sarah kannte. Über ihnen ertönte plötzlich ein fremdartiger Lärm, Rufe, die Helena keinem Tier zuordnen konnte. Der Waldboden war beinahe frei von Bewuchs, denn nur vereinzelt fielen Sonnenstrahlen durch das Grün.

So wanderten sie eine Weile andächtig schweigend nebeneinander.

»Wir müssten gleich da sein«, verkündete Sarah, als sie an einem Strauch mit exotischen weißen Blüten vorbeikamen.

Ob dieses Gewächs so etwas wie eine Wegmarke war?

Plötzlich stürmten zwei Männer aus dem Gebüsch und richteten Speere auf die beiden Frauen.

Helena wich mit einem Aufschrei zurück.

Sarah hob beschwichtigend die Hände.

»*He aha to pirangi?*«, fuhr ein Mann sie an.

»*Kei te pirangi ahau ki te marae*«, antwortete Sarah.

Der Sprecher verzog das Gesicht. Eine schnelle Unterhaltung zwischen ihm und dem Dienstmädchen folgte.

Helena beobachtete die Szene ängstlich. Die Männer wirkten Furcht erregend mit ihren Tätowierungen, die sie auf der Brust, den Armen und auch im Gesicht trugen. Ihre langen schwarzen Haare waren durch Perlenschnüre gebändigt, und um den Hals trugen sie große Muscheln. Die Baströcke, die ihren Körper hüftabwärts bedeckten, hätten an Europäern lächerlich gewirkt. Zu diesen Menschen gehörten sie aber offensichtlich wie eine Rüstung zum Ritter.

Ohne Sarah darf ich mich niemals hierherwagen, dachte Helena.

Nach dem Wortwechsel traten die Männer schließlich zurück.

Sarah wandte sich Helena zu. »Wir können passieren. Halten Sie sich an mich, Madam! Ihnen passiert nichts.«

»Sollten wir nicht lieber eine andere Route wählen?«, fragte Helena, obwohl sie ahnte, dass es keinen anderen Weg durch dieses Dickicht gab.

»Wenn wir jetzt zurückweichen, werden die Krieger glauben, dass wir Angst haben«, gab Sarah zu bedenken. »Das wird bei den Maori als Beleidigung angesehen.«

Helena atmete tief durch und gab sich einen Ruck. Obwohl sie den Kitzel der Neugier spürte und sich über dieses Abenteuer freute, wuchs ihr Unbehagen, als sie an den Wächtern vorbeihuschte. Die Haltung der Männer wirkte noch immer wachsam. Die Speerspitzen waren aus einem grünen Stein gefertigt und vermutlich messerscharf. Helena erhaschte einen Blick auf die Schnitzereien, die ihre Waffen zierten. Ob die Schäfte der Speere auch aus Kauri-Holz gefertigt waren?

Hinter den Wachen atmete Helena auf. Sie wagte zunächst nicht, sich umzudrehen. Als sie es nach einer Weile doch tat, waren die Männer verschwunden. Das unbehagliche Gefühl, dass sie sie weiterhin beobachteten, verging trotzdem nicht.

»Waren das Krieger aus dem Dorf?«, flüsterte Helena, die so nah wie möglich hinter Sarah herschritt.

»Ja, die Wächter des *marae*.«

»Würden sie wirklich Leute angreifen, die durch diesen Wald reisen?«

»Hier kommt nur selten jemand durch«, erklärte Sarah. »Wenn die Krieger glauben, dass Gefahr droht, blasen sie einfach in ihre Muschelhörner, um Verstärkung herbeizurufen.«

»Und warum hat dich der eine Wächter so angefahren und mit dir gestritten?«

»Das war kein Streit. Er hat mich gefragt, wohin wir wollen und wer Sie sind. Ich habe ihm erklärt, dass wir keine feindlichen Absichten haben.«

Helena schnaubte empört. »Welche Absichten sollten wir auch haben? Das Dorf mit einem Picknickkorb anzugreifen?«

»Auch Frauen können Kriegerinnen sein. Jedenfalls hier. Beim *powhiri* müssen die Frauen ebenso ihren Mut beweisen wie die Männer!«

»*Powhiri?*«

»Ein Begrüßungsritual. Aber jetzt bitte ich Sie, nicht mehr zu sprechen, Madam. Wir sind ganz in der Nähe.«

Will sie mich ins Dorf hineinführen? Helenas Herz pochte aufgeregt. Ihre Neugierde auf diese völlig fremde Kultur wuchs mit jedem Schritt.

Wenig später hörte Helena Stimmen. Ein berauschender

Kräuterduft stieg ihr in die Nase. Nie zuvor hatte sie so etwas gerochen. Ein wenig erinnerte sie der Duft an Zimt, aber auch die Aromen von Kardamom und Nelken waren dabei. Gab es diese Gewürze hier? Oder täuschte sie sich? Gab es hier vielleicht Gewächse, die so ähnlich dufteten?

»Was ist das?«, flüsterte sie Sarah zu.

»*Rongoa*. Medizin.«

»Wird dort ein Kranker behandelt?«

»Nein, die *tohunga*, die Medizinfrau des Dorfes, trocknet ihre Kräuter ganz in der Nähe.«

»Und es gibt keinen anderen Zugang zum Dorf?« Der Duft war Helena auf einmal zu aufdringlich. Ihr Magen rebellierte. Vielleicht wäre es besser zurückzugehen.

»Wir wollen ja nicht ins Dorf, sondern es nur aus der Ferne beobachten«, bemerkte Sarah und setzte sich einfach ins Gras.

Helena rang mit ihrer Übelkeit, doch die Neugierde siegte. Also hockte sie sich ebenfalls ins Gras. Sie entdeckte ein Loch im Blätterwerk, durch das sie das Treiben auf dem Dorfplatz verfolgen konnte.

Die leuchtenden Stoffe, mit denen die Frauen ihre Körper verhüllten, waren atemberaubend. Was für wunderschöne Menschen!, dachte Helena. Die Kleiderfarben bringen den Teint wunderbar zur Geltung, egal, ob die Frau alt oder jung ist.

Die wenigen Männer, die sich auf dem Dorfplatz befanden, waren wesentlich schlichter gekleidet. Sie trugen keine Baströcke wie die Wächter, sondern waren von der Hüfte abwärts in lange, in Erdtönen gehaltene Tücher gewickelt. Sie waren am Oberkörper ganz oder zur Hälfte tätowiert. Sie bewegten sich wachsam zwischen den Hütten. Die Frauen auf dem Platz verhielten sich ähnlich wie europäische Frauen, die sich unter der Dorflinde zu einem Schwätzchen zusammengefunden hatten. Dieser Vergleich brachte Helena zum Lächeln. Wie ähnlich sich Menschen doch sind! Wo sie auch leben, sie treffen sich, lachen, lieben, weinen. Sie bedauerte sehr, dass sie die Sprache der Maori nicht verstand.

Helena sog die Eindrücke in sich ein, als wolle sie sie nie wieder vergessen. Sie spürte nicht einmal mehr, dass ihre Füße und ihr Rücken schmerzten.

»Madam, wir sollten jetzt besser wieder gehen«, bemerkte Sarah nach einiger Zeit zaghaft. »Die Sonne steht schon tief, die *tohunga* wird sicher gleich nach ihren Kräutern sehen. Es ist besser, wenn sie uns nicht entdeckt.«

»Ist gut, hilf mir bitte auf!«

Als Helena sich aufrichtete, kehrte der Schmerz zurück und das Ungeborene trat ein paarmal heftig gegen ihre Bauchdecke. Sie schnappte nach Luft, fing sich aber gleich wieder und machte sich mit Sarah auf den Heimweg.

Brütende Hitze lag auf Napier. Louise fächelte sich Luft zu. Seit dem Morgen fühlte sie sich seltsam. Sie konnte nicht genau sagen, warum. Es war, als läge ein Stein auf ihrer Brust. Wahrscheinlich ist das noch immer der Ärger über diesen Manson, dachte sie.

»Didier, fahren Sie diesmal nicht über die Hauptstraße!«

»Sehr wohl, Madame.«

Der Wagen machte einen Schlenker und bog in die nächste Seitenstraße ab. Louise nahm in Kauf, dass es ein Umweg zur Anwaltskanzlei war. Sie wollte sich nicht den neugierigen Blicken der Passanten aussetzen. Bestimmt hat Manson überall verbreitet, dass meine Männer seinen sauberen Verein von meinem Grundstück vertrieben haben, dachte sie und seufzte. Wer weiß, wie viele Leute er schon bekehrt hat.

Vor der Kanzlei von Jonathan Reed machte die Kutsche Halt. Louise stieg aus und betätigte die Türklingel.

Der junge Mann, der wenig später öffnete, war Reeds Gehilfe, ein schlaksiger Bursche, der erst vor kurzem aus Wellington gekommen war, wo er studiert hatte. »Guten Tag, Madame de Villiers, was kann ich für Sie tun?«

»Ich möchte Ihren Chef sprechen, wenn das möglich ist.«

Der Angestellte bat Louise herein, und während sie auf einem der Empirestühle Platz nahm, verschwand er im Sprechzimmer.

Jonathan Reed stürmte nicht mal eine Minute später herbei. »Madame de Villiers, es ist mir eine Freude, Sie zu sehen!«

Er gab seiner Mandantin einen formvollendeten Handkuss und bat sie in sein Büro.

Wie so oft bewunderte Louise auch heute wieder den maßgeschneiderten Anzug des Anwalts und seinen gepflegten Haarschnitt. Nur selten traf man in Napier noch Männer an, die ein gutes Aussehen als Selbstverständlichkeit betrachteten. Kein Stäubchen lag auf seinem blaugrauen Jackett. Die silbergraue Krawatte war tadellos gebunden und unterstrich seinen gebräunten Teint.

»Ich hoffe, es gibt keinen ernsten Anlass für Ihren Besuch.«

»Ich fürchte doch, Monsieur Reed«, entgegnete Louise. »Sie haben sicher vom Mord an der kleinen Grable gehört.«

»Ja. Bedauerliche Sache. Der Bursche wird seines Lebens nicht mehr froh werden.«

»Ich möchte, dass Sie ihn vertreten.«

Reeds Miene gefror. Ungläubigkeit stand in seinem Blick. »Ich soll ...«

»Ihn vertreten.«

»Gibt es einen bestimmten Grund dafür? Der Junge wird sich meine Dienste gewiss nicht leisten können.«

»Aber ich kann es. Es soll Ihr Schaden nicht sein, Monsieur Reed.«

Der Anwalt presste die Lippen zusammen. Seiner besten Mandantin mochte er nichts abschlagen. Aber einen Mörder zu verteidigen würde sein Ansehen nicht gerade steigern. Erst

118

recht nicht, wenn es keine Aussichten gab, den Fall zu gewinnen.

»Ich weiß, dass Sie sehr großzügig sind, Madame. Aber darf ich erfahren, welches Interesse Sie an der Verteidigung eines Mörders haben?«

»Mein Interesse an diesem Fall ist rein egoistischer Natur. Der Junge hat die Tat im Vollrausch begangen. Sie wissen vielleicht, dass die Abstinenzler landesweit versuchen, die Winzer zu ruinieren und zu vertreiben. Dieser Prozess wird ein gefundenes Fressen für sie. Wer weiß, vielleicht kann dieser abscheuliche Manson auch noch den Staatsanwalt auf seine Seite ziehen. Ich sehe eine furchtbare Zeit auf uns zukommen, auf mich und alle Kollegen der Nordinsel. Deshalb möchte ich, dass der Mörder von einem Mann verteidigt wird, der es versteht, den Zorn von uns abzulenken. Nicht wir, die Weinerzeuger, sind die Schuldigen, sondern jene, die nicht Maß halten können.« Louise atmete tief durch. Ihr Herz klopfte so heftig, dass ihre Brust eng wurde, wie jedes Mal, wenn sie sich über die Prohibitionsbewegung aufregte.

»Ich glaube nicht, dass man Ihnen die Schuld geben wird, Madame«, versuchte Reed zu beschwichtigen.

»Das tut man bereits!«, brauste Louise auf. »Manson und seine Spießgesellen sind auf meinem Grundstück erschienen, um mir die Verantwortung für diesen Mord zuzuschieben. Meine Männer haben sie vertrieben, aber das wird sie nicht abhalten, weiter gegen mich zu agitieren.«

»Wenn Manson Sie bedroht, sollten Sie die Polizei einschalten.«

»Das wird nicht nötig sein, wenn es Ihnen gelingt, die Bewohner von Napier davon zu überzeugen, dass der Angeklagte allein der Schuldige ist und nicht ich als Winzerin.« Louise sah den Anwalt eindringlich an. »Was ist nun, Monsieur Reed, übernehmen Sie diese Angelegenheit für mich?«

Wohl war Reed nicht dabei, aber er hatte keine andere Wahl. »In Ordnung, Madame de Villiers, ich werde sehen, was ich tun kann. Aber ich rate Ihnen, Hilfe zu suchen, sollte es zu weiteren Drohungen kommen.«

Als ob mir die Polizei helfen würde!, dachte Louise bitter. Wahrscheinlich hat Manson die Constables längst auf seine Seite gebracht – vermutlich nicht durch seine Überzeugungskunst, sondern durch ein üppiges Bestechungsgeld. »Ich danke Ihnen, Monsieur Reed. Sie sind meine letzte Hoffnung in dieser Sache. Wenn Sie scheitern, ist der Weinbau des Landes verloren.«

»Keine Sorge! Ich werde mein Bestes geben.«

Ich hoffe nur, dass es reicht, dachte Louise resigniert, zumal seine Worte nicht so zuversichtlich klangen wie sonst.

Nach ihrer Rückkehr vom Spaziergang zog sich Helena in ihren Salon zurück, wo sie aufgewühlt auf und ab ging. Sie hatte so viel erlebt, dass sie am liebsten Laurent davon berichtet hätte. Wieder einmal wurde ihr klar, wie sehr er ihr fehlte.

Sie hatte noch nie Tagebuch geführt und glaubte auch nicht, dass sie Talent zum Schreiben besaß. Doch nun wünschte sie, sie könne ihre Eindrücke auf irgendeine Weise festhalten. Vielleicht sollte ich zu malen anfangen, überlegte sie.

Nach dem Abendessen begab sie sich zu Bett, stellte aber fest, dass sie nicht einschlafen konnte. Ihr Körper war ermattet, ihr Geist hingegen hellwach. Noch immer sah sie die Maori des Dorfes vor sich. Ich muss mehr über dieses Volk herausfinden, dachte sie. Diese Idee trieb sie schließlich aus dem Bett.

In Morgenmantel und Pantoffeln schlich sie sich mit einer Petroleumlampe in der Hand hinaus in die Eingangshalle. Der Marmorboden funkelte im Mondlicht. In der nächtlichen Stille wirkte das Haus nahezu gespenstisch.

Wo mochte Louises Bibliothek sein? In der Nähe des Arbeitszimmers?

Vor Aufregung pochte Helenas Herz. Welche Absichten wird Louise mir unterstellen, wenn sie mich bemerkt?, fragte sie sich bang.

Im Gang zum Arbeitszimmer entdeckte Helena eine weitere Flügeltür. Ich hätte Didier oder Sarah längst bitten sollen, mich durchs Haus zu führen, dachte sie, als sie vorsichtig nach der Klinke griff. Aber das Zimmer war abgeschlossen.

»Was haben Sie da zu suchen, Madame?«

Helena wirbelte erschrocken herum. Im Licht der Petroleumlampe schien Louises Gesicht körperlos in der Dunkelheit zu schweben.

»Madame de Villiers?« Offenbar leidet sie ebenso unter Schlaflosigkeit wie ich, kam Helena in den Sinn.

»Ja, die bin ich wohl. Oder halten Sie mich für ein Nachtgespenst? Was machen Sie hier?«

»Ich konnte nicht schlafen und dachte, dass mich ein kleiner Spaziergang ermüden würde.«

»So? Ich habe gehört, dass Sie heute bereits einen ausgedehnten Spaziergang hinter sich haben.«

Helena unterdrückte ein desillusioniertes Lächeln. Natürlich hatte Sarah ihrer Dienstherrin Bericht erstattet. »Das stimmt, aber all die Eindrücke, die ich heute gesammelt habe, lassen mich nicht zur Ruhe kommen.«

Louise schnaufte. Als sie die Lampe ein wenig senkte, sah Helena, dass ihre Schwiegermutter vollständig angekleidet war. War sie zu dieser späten Stunde etwa noch nicht im Bett gewesen?

»Sie wissen hoffentlich, dass es für das Kind schädlich ist, wenn die Mutter zu wenig Schlaf bekommt.«

»Das weiß ich, Madame. Es ist ja auch nicht so, dass ich jede Nacht durchs Haus wandele.«

»Wirklich nicht?«

Helena seufzte. »Madame, Sie glauben doch wohl nicht, dass ich meinem Kind absichtlich Schaden zufüge? Warum halten Sie mich bloß für ein Ungeheuer?«

Louise presste die Lippen zusammen. »Denken Sie an den Gottesdienst morgen Abend!«, versetzte sie. »Ich dulde keine Verspätung.«

»Ja, Madame. Gute Nacht.«

Louise verschwand, ohne den Gruß zu erwidern.

9

Obwohl sie nur wenige Kleidungsstücke mitgenommen hatte, brauchte Helena eine Weile, um ihre Garderobe für den Kirchgang auszuwählen. Louises vorwurfsvolle Stimme hallte ihr noch im Ohr. Nach der Erfahrung mit dem dunkelblauen Kleid entschied Helena sich schließlich für das beste schwarze, das sie besaß. Der weiche Stoff schmiegte sich zwar ein wenig zu sehr an ihren Körper, besonders um den Leib spannte er deutlich. Doch das würde Louise ihr sicher nachsehen.

Um sicherzugehen, dass Louise nicht das Geringste auszusetzen hätte, übergab Helena das Kleid Sarah, damit diese es noch einmal bügelte.

Eine halbe Stunde später betrachtete Helena sich im Spiegel. Ihr Umfang hatte sich stark vergrößert, und das Schwarz ließ ihr Gesicht bleich erscheinen.

Bei dieser Hitze wäre sie gern in den kühlen Räumen geblieben, aber Louise würde das nicht hinnehmen. Um die Hitze wenigstens etwas erträglicher zu machen, steckte Helena ihr Haar zu einem Chignon zusammen. Erwarten die Leute aus Napier, dass ich mein Gesicht unter einem Witwenschleier verberge? Ach, lieber Laurent, du hättest bestimmt nichts gegen ein leichtes Sommerkleid einzuwenden gehabt!, dachte Helena traurig. Sie strich zärtlich über ihren Bauch, griff nach ihrer Stola und verließ das Zimmer.

In der Halle wurde sie bereits von ihrer Schwiegermutter

erwartet. Ihr missbilligender Blick traf Helena wie ein Pfeil. »Sie wollen doch wohl nicht in dem Kleid in die Kirche gehen?«

Helena sah an sich herab. Hatte Sarah beim Bügeln Knitterfalten übersehen? »Was ist verkehrt daran?«

»Sie müssen wissen, dass die De Villiers einen sehr guten Ruf genießen. Wir sind eine angesehene Familie, seit mein Großvater 1833 mit James Busby nach Neuseeland kam und dieses Weingut gründete. Seither wird unsere Familie nicht nur mit Wein verbunden, sondern auch mit Noblesse. Niemals würden wir es wagen, unpassend gekleidet das Haus zu verlassen.«

»Verzeihen Sie, aber wenn es Ihnen lieber ist, dass ich hierbleibe, dann bin ich gern dazu bereit.«

Louises Blick wurde vernichtend. »Sie werden sich nicht vor den gesellschaftlichen Verpflichtungen drücken! Sie werden sich umziehen und mich begleiten. Und an Ihrer Stelle würde ich mich beeilen, denn die De Villiers kommen niemals zu spät!«

Helena war den Tränen nahe. Ich hätte es wissen müssen!, dachte sie verzweifelt. Ich kann ihr gar nichts recht machen. Selbst wenn ich perfekt wäre, würde sie noch etwas auszusetzen finden.

»Ich habe kein anderes!«, entgegnete sie trotzig. »Das ist das beste schwarze Kleid, das ich besitze, und ich kann daran keinen Makel erkennen.«

Louise musterte ihre Schwiegertochter abschätzig. »Ich habe Kleider, die passender sind. Sarah wird Ihnen eins bringen.«

»Ich soll eines Ihrer Kleider tragen?« Helena betrachtete skeptisch Louises zierliche Figur. Sollte Louise etwa eines ihrer alten Umstandskleider aufbewahrt haben? »Sie wollen mir doch nicht etwa ein uraltes Kleid aufdrängen!«

»Das ist immer noch besser als dieser unanständige Fetzen!«

Helena stützte empört die Hände in die Hüften. »Ihr Kleid ist über dreißig Jahre alt. Sie haben mir doch gesagt, dass Sie Wert darauf legen, dass ich Ihre Familie nicht blamiere.«

»Darauf lege ich sogar großen Wert. Und deshalb werden Sie Ihr Kleid nicht zum Gottesdienst tragen.«

»Dann ziehe ich das dunkelblaue an. Sie haben damals ja wohl kaum Schwarz getragen.«

Louises Miene verhärtete sich. »Sarah!«

Das Dienstmädchen eilte herbei, als hätte es nur auf diesen Ruf gewartet.

»Holen Sie meiner Schwiegertochter das Kleid, das ich herausgesucht habe!«

Sarah knickste und eilte davon.

»Und Sie gehen zurück in Ihr Zimmer und ziehen sich um! Ich erwarte Sie in zwanzig Minuten.«

Wütend rannte Helena in den Westflügel zurück. Am liebsten wäre sie davongelaufen. Niedergeschlagen sank sie auf ihr Bett. Wahrscheinlich wird diese Tyrannin auch nach dem Kirchgang keine Gelegenheit auslassen, mich niederzumachen, dachte sie und kämpfte gegen die Tränen an.

Wenig später klopfte Sarah.

Helena wischte sich über die Augen und sprang auf.

»Das ist das Kleid von Madame?«, fragte sie entgeistert, als Sarah eine schwarze Robe auf dem Bett ausbreitete. Die Seide raschelte leise. Der Empireschnitt unterschied sich nicht von dem von Helenas Kleidern. Zarte Spitze säumte die Ärmel und den Ausschnitt.

»Ja, das ist es.«

»Warum hat Madame während ihrer Schwangerschaft Schwarz getragen?«

»Das weiß ich nicht, Madam.«

Aber Helena hörte deutlich, dass Sarah nicht die Wahrheit sagte. »Ist in der Zeit vielleicht ihr Vater gestorben?«

125

»Nein, Monsieur de Villiers ist erst später gestorben. Da war Master Laurent schon zehn Jahre alt.«

Was verschweigt sie mir bloß? »Hilf mir bitte aus meinem Kleid!«

Noch immer regte sich Widerwille gegen Louises Gewand, so schön es auch war. Die Seide fühlte sich ungewöhnlich schwer an auf der Haut. Wahrscheinlich werde ich es schon durchgeschwitzt haben, bevor wir in Napier sind, dachte Helena. Und dann hat Madame wieder einen guten Grund, mir etwas vorzuwerfen. »Seit wann ist Madame eigentlich Witwe? Sie hatte doch einen Ehemann, oder?«

»Natürlich hatte sie den.« Sarahs Hände zitterten beim Schließen der Knöpfe so deutlich, dass es Helena nicht entging.

Vielleicht sollte ich das arme Mädchen nicht weiter in Verlegenheit bringen. Es gibt noch andere Leute auf dem Gut, die ich fragen kann, überlegte sie und wandte sich zum Gehen, ohne die Antwort abzuwarten.

Louise wirkte ungeduldig, dabei hätte Helena schwören können, dass sie zum Umziehen keine zwanzig Minuten gebraucht hatte. Kommen jetzt die Vorwürfe?, fragte sie sich. Doch ihre Schwiegermutter musterte sie nur schweigend und wandte sich dann unvermittelt um.

Draußen wurden sie von Didier in Empfang genommen. Die Hitze war noch drückender geworden.

Helena schnappte nach Luft und blickte zu den Wolken auf, die sich wie eine Daunendecke über den Himmel breiteten. Hoffentlich bricht das Gewitter nicht los, wenn wir gerade unterwegs sind, dachte sie.

Die Kirche von Napier war gut gefüllt. Damen in leichten Sommerkleidern fächelten sich Luft zu, während ihre Begleiter in Anzügen schwitzten.

Auch Helena machte die Hitze zu schaffen. Das Seidenkleid klebte an ihrem Körper, und ihre Füße waren geschwollen. Sie wünschte, sie säße jetzt auf der Bank vor dem Weingut. Unsicher sah sie in die Runde. Zahlreiche Leute musterten sie unverhohlen.

Louise stolzierte hoch erhobenen Hauptes an allen vorbei zu der ersten Bank, die offenbar für ihre Familie reserviert war.

Schließlich trat ihnen doch jemand entgegen. Der Mann trug einen dunklen Anzug und hatte das Haar sorgfältig mit Pomade geglättet. Seine goldene Krawattennadel glitzerte im Abendlicht.

»Guten Abend, Madam, ich freue mich, Sie wiederzusehen.«

Helena erkannte den Anführer der Abstinenzler.

»Mister Manson, dies ist ein Gotteshaus. Also setzen Sie sich besser wieder! Ich sehe ohnehin keinen Anlass, mich mit Ihnen zu unterhalten.«

»Wer ist denn die junge Dame?«, fragte er ungerührt.

»Meine Schwiegertochter. Und jetzt entschuldigen Sie uns.«

Louise bedeutete Helena mitzukommen.

Nachdem sie sich beide gesetzt hatten, flüsterte Louise: »Sie werden sich niemals mit diesem Mann abgeben, haben Sie verstanden?«

»Warum sollte ich das tun?«, fragte Helena. »Ich glaube nicht, dass ich mich von einer Horde Abstinenzler belagern lassen möchte. Das Benehmen dieser Leute war unerhört.«

Louise schnaufte empört. »Es ist unerhört, wie dieser Mann und seine Gefolgsleute versuchen, den Winzern in der Stadt das Wasser abzugraben. Sie versuchen alles, um uns das Geschäft zu vermiesen und uns zu vertreiben. In einigen Städten haben sie es bereits geschafft. Doch ich werde nicht klein beigeben.«

Die Entschlossenheit ihrer Schwiegermutter beeindruckte Helena.

Während der gesamten Feier spürte sie die bohrenden Blicke der Menschen im Nacken. Louise hatte mit niemandem gesprochen. Wahrscheinlich fragen sich alle, wer ich bin, überlegte Helena.

Als sie das Gotteshaus verließen, trat ein Mann im blauen Gehrock zu ihnen. Helena schätzte ihn auf Ende vierzig. Sein schwarzes Haar glänzte vor Pomade, und sein Kinn war glatt rasiert.

»Madame de Villiers!« Er verneigte sich vor Louise und gab auch Helena einen formvollendeten Handkuss. »Es freut mich, Sie zu sehen. Darf ich fragen, wer die junge Dame ist?«

»Das ist meine Schwiegertochter, Helena de Villiers.«

Augenblicklich wirkte der Mann betroffen.

»Helena, das ist Mister Jonathan Reed, der Anwalt unserer Familie.«

Hat sie mich eben beim Vornamen genannt? Und von *unserer* Familie gesprochen? Helena war sprachlos.

»Ich bedaure Ihren Verlust sehr, Madam. Die Nachricht vom Tod Ihres Gatten hat uns alle erschüttert.«

»Danke, das ist sehr freundlich von Ihnen.«

Helena entging nicht, dass Louise sie aufmerksam beobachtete.

»Wie Ihre Schwiegermutter gerade überaus freundlich erwähnte, bin ich der Anwalt der Familie de Villiers. Sollten Sie also irgendwelche Schwierigkeiten haben, stehe ich Ihnen selbstverständlich zur Verfügung.«

»Danke. Ich werde gern darauf zurückkommen, wenn es nottun sollte«, erklärte Helena lächelnd.

»Wenn ich Ihnen Ihre Schwiegermutter für einen Moment entführen dürfte?«

»Selbstverständlich, Mister Reed!«

128

Der Anwalt erbot Louise seinen Arm und führte sie davon.

Helena war froh darüber, dass sie für einen Moment allein sein konnte. Sie erwiderte die Blicke und Grüße der Menschen lächelnd und beobachtete Louise und Reed, die etwas abseits der Kirchgänger auf dem Gehweg stehen blieben.

Was sie wohl zu bereden haben?

»Ah, Mistress de Villiers, wie nett, Sie noch einmal zu sehen!«

Helena drehte sich um.

Manson lächelte sie breit an.

»Was gibt es, Mister Manson?«, fragte sie reserviert. Sie hatte nicht vor, sich auf ein langes Gespräch einzulassen. Louise würde das nicht gutheißen.

»Sie sind also die Schwiegertochter von Madame.«

»Wie Madame Ihnen bereits mitgeteilt hat.«

Manson zog eine Augenbraue hoch, doch er lächelte noch immer. Wie ein Wolf angesichts seiner Beute, fand Helena. »Der Tod Ihres Gatten hat uns alle sehr betrübt. Umso mehr freue ich mich, dass es auf Wahi-Koura endlich Nachwuchs geben wird. Madame ist gewiss unendlich stolz.«

Ich kann verstehen, warum Louise ihn nicht mag. Selbst wenn er nicht die Protestler angeführt hätte, hätte mich seine Art abgestoßen.

»Das sollten Sie sie selbst fragen, Mister Manson. Sie wird sicher gleich zurückkehren.«

Mansons Lächeln versteinerte. »Offenbar haben Sie ebenso wenig Freude an Konversation wie Ihre Schwiegermutter.«

»Durchaus nicht! Allerdings fürchte ich, dass mir das schwüle Klima derart zusetzt, dass ich Ihnen nicht die nötige Aufmerksamkeit widmen kann. Guten Abend, Mister Manson.«

Sie blickte nach vorn, bemerkte aber, dass Manson sie weiterhin beobachtete. Erst als sich Louise von Reed verabschiedete und zu ihr kam, zog er sich zurück.

Helena unterdrückte ein Schaudern. Was für ein furchtbarer Kerl!

Die Nachricht für Louise war wohl nicht gut ausgefallen. Ihre Gesichtszüge wirkten finster.

»Was wollte Manson von Ihnen?«, fragte sie barsch.

Ihr entgeht offenbar nichts, dachte Helena niedergeschlagen. »Er hat mir sein Beileid zum Tod meines Mannes ausgesprochen und sich erdreistet, den Nachwuchs auf Wahi-Koura zu kommentieren.«

Louise schnaubte. »Dieser Emporkömmling hat keine Manieren! Warum haben Sie sich überhaupt auf ein Gespräch eingelassen? Ich habe Ihnen doch gesagt, dass Sie sich anständig verhalten sollen!«

»Das habe ich, Madame! So höflich wie möglich habe ich ihm klargemacht, dass ich nicht an einem Gespräch mit ihm interessiert bin.«

»Und dennoch stand er eine ganze Weile hier.«

»Nun, ich kann niemandem den Platz unter seinen Füßen verbieten.« Helena erwiderte Louises prüfenden Blick.

»Wir sollten fahren«, erklärte diese und winkte die Kutsche heran.

Wie Helena es erwartet hatte, wurde es eine stille, traurige Weihnachtsnacht. Nach der Rückkehr von der Kirche zog sich Louise in ihre Gemächer zurück. Sie wirkte niedergedrückt. Ob ihr an den Festtagen besonders schmerzlich bewusst wurde, dass sie ihren einzigen Sohn nie wiedersehen würde?

Helena konnte sich nicht vorstellen, dass das Gespräch mit dem Anwalt sie so traurig gestimmt hatte.

Nach einem einsamen Abendessen, das aus Braten, Gemüse und Kartoffeln sowie Plumpudding und Früchten bestanden hatte, trat Helena ans Fenster. Dabei umklammerte sie das Medaillon von Laurent. Der Sternenhimmel funkelte wie ein Meer von Diamanten.

Liebster, bist du dort draußen?, sinnierte sie. Gibt es vielleicht einen Himmel, von dem aus du mich sehen kannst?

Einer plötzlichen Eingebung folgend, ging Helena nach draußen. Die Abendluft war mild. Helena verschränkte die Arme vor der Brust und lauschte. Merkwürdige Vogelrufe ertönten in der Ferne. Das Gut wirkte verlassen. In den Fenstern brannte kein Licht. Louise war wohl schon zu Bett gegangen. Oder sie geistert durchs Haus auf der Suche nach mir, durchfuhr es Helena.

Fasziniert von der Schönheit der Nacht, strebte Helena dem Weinberg zu. Im Mondschein wirkte dieser Ort wie verwandelt. Für einen Moment konnte sie sich der Illusion hingeben, in ihrer Heimat zu sein, auf ihrem eigenen Weingut. Das Weinlaub raschelte unter einer sanften Brise. Helena kamen all die glücklichen Stunden, Tage, ja Wochen in den Sinn, die sie dort im Freien verbracht hatte. Manchmal war sie nach getaner Arbeit am Abend mit Laurent zwischen den Spalieren verschwunden und hatte dort, inmitten der Rebstöcke, mit ihm zusammen den Sonnenuntergang abgewartet, um danach die aufleuchtenden Sterne zu zählen. Laurent hatte ihr die einzelnen Sternbilder gezeigt und ihr erklärt, dass die Sterne in seiner Heimat ganz anders aussähen.

»Zeigst du mir eines Tages die Sterne deiner Heimat?«, hatte sie gefragt.

Laurent hatte sie daraufhin in seine Arme gezogen und geküsst. »Sicher, *chérie*, eines Tages bestimmt. Vielleicht sogar in einem Flugzeug.«

»Ich bin nicht sicher, ob ich mutig genug bin, mich in eine dieser unheimlichen Maschinen zu wagen.«

»Das willst du dir entgehen lassen? In einem Flugzeug ist

man den Sternen viel näher. Wenn man in der richtigen Höhe fliegt, trübt keine Wolke mehr die Sicht. Kein Gebäude ist im Weg. Man kann die gesamte Himmelskuppel überblicken, wenn man in der Runde fliegt. Außerdem werde ich ja bei dir sein.«

»In Ordnung, dann fliege ich mit dir.« Sie hatte die Arme um ihn geschlungen, und dann hatten sie schweigend beieinandergestanden, bis das letzte Abendrot verschwunden war.

Verträumt blickte Helena zum Himmel auf. Ach, Laurent! Wie gern würde ich jetzt mit dir die Sterne zählen! Sie sind so strahlend wie meine Liebe zu dir ... Wenn du mich nur sehen könntest! Unser Kind wächst, und ich bin jetzt rund wie ein Fass. Helena lächelte unwillkürlich und strich sich versonnen über den Leib.

Ihr Kind strampelte.

Dankbar für den Trost, schaute sie noch einmal zu den Gestirnen empor.

»Guten Abend, Madam!«

Helena fuhr der Schreck durch Mark und Bein. Sie stolperte und hatte Mühe, das Gleichgewicht zu halten. Starke Arme packten sie und gaben ihr Halt.

»Mister Newman?« Ungläubig starrte Helena den Kellermeister an, der sie immer noch stützte. Seine Weste saß ein wenig schief, die Hemdsärmel hatte er hochgerollt. Für einen Moment wussten beide nicht, was sie sagen sollten.

Helena wurde heiß und kalt. »Es geht schon wieder, Mister Newman. Sie können mich loslassen. Sie haben mich zu Tode erschreckt.«

Der Kellermeister zog die Hände hastig zurück. »Verzeihung. Das wollte ich nicht. Aber Sie waren so in Gedanken verloren, dass sie mich nicht bemerkt haben. Ich habe die ganze Zeit kaum drei Schritte von Ihnen entfernt gesessen. Frohe Weihnachten, Madam!«

»Ihnen auch, Mister Newman. Was führt Sie denn um diese Zeit hierher? Sollten Sie nicht zu Hause sein?«

»Ich war vorhin bei meiner Mutter. Wahrscheinlich sitzen sie und ihre Brigde-Freundinnen jetzt auf dem Sofa und schnarchen selig vor sich hin.«

»Und da fällt Ihnen nur der Weinberg ein, um die Weihnachtsnacht zu genießen?«

»Warum denn nicht? Der Weinberg ist meine zweite Heimat. An kaum einem anderen Ort fühle ich mich so geborgen wie hier. Besonders an Tagen wie diesen.«

»Mögen Sie Weihnachten nicht?«

»Doch, doch. Alles ist dann immer so friedlich und still.« Er machte eine kurze Gedankenpause, bevor er hinzusetzte: »Früher hat es hier im Haus rauschende Feste gegeben. Auch zu Hause haben wir größer gefeiert. Aber inzwischen schätze ich es, in der Weihnachtsnacht hier zu sein, allein mit den Sternen und meinen Erinnerungen. Was treibt Sie denn nach draußen?«

»Ich wollte mir die Sterne ansehen.« Helena fröstelte plötzlich.

»Alles in Ordnung mit Ihnen?«

»Ja, es ist nur ...«

»Sie vermissen Ihren Ehemann, nicht wahr?«

Helena nickte. »Ja, sehr sogar. Gestern kam mir wieder in den Sinn, wie wir im vergangenen Jahr gefeiert haben. Es war einfach wunderbar.«

»Und jetzt sind Sie hier, in einem fremden Land, wo alles ganz anders ist ...«

Helena sah ihn überrascht an. Er schien zu verstehen, was in ihr vorging.

»Es ist immer furchtbar, einen geliebten Menschen zu verlieren. Und an Tagen, mit denen man besonders schöne Erinnerungen verknüpft, fällt der Verlust noch schwerer ins Gewicht.

Mir ist es nach dem Tod meiner Schwester ähnlich ergangen. Sie war noch so jung.« Verlegen senkte er den Blick.

»Möchten Sie mir davon erzählen?«, fragte Helena und griff nach einem Weinblatt.

»Meine Schwester starb vor vier Jahren, kurz vor Weihnachten. Die Ärzte hatten eine Blinddarmentzündung festgestellt. Leider konnten sie nichts mehr für sie tun. Sie war erst sechzehn Jahre alt.« Newman blickte auf seine Hände. »So ein junges Leben. Sie hatte alles noch vor sich! Wenn ich gekonnt hätte, hätte ich ihr den Blinddarm mit meinen eigenen Händen herausgeschnitten.«

»Der Kalender, den Sie mir mitgebracht haben... Er stammt von ihr, nicht wahr?«

»Ja, sie hat ihn ein Jahr vor ihrem Tod angefertigt. Ich dachte, er würde Ihnen gefallen.«

»Das tut er. Ich war allerdings überrascht, dass Sie ihn mir überlassen haben.«

Newman wich ihrem Blick aus. »Ich habe ihn zufällig gefunden und dachte, er könnte Ihnen gefallen. Außerdem ist Ihr Zeitgefühl sicher ein wenig durcheinander. In Europa ist es bestimmt kalt um diese Jahreszeit.«

»Das ist es. Vielleicht liegt sogar Schnee.«

»Ich war vor einigen Jahren auf der Südinsel, in Otago. Dort gibt es auch Schnee im Winter. In unserem Winter, meine ich. Wenn Sie also Heimweh haben, könnte ich...« Er brach ab.

Helena war verwirrt. Auf dem Hof spielt er das Raubein, doch nun zeigt er eine ganz andere Seite, wunderte sie sich. »Sie würden eine Reise mit mir dorthin machen?«

»Ich würde Sie als Führer begleiten, wenn Sie es wünschen.«

»Danke, ich weiß das Angebot zu schätzen.«

Newman sah sie so eindringlich an wie nie zuvor. Helena wurde heiß und kalt. Was soll das?, dachte sie. Zuletzt habe ich

134

mich so gefühlt, als ich Laurent das erste Mal begegnet bin. Dieser Mann mag mich nicht einmal ...

»Mistress de Villiers?«

Helena schreckte aus ihren Gedanken auf. »Ja?«

»Ich habe gefragt, ob Sie vorhaben, noch länger draußen zu sein.«

Das habe ich nicht gehört. Was ist nur los mit mir? »Wollen Sie lieber allein sein?«

Newman schüttelte den Kopf. »Nein, das ist es nicht. Ich könnte Sie zu einem besonderen Platz führen. Dem Ort, an dem die Maori ihr Neujahrsfest veranstalten.«

»Das tun sie jetzt?«

»Nein, das Neujahrsfest der Maori fällt mit dem Aufgehen der Plejaden zusammen. Wir würden heute niemanden zu Gesicht bekommen, aber ...« Jetzt sah er sie fast schüchtern an.

»Ja?«

»Nirgendwo sieht man die Sterne so schön wie an diesem Ort. Außerdem hätten Sie dort auch tagsüber ihre Ruhe. Ich habe Sie hin und wieder auf dem Felsen sitzen sehen.«

»Sarah meinte, es sei gefährlich, dort zu sitzen.«

»Das ist es auch. Man kann leicht abstürzen.«

»Und Ihr Ort ist sicherer? Obwohl es ein Kultplatz der Maori ist?«

»Es ist kein Kultplatz, nur ein Ort, von dem aus man eine herrliche Aussicht hat. Außerdem betrachten die Maori kein Land als ihr Eigentum. Nur an Stätten, wo sie ihre Toten begraben, sollten Sie sich in Acht nehmen.«

»Sie scheinen sich sehr gut auszukennen.«

»Ich lebe schon seit dreißig Jahren hier. Wenn Sie erst so lange hier sind, werden Sie auch Bescheid wissen. Möchten Sie, dass ich Ihnen diesen Ort zeige?«

»Sehr gern!«

135

Langsamen Schrittes führte Newman sie durch die Spaliere und dann einen Hang hinauf.

Unsicherheit überkam Helena. Ich sollte nicht mit ihm allein unterwegs sein. Erst recht nicht in der Dunkelheit!, dachte sie. Er könnte sonst was von mir wollen. Vielleicht sollte ich Übelkeit vortäuschen und ihn bitten umzukehren. Unsinn!, schalt sie sich sofort. So einer ist der Kellermeister nicht.

Als sie den Weinberg hinter sich gelassen hatten, marschierten sie ein Stück durch den Busch. Überall raschelte es. In den Baumkronen ertönten unheimliche Rufe.

»Schauen Sie hier!«, rief Newman unvermittelt, als sie einen mächtigen Kauri-Baum passierten. Im Lichtschein entdeckte Helena kleine Fledermäuse, die behände auf dem Boden krabbelten.

»Sieht so aus, als hätten diese Tiere keine funktionstüchtigen Flügel mehr«, sagte sie. »Irgendwann müssen sie geflogen sein, oder liege ich falsch?«

»Sie haben Recht. Vorzeiten konnten sie vermutlich noch fliegen«, antwortete Newman. »Aber jetzt haben sie es nicht mehr nötig. Die Insekten, die sie fressen, kriechen zuhauf über den Boden. Wir sind gleich am Ziel.«

Das Dickicht lichtete sich und gab den Blick auf einen Platz frei. Er lag auf einer Felsklippe, von der aus man den gesamten Himmel überblicken konnte. In der Ferne glitzerten Lichter. Sind es wohl Sterne oder Straßenlaternen?, fragte Helena sich.

»Hier feiern die Maori also ihr Neujahrsfest?«

»Ja, immer wenn das Siebengestirn das erste Mal am Himmel erscheint. Sie versammeln sich, spielen auf ihren Muschelhörnern seltsame Melodien und begrüßen so das neue Jahr.«

»Das würde ich mir zu gern mal anschauen.«

»Wenn Sie sich mit den Maori anfreunden, werden Sie vielleicht zu dem Ritual eingeladen. Allerdings ist es etwas schwierig, ihr Vertrauen zu erlangen. Sie haben nichts gegen *pakeha*, die mit ihnen Handel treiben, aber im Laufe der Jahre haben sich sehr viele Zwischenfälle ereignet, die das Verhältnis zwischen Maori und Engländern belasten.«

»Hat es kriegerische Auseinandersetzungen gegeben?«

»Unter anderem. Aber man hat auch versucht, die Kultur der Maori zurückzudrängen. Einige Maori haben sich den Engländern gebeugt und sich angepasst, doch andere, wie eben dieser Stamm, der auf dem Grundstück von Madame de Villiers lebt, wollen an ihrer traditionellen Lebensweise festhalten.«

Jetzt verstand Helena, warum Sarah sie nicht allein gehen lassen wollte.

Helena fröstelte und räusperte sich verlegen. Ich sollte etwas sagen, dachte sie, aber sie brachte kein Wort hervor, denn Newmans Wärme und der holzige Duft seiner Haut verwirrten sie.

»Ist Ihnen kalt?« Newman knöpfte seine Weste auf. »Ich habe leider keine Jacke dabei, aber die Weste lindert die Kälte vielleicht auch ein bisschen.«

»Nein, nicht nötig«, lehnte Helena ab. »Die Aussicht hat mich nur überwältigt.«

»Sie sollten bei Tag herkommen, da ist sie einfach grandios.« Newman legte ihr die Weste über die Schultern. »Ich möchte wirklich nicht, dass Sie frieren.«

»Danke.« Helena senkte schüchtern den Blick. »Wir sollten besser zurückkehren.«

»In Ordnung, kommen Sie.«

Schweigend machten sie sich auf den Rückweg. Die Geräusche des Waldes kamen Helena plötzlich unnatürlich laut vor, doch sie war froh darüber, denn sie übertönten das Pochen ihres Herzens.

10

Nach dem Frühstück und ihrer Morgentoilette beschloss Helena, ihre Schwiegermutter ganz offiziell nach der Bibliothek zu fragen. Noch einmal wollte sie von ihr nicht beim Umherschleichen durch das Haus erwischt werden. Womöglich glaubt sie dann, dass ich etwas stehlen oder schnüffeln will. Außerdem erwartet sie sicher, dass ich sie um Erlaubnis frage.

Helena fand ihre Schwiegermutter in ihrem Arbeitszimmer, dessen Tür offen stand. Diesmal saß sie nicht am Schreibtisch, sondern stand vor dem Fenster und schaute gedankenverloren auf den Hof hinaus.

Als Helena sich bemerkbar machte, wandte sie sich langsam und würdevoll um.

Helena ignorierte den strengen Blick, den sie ihr zuwarf. »Guten Morgen, Madame de Villiers«, grüßte sie lächelnd.

»Was wollen Sie?«

»Ich möchte fragen, ob Sie etwas dagegen haben, dass ich Ihre Bibliothek aufsuche. Ich würde mich gern mit etwas Lektüre zerstreuen. Es sei denn, es gibt irgendwelche Verpflichtungen, denen ich nachkommen soll.«

Louise musterte ihre Schwiegertochter einen Moment, bevor sie den Kopf schüttelte. »Die gibt es nicht. Meinetwegen benutzen Sie die Bibliothek.«

»Vielen Dank, Madame!«, entgegnete Helena ein wenig

überrascht. »Würden Sie mir auch verraten, wo ich sie finden kann?«

»Im ersten Stock. Gehen Sie einfach nach rechts bis zur letzten Flügeltür! Ich erwarte, dass die Bücher unbeschädigt wieder an den Platz gelangen, an dem sie gestanden haben. Die Bibliothek hat mein Vater eingerichtet, und ich dulde nicht, dass sein Werk beschädigt wird.«

»Madame, ich versichere Ihnen, dass ich behutsam mit den Büchern umgehen und keine Unordnung schaffen werde.«

Louise nickte nur und wandte sich wieder dem Fenster zu.

Helena verließ erleichtert das Arbeitszimmer. Offenbar hat meine Schwiegermutter heute etwas bessere Laune, dachte sie. Oder ich habe endlich mal etwas richtig gemacht.

Ehrfurchtsvoll betrat sie die Bibliothek, in deren Mitte ein Schreibtisch mit Leselampe stand. Ein ledergebundenes Buch war perfekt auf die Kante ausgerichtet. Die Fülle der Bücher, die sich in den Regalen aneinanderreihten, beeindruckte Helena. Gewiss waren es mehr als tausend Bände. Es überraschte sie nicht, dass sie vorwiegend Werke über den Weinbau entdeckte. Die teilweise recht dicken Exemplare stammten aus gut zwei Jahrhunderten. Helena strich begehrlich über die ledernen Rücken, deren Beschriftung manchmal abgerieben oder verblichen war.

Bücher über die Maori suchte sie jedoch vergebens. Ob es über diese Menschen überhaupt Berichte gibt?, fragte sie sich enttäuscht. Aber die Entdecker dieser Insel haben doch bestimmt auch etwas über die Ureinwohner niedergeschrieben, überlegte sie. Offensichtlich interessiert Louise sich nicht dafür.

Schritte näherten sich der Tür.

Helena drehte sich um. Will Louise nachsehen, ob ich auch wirklich nichts beschädige?, schoss ihr durch den Kopf.

Es war jedoch nur Sarah, die mit hochrotem Gesicht in der Tür stand. Offenbar hatte sie nach ihr gesucht.

»Was gibt es, Sarah?«, fragte Helena.

»Ihre Schwiegermutter schickt mich, Madam. Sie lässt Ihnen ausrichten, dass Sie sie zum gemeinsamen Mittagessen erwartet.«

Das hätte sie mir vorhin doch selbst sagen können, dachte Helena. »Ich werde da sein.«

Als Sarah sich wieder zurückgezogen hatte, blickte Helena zur Seite und entdeckte einen schmalen Band mit dem Titel *Entdeckungsfahrten im Pazifik. Die Logbücher der Reisen 1768–1779* von James Cook. Sie erinnerte sich, diesen Namen im Lyzeum gehört zu haben. Captain Cook hatte neben Australien auch Neuseeland entdeckt.

Vorsichtig zog sie das Buch aus dem Regal. Es handelte sich um eine reich illustrierte Ausgabe von 1863, die zudem mit Kartenmaterial versehen war. Beim Durchblättern stieß Helena auch auf eine Karte Neuseelands.

Das ist es, was ich gesucht habe!, dachte sie. Vielleicht berichtet der Captain ja über die Maori.

Helena klappte das Buch wieder zu. Sie freute sich so über ihren Fund, dass sie dem Essen mit Louise lächelnd entgegensah.

Als Helena am Nachmittag über den Hof schlenderte, erhob Louise sich hinter ihrem Schreibtisch und verließ das Arbeitszimmer.

Warum wollte ihre Schwiegertochter unbedingt in die Bibliothek? Diese Frage hatte Louise den gesamten Vormittag nicht losgelassen. Bei ihrem gemeinsamen Mittagessen hatte sich nicht die Gelegenheit ergeben, über Bücher zu plaudern. Dennoch wollte sie zu gern wissen, welche Bücher die junge Frau interessierten.

Wahrscheinlich interessiert sie sich ohnehin nur für leichte

Lektüre, sagte sie sich. Etwas Tiefgründiges wird diese Person wohl nicht lesen wollen.

Als sie in den Gang zu Helenas Gemächern einbog, spürte sie einen Anflug von schlechtem Gewissen. Ist es richtig, wenn ich hinter ihr herschnüffle?

Unsinn!, schalt sie sich. Dies ist immer noch mein Haus, und ich kann gehen, wohin ich will.

Dennoch verharrte sie vor Helenas Schlafraum und blickte sich nach allen Seiten um, bevor sie den Türknopf drehte.

Ein leichter Zitronenduft strömte ihr entgegen. Auf dem Bett lag das Kleid, das Helena beim Essen getragen hatte. Die Bücher stapelten sich auf dem Nachttisch. Louise erkannte einige von ihnen schon am Einband.

Bücher über Weinbau?, wunderte sie sich und trat näher.

Ihre Erinnerung täuschte sie nicht. Diese Bücher hatte sie selbst in ihren mittleren Jahren gelesen, um sich weiterzubilden.

Was hat sie vor? Will sie mir die Stellung auf dem Weingut streitig machen?

Widerwille regte sich in Louise. Nie hatte sie jemand anderen über das Weingut bestimmen lassen. Auch ihren Ehegatten hatte sie stets außen vor gehalten.

Ein spöttisches Lächeln huschte über ihr Gesicht.

John Fellon war ein schwacher, rückgratloser Mann gewesen. Er hatte sich ihr und ihrem Vater komplett unterworfen und sogar den Namen seiner Ehefrau angenommen. Obwohl er sie stets gut behandelt hatte, was so einige Damen der Gesellschaft von Napier von ihren Ehemännern nicht behaupten konnten, hatte sie jedoch nie mehr als Sympathie und Fürsorglichkeit für ihn empfunden. Doch die Trauer, die sie ebenso wie die Witwentracht seit Johns Tod nicht mehr abgelegt hatte, galt in Wirklichkeit einem anderen Menschen. Einem Menschen, den sie ebenso wie Laurent geliebt hatte und dessen Tod ihr beinahe das Herz zerrissen hätte.

Louise verdrängte diesen Gedanken und wandte sich wieder dem Bücherstapel zu. Zwischen den Weinbüchern fand sie auch die Reisebeschreibungen von Captain Cook.

Offenbar hat sie den Willen, sich hier einzuleben, dachte sie mit einem Anflug von Genugtuung. Mir soll's recht sein, solange sie nicht versucht, sich in meine Geschäfte einzumischen, dachte sie. Denn das werde ich zu verhindern wissen! Niemand nimmt mir meinen Weinberg!

Als sie Schritte vernahm, legte sie die Bücher wieder so hin, wie sie sie vorgefunden hatte, und verließ das Zimmer.

Zweiter Teil
Rebenzeit

1

FRÜHJAHR 1914
Die stickige Luft im Gerichtssaal von Napier wurde durch die rußenden Petroleumlampen noch schlechter. Sie verbreiteten nur ein spärliches Licht. Auch draußen herrschte beinahe Dunkelheit. Ein Donnergrollen zerriss die Stille im Gerichtssaal.

Trotz des Regenwetters hatten sich zahlreiche Leute eingefunden, um den Prozess zu beobachten. Obwohl weder das Gericht noch der Angeklagte zugegen waren, herrschte bereits eine ungewöhnlich angespannte Atmosphäre.

Louise, die in der letzten Reihe saß, war ebenfalls nervös. Einige Abstinenzler hatten sich unter die Zuschauer gemischt, und auch wenn sie Manson nicht sah, spürte sie doch seine Anwesenheit. Er hat seine Bluthunde geschickt, dachte sie. Ich kann nur hoffen, dass Reed nicht versagt. Sollte ihm der Staatsanwalt die Worte im Mund verdrehen, werde ich entschlossen für mein Gut kämpfen.

Um sich abzulenken, blickte Louise auf zum Bildnis von König George V., der seit drei Jahren das Commonwealth regierte. Mit undurchdringlicher, würdevoller Miene blickte er auf die schwitzenden Anwesenden im Saal hinab. Ob es etwas bringen würde, eine Petition an den König zu richten und ihn um Hilfe zu bitten, wenn die Dinge für mich schlecht ausgehen?, fragte sie sich.

Das plötzlich aufbrandende Gemurmel kündigte die Ankunft des Angeklagten an. »Da ist der feige Mörder!«, kreischte eine Frauenstimme. Einige Männer sprangen auf, und bald schallte ein Sprechchor durch den Saal: »Nieder mit der Trunksucht! Hängt den Mistkerl!«

Joe war abgezehrt und blass. Begleitet von vier Polizisten, schlurfte er mit hängendem Kopf zur Anklagebank. Offenbar hatte er das Geständnis nicht aus freien Stücken abgelegt, denn Louise fiel auf, dass seit ihrem Treffen blaue Flecke hinzugekommen waren.

Hinter Joe ging Jonathan Reed. Er trug einen schwarzen Talar und eine weiße Allongeperücke. Seine Miene wirkte angespannt.

Presst er seine Unterlagen so fest an sich, weil er unsicher ist?, fragte Louise sich und zwang sich zur Ruhe. Ihr werdet nicht erleben, dass ich die Contenance verliere, dachte sie trotzig.

Nachdem Joe und sein Verteidiger hinter der Anklagebank Aufstellung genommen hatten, erschienen der Staatsanwalt, die Geschworenen und der Richter.

Das Gemurmel im Saal schwoll so an, dass das Gewittertosen kaum noch zu hören war.

Als der Richter die Sitzung eröffnete, faltete Louise die Hände. Papa und Rangi, steht mir bei! Lasst nicht zu, dass sie mir auch noch das Letzte nehmen, was ich besitze, flehte sie insgeheim.

Helena suchte die Regalreihen ab. Wegen des Regens konnte sie keinen Spaziergang durch den Weinberg machen, also hatte sie erneut die Bibliothek aufgesucht. Literatur über die Maori gab es bedauerlicherweise nicht, aber sie hatte weitere Reiseberichte aufgetan, in denen sie neue Informationen vermutete.

146

Der Spaziergang mit Sarah wirkte in ihr immer noch nach. Hin und wieder träumte sie vom Dorf und den tätowierten Wächtern. Manchmal auch von dem Mädchen mit den Steinen. Bislang hatte sie vergebens nach der Kleinen Ausschau gehalten.

Am Ende eines Regals fiel ihr ein schmaler Band ins Auge. Die Rückenaufschrift auf dem schlichten Einband war fast vollständig abgerieben.

Neugierig zog Helena das Buch hervor. Plötzlich purzelte ihr etwas entgegen. Ein kleiner grüner Gegenstand landete auf dem Teppich. Helena hob ihn auf.

Es war ein zartgrüner Jadeanhänger, der ein Mischwesen zwischen Vogel und Fisch darstellte. Der Kopf war der eines Vogels mit langem Schnabel und langen Schmuckfedern am Hinterkopf. Der gewundene Oberkörper lief in einen Fischschwanz aus. Nachdenklich betrachtete Helena die Figur. Sollte das einer der Maori-Götter sein?

Helena schlug das Buch auf. Einige Wasserflecke verunzierten das Vorsatzblatt. Die nächste Seite gab preis, dass es sich um ein Weinbuch handelte. Eine kurze Abhandlung über den Sauvignon aus dem Jahr 1815. Die Sorte, die hier nicht gedeihen wollte, kam Helena in den Sinn. Neugierig blätterte sie den schmalen Band durch. Abbildungen lockerten den Text auf. In der Mitte gab es vier farbige Tafeln mit Pflanzenteilen des Sauvignon-Rebstocks. Warum steckte der Anhänger gerade in diesem Werk? Er hatte auf den Seiten, zwischen denen er gelegen hatte, einen tiefen Eindruck hinterlassen. Ob Louise das Schmuckstück als Lesezeichen benutzt und es einfach im Buch vergessen hatte? Helena konnte das Rätsel nicht lösen. Bestimmt hat Louise schon danach gesucht, dachte sie und nahm sich vor, ihrer Schwiegermutter den Anhänger zu zeigen. Vielleicht vermisst sie ihn ja ...

Während der Verhandlung saß Louise gespannt auf ihrem Stuhl. Schweiß lief an ihren Schläfen hinab.

»Mister Aroa war zum Tatzeitpunkt nicht im Vollbesitz seiner geistigen Kräfte, da er getrunken hatte«, argumentierte Reed. »Deshalb plädiere ich, auf Totschlag zu erkennen, denn ein vorsätzlicher Mord war es sicher nicht.«

Der Staatsanwalt erhob sich mit einem süffisanten Lächeln, das Louises Puls beschleunigte. »Ich stimme meinem Kollegen zu. Es ist tatsächlich anzunehmen, dass Mister Aroa die Tat nicht begangen hätte, wenn er nicht die Gelegenheit gehabt hätte, sich zu betrinken. Die Öffentlichkeit sollte die Produktion von Alkohol nicht länger dulden. Die Stadtoberen müssen sich überlegen, ob sie die Trunksucht weiter fördern und damit noch mehr Mörder heranzüchten wollen. Ich rufe die Bürger von Napier auf, ein Verbot sämtlicher Betriebe, die Wein oder Spirituosen herstellen, zu erwirken!«

»Einspruch, Euer Ehren!«, fuhr Reed auf. »Das hat absolut nichts mit dem zu verhandelnden Fall zu tun und ist damit unzulässig!«

»Sie haben doch selbst darauf gepocht, dass die Trunksucht Ursache des Tötungsdelikts war, Mister Reed!«

»Aber es steht Ihnen nicht zu, irgendwen im Saal zu irgendetwas aufzurufen. Sie sollten sich auf diesen Fall beschränken!«

»Aber dieser Fall hat sehr viel mit der Weinerzeugung zu tun!«

»Kein Weinerzeuger hat Mister Aroa dazu gezwungen zu trinken. Er ist ein mündiger Mann, der seine eigenen Entscheidungen treffen kann.«

»So argumentieren Sie nur, weil Madame de Villiers zu Ihren Mandanten gehört.«

Ein Raunen ging durch den Saal. Louise starrte entsetzt um sich und blickte plötzlich direkt in Mansons grinsendes Gesicht. Er saß in der Reihe vor ihr, was ihr vor Aufregung bisher entgangen war, und blickte sich triumphierend um.

»Das ist eine Unverschämtheit!«, schimpfte Reed mit puterrotem Gesicht. »Sie wollen mir doch wohl nicht unterstellen, dass ich meine Kompetenzen überschreite!«

Der Richter schlug mit dem Hammer aufs Pult. »Meine Herren, mäßigen Sie sich!«

»Euer Ehren, der Herr Staatsanwalt hat nicht das Recht, mich zu verleumden.« Reed deutete zornig mit dem Finger auf seinen Kollegen.

»Das war keine Verleumdung«, konterte der Staatsanwalt hämisch grinsend. »Das war nur eine Feststellung.«

»Ruhe!« Das Gesicht des Richters lief dunkelrot an. »Sie beide werden sich mäßigen und wieder auf den eigentlichen Fall konzentrieren!«

Louises Selbstbeherrschung bröckelte. Am liebsten wäre sie aufgesprungen und hätte dem blasierten Staatsanwalt die Meinung gesagt. Doch sie beherrschte sich. Es würde alles nur noch schlimmer machen.

Die Anwälte fuhren mit ihren Ansprachen fort. Trotz Ermahnung kam der Staatsanwalt immer wieder auf den Weinbau zurück. Reed versuchte, so gut wie möglich dagegenzuhalten.

Als die Verhandlung geschlossen wurde, war Louise vollkommen durchgeschwitzt. Das Taftkleid war feucht im Rücken, und ihre Glieder zitterten so sehr, dass sie sich nicht erheben konnte. Während die anderen Zuschauer den Saal verließen, blieb sie sitzen, knetete ein Taschentuch zwischen den Fingern und starrte auf die leere Stuhlreihe vor ihr.

Es ist alles verloren, tönte es durch ihren Verstand. Auch Reed ist machtlos, wenn man mich und mein Weingut zum Sündenbock macht.

»Madame de Villiers?«

Louise fuhr zusammen.

149

Neben ihr stand Didier. Er hatte sie in der aus dem Gericht strömenden Menge vermisst.

»Alles in Ordnung mit Ihnen, Madame?«

Nein, es ist nichts in Ordnung!, schrie es in Louise. Der Untergang meines Weinguts hat heute begonnen ...

»Mir war nur ein wenig unwohl, Didier«, antwortete sie, um Fassung bemüht. »Die Luft hier drin ist schrecklich.«

»Soll ich Ihnen etwas zu trinken holen?«

»Nein, Didier, es geht schon. Helfen Sie mir einfach nur auf!«

Obwohl Didiers starke Hand sie hielt, fühlte sich Louise, als ziehe eine schwere Last sie nach unten. Mit weichen Knien verließ sie den Saal.

Als Hufschlag ertönte, eilte Helena zum Fenster. In dem Augenblick fuhr Louises Kutsche auf das Rondell zu und hielt vor der Treppe an. Endlich!, dachte Helena, zugleich ein wenig befremdet, dass sie sich über die Rückkehr ihrer Schwiegermutter freute. Doch ihre Neugier war einfach zu groß. Was Louise wohl zu dem Anhänger sagen würde?

Mit dem Jadeamulett in der Hand verließ sie ihren Salon.

Helena hatte den Gang fast schon hinter sich gelassen, als die Haustür mit einem lauten Knall ins Schloss fiel. Ohne sich nach rechts oder links umzusehen, stürmte Louise durch die Halle. Wütend riss sie sich die Handschuhe herunter und verschwand in ihrem Büro.

Helena blieb stehen. Was war geschehen? Vielleicht sollte ich von dem Besuch absehen, dachte sie. Aber sollte sie sich von Louises Launen einschüchtern lassen? Nein. Möglicherweise konnte sie ihre Schwiegermutter mit dem Amulett ja sogar ein wenig aufheitern.

Wenig später klopfte Helena an die Tür des Arbeitszimmers.

150

Sie war überrascht, wie erschöpft ihre Schwiegermutter wirkte. Louise blickte traurig aus dem Fenster.

»Geht es Ihnen gut, Madame?«, fragte Helena besorgt.

Sofort straffte sich Louise. »Was wollen Sie von mir?«

»Ich habe gehört, dass Sie zurück sind und ...«

»Nur weil ich die Tür laut zuschlage, muss sich niemand Sorgen um mich machen!«, unterbrach Louise sie.

Helena wurde unwohl zumute. Louises Blick durchbohrte sie regelrecht. »Verzeihen Sie«, fuhr sie enttäuscht fort und wandte sich zur Tür. »Ich wollte Sie nicht behelligen. Ich dachte nur, ich kann Ihnen irgendwie helfen.«

»Warten Sie!« Louise löste sich vom Fenster und trat hinter den Schreibtisch. »Sie sollen wissen, was vorgeht, denn es betrifft indirekt auch Sie. Heute hat es einen schweren Angriff auf den Weinbau in diesem Land gegeben.«

Helena zog überrascht die Augenbrauen hoch. Will sie sich mir tatsächlich ein wenig öffnen?

»Hat Ihnen dieser Manson wieder Schwierigkeiten bereitet?«, fragte sie behutsam.

»Nicht direkt, aber im Prozess ist offensichtlich geworden, dass der Staatsanwalt seine Ansichten teilt.«

Louise verstummte für einen Moment, als frage sie sich, ob es richtig sei, sich ihrer Schwiegertochter anzuvertrauen. »Sie haben von dem Mord in Napier gehört?«

Helena nickte. »Als die Abstinenzler hier waren.«

»Der Angeklagte ist ein Maori. Er hat seine Verlobte im Vollrausch erschlagen.«

Helena schlug erschrocken die Hand vor den Mund. »Das ist ja furchtbar!«

Louise ballte die Fäuste. »Natürlich fällt das in dieser Stadt auf uns zurück. In der Verhandlung hat der Staatsanwalt dazu aufgerufen, etwas gegen den Weinanbau zu unternehmen. Wenn das wirklich passiert, ist unsere Existenz gefährdet.«

151

Deshalb ist sie manchmal so grob. Sie sorgt sich um das Gut.
Helena verstand allmählich, was in ihrer Schwiegermutter vorging.

»Man kann Sie nicht für den Mord verantwortlich machen.«
Louise schüttelte schnaubend den Kopf. »Sie verstehen mich
nicht.«

»Ich verstehe Sie sehr gut, Madame! Aber kein Gericht der
Welt kann Ihnen wegen der Tat eines anderen den Prozess
machen.«

»Natürlich werden sie mich nicht anklagen. Doch sie können
die Prohibition über diese Region verhängen. Das bedeutet, dass es unter Strafe verboten sein wird, Wein und anderen
Alkohol zu produzieren. Alles, was meine Familie hier so sorgsam aufgebaut hat, wird mit einem Federstrich zerstört!«
Louise ließ die Schultern hängen.

»Gibt es etwas, womit ich Ihnen helfen kann?«, fragte Helena
versöhnlich.

»Laurent müsste hier sein«, entgegnete Louise niedergeschlagen. »Sie hätten das alles niemals gewagt, wenn er hiergeblieben wäre.«

Helena sah ihr Gegenüber erschüttert an. Ich habe wieder
einmal verloren, dachte sie. Sie wird mich am Ende auch noch
für den Verlust des Weinguts verantwortlich machen.

»Kümmern Sie sich um das Kind, mehr erwarte ich nicht!«,
schnappte Louise nun und deutete unwirsch zur Tür. »Und
jetzt lassen Sie mich bitte allein. Ich habe noch viel zu erledigen.«

Helena antwortete nicht. Enttäuscht über die Wendung, die
das Gespräch genommen hatte, verließ sie wortlos den Raum.

2

Jacob Manson stand vor dem Fenster seines Büros und genoss die Morgensonne, die durch das hohe Fenster fiel. Er lächelte siegesgewiss, denn nach der Gerichtsverhandlung fühlte er sich seinem Ziel endlich nahe. Bald wird Louise de Villiers nichts anderes übrig bleiben, als zu verkaufen, dachte er.

So lange schon bemühte er sich darum, ihr Land abzukaufen. Land, für das er bessere Verwendung hatte, als dort Wein anzubauen oder diese dummen Maori darauf zu dulden, die sich der Zivilisation hartnäckig verweigerten. Elendes Gesindel! Doch Madame hatte stets abgelehnt. »Du wirst mich noch anbetteln, dein Land zu nehmen, Louise«, flüsterte er hämisch, wenn es erst verboten ist, Wein herzustellen.

Es klopfte. Manson begab sich hinter den Schreibtisch und bat den Besucher herein.

Der mittelgroße Mann trug die ergrauten Locken streng gescheitelt. Der maßgeschneiderte dunkelgraue Anzug schmiegte sich makellos an seinen sehnigen Körper.

»Willkommen, Mister Silverstone!«, rief Manson, während er mit ausgestrecktem Arm auf ihn zuging. »Es freut mich sehr, Sie zu sehen.«

»Das Vergnügen ist ganz meinerseits, Mister Manson.«

Die Männer schüttelten einander die Hände, bevor sie auf zwei ledernen Sofas Platz nahmen. Manson erinnerte sich noch gut an ihr erstes Zusammentreffen.

Auf der Suche nach neuem Weidegrund war Henry Richard Silverstone, ein begüterter Viehbaron aus Auckland, vor Monaten in der Napier National Bank vorstellig geworden. Natürlich war es nicht die Aufgabe einer Bank, Land zu vermitteln, aber es kam bisweilen vor, dass Landbesitzer ihren Grund und Boden der Bank verpfändeten. Ging der Schuldner bankrott, fiel das Land an die Gläubigerbank, die es dann veräußerte. Dergleichen geschah in Napier zwar selten, denn nur wenige Landbesitzer standen dort hoch in der Kreide. Doch angesichts der Bedeutung von Silverstone hatte Manson ihm zugesichert, sich für ihn umzuhören.

»Haben Sie Neuigkeiten für mich?«, fragte der Viehbaron.

Manson nickte. »Ich hätte da etwa dreihundert Hektar für Sie. Beste Lage, sehr fruchtbar.«

»Wo?«

»In der Nähe des Wairoa River.«

»In den Bergen?«

»Dahinter.«

»Maori-Land?«

»Ja, aber in der Hand eines weißen Besitzers.«

»Und der ist gewillt zu verkaufen?«

Manson presste die Lippen zusammen. »Bisher noch nicht. Aber es gibt eine durchaus positive Entwicklung.«

»Sie meinen, der Besitzer geht dem Bankrott entgegen?« Silverstone musterte Manson aufmerksam.

Der Bankier zwang sich zur Ruhe. Er durfte den gut betuchten Kunden auf keinen Fall verlieren.

»Nicht so ganz, aber es wird in der nächsten Zeit gewiss eine Reihe von Veränderungen in Napier geben.«

»Ich verstehe nicht.« Silverstone runzelte die Stirn. Sein Körper spannte sich.

»Sie haben sicher schon von den Bemühungen gehört, die Prohibition auch hier bei uns einzuführen.«

154

Silverstone wirkte verwirrt. »Was hat das mit meinem Land zu tun?«

»Das Terrain, das ich für Sie im Auge habe, gehört einer Winzerin am Wairoa River.«

»Ich soll meine Kühe auf einem Abhang weiden?«

»Nein, Mister Silverstone. Der Weinberg ist nur ein Teil des Besitzes. Dahinter befinden sich weitläufige ebene Flächen, die bislang ungenutzt sind.«

»Und die Maori, die dort leben?«

»Niemand kennt die genaue Zahl. Die Besitzerin des Weingutes hat sich mit ihnen arrangiert und gewährt ihnen Schutz. Ich glaube nicht, dass sie Ihnen Schwierigkeiten machen werden.«

»Und wenn sie sich auf den Waitangi-Vertrag berufen?«

»Ich glaube kaum, dass sie dieses Abkommen kennen. Im Gegensatz zu anderen Maori in diesem Land leben sie weitgehend isoliert.« Manson machte eine Kunstpause, bevor er mit einem verschlagenen Lächeln hinzufügte: »Und ich glaube kaum, dass es jemandem auffallen würde, wenn sie gänzlich verschwänden.«

Silverstones rechter Mundwinkel zuckte.

Was hatte das zu bedeuten? Manson wurde unsicher. War er mit seiner letzten Äußerung zu weit gegangen? Schweißperlen traten auf seine Stirn, während er seinen Geschäftspartner beobachtete.

Erst nach einer Weile lächelte dieser. »Ich denke auch, dass ich mit dem Problem fertigwerde. Doch bevor ich mich entscheide, würde ich mir das Land gern ansehen. Wäre das möglich?«

»Natürlich, Mister Silverstone. Ich werde alle notwendigen Vorkehrungen treffen.«

Manson verkniff es sich, sein Taschentuch aus dem Ärmel zu ziehen und sich über die Stirn zu tupfen. Er ging zur Anrichte, schenkte sich und seinem Gast ein Glas Brandy ein und stieß mit ihm auf das bevorstehende Geschäft an.

Eine Ewigkeit war es her, dass Louise diesen Weg gegangen war. Wahrscheinlich hätte sie ihn auch weitere Jahre nicht beschritten, doch die zurückliegenden Ereignisse erforderten einen Besuch im *marae*.

Louise war ein wenig unwohl dabei. Bei ihrem letzten Besuch hatte es Streit zwischen ihr und dem Häuptling gegeben. Fortan wurden nur noch in den dringendsten Fällen Nachrichten ausgetauscht. Deshalb hatte sie auch nicht vor, mit dem *ariki* zu sprechen. Aber die *tohunga* könnte ihr vielleicht einen Rat erteilen.

Sie folgte dem Weg bis zu der Stelle, wo er sich scheinbar im Unterholz verlor, schob einen tiefhängenden Ast beiseite und verschwand im Busch. Der Pfad war zwischen Farnen und Gräsern kaum auszumachen. Die starken, mit Moosen und Flechten besetzten Baumwurzeln wirkten wie riesige Schlangen, die den Zugang zum Maori-Dorf bewachten.

Louise schloss die Augen, breitete die Arme aus und berührte die Farne, die am Wegrand wuchsen. Tau benetzte ihre Handflächen. Spinnweben streiften ihr Gesicht und blieben in ihren Haaren hängen. Der Vogelgesang vertrieb ihre Sorgen für einen Moment. Jetzt fühlte sie sich wieder wie in ihrer Kindheit, als die Geschäfte der Erwachsenen sie noch nicht kümmerten und sie davon träumte, einen Feenprinzen zu heiraten.

Doch dieses Gefühl hielt nicht lange an. Louise war sich bewusst, dass die bevorstehenden Veränderungen wie eine Flut über ihrem Kopf zusammenzuschwappen drohten. Niemand konnte ihr helfen, außer vielleicht die *tohunga* des Stammes. Wenn die Heilerin keinen Rat wüsste, könnte sie zumindest die Götter um Hilfe anrufen.

Im Dorf war noch alles ruhig. Dunst schwebte über den Dächern, als wolle er das *marae* beschützen. Beim Anblick der Schnitzereien des Versammlungshauses, die grimmige Grimassen mit herausgestreckten Zungen zeigten, kam Louise sich plötzlich wie ein Eindringling vor.

Sie zögerte. Ja, sie hatte sich weit von ihren Wurzeln entfernt.

Sie wusste, dass die *tohunga* noch lebte. Anderenfalls hätte man ihr Bescheid gegeben. Aber wäre die Heilerin bereit, mit ihr zu sprechen? Nach dem Streit mit dem Häuptling hatte Ahorangi zu ihr gehalten, doch möglicherweise hatte sich das Blatt längst gewendet. Louise seufzte.

Hinter ihr raschelte es plötzlich. Louise schnappte erschrocken nach Luft und wandte sich um. Zwei Armlängen von ihr entfernt stand eine alte Frau. Ihr Haar war dünn, ihre Augen lagen in tiefen Höhlen. Graue Stoffbahnen schlotterten um ihren Körper. Das *moko* an ihrem Kinn wurde von zahlreichen Falten verzerrt.

Louise erschauderte unwillkürlich. Die *tohunga*! Obwohl sie bezweifelte, dass die alte Heilerin magische Kräfte besaß, brachte sie ihr großen Respekt entgegen.

Die beiden Frauen sahen einander an. Die Miene der Heilerin wirkte undurchdringlich, aber ihre tiefbraunen Augen musterten Louise aufmerksam.

»*Haere mai*, Ahorangi.« Louise neigte den Kopf.

»Weshalb bist du hier, Huia?«, fragte die Alte, ohne den Gruß zu erwidern.

Louise zitterte. Außerhalb des Dorfes nannte niemand sie so. Ihr Maori-Name war auch der Name eines Vogels, der in diesen Breiten nur noch selten beobachtet werden konnte. Hatte die *tohunga* bei der Namensgebung bereits geahnt, dass sich Louise ebenso rar machen würde wie dieser Vogel?

»Ich möchte den Beistand der Götter erbitten«, antwortete sie schließlich.

Die Heilerin trat näher und legte den Kopf schräg. »Du erinnerst dich an Papa und Rangi? So lange du schon lebst unter *pakeha* und gehst in die Häuser ihres Gottes. Ich glaube, du hast Götter deiner Ahnen vergessen.«

Louise hob beschwörend die Hände. Kaum jemand in Napier wusste noch, dass ihre Großmutter eine Maori war. Ahorangi jedoch hatte es nicht vergessen. »Ich habe Papa und Rangi nicht vergessen. Ich denke immer an unsere Götter, egal wo ich bin.«

»Wann hast du letztes Mal mit ihnen gesprochen?«

Louise seufzte. »Es ist schon viel zu lange her.«

»Und jetzt sie dich erhören sollen? Sie nicht mehr kennen deine Stimme.«

»Deshalb bin ich hier. Ich brauche deine Hilfe.«

Die Heilerin stieß einen missbilligenden Laut aus. »So viele Jahre du nicht Hilfe gebraucht hast.«

»Das ist richtig. Dennoch habe ich euch beschützt.«

»Das hast du. Aber ich spüre, etwas ist anders. Die Götter wispern von Gefahr.«

»Euch droht keine Gefahr. Nicht, solange ich lebe.«

Die Alte sah Louise lange an. Dann streckte sie ihr die linke Hand entgegen. »Gib mir deine Hand!«

Louise reichte sie ihr zögerlich.

»Dein *mauri* ist schwach. Sehr schwach.«

»Meine Pflichten verzehren mich.«

»Nicht nur Pflichten. Dein Herz voller Kummer und Tränen ist.«

»Mein Sohn ist tot.«

»Das mir die Winde berichtet. Doch du hast Tochter bei dir.«

»Sie ist nicht …« Louise stockte, als die *tohunga* missbilligend mit der Zunge schnalzte.

»Ist sie nicht *wahine* deines Sohnes?«

158

Es brachte nichts, die Alte zu belügen. Die Heilerin hatte ihre Augen und Ohren überall. »Ja, das ist sie.«

»Dann ist sie deine Tochter. Eine Tochter mit Kind.«

Louise war überrascht. Woher wusste sie von Helenas Schwangerschaft? Beobachtet sie das Gut? Louise wagte nicht, die Heilerin danach zu fragen.

»Kind ist deine Zukunft. Du musst den Kummer aus deinem Herz verbannen, sonst er es auffrisst.«

Das sagst du so leicht, *tohunga*, hätte Louise am liebsten geantwortet, aber sie senkte nur demütig den Kopf.

»Ich spüre aber auch anderes, das dir nimmt *mauri*.«

Ja, meine Lebenskraft ist geschwunden in der letzten Zeit, dachte Louise. Aber ist das ein Wunder? »Es gibt Menschen in der Stadt, die mir meinen Besitz nehmen und meinen Ruf ruinieren wollen«, erklärte sie und blickte beschämt auf ihre Stiefelspitzen. »Ich weiß nicht mehr weiter.«

Die *tohunga* sah sie merkwürdig an. »*Pakeha* ist der Besitz viel wert. Aber dir man nicht kann Boden unter Füßen fortnehmen, denn er ist dein.«

Louises Herz krampfte sich zusammen. »Das weiß ich, aber manche Menschen scheren sich nicht darum. Sie nehmen sich, was ihnen gefällt.«

Die Heilerin ließ ihre Hand nun wieder los. »Was ich soll tun für dich?«

»Bitte Papa und Rangi um Beistand. Sie mögen ein Auge auf meinen Weinberg haben.«

»Saft der Beeren machen Krieger schwach.«

Nicht auch noch du!, dachte Louise verzweifelt. Verstand denn auf der ganzen Welt niemand, dass Wein zu machen eine Kunst ist und Wein zu trinken ein Genuss? Dass die Winzer es nicht darauf anlegten, Menschen zur Trunksucht zu verführen und Krieger zu schwächen?

»Das weiß ich. Aber sie werden nur schwach, wenn sie zu

viel Wein trinken. Sie müssen selbst entscheiden, was gut für sie ist.«

Die *tohunga* seufzte. »Ich werde zu Papa und Rangi sprechen. Aber wenn dein *mauri* zu Ende ist, du sterben.«

Louises Herz stockte. Sterben? Das wollte sie auf keinen Fall! »Was soll ich tun, Ahorangi? Bitte, gib mir einen Rat!«

Die Alte sah sie lange an. »Du musst Freude wiederfinden. Und Liebe.« Damit wandte sich die Heilerin ab und kehrte, auf ihren Stock gestützt, zu ihrem Haus zurück.

Louise war den Tränen nahe. Sie will mir nicht helfen, denn sie denkt ebenso wie alle anderen. Stattdessen schwatzt sie irgendwelchen Unsinn von Freude und Liebe. Zornig stampfte sie mit dem Fuß auf den Boden, bevor sie in den Busch zurücklief.

160

3

Helena konnte der Versuchung nicht widerstehen. Nachdem sie bemerkt hatte, dass Louise nicht da war, zog sie ihr einfachstes Kleid über und lief hinaus zum Geräteschuppen. Als sie an einigen Arbeitern vorbeiging, schnappte sie auf, dass die Presse wieder Probleme machte. Das würde gewiss einige Zeit in Anspruch nehmen und Newman davon abhalten, sie von ihrem Vorhaben abzubringen, das Weinlaub auszudünnen.

Nachdem sie einen Korb gefunden hatte, strebte sie dem Weinberg zu. Das Wetter war nicht besonders gut, doch noch gab es keine Anzeichen für Regen. Ihr geübter Blick machte sofort die Stöcke aus, deren Laub zu dicht stand.

Zwar würde es ihr niemand danken, aber sie war froh, endlich etwas Nützliches tun zu können.

Vorsichtig zupfte sie die überschüssigen Blätter ab, und aus Gewohnheit überprüfte sie zugleich die Reben. Was für prachtvolle Trauben! Dieser Jahrgang würde gewiss groß werden.

Ein Rascheln riss sie aus ihrer Arbeit.

Ist das wieder ein Maori-Kind?, fragte Helena sich und spähte durch das Spalier. Ein Mann tauchte zwischen den Reben auf. In seiner groben grauen Kluft und den dicken Stiefeln wirkte er wie einer der Arbeiter. Er strich sich ein paar Blätter von der Schulter und sah sich suchend um.

Helena zog sich rasch zwischen die Stöcke zurück.

»He, Nigel, wo bleibst du?«, rief er leise.

Niemand antwortete.

Doch plötzlich erschien ein zweiter Mann in der Reihe. Sein Haar hing wirr herab. Seine Tweedjacke war an der Seite eingerissen.

»Da bist du ja!«, sagte der Erste. »Hab schon gedacht, ich hätte dich in dem Gestrüpp verloren!«

»Du musst ja auch rennen wie ein Irrer!«

»Reg dich ab! Wir haben keine Zeit zum Diskutieren! Du weißt, was du zu tun hast!«

Ein böser Verdacht befiel Helena. Was, wenn die Abstinenzler versuchten, im Weinberg Schaden anzurichten?

Ich muss Newman Bescheid geben, dachte sie. Doch wie soll ich an den beiden vorbeikommen? Und was, wenn sie mich entdecken?

Helena atmete tief durch und stürmte davon. Die Männer drehten sich im selben Moment um. Ihre Blicke trafen sich. Helena stieß einen Schrei aus und rannte weiter, so schnell sie konnte. Ihr Herz trommelte wild in der Brust. Was, wenn sie versuchen, eine unliebsame Zeugin zu beseitigen?

Schwere Schritte folgten ihr. Die Männer setzten ihr nach.

»He, warte doch, Süße!«, rief einer höhnisch.

»Wir tun dir schon nichts!«, fügte sein Kamerad hinzu.

Helena versuchte, noch schneller zu laufen. Aber ihr ging die Luft aus. Verzweifelt kämpfte sie gegen heftige Seitenstiche an. Sie dürfen mich nicht kriegen!

Als sie glaubte, dass ihre Verfolger schon ganz nahe waren, lichtete sich das Spalier vor ihr. »Hilfe!«, rief Helena mit letzter Kraft in der Hoffnung, dass Newman oder seine Leute in der Nähe waren.

Als sie auf die Grasfläche stolperte, stürmten ihr tatsächlich ein paar Arbeiter entgegen. Der Kellermeister selbst fing Helena auf und stützte sie, als ihre Beine versagten. »Madam, um Gottes willen, was ist passiert?«

162

Helena krümmte sich keuchend. Im ersten Moment war sie nicht in der Lage zu sprechen. »Da sind Männer im Weinberg! Die führen irgendwas im Schilde!«

»Haben die Sie verfolgt?«

»Ja, sie sind bestimmt noch nicht weit.« Helena lehnte sich an Newmans Schulter. Ihre Lunge schmerzte, und ihre Beine waren schwer wie Blei.

»Taylor, Leduc, Bronson!«, rief Newman über ihre Schulter hinweg, während er beruhigend ihren Rücken streichelte.

Die Gerufenen waren sofort zur Stelle. »Was gibt es, Boss?«

»Durchkämmt den Weinberg nach Störenfrieden! Wenn ihr sie habt, bringt sie mir!«

Sofort rannten die Arbeiter los.

Helena machte sich frei und knetete verlegen die Hände.

»Alles in Ordnung mit Ihnen?«, fragte Newman. Auch er wirkte angespannt.

»Ja, mir ist nichts passiert.«

»Gut, dann sehe ich selbst mal nach dem Rechten.«

Als Helena nickte, rief er einem der Burschen zu: »Mike, begleite Mistress de Villiers zum Haus zurück.«

Helena wollte ihm nachrufen, dass das nicht nötig sei, doch da war er bereits verschwunden.

Louise blickte beunruhigt auf den Weinberg. Nach dem Gespräch mit der Heilerin hatte sie sich zum Kultplatz des Stammes begeben. Von hier aus hatte sie eine hervorragende Sicht auf ihren Besitz. Wie soll es weitergehen? Den Maori mochte nichts an Besitz liegen, aber auch ihr Leben hing davon ab, dass das Land in Louises Hand blieb. Louise wusste, wie einige Weiße noch heute mit den Maori umsprangen. Selbst wenn die Ureinwohner westliche Kleider trugen und regelmäßig in die Kirche gingen, waren sie keineswegs geachtet.

163

Louise seufzte. Nachdenken brachte sie nicht weiter. Ich sollte zurückkehren und mich um meine Bücher kümmern. Oder mit Newman reden.

Nach der Rückkehr zum Gut übermannte sie das Gefühl, dass etwas nicht stimmte. Aufgeregt redeten die Männer miteinander. Die Wortfetzen, die sie aufschnappte, ergaben für Louise allerdings keinen Sinn.

»Was ist los, Mister Newman?«, erkundigte sie sich beim Kellermeister, der zwischen seinen Leuten stand.

»Wir hatten Eindringlinge im Weinberg«, antwortete Newman ernst.

Louise versuchte, nicht allzu erschreckt dreinzuschauen. »Eindringlinge?«

»Wir vermuten, dass sie vorhatten, die Ernte zu vernichten. Ihre Schwiegertochter ist von diesen Leuten verfolgt worden.«

»Meine Schwiegertochter? Was hatte sie denn im Weinberg zu suchen?«

Newman fuhr sich verlegen übers Kinn. »Sie ist spazieren gegangen.«

»Und niemand war im Weinberg? Wo hatten Sie Ihre Leute?«

»Bisher war es nicht nötig, den Weinberg zu bewachen. Aber jetzt habe ich ein paar Männer dazu abgestellt. Wenn diese Kerle noch einmal auftauchen, werden wir sie kriegen.«

Louise fragte sich, was Manson wohl tun würde, wenn er ihrem Weinberg schaden wollte. »Suchen Sie sämtliche Stöcke nach Nägeln ab, und überprüfen Sie den Boden!«, wies sie die Männer schließlich an. »Für den Fall, dass sie Gift ausgegossen haben.«

»Ja, Madame. Kann ich sonst noch etwas für Sie tun?«

»Wo steckt meine Schwiegertochter?«

»Im Haus. Jedenfalls habe ich sie dorthin bringen lassen.«

Louise raffte die Röcke und eilte davon.

Helena hatte sich gerade hingelegt, um sich von der Verfolgungsjagd zu erholen, als es klopfte. »Komm rein!«, rief sie in der Annahme, dass es Sarah sei.

Mit raschelnden Röcken trat Louise ein.

Helena fuhr erschrocken auf und bezahlte dies mit einem heftigen Seitenstich. »Madame, was führt Sie zu mir?«

Louise blickte sich kurz um, bevor sie die Tür hinter sich schloss.

»Sie waren heute im Weinberg, nicht wahr?«, fragte sie mit verkniffener Miene.

Helena straffte sich. »Ja, das war ich.«

»Sie sind von Männern verfolgt worden, habe ich gehört.«

»Das stimmt, aber mir ist nichts passiert.«

Sorgt sie sich etwa um mich?, fragte sich Helena erstaunt.

»Ich habe Ihnen doch gesagt, dass Sie nichts tun sollen, was Ihr Kind in Gefahr bringt. Sie werden sich ab sofort vom Weinberg fernhalten.«

»Aber warum?«, entgegnete Helena aufgebracht. »Die Spaziergänge tun mir gut.«

»Dann suchen Sie sich einen anderen Ort dafür. Der Weinberg ist für Sie ab sofort tabu.«

Vor Schreck brachte Helena kein Wort heraus. Jetzt schreibt sie mir auch noch vor, wohin ich gehen soll! Tränen schossen ihr in die Augen. Der Weinberg ist doch der einzige Ort, an dem ich mich richtig wohlfühle! Warum will Louise mir das nehmen?

»Ich verstehe nicht, was daran gefährlich sein soll, wenn ich in den Weinberg gehe, Madame!«

Louise presste die Lippen zusammen. Ihre Augen funkelten zornig. »Diese Männer hätten dem Kind gefährlich werden können. Sie hätten stürzen und eine Fehlgeburt erleiden können.«

Also geht es nur wieder um das Kind.

»Mister Newman hat Wachen aufgestellt. Ihre Leute werden nicht zulassen, dass mir jemand etwas antut.«

»Ich bleibe dabei: Solange Sie schwanger sind, werden Sie den Weinberg nicht mehr betreten«, beharrte Louise. »Haben Sie verstanden?«

Helena nickte resigniert. »Ja, Madame.«

Louise blieb schweigend vor ihr stehen. Was will sie jetzt noch?

»Sie haben sich Bücher über den Weinbau aus der Bibliothek geholt, nicht wahr?«

»Brauchen Sie einen bestimmten Band zurück?«, fragte Helena. »Ich wollte heute Nachmittag gerade einige Exemplare zurückbringen. Ich überlasse Ihnen selbstverständlich das Buch, das Sie möchten.«

»Ich will nicht lesen«, sagte Louise unwirsch und wanderte im Zimmer auf und ab. »Diese Bibliothek hat mein Vater aufgebaut. Ich kann mit Fug und Recht behaupten, eine der umfangreichsten Literatursammlungen über den Weinbau zu besitzen.«

Worauf will sie hinaus?

»Sie haben vor mitzuarbeiten, nicht wahr?«

»Ja«, erklärte Helena fest. »Ich möchte Sie unterstützen. Ich weiß, dass Sie die Führung des Gutes nicht aus der Hand geben wollen, aber ich möchte Ihnen zumindest eine Hilfe sein.«

»Sie werden sich um Ihr Kind kümmern, nichts weiter!«

»Aber das eine schließt das andere doch nicht aus. Ich könnte Ihrem Enkel viel über den Weinbau beibringen.«

»Das werde ich tun!«, erklärte Louise entschlossen.

»Aber glauben Sie nicht, dass das alles etwas viel für Sie ist?«, fragte Helena in versöhnlichem Ton und lächelte gewinnend.

Doch Louise blieb kühl. »Sie werden sich an meine Anweisungen halten!«, bellte sie und zog sich grußlos zurück.

Die Gegend um den Hafen war nicht gerade die beste Adresse von Napier. Fischgestank hing in der Luft, Pfützen von Brackwasser standen auf den Wegen, die von Fischabfällen und Müll verunreinigt waren. Die Schiffsglocke eines Schoners ertönte, der am Kai vor Anker lag. Niemand, dem etwas an seiner Geldbörse oder seinem Leben lag, kam zu Nachtzeiten hierher, denn hier tummelte sich der Bodensatz der Stadt.

Jacob Manson wusste keinen besseren Ort, um sich mit seinen Handlangern zu treffen. Ein Auftauchen in der Hafenkneipe hätte seinem Ruf geschadet und sein Engagement in der Abstinenzlerbewegung in Frage gestellt. Also hatte er es gewagt, sich hier zu verabreden.

Die beiden Männer standen im Schlagschatten einer Lagerhalle. Hin und wieder aufleuchtende Zigarettenglut verriet ihre Position.

Bevor Manson zu ihnen ging, strich er unauffällig über seinen Mantel, um den Sitz seines Revolvers zu überprüfen.

»Da sind Sie ja, Sir.« Der Größere der beiden trat aus dem Schatten. »Wir dachten schon, wir müssten uns die Beine in den Bauch stehen.«

Manson verzog abschätzig das Gesicht. »Bei der Summe, die ich euch zahle, sollte euch das nichts ausmachen.«

»Das tut es auch nicht«, erklärte der Mann mit dem Rattengesicht, nachdem er seinem Kumpan einen Knuff versetzt hatte.

»Und wie sieht es auf dem Gut aus?«

»Wir haben uns nicht lange umsehen können«, sagte der Lange. »Eine Frau ist aufgetaucht. Eine mit dickem Bauch.«

»Die Schwiegertochter von Madame«, brummte Manson ungehalten. »Ich habe euch doch gesagt, dass ihr euch nicht erwischen lassen sollt.«

»Uns hat auch niemand anderes gesehen«, behauptete das Rattengesicht. »Wir haben die Kleine ein bisschen durch den

Weinberg gescheucht und sind dann abgebogen, bevor Newman und seine Leute uns sehen konnten.«

»Demnach war die Aktion ein Reinfall!« Manson ballte die Fäuste. Vielleicht hätte ich mir andere Spitzel suchen sollen, dachte er.

»Nicht ganz, Sir.« Der Rattengesichtige wechselte einen Blick mit seinem Kumpel. »Wir haben die ideale Stelle gefunden, an der wir . . .«

Schritte näherten sich.

Misstrauisch spähte das Rattengesicht um die Ecke der Lagerhalle. »Sie sind wirklich allein gekommen?«, fragte er Manson misstrauisch.

»Natürlich. Glauben Sie etwa, ich habe Angst, in diese Gegend zu gehen?«

»Selbstverständlich nicht«, gab der Rattengesichtige zurück. »Mit einer Kanone unter dem Mantel hätte ich auch keine Angst, hier zu sein.«

»Reden Sie keinen Unsinn!«, knurrte Manson, während er einen Umschlag aus der Tasche zog. »Ich denke, wir sollten das Gespräch jetzt beenden. Sie wissen, was Sie zu tun haben, also baue ich darauf, dass Sie alles zu meiner Zufriedenheit erledigen.«

»Selbstverständlich!«, versprach der Lange, während sich sein Freund noch immer aufmerksam umsah. Die Schritte verklangen jedoch im nächsten Augenblick, sodass er sich aufatmend an Manson wandte.

»Wir melden uns, sobald wir die Sache hinter uns haben.«

Der Bankier nickte nur und eilte davon.

4

Eine Woche nach Prozessbeginn gegen Joe Aroa fand die abschließende Verhandlung statt. Louise hatte lange mit sich gerungen, ob sie diese besuchen sollte. Möglicherweise würde jemand versuchen, die Leute wegen des Weinbaus gegen sie aufzubringen. Aber wenn sie sich nicht blicken ließ, könnte ihr das als Feigheit oder schlechtes Gewissen ausgelegt werden.

Am Morgen ließ sie Didier anspannen und fuhr nach Napier. Vor dem Gerichtsgebäude versammelten sich nicht nur schaulustige Einwohner, auch eine Abordnung der Maori hatte sich eingefunden. Louise wurde heiß und kalt. Wollen sie Ärger machen? Oder Joe zur Rechenschaft ziehen? Obwohl die Krieger neugierig beäugt wurden, hielten die anderen Zuschauer Abstand.

»Didier, stell die Kutsche bitte in einer Seitenstraße ab, sobald ich reingegangen bin!«, wies Louise den Kutscher an. »Nach der Urteilsverkündung wird es vermutlich Tumult geben.«

Als sie vor dem imposanten Gerichtsgebäude Halt machten, verstummte die Menge.

Louise wurde unwohl. Es ist fast so, als sei ich die Angeklagte, fuhr ihr durch den Kopf.

Nachdem sie sich von Didier aus der Kutsche hatte helfen lassen, stolzierte sie erhobenen Hauptes an den Neugierigen vorbei. Hinter ihrem Rücken flammte Getuschel auf. Doch

Louise hatte sich noch nie um das Gerede gekümmert, sofern die Leute nicht versuchten, ihr das Leben schwer zu machen.

Obwohl die Fenster im Gerichtssaal weit offen standen, war die Luft stickig und staubig. Louise wählte einen Platz an der Seite, an dem sie immerhin auf eine frische Brise hoffen konnte.

Nach und nach drängten weitere Zuschauer herein. Bald war der Saal zum Bersten gefüllt. Louise sah sich um. Einige Maori hatten es ebenfalls geschafft hereinzukommen. Obwohl sie ordentlich wie Weiße gekleidet waren, hielten die Siedler Abstand zu ihnen, als hätten die Maori eine ansteckende Krankheit.

Wann werden die *pakeha* endlich lernen, dass die Maori Menschen wie sie selbst sind?, dachte Louise empört.

Schon versammelte sich das Gericht, und der Gefangene wurde hereingeführt. Rufe ertönten. Einige Zuschauer forderten Joe Aroas Tod. Aber weder der junge Mann noch sein Anwalt reagierten darauf.

Reed nahm neben Joe Platz, der Kopf und Schultern hängen ließ. Die Haft und die Furcht vor dem Urteil hatten tiefe Falten in das Gesicht des Angeklagten gegraben, sodass er um Jahre gealtert wirkte.

Als der Richter die Sitzung eröffnete, verstummten die Rufe für einen Moment, aber danach ging das Gemurmel wieder los.

»Wir hätten es mit dem Pack genauso machen sollen wie die in Australien mit ihren Wilden. Einfach abknallen und fertig«, zischte eine Männerstimme hinter Louise.

Louise schloss bebend die Augen und ballte die Fäuste. Am liebsten hätte sie dem Kerl gehörig die Meinung gesagt, aber sie zwang sich zur Ruhe.

Die Spannung im Saal stieg. Hoffentlich begeht niemand eine Dummheit, dachte Louise. Dann lauschte sie den Plädoyers der Anwälte.

170

Als der Staatsanwalt lebenslange Haft forderte, ertönten Protestrufe. Die Forderungen, Joe Aroa einfach am nächsten Baum aufzuknüpfen, übertönten fast die Ansprache von Jonathan Reed. Bei seinem Einwand, Joe sei nicht Herr seiner Sinne gewesen und deshalb nicht voll schuldfähig, sprangen ein paar Männer auf und drohten dem Verteidiger mit den Fäusten. Der Versuch des Richters, Ordnung in den Saal zu bringen, scheiterte. Auch die herbeigerufenen Polizisten änderten nichts an der Situation.

Louise krallte die verschwitzten Finger in ihren Rock. Schweiß lief ihr den Rücken hinunter, und ihre Brust schmerzte. Nur raus hier!, befahl ihr der Verstand, doch sie blieb reglos sitzen. Sie werden mir nichts tun, sagte sie sich. Das wäre gegen das Gesetz.

Als sich die Geschworenen zur Beratung zurückzogen, befahl der Richter den Constables, Aufstellung um die Anklagebank zu nehmen.

Einige Leute verließen den Saal, und die Lage entspannte sich ein wenig.

Vielleicht sollte ich auch gehen, dachte Louise. Ihr Instinkt meldete immer noch Gefahr. Als sie sich besorgt umsah, blickte sie Manson geradewegs ins Gesicht. Er stand neben ihrer Sitzreihe und beobachtete sie offenbar schon eine Weile.

Er zog den Hut und verbeugte sich mit einem spöttischen Lächeln.

Louise ignorierte diesen unverschämten Gruß und beschloss, im Gerichtssaal zu bleiben, da sie sich in Reichweite der Constables sicherer fühlte.

Es dauerte nicht lange, bis die Geschworenen zurückkehrten. Wie erwartet, sprachen sie Joe Aroa schuldig.

Obwohl sich der Richter dem geforderten Strafmaß des Staatsanwaltes anschloss, brach im Saal ein Tumult los. Forderungen nach Joes Hinrichtung wurden laut. Als einige Schreihälse zur Anklagebank drängten, schritten die Constables ein. Während sie mit Schlagstöcken gegen die Männer vorgingen, versuchten einige Frauen, nach draußen zu gelangen.

Louise sprang ebenfalls auf. Mit rasendem Herzen beobachtete sie die Schlägerei. Unbeteiligte Männer wurden bedrängt und gestoßen, andere gingen blutend zu Boden. Die Maori hatten sich bereits zurückgezogen.

Langsam tastete Louise sich zum Fenster vor. Ich hätte Didier bitten sollen, mich zu begleiten, schoss ihr durch den Kopf.

Hilfesuchend blickte sie zu Reed, aber er stellte sich gerade schützend vor seinen Mandanten, dem die Panik ins Gesicht geschrieben stand. Von ihrem Anwalt konnte Louise keine Hilfe erwarten.

Schließlich gewannen die Polizisten die Oberhand. Sie schleppten bereits die ersten Angreifer aus dem Saal. Andere zogen sich freiwillig zurück, worauf auch die Zuschauer hinausdrängten.

Louise wechselte einen Blick mit Reed, bevor auch sie das Gerichtsgebäude verließ.

Auf dem Gehweg hatte sich eine Gruppe junger Männer zusammengerottet und beschimpfte die Constables. Die Maori zogen Keulen und Messer. Einige ältere Herren führten hastig ihre Frauen davon. Die Gaffer beobachteten das Treiben aus sicherer Entfernung.

Als Didier von der gegenüberliegenden Straßenseite herbeieilte, atmete Louise auf. »Gott sei Dank, da bist du ja!«

»Schnell! Nichts wie weg von hier!«, rief er und trat hinter sie, um sie zu beschützen.

Plötzlich krachte es in ihrem Rücken. Ein Schuss! Louise blickte sich erschrocken um. Vor einem Gebäude liefen Menschen zusammen.

»Sie haben die Scheibe vom Drugstore eingeschlagen!«,

sagte Didier und legte einen Arm schützend um Louise. »Wir haben die Kutsche gleich erreicht.«

In der kleinen Seitenstraße, wo sie stand, war noch alles ruhig. Als Didier sich bückte, um den Tritt herunterzuklappen, traf Louise plötzlich etwas am Kopf. Sterne blitzten vor ihren Augen auf. Als sie benommen gegen die Kutsche taumelte, klirrte etwas neben ihr.

»Madame!«, rief Didier und stützte sie.

Benommen blickte Louise ihn an, während sie spürte, dass etwas Warmes über ihre Stirn lief. Es flimmerte vor ihren Augen, und ihr wurde schwindelig, sodass sie sich an Didiers Jacke festhielt.

»Sie sind verletzt, Madame!«

Louise antwortete nicht. Ihre Schläfe pochte zu schmerzhaft, ihre Glieder zitterten. Wer hat mich getroffen?, fragte sie sich. Einer der Abstinenzler?

Ihre Gedanken wurden von einem erneuten Schwindelgefühl ausgelöscht. Mit dem Gefühl zu fallen, sackte sie in Didiers Arme.

Vorsichtig bugsierte Didier seine Herrin in die Kutsche. Dann zog er ein sorgfältig gefaltetes Taschentuch hervor.

»Bitte, Madame, pressen Sie sich das an die Schläfe«, bat er mit zitternder Stimme. »Und legen Sie sich am besten hin, damit Sie nicht noch einmal getroffen werden!«

Louise nahm das Taschentuch und lehnte sich erschöpft zurück. Als das Flimmern nicht nachließ, schloss sie die Augen. Der Lärm rings um sie herum verebbte. Verliere ich das Bewusstsein?, fragte sie sich, als die Kutsche anfuhr.

Keuchend blieb Helena stehen und reckte sich. Der Rücken machte ihr zu schaffen, und Schweißperlen liefen ihr von den Schläfen. Der Aufstieg zum Kultplatz kam ihr heute mühseliger vor als damals mit Newman. Lag das an der Wärme? Oder war sie zu schwer geworden?

Da die Hausherrin fort war, hätte sie genauso gut durch den Weinberg spazieren können. Aber Helena war klar, dass Newman die Order bekommen hatte, sie wegzuschicken.

Nach einer kurzen Verschnaufpause setzte Helena den Weg fort und erreichte schließlich den Platz. Ihr war ein wenig unwohl zumute. Ob dieser Ort auch von Kriegern bewacht wird?, fragte sie sich und blickte sich aufmerksam um. Als sich auch nach einigen Minuten niemand zeigte, setzte sie sich auf einen Stein und schaute hinunter auf das Weingut.

Was mochte aus den Kerlen geworden sein, die sie im Weinberg überrascht hatte? Nachdem sie Newmans Leuten entkommen waren, hatten sie sich nicht wieder blicken lassen. Wachposten sicherten nun die Reben. Aber ob das die Männer abschrecken würde?

Während sie den Blick schweifen ließ, entdeckte sie ein Ornament auf dem Boden. Von weitem schien es aus weißen Steinen zu bestehen, aber als Helena näher trat, erkannte sie, dass es große Muschelschalen waren. Sie folgte den geschwungenen Linien bis zu einem hohen Stein. Bei näherer Betrachtung erkannte sie, dass Stufen hineingehauen waren. Erklomm der Häuptling diesen Stein wie einen Thron, um zu seinen Leuten zu sprechen?

Nachdem Helena sich noch einmal umgesehen hatte, stieg sie hinauf. Das Ornament vor ihr entpuppte sich aus dieser Perspektive als kunstvoll gestaltetes Seepferdchen. Hier und da leuchteten bunte Steine, die denen des Maori-Mädchens ähnelten. Wollte die Kleine vielleicht ebenfalls ein Ornament legen? Befand sich Louises Weinberg vielleicht auf heiligem Boden?

»Hier sind Sie also.«

Helena erschrak. Newman lehnte an einem Kauri-Baum. In den Händen hielt er eine kleine Bütte.

»Sind Sie mir etwa gefolgt?«, fragte Helena, während sie von dem Stein herunterstieg.

»Ich habe gesehen, wie Sie am Weinberg vorbeigegangen sind. Da habe ich geahnt, wohin Sie wollten.«

»Madame hat mir verboten, den Weinberg zu betreten«, erklärte Helena. »Aber ich kann einfach nicht im Haus bleiben. Ich habe das Gefühl, dort zu ersticken.« Und das nicht nur wegen der Hitze, fügte sie im Stillen hinzu.

»Das ist verständlich.« Newman schien zu spüren, wie sehr Helena das Verbot mitnahm. »Hören Sie, Madame meint es bestimmt nicht böse. Sie macht sich Sorgen um Sie.«

Helena senkte den Kopf. »Wahrscheinlich.«

Schweigen stellte sich zwischen sie. Helena wäre es in diesem Augenblick lieber gewesen, allein zu sein.

Aber Newman machte keine Anstalten, sie allein zu lassen. Er räusperte sich und setzte die Bütte vor ihr ab.

»Was ist das?«, fragte Helena.

»Wir haben einen Probeschnitt gemacht. Bereits jetzt sind die Trauben hervorragend. Ich dachte mir, dass Sie vielleicht kosten möchten.«

Die Trauben sahen tatsächlich prächtig aus. Helena holte eine hervor, betrachtete sie und roch daran.

»Das wird ein guter Jahrgang.«

Newman lächelte. »Das denke ich auch. Wenn uns das Wetter keinen Strich durch die Rechnung macht, können wir in ein paar Wochen mit der Ernte beginnen.«

Helena kostete eine Weinbeere. Der Saft schmeckte fruchtig mild.

»Die dürfen Sie nicht mehr allzu lange hängen lassen, sonst wird der Wein zu süß.«

Newman lächelte. »Ich weiß. Deshalb werde ich Madame vorschlagen, die Lese ein wenig vorzuziehen.«

Ihre Blicke trafen sich.

Newman räusperte sich vernehmlich. »Ich möchte mich entschuldigen.«

Helena zog erstaunt die Augenbrauen hoch. »Wofür?«

»Dass ich Ihr Können in Zweifel gezogen habe.«

»Und das sehen Sie daran, dass ich geschmeckt habe, wie lange der Wein noch braucht?«

Newman wurde rot. »Nein, natürlich nicht. Ich meine nur, Sie hatten selbst ein Weingut.«

»Das bankrottgegangen ist.«

»Wegen Reblausbefall. Das war Gottes Wille und hat nichts mit Ihrem Können zu tun.«

Helena betrachtete ihn schweigend. Er wirkte verlegen. Und warum dieses plötzliche Zugeständnis? Hatte er ein schlechtes Gewissen?

»Was halten Sie davon, wenn ich Sie zurück zum Haus begleite?«, fragte er schließlich.

Als Helena ihn überrascht ansah, fügte er rasch hinzu: »Wenn Sie möchten, können Sie natürlich auch hierbleiben.«

Obwohl Helena vorhatte, noch eine Weile zu bleiben, erschien ihr die Gelegenheit, mit Newman zu reden, ganz reizvoll. »Na gut, ich nehme Ihr Angebot an.«

Newman hob die Bütte auf und erbot ihr seinen freien Arm.

Helena hängte sich bei ihm ein, und plötzlich erinnerte sie sich daran, wie sie das erste Mal an der Seite von Laurent durch den Kurpark spaziert war. Ein bittersüßer Schmerz durchzog ihr Herz.

Sie verdrängte ihn und fragte Newman: »Kennen Sie die Bedeutung des Seepferdchens?«

»Seepferdchen?«

»Das Gebilde, das mit Muscheln und Steinen auf dem Platz ausgelegt ist. Oder haben Sie das noch nicht bemerkt?«

»Doch, doch. Wahrscheinlich hat es mit einer Gottheit der Maori zu tun.«

176

»Wie viele Götter haben sie denn?«

»Das ist bei jedem Stamm verschieden. Ich weiß aber, dass der Wassergott Tangaroa von dem hier lebenden Stamm verehrt wird. Wahrscheinlich haben sie das Ornament ihm zu Ehren gelegt.«

Helenas Neugierde war geweckt. Offenbar wusste Newman einiges über die Maori. »Gibt es hier noch andere heilige Orte?«

»Warum fragen Sie?«

»Weil ich neulich ein Mädchen im Weinberg beobachtet habe. Es hatte Steine in der Hand und schien ein Muster zu legen.«

»Einige Maori-Kinder kommen hin und wieder in den Weinberg. Immerhin ist dies das Land ihrer Vorfahren. Der Großvater von Madame hat den Maori zugesichert, dass sie sich hier frei bewegen dürfen. Die heiligen Orte der Maori liegen weiter im Hinterland. Die Grabhöhlen der Vorfahren zum Beispiel.«

»Wo liegen diese Höhlen?« In den Reiseberichten, die sie gelesen hatte, stand nichts von den Begräbnisritualen der Maori.

»Mitten im Busch, in einer ziemlich unwegsamen Gegend. Aber da hinzugehen, würde ich Ihnen nicht raten. Dieser Ort ist für alle Weißen tabu.«

»Stellen die Maori an diesen Orten Wachen auf?«

»Ja. Außerdem gibt es noch ihre mächtigen Flüche.«

»Flüche? Sie glauben an Flüche?«

»Jeder, der hier schon eine Weile lebt, glaubt daran, weil immer wieder Menschen bestraft werden, die gegen die Gebote der alten Götter verstoßen haben. Diebe, die etwas aus den Kulthallen entwendet haben, werden zum Beispiel krank oder verunglücken. Familien, die von der Heilerin mit einem Fluch belegt werden, leiden über Generationen unter Unglück.«

177

Ein Schauder überlief Helena. Ob so etwas überhaupt möglich ist? Oder will er mich nur einschüchtern?

Bevor sie antworten konnte, ertönte Hufschlag.

Newman blieb stehen und kniff die Augen zusammen. »Madame kehrt zurück. Heute wurde das Urteil in dem Mordfall gefällt.« Ein Schatten legte sich plötzlich auf sein Gesicht. »Da stimmt etwas nicht.«

Sanft löste er sich von Helena und lief der Kutsche entgegen.

»Warten Sie!«, rief Helena und raffte den Rock, damit sie ihm besser folgen konnte.

Didier trieb die Kutsche den Weg hinauf, als sei der Teufel hinter ihm her. Im Rondell machte er abrupt Halt.

Als Helena es erreichte, legte sich die aufgewirbelte Staubwolke gerade wieder. »O mein Gott!« Sie presste die Hand auf den Mund.

Louise lag mehr auf dem Rücksitz, als dass sie saß. Sie hielt ein blutgetränktes Tuch an die Schläfe gepresst.

»Was ist passiert?«, rief Newman, als Didier vom Kutschbock sprang.

»Wir sind angegriffen worden. Jemand hat Madame am Kopf verletzt.«

»Warum bist du nicht gleich zum Arzt gefahren?«

»Das war nicht möglich. Nach der Urteilsverkündung haben einige Leute randaliert. Ich hatte keine andere Wahl, als aus der Stadt zu fliehen.«

Helena trat neben Louise. Ihre Schwiegermutter war wach, starrte aber ausdruckslos gen Himmel.

»Ich helfe Ihnen, Madame«, sagte Helena sanft, aber Louise reagierte nicht. »Madame?«

Erst als Helena sie vorsichtig an der Schulter berührte, blickte Louise sie an.

»Was wollen Sie?«

178

»Ihnen aus der Kutsche helfen.«

»Ich mach das schon«, mischte sich Newman ein und beugte sich über Louise. »Wenn Sie erlauben, trage ich Sie ins Haus.«

Louise ließ es wortlos geschehen.

Helena folgte den beiden. »Besorg Verbandmaterial und Jod!«, wies sie Sarah an, die ihnen in der Eingangshalle entgegenkam.

Wie vom Donner gerührt, rannte das Dienstmädchen los.

Im Schlafzimmer legte Newman Louise aufs Bett. Obwohl sie bei Bewusstsein war, wirkte sie teilnahmslos.

»Vielleicht sollten Sie einen Arzt holen.«

»Keinen Arzt!«, flüsterte Louise.

»Doch, wir brauchen einen Arzt!«, widersprach Helena. »Sehen Sie sie sich mal ihre Pupillen an, Mister Newman! Eine ist größer als die andere. Das kann nicht normal sein!«

»Gut, ich reite in die Stadt. Bleiben Sie solange bei ihr.«

Helena zog sich einen Stuhl ans Bett und setzte sich.

»Sie brauchen mich nicht wie ein Wachhund zu belagern«, brummte Louise.

»Ich belagere Sie nicht, Madame, ich behalte Sie nur im Auge«, entgegnete Helena sanft. »Für den Fall der Fälle.«

»Was können Sie schon tun, wenn sich mein Zustand verschlimmert? Wollen Sie sich aufs Pferd schwingen und hinter Newman herreiten?«

Offenbar geht es ihr doch nicht so schlecht, dachte Helena spöttisch. »Nein, Madame, wohl kaum. Trotzdem lasse ich Sie nicht allein.«

Louise kniff die Lippen zusammen und blickte starr an die Decke.

Wie zerbrechlich sie wirkt!, dachte Helena. Zum ersten Mal stieg so etwas wie Sorge in ihr auf. Louise hätte sich das gewiss verbeten, aber Helena wollte nicht, dass ihrer Schwiegermutter etwas geschah, trotz allem, was diese ihr angetan hatte.

Als Sarah mit heißem Wasser und dem Leinen kam, wusch Helena die Wunde vorsichtig aus.

Louise regte sich nicht. Sie schien mit den Gedanken in einer anderen Welt zu sein.

Nachdem Helena der Verletzten einen Verband angelegt hatte, setzte sie sich wieder neben das Bett.

»Am liebsten hätten sie den Burschen gehängt«, bemerkte Louise nach einer Weile. »Und weil sie ihn nicht kriegen konnten, wollten sie mich umbringen.«

»Haben Sie gesehen, wer Ihnen das angetan hat?«

»Wenn man Mühe hat, auf den Füßen zu bleiben, interessiert man sich nicht für seine Umgebung.« Louise seufzte. Ihre Lider wurden schwer, und sie schlummerte ein.

Zwei Stunden später kehrte Newman mit einem Mann mittleren Alters zurück, dessen braunes Haar bereits schütter wurde. Dicke Brillengläser verkleinerten seine blauen Augen um ein Vielfaches. Obwohl er in seinem braunen Anzug unscheinbar wirkte, strahlte er Kraft und Autorität aus.

Helena erwartete ihn vor der Tür. »Mein Name ist Helena de Villiers, ich bin die Schwiegertochter von Madame.«

Der Arzt musterte sie kurz, bevor er ihr die Hand reichte. »Adam Fraser.«

Helena schilderte ihm, was vorgefallen war, und begleitete ihn ins Zimmer.

Louise hatte die Augen offen. Erst als Dr. Fraser neben sie trat, wandte sie den Kopf. »Schicken Sie sie raus!«, wies Louise den Arzt an.

Fraser schenkte Helena einen bedauernden Blick.

Sie zuckte die Achseln und zog sich wortlos zurück.

Draußen wartete Newman. »Wie geht es ihr?«

»Sie wollte mich bei der Untersuchung nicht dabeihaben.«

180

Helena schaute zur Tür. Die Stimme des Arztes war zu leise, als dass sie etwas verstehen konnte. »Es wird bestimmt nicht lange dauern.«

»Madame scheint Glück im Unglück gehabt zu haben«, bemerkte der Kellermeister. »Die Verwüstungen in der Stadt sind erschreckend. Von den Randalierern war zwar nichts mehr zu sehen, aber sie haben großen Schaden angerichtet.«

»Glauben Sie, dass die Abstinenzler dahinterstecken?«

Newman schüttelte den Kopf. »Nein, da haben einfach nur ein paar verbrecherische Kerle die Gunst der Stunde genutzt. Das Verhältnis zwischen den Weißen und den Maori ist immer noch gespannt. Einige Leute würden den Vertrag von Waitangi am liebsten rückgängig machen.«

»Wie lange besteht der denn schon?«

»Seit 1840. Und so lange gibt es auch schon Bestrebungen, ihn wieder aufzulösen. Der Angeklagte war ein Maori. Er war mit einer Weißen verlobt und hat sie in Trunkenheit erschlagen. Ein gefundenes Fressen für diejenigen, die sich das Land der Maori am liebsten unter den Nagel reißen würden.«

»Meine Schwiegermutter meint, dass man die Wut über das Urteil an ihr ausgelassen hat.«

»Hat sie gesehen, wer sie verletzt hat?«

»Nein.«

Newman ballte die Fäuste. »Wenn Manson dahintersteckt, werde ich ihn aus seinem Anzug schütteln.«

»Das sollten Sie besser lassen, Mister Newman.«

»Sie haben Recht«, lenkte er ein. »Ich ertrage es nur schwer, mit ansehen zu müssen, wie jemand versucht, unsere Arbeit zunichtezumachen. Wahrscheinlich sollten wir noch mehr Wachposten anheuern, wenn die Lese erst mal begonnen hat.«

»Noch ist es nicht so weit. Bis dahin können sich die Menschen wieder beruhigt haben.«

Newman sah Helena zweifelnd an. »Ich fürchte, es wird eher noch schlimmer werden.«

Routiniert untersuchte Dr. Fraser Louises Kopf und betrachtete ihre Augen. Er erneuerte den Verband, horchte ihre Brust mit einem Stethoskop ab und zog sich dann an den Schreibtisch zurück, um etwas zu notieren.

»Was ist mit mir, Herr Doktor?«, fragte Louise. Vorsichtig erhob sie sich und knöpfte die Bluse wieder zu.

»Sie haben eine leichte Gehirnerschütterung und eine Platzwunde. Nichts Ernstes. In ein paar Tagen sind Sie wieder auf dem Damm.« Fraser stockte und rieb sich nachdenklich übers Kinn. »Es gibt allerdings eine Sache, die mir Sorgen bereitet.«

»Und die wäre?«

»Beim Abhören Ihrer Herztöne habe ich Unregelmäßigkeiten festgestellt.«

»Ich bin alt, Doktor«, wiegelte Louise ab. »Da kann es hier und da ein wenig klemmen.«

»Haben Sie Beschwerden? Atemnot zum Beispiel oder Herzrasen?«

»Bisher nicht. Ist mir jedenfalls nicht aufgefallen.«

»Sobald Sie sich erholt haben, möchte ich, dass Sie sich bei mir in der Praxis vorstellen. Vielleicht ist diese Unregelmäßigkeit eine Folge des Schocks. Aber mir wäre wohler, wenn ich das noch mal abklären könnte.«

»Wollen Sie Ihre kostbare Zeit wirklich mit einer alten Frau verschwenden?«

»Sie sind noch keine alte Frau, Madame de Villiers. Trotzdem würde ich Ihnen empfehlen, sich strikt zu schonen. Jedenfalls in der nächsten Zeit. Ihre Schwiegertochter könnte Ihnen Arbeit abnehmen.«

»Sie ist hochschwanger, wie Ihnen sicher nicht entgangen ist, und wird sich bald um ihr Kind kümmern müssen.«

»Soweit ich es einschätzen kann, ist sie im siebten Monat. Frauen können in dem Zustand noch kräftig mitarbeiten. Die Maori kümmern sich bis zur Niederkunft um die Felder.«

»Meine Schwiegertochter ist keine Maori«, entgegnete Louise entschlossen. »Sie hat eine anstrengende Reise hinter sich und darf auf keinen Fall die Gesundheit des Kindes aufs Spiel setzen.«

»Zumindest Schreibarbeiten könnte sie erledigen.«

»Doktor Fraser«, Louises Stimme nahm einen warnenden Ton an, »wenn Sie mir auftragen, mich zu schonen, werde ich das tun. Aber die Regelung meiner Geschäfte überlassen Sie bitte mir!«

Der Arzt räusperte sich betreten. »Natürlich, Madame de Villiers.« Er erhob sich und griff nach seiner Tasche. »Ich werde Ihrer Schwiegertochter einige Anweisungen dalassen. Bitte kommen Sie in einer Woche in meine Sprechstunde.«

Louise nickte und sank wieder aufs Bett. »Ich habe eine Bitte an Sie, Doktor.«

Fraser trat näher an das Bett. »Was kann ich für Sie tun?«

»Sagen Sie meiner Schwiegertochter nichts von den Herzgeräuschen.«

»Aber sie ist doch ...«

»Es würde sie zu sehr aufregen. Ich möchte nicht, dass ihr oder dem Kind etwas zustößt.«

»Wie Sie wollen, Madame. Aber ich rate Ihnen ...«

»Ich weiß, Doktor. Vielen Dank, dass Sie so schnell gekommen sind.«

5

Louise hielt es genau drei Tage im Bett aus. Dann erhob sie sich, rief ihr Dienstmädchen und kleidete sich an. Anschließend löste sie den Verband und betrachtete sich im Spiegel. Die Wunde verheilte recht gut. Louise verbarg den Schorf unter einer Haarlocke.

Helena staunte, als ihre Schwiegermutter ihr in der Halle entgegenkam. »Madame, Sie sind auf? Doktor Fraser hat Ihnen doch Scho...«

»Ich habe keine Zeit, um mit Ihnen zu reden!«, fuhr Louise sie an. »Und ich kann es mir nicht erlauben, auf der faulen Haut zu liegen.«

Helena straffte sich. Ich werde mich nicht wegschicken lassen wie eine ihrer Bediensteten, beschloss sie. »Madame, wenn Sie zu früh aufstehen, wird Ihre Gesundheit womöglich Schaden erleiden. Ich muss darauf bestehen, dass Sie sich wieder hinlegen.«

»Sie haben mir gar nichts zu sagen! Vergessen Sie nicht, in wessen Haus Sie sich befinden!«

Als Louise an ihr vorbeiwollte, stellte Helena sich ihr in den Weg. »Bei allem Respekt, Madame, bitte legen Sie sich wieder hin!«

»Machen Sie mir Platz!« Louises Augen blitzten zornig.

»Ich werde nach Doktor Fraser schicken. Der wird Sie an Ihre Bettruhe erinnern!«

»Sie wollen mir drohen?«

»Ich will das Beste für Sie!«

Louise schnaubte spöttisch. »So sehen Sie aus!« Damit versetzte sie Helena einen leichten Stoß und rauschte an ihr vorbei.

»Ihr Sohn hätte Ihnen gewiss nicht erlaubt aufzustehen!«, rief Helena.

Augenblicklich blieb Louise stehen. »Wenn mein Sohn hier wäre, wäre das alles erst gar nicht passiert!«

»Dennoch sollten Sie vernünftig sein, Madame. Was soll aus Ihrem Weingut und all Ihren Angestellten werden, wenn Sie so Raubbau mit Ihren Kräften treiben?«

Louise atmete tief ein, als wolle sie zu einer Erwiderung ausholen. Aber dann lief sie mit langen Schritten weiter.

Helena schnaufte. Warum ist diese Frau nur so stur?

Wider Erwarten bereitete die Arbeit Louise kein Vergnügen. Immer wieder durchzogen Stiche ihre Schläfen. Ihr Mund war trocken wie Sandpapier. Schließlich schickte sie Pelegrin los, damit er ihr etwas zu trinken und etwas Schmerzpulver aus der Küche holte.

Der Sekretär war gerade zur Tür heraus, als es klopfte. Auf ihren Ruf trat Newman ein.

»Was ist los?«, fragte Louise gereizt.

»Ihre Schwiegertochter sagte mir, dass ich Sie hier finde.« Newman senkte verlegen den Blick. »Verzeihen Sie, wenn ich störe, aber da gibt es etwas, was Sie sich anschauen sollten.«

»Und was?«

»Das kann ich nicht beschreiben, Madame. Sie müssen es sehen. Es sei denn, Sie fühlen sich nicht wohl genug.«

»Ich fühle mich gut!«, fuhr sie ihn an und erhob sich. Eine Vielzahl von Möglichkeiten schoss ihr in den Sinn. Hatte es

185

einen Erdrutsch gegeben, der einen Teil des Weinbergs mitgerissen hatte? Waren Rebstöcke eingegangen?

Gnade dir Gott, Manson, wenn du dahintersteckst!

Helena war bereits im Weinberg.

Was geht sie das an?, dachte Louise wütend und rannte mit wehenden Röcken an ihrer Schwiegertochter vorbei, ohne sie eines Blickes zu würdigen. Das Knirschen des Sandes unter ihren Füßen erschien ihr überlaut. Ihre Schläfen pochten, und ein eisiger Schmerz erfasste ihre Brust.

Ein Galgen! Erschrocken presste Louise die Hand auf den Mund. Ein riesiger Galgen überragte die Rebstöcke! Während sie durch die Spaliere eilte, schlug sie wütend nach dem Weinlaub und riss einige Blätter ab.

Das Gemurmel der Männer, die sich um den Galgen geschart hatten, verstummte, als sie bei ihnen eintraf.

Die Stoffpuppe, die am Galgen baumelte, trug ein schwarzes Kleid und eine graue Perücke, eine schlechte Karikatur von Louise. Auf dem Schild, das sie um den Hals trug, prangte in fetten Lettern: »Der Mörder sitzt im Zuchthaus, du brennst in der Hölle!«

Jemand schien Louise die Kehle zuzudrücken. Panisch um Atem ringend, griff sie zur Seite und klammerte sich an Newmans Arm. Der Boden unter ihren Füßen schwankte, ihr Blick verschwamm. So weit ist es schon gekommen!, dachte sie entsetzt. Sie drohen mir ganz offen mit Mord!

»Madame, alles in Ordnung mit Ihnen?« Newman war kreidebleich geworden.

Louise rang um Fassung. Ich darf nicht in Ohnmacht fallen!, beschwor sie sich. Meine Leute dürfen mich nicht schwach erleben. Und schon gar nicht meine Schwiegertochter. Sie atmete tief durch, machte sich abrupt von Newman los und schaute ihn vorwurfsvoll an. »Ich hatte Ihnen doch aufgetragen, Wachen aufzustellen! Wo waren diese Männer?«, bellte sie zornig.

»Wir sind ganz normal unsere Runde gegangen, Madame!«, meldete sich einer der Arbeiter zu Wort, während die anderen betreten auf ihre Stiefelspitzen starrten. »Wir haben wirklich nichts bemerkt, sonst hätten wir uns die Kerle vorgeknöpft.«

Louises Magen krampfte sich zusammen. Sie hatte nie in Zweifel gezogen, dass ihre Männer zuverlässig waren. Aber nun fragte sie sich, ob es Verräter in den eigenen Reihen gab.

»Reißen Sie das ab!«, fuhr sie die Männer an.

»Sollten wir nicht vorher die Polizei verständigen?«, fragte Newman.

Der wird es egal sein, dachte Louise resigniert, doch sie nickte. »Ja, holen Sie sie her und zeigen sie denen dieses Machwerk. Und anschließend lassen Sie es verbrennen.«

»Sehr wohl, Madame.«

»Und, Newman!«

Der Kellermeister wandte sich um. »Ja, Madame?«

»Verstärken Sie die Wachen rings ums Gut! Wenn es sein muss, heuern Sie neue Männer an. Männer, die keine Skrupel haben, diesen Mistkerlen eine Ladung Schrot in den Leib zu jagen!«

»Verstanden, Madame. Wünschen Sie, dass ich Sie zum Haus begleite?«

»Ich kann allein gehen!«, herrschte Louise ihn an und stapfte davon.

Helena empfand Mitleid für Louise. Kein Wunder, dass sie so bitter ist, dachte sie. Erst verliert sie den einzigen Sohn, und dann versuchen gewisse Leute, sie zu ruinieren. Beim Anblick des Galgens erschauderte sie. Dass so etwas in der heutigen Zeit möglich war ... Sie fühlte sich plötzlich wie bei einem mittelalterlichen Hexenprozess oder bei einem Femegericht. Helena schüttelte missbilligend den Kopf. Neuseeland war für sie immer ein fortschrittliches Land gewesen. Immerhin hatte es als

187

eine der ersten Nationen sogar das Frauenwahlrecht einge-
führt. Und dann so etwas ...

»Sie sollten nach Ihrer Schwiegermutter sehen, Madam«, riet
Newman. »Sie wirkt sehr mitgenommen.«

»Ich habe versucht, sie wieder ins Bett zu schicken, aber sie
wollte nicht hören. Sie hätten ihr das vielleicht gar nicht erst
zeigen sollen.«

Newman schüttelte den Kopf. »Madame hätte gewollt, dass
ich es ihr zeige.«

»Ja, gewiss«, räumte Helena ein. »Meinen Sie, diese Drohung ist wirklich ernst zu nehmen?«

Newman zuckte mit den Schultern. »Schwer zu sagen. Die
Abstinenzler sind ziemlich radikal. Aber sie sollten sich besser
nicht hier blicken lassen.« Newman ballte entschlossen die
Fäuste.

»Wär's möglich, dass die beiden Eindringlinge von letzter
Woche was damit zu tun haben?«

»Glauben Sie, die haben den Platz ausgesucht?«

»Ja.«

»Ich wünschte, wir hätten die Mistkerle erwischt.« Newman
klang plötzlich müde.

»Sie sollten der Polizei von dem Vorfall berichten und meine
Beschreibung weitergeben. Vielleicht hilft es, sie zu finden.«

»Das werde ich tun, aber ich fürchte, dass es nichts bringt.«

»Warum nicht?«

»Weil die Behörden kein Interesse daran haben, die Abstinenzler in die Schranken zu weisen. Ein paar meiner Leute
haben berichtet, dass sie auf dem Heimweg belästigt worden
sind. Sie wurden mit Flaschen und Steinen beworfen und
beschimpft.«

Helenas Augen weiteten sich. »Das ist ja furchtbar!«

»Ich würde Ihnen raten, nicht allein in der Stadt unterwegs zu
sein. Es könnte sein, dass sie nicht mal vor Ihnen Halt machen.«

»Vielen Dank für den Hinweis, aber ich glaube kaum, dass ich allein in die Stadt fahren werde.«

»Dennoch, passen Sie auf sich auf!« Newman sah ihr beschwörend in die Augen, bevor er sich seinen Leuten zuwandte.

»Das mache ich«, versprach Helena.

Louise lag angezogen auf dem Bett. Eine Schlafmaske bedeckte ihre Augen.

»Ich habe doch gesagt, dass ich nicht gestört werden will, Adelaide«, brummte sie, als Helena eintrat.

»Das wusste ich nicht, Madame. Bitte gestatten Sie mir dennoch, nach Ihnen zu sehen.« Ohne Louises Antwort abzuwarten, drückte sie die Tür ins Schloss und wappnete sich innerlich gegen Louises Protest.

Aber ihre Schwiegermutter seufzte nur. »Heute haben Sie gesehen, dass unsere Feinde vor nichts zurückschrecken. Jetzt verstehen Sie wahrscheinlich, warum ich will, dass Sie sich von Manson fernhalten.«

»Sie glauben also, dass er dahintersteckt.« Helena ließ sich neben dem Bett nieder.

»Ganz bestimmt. Dieser Kerl hat für alles Leute, die für ihn die Drecksarbeit tun. Bitte, versprechen Sie mir, dass sie wirklich nie allein in den Weinberg gehen!«

»Ja«, antwortete Helena, auch wenn sie noch immer der Meinung war, dass es nicht zu jeder Zeit gefährlich im Weinberg war.

Louise nickte zufrieden. »Sie werden sich vorsehen müssen, wenn das Kind da ist. Wenn die Entwicklung so weitergeht, wie ich befürchte, werden auch Sie keinen Frieden mehr haben.«

»Keine Angst! Ich werde mein Kind immer beschützen«, versicherte Helena.

»Sie hatten Recht, ich hätte nicht aufstehen sollen. Entschuldigen Sie, dass ich Sie so angefahren habe.«

Helena glaubte zunächst, sich verhört zu haben, und konnte ihre Überraschung nicht verbergen. »Das ist sehr freundlich von Ihnen.«

Louise faltete die Hände auf der Brust.

Helena blieb schweigend neben ihr sitzen, bis ihr etwas einfiel, über das sie reden könnte.

»Ich habe in einem Ihrer Bücher ein Amulett gefunden«, begann sie, doch als Antwort erhielt sie nur ein leises Schnarchen.

Drei Stunden nach dem Vorfall kehrte Newman mit den Constables Brook und Harrys zurück. Sie nahmen sämtliche Aussagen der Arbeiter und Newmans auf.

Da Louise immer noch schlief, übernahm Helena es, mit den Ordnungshütern zu sprechen.

»Was gedenken Sie zu tun?«, erkundigte sie sich, nachdem sie ihnen eine Beschreibung der Eindringlinge gegeben hatte, die sie im Weinberg überrascht hatte.

Brook kratzte sich am Kopf. »Wir werden uns nach Männern umsehen, auf die Ihre Beschreibung passt. Viel mehr können wir nicht tun.«

»Viel mehr können Sie nicht tun?« Helena stemmte die Hände in die Seiten. »Es hat doch eindeutig einen Angriff auf das Weingut gegeben!«

Harrys winkte ab. »Wahrscheinlich war dieser Galgen nur ein dummer Scherz. Vielleicht hat Madame jemanden in der Stadt verärgert.«

»Jemand in der Stadt hat einen Gegenstand nach ihr geworfen und sie am Kopf verletzt!«

Die Constables sahen einander an. »Wann ist das geschehen?«

»Vor ein paar Tagen, nach der Urteilsverkündung gegen den Maori.«

»Da hat es so einige Verletzte gegeben«, wiegelte Brook ab. »Einige Leute waren außer Rand und Band.«

»Dann soll der Wurf ein Zufall gewesen sein? Glauben Sie das wirklich, nachdem hier ein Galgen aufgebaut wurde?«

»Hat Madame denn den Täter erkannt?«, fragte Harrys.

»Das konnte sie nicht! Sie war verletzt.«

»Tja, dann werden Sie sich wohl gedulden müssen, bis unsere Ermittlungen abgeschlossen sind! Guten Tag, Madam!«

Aufgebracht beobachtete Helena, wie die Constables vom Hof ritten.

»So etwas habe ich noch nie erlebt«, platzte sie hervor, als sie mit Newman allein war. »Die beiden werden bestimmt keinen Finger krumm machen, um die Täter zu finden.«

»Das dürfte auch ziemlich schwer sein.« Der Kellermeister klang beschwichtigend.

»Aber sie haben doch eine Beschreibung. Und es liegt eine Drohung vor!«

»Eine Drohung ist noch kein Vergehen. Außerdem haben sie beim Aufstellen des Galgens nicht viel angerichtet. Ein paar Rebstöcke haben ein wenig Laub gelassen, mehr ist nicht passiert.«

Helena seufzte schwer.

Newman berührte sanft ihren Unterarm.

Ein warmer Schauer überlief Helena, aber sie verdrängte ihn schnell.

»Sorgen Sie sich nicht, Madam! Bisher haben wir auf Wahi-Koura noch jede Schwierigkeit gemeistert.« Er sah sie liebevoll an.

»Dann fürchten Sie nicht, dass etwas passieren könnte?«

»Doch. Natürlich«, entgegnete Newman. »Wir müssen mit allem rechnen. Aber ich will mich von meiner Sorge nicht beherrschen lassen. Letztlich bringt das nichts. Man kann nur vorbereitet sein.«

Er hat ja Recht, dachte Helena und hatte plötzlich den Eindruck, dass sie sich bei ihm sicher fühlen konnte.

»Nur keine Angst, Mistress de Villiers, meine Leute und ich werden alles tun, um Sie und Ihre Schwiegermutter zu beschützen.«

Für einen Moment kam es Helena so vor, als wolle Newman sie in die Arme nehmen. Aber er trat einen Schritt zurück und verabschiedete sich.

Am Abend betrachtete Helena nachdenklich den Jadeanhänger und fuhr mit dem Finger darüber. Was für ein begabter Handwerker hatte ihn wohl gefertigt? Und wie war das Schmuckstück in das Buch gelangt?

Einer plötzlichen Eingebung folgend, machte sie sich auf die Suche nach dem Kellermeister. Sie fand ihn im Kelterschuppen.

Helena schritt direkt auf ihn zu. »Mister Newman, hätten Sie einen Moment Zeit für mich?«

Der Kellermeister wischte sich die Hände an einem Lappen ab, bevor er zu ihr kam. »Natürlich, Madam. Was kann ich für Sie tun?«

Helena schloss die Hand fester um das Amulett. »Sie kennen sich doch mit der Kultur der Maori aus. Darf ich Ihnen eine Frage stellen?«

Er lächelte. »Was möchten Sie wissen?«

Helena reichte ihm den Anhänger. »Das hier habe ich in einem der Bücher von Madame gefunden. Wissen Sie vielleicht, was diese Darstellung zu bedeuten hat?«

Newmans Lächeln verschwand schlagartig. Ein Schatten zog über sein Gesicht. »Sie sollten es dorthin zurücklegen, wo Sie es gefunden haben.«

192

»Aber warum? Es ist doch nur ein Stück Jade.«

»Dieser Greenstone ist ein *manaia* der Maori«, erklärte Newman, »ein Bote zwischen der Welt der Lebenden und dem Totenreich.«

Helena blickte Newman verwirrt an. »Und warum sind Sie so erschrocken? Bringt er etwa Unglück?«

»Dem Besitzer nicht. Aber denen, die ihn unrechtmäßig an sich nehmen.«

»Ich habe ihn nicht an mich genommen, sondern zufällig gefunden«, verteidigte sich Helena. »Ich wollte ihn Madame zurückgeben, habe aber bisher nicht die Gelegenheit dazu gehabt.«

Newmans Blick blieb finster. Er reichte ihr das Schmuckstück. »Stecken Sie ihn wieder in das Buch, und stellen Sie es schleunigst zurück. Das ist das Beste, was Sie tun können.«

Helena betrachtete das Amulett. Wie sollte von so einem Gegenstand etwas Böses ausgehen? Sie spürte jedoch, dass sie die Frage lieber für sich behalten sollte. »Haben Sie vielen Dank.«

Dennoch beschloss sie, den Greenstone wieder dorthin zurückzulegen, wo sie ihn gefunden hatte.

6

Am Morgen des fünfundzwanzigsten Februar beobachtete Helena sehnsüchtig durch das Fenster, wie die Arbeiter zur Lese aufbrachen. Sie wäre zu gern dabei gewesen! Bei der Erinnerung an die muntere Schar von Erntehelfern, die sich im Oktober stets auf Gut Lilienstein einfand, musste sie lächeln. Was mochte aus den guten Leuten geworden sein?

Wehmütig begab sie sich zu ihrem Sekretär. Sie strich über das mit Weinblättern verzierte Kalenderblatt und zog aus einer Schublade ein Lederetui hervor. Als sie es öffnete, blitzten die gebogenen Klingen zweier Winzermesser auf. Liebevoll streichelte sie die Griffe, in die ein kunstvolles Muster eingraviert war.

Die Messer ihres Urgroßvaters.

Helena erinnerte sich noch gut daran, dass sie sie als Kind immer bewundert hatte. Vier Generationen von Winzern hatten mit diesen Messern Reben geschnitten. Sie waren das Einzige, was Helena von ihrem Familiengut geblieben war.

Ob ich die Tradition der Liliensteins irgendwann wieder aufleben lassen kann?, fragte sie sich.

Plötzlich sah Helena vor ihrem geistigen Auge das Anwesen der Familie Lilienstein.

Liebevoll strich Helena das Weinlaub beiseite und setzte das Messer an. Die Traube fiel schwer in ihre Hand. Bevor sie sie in die Bütte legte, zupfte sie eine Beere ab und schob sie in den Mund. Schwelgend schloss sie die Augen, während das Aroma ihren Gaumen kitzelte.

Ein guter Jahrgang, dachte Helena zufrieden. Gut Lilienstein wird die Konkurrenz wieder einmal in den Schatten stellen.

Als es vor ihr raschelte, öffnete sie die Augen und schaute direkt auf ein Bouquet roter Rosen.

»Was in aller Welt ...«

Der Strauß senkte sich und gab den Blick auf Laurent frei.

Wie immer, wenn sie ihn sah, machte ihr Herz einen freudigen Sprung.

»Du bist hier?«

Laurent nickte. »Gerade aus Paris zurückgekehrt. Ich hab's nicht länger ausgehalten ohne dich!«

»Und ich freue mich, dass du wieder da bist.« Helena umarmte ihn und gab ihm einen zärtlichen Kuss.

»Pass auf, dass du den Strauß nicht zerdrückst«, neckte er, hielt sie aber fest umschlungen.

»Habe ich den überhaupt verdient?«

»Verdient hättest du einen ganzen Rosengarten, *chérie*.« Wieder küsste er sie und reichte ihr die Blumen. »Hier, eine kleine Entschädigung dafür, dass du mich so lange entbehren musstest.«

»Sie sind wunderschön.«

»Das ist aber noch nicht alles, was ich dir mitgebracht habe.« Laurent langte in seine Hosentasche.

Helena beobachtete neugierig, wie er eine kleine rote Schachtel hervorzog. Mit einem gewichtigen Lächeln klappte er den Deckel hoch. Dann sank er vor ihr auf die Knie.

Helena schnappte überrascht nach Luft. »Laurent ...«

»Während ich in Paris war, hast du mir so unsagbar gefehlt. Ich konnte nicht schlafen und nicht essen. Sogar während der

Präsentation der Entwürfe für das neue Flugzeug habe ich nur an dich gedacht. Da reifte der Entschluss in mir, dich nie wieder gehen zu lassen.«

Als er ihr die geöffnete Schachtel entgegenstreckte, blitzte ihr ein goldener Ring entgegen. Acht leuchtende Rubine bildeten eine Blüte, in deren Mitte ein Brillant funkelte.

Helena unterdrückte ein Schluchzen. Tränen stiegen ihr in die Augen.

»Ich habe lange überlegt, wo ich dich fragen soll. Ich habe mir tausend Möglichkeiten ausgedacht. Ein stimmungsvolles Dîner zum Beispiel oder eine Reise. Aber jetzt weiß ich, dass ich dich nur an einem Ort fragen kann, der dir so viel bedeutet. Hier, mitten im Weinberg.«

Beinahe schüchtern griff er nach ihrer Hand. »Helena von Lilienstein, willst du meine Frau werden?«

Helena zitterte am ganzen Leib. Sie wusste nicht, ob sie vor Glück lachen oder weinen sollte. »Ja, ich will!«, brachte sie gerade noch hervor, bevor ihr die Rührung die Sprache verschlug.

Laurent sprang auf. Seine Hände zitterten, als er ihr den Ring an den Finger steckte. Überglücklich schloss er Helena in die Arme und küsste sie, während das Weinlaub rings um sie herum raschelte.

Helena starrte auf den kahlen Ringfinger ihrer linken Hand. Seit dem Tod Ihres Mannes hatte sie den Verlobungsring nicht mehr getragen. Sie brachte es nicht einmal über sich, ihn anzusehen. Unberührt lag die Samtschachtel in ihrer Reisetasche. Die Sehnsucht, ihn sich doch anzusehen, überfiel sie, doch sie beschloss, sich abzulenken. Sie durfte keine Wehmut aufkommen lassen. Sie würde Louises Verbot trotzen und in den Weinberg gehen. Die frische Luft würde ihr guttun.

196

Sie nahm die Winzermesser, marschierte zum Schuppen und griff sich eine kleine Bütte. Die verwunderten Blicke der Arbeiter ignorierend, trug sie das Behältnis zum Weinberg und wählte eine Reihe, die dem Haus am nächsten lag.

Helena hatte die Bütte schon zur Hälfte gefüllt, als hinter ihr Newmans Stimme schnarrte: »Was, zum Teufel, tun Sie hier?«

Helena stolperte vor Schreck und verfehlte mit dem Winzermesser nur knapp ihre Hand. Wütend wirbelte sie herum. »Das sehen Sie doch! Ich lese Trauben.«

Newman hob beschwichtigend die Hände. »Madam, bitte lassen Sie das! Gehen Sie ins Haus zurück!«

»Nein.« Helena sah den Kellermeister herausfordernd an.

»In Ihrem Zustand sollten Sie keine Trauben lesen!«

»Warum denn nicht? Sieht es so aus, als würde mein Bauch mich behindern?«

Im nächsten Spalier lachte jemand lauthals.

»Nein, aber Madame sieht es nicht gern, wenn Sie arbeiten.«

»Ich habe nicht vor, Ihnen Ärger zu machen. Ich möchte Ihnen lediglich helfen, das ist alles.«

Newmans Miene wurde weich. »Woher haben Sie eigentlich das Messer?«

»Es ist meins, es gehörte mal meinem Vater. Diese Messer sind das Einzige, was mir von meinem eigenen Gut geblieben ist.«

Newman schüttelte unständig den Kopf. »Dennoch wäre es besser, wenn Sie nicht arbeiten würden.«

Trotz der Sanftheit in seiner Stimme hatte Helena nicht vor nachzugeben. Sie wollte sich selbst beweisen, dass sie noch immer arbeiten konnte.

»Wenn Sie fürchten, Ärger mit meiner Schwiegermutter zu bekommen, kann ich Sie beruhigen. Ich nehme das auf meine Kappe. Ich hab keine Angst vor meiner Schwiegermutter. Sie denkt ohnehin schlecht von mir. Schlimmer kann es sowieso nicht mehr werden.«

Dass er sie erschüttert ansah, überraschte Helena. Ja, hat er denn wirklich geglaubt, Louise und ich würden uns verstehen?

»Madame de Villiers, ich bitte Sie zum letzten Mal, verlassen Sie den Weinberg!«

»Was wollen Sie tun, wenn ich es nicht mache? Mich ins Haus zerren? Das würde meinem Kind noch schlechter bekommen als Arbeit.«

Plötzlich schoss ein schrecklicher Schmerz durch ihren Bauch. Helena krümmte sich aufstöhnend zusammen.

»Was ist mit Ihnen?«, fragte Newman, doch sie konzentrierte sich nur auf ihren Bauch. Hat er vielleicht Recht?, fragte sie sich ängstlich. Muss ich jetzt für meinen Leichtsinn bezahlen?

Tief atmete sie gegen den Schmerz an. Schweiß tropfte von ihrer Stirn.

Als sich der Schmerz wieder zurückzog, richtete sie sich auf und blickte in Newmans besorgtes Gesicht.

»Es geht schon wieder. Kein Grund zur Sorge.« Helena fuhr sich mit dem Ärmel übers Gesicht.

»Sie sollten wirklich wieder ins Haus gehen, Madame.« Newmans Stimme wurde sanfter. »Ich kann nicht verantworten, dass Ihnen etwas passiert.«

»Mir passiert schon nichts«, entgegnete Helena trotzig und wandte sich wieder den Reben zu.

Newman wirkte unschlüssig.

Nun gehen Sie schon!, dachte Helena. Oder meinetwegen holen Sie Louise. Nur verschwinden Sie!

Endlich wandte sich der Kellermeister um.

Helena atmete auf und griff nach einer Traube. Da fuhr der Schmerz erneut durch ihren Körper, diesmal noch heftiger als beim vorherigen Mal.

Helena schrie auf und sank in die Knie.

Newman wirbelte herum. »Madam!«, rief er und stürmte zu ihr.

Diesmal blieb der Schmerz. Helena konnte kaum durchatmen. Panik erfasste sie. Als sie Newmans Nähe spürte, klammerte sie sich verzweifelt an seinen Arm.

»Ich bringe Sie ins Haus zurück«, redete er beruhigend auf sie ein und umfasste sie sanft.

Als ihre Beine versagten, griff Newman ihr kurzerhand unter die Arme und zog sie vorsichtig hoch. Helena schrie vor Schmerz auf.

»Mister Newman, was ist passiert?« Arbeiter aus angrenzenden Spalieren eilten herbei.

»Jennings, helfen Sie mir, Madame de Villiers zu tragen.«

Die beiden Männer fassten sich bei den Armen und hoben Helena vorsichtig darauf.

»Lassen Sie ja nicht los!«

Während sich Helena an den Hemden der Männer festkrallten, trugen diese sie zum Haus. Einige Arbeiter, die auf dem Hof geblieben waren, liefen zusammen. Auch Didier war wenig später zur Stelle.

»Was ist passiert?«, wollte er von Newman wissen.

»Sagen Sie Madame Bescheid!«

Helena wollte protestieren, doch da rannte der Kutscher bereits los. Ohnehin brachte sie kein Wort über die Lippen, denn eine neue Schmerzwelle überflutete sie.

Die Wehen!, dachte sie erschrocken. Bekomme ich jetzt mein Kind? Aber es sollte doch noch einen Monat dauern ...

In der Halle kam ihnen Sarah entgegen. Erbleichend schlug sie die Hand vor den Mund. »Ist Madame was passiert?«

»Keine Ahnung«, entgegnete Newman. »Bereite ihr Bett vor, sie muss sich hinlegen.«

Das Dienstmädchen huschte davon.

Als die Männer Helena in ihr Zimmer trugen, war die Bettdecke zurückgeschlagen.

»Vorsichtig!«, mahnte der Kellermeister, als sie Helena auf das Bett niederließen.

Stöhnend lehnte sie sich zurück. Die weiche Matratze linderte ihre Schmerzen ein wenig, sodass sie durchatmen und sich auf die Menschen konzentrieren konnte, die sie umgaben.

»Wie fühlen Sie sich, Madam?«, fragte Newman und kniete vor dem Bett nieder.

»Etwas besser.«

»Lassen Sie mich durch!«, polterte da Louises Stimme. »Und sehen Sie zu, dass Sie wieder an die Arbeit gehen. Ich bezahle Sie nicht fürs Gaffen!«

Betreten zogen sich die Männer zurück. Nur Newman blieb, wo er war.

Seltsam, wie besorgt er wirkt, dachte Helena.

Dann erschien Louises Gesicht vor ihr. Sie musterte sie kurz, dann rief sie nach Didier.

»Hol Doktor Fraser!«

»Das ist nicht nötig«, widersprach Helena. »Ich ...«

»Helena, das Kind kommt!«, flüsterte Louise eindringlich.

»Woher wissen Sie das?«

»Ich kann es Ihnen ansehen! Sie haben Wehen.« Louise wandte sich an Newman. »Danke für Ihre Hilfe. Sie können jetzt wieder an die Arbeit gehen, ich kümmere mich um sie.«

Newman nickte. Bevor er sich zurückzog, blickte er noch einmal besorgt zu Helena.

Helena lag auf dem Rücken und versuchte, gegen den Schmerz anzuatmen, der in Wellen durch ihren Unterleib zog. Ihr Nachthemd klebte am Körper, Schweiß rann über ihre Stirn. Nur gut, dass mich kein Mann so sieht, dachte sie.

200

Stöhnend warf sie den Kopf zur Seite. Sarah und Adelaide, die ihr beim Auskleiden geholfen hatten, stapelten unter der strengen Aufsicht von Louise Tücher auf der Kommode. Als sie fertig waren, blieb Helena mit ihrer Schwiegermutter allein.

Louises Gesicht war eine undurchdringliche Maske. »Sie waren im Weinberg, obwohl ich es Ihnen verboten hatte.«

Helena schloss die Augen. Das ist wohl kaum der richtige Zeitpunkt, um mir Vorwürfe zu machen, dachte sie bitter. »Ja, ich war dort«, brachte sie mühsam hervor und wappnete sich gegen die nächste Wehe. »Ich dachte, etwas frische Luft würde mir ...«

Die nächste Wehe überwältigte sie. Wimmernd krallte Helena die Hände in das Bettlaken, das sie bedeckte.

»Sie haben damit das Leben des Kindes aufs Spiel gesetzt«, fügte Louise ungerührt hinzu. »Wenn das Kind erst einmal da ist, werden Sie sich an meine Anordnungen halten. Der Erbe von Wahi-Koura darf nicht gefährdet werden.«

Helena antwortete nicht, denn das Einzige, was sie noch wahrnahm, war ein unerträglicher Schmerz, der sie zu spalten schien. Sie war einer Ohnmacht nahe, als die Wehe verebbte. Tut das immer so weh?, fragte sie sich ängstlich. Oder stimmt vielleicht etwas nicht mit mir?

Hufschlag auf dem Hof lenkte Helena ab. Stimmen ertönten, Schritte eilten durch den Gang. Wenig später stürmte Dr. Fraser zur Tür herein. Ohne Umschweife stellte er seine Tasche auf den Stuhl neben dem Bett, zog den Gehrock aus und krempelte sich die Ärmel hoch.

»Guten Tag, Mistress de Villiers, wie geht es Ihnen?«

Die gütige Miene des Arztes beruhigte Helena ein wenig.

»Den Umständen entsprechend, Doktor«, flüsterte sie matt. »Wie lange wird es noch dauern?«

»Schwer zu sagen. Einige Frauen brauchen mehr Zeit, andere weniger. Wenn Sie erlauben, würde ich Sie jetzt gern untersuchen. Danach weiß ich mehr.« Er wandte sich an Louise. »Ich möchte Sie jetzt bitten, den Raum zu verlassen.«

»Natürlich. Die Dienstmädchen stehen draußen zu Ihrer Verfügung bereit.«

Als Louise gegangen war, rieb Fraser sich die Hände mit einer beißend riechenden Flüssigkeit ein. Dann hob er das Laken an.

Peinlich berührt schloss Helena die Augen. Sie wünschte, jemand hätte sie auf all das vorbereitet.

»Der Muttermund ist bereits ziemlich weit offen«, erklärte der Arzt. »Ich werde noch die Herztöne Ihres Kindes überprüfen.«

Helena nickte tapfer.

Fraser zog ein langes Hörrohr hervor und drückte es behutsam auf ihren Bauch.

»Die Herztöne sind stark«, bemerkte Fraser, während er lauschte. »Alles in allem nehme ich an, dass es jetzt schnell gehen wird und Sie es bald hinter sich haben.«

Erleichtert atmete Helena auf. Schon bald halte ich Laurents Kind in den Armen, dachte sie glücklich.

Traube um Traube füllte die Bütte. Mit routinierten Handbewegungen schnitt Zane Newman sie, begutachtete die Beeren und sortierte verfaulte und schrumpelige aus. Auf dem Hof wurde die Ernte noch einmal ausgelesen, aber er hielt seine Leute an, gleich beim Schneiden eine Vorauswahl zu treffen.

»Sir, hören Sie mir zu?«

Newman blickte erschrocken auf.

Yves Leduc war neben ihm aufgetaucht.

»Oh, entschuldigen Sie. Was gibt es denn?«

»Wir können mit dem Pressen beginnen. Ich dachte mir, dass Sie bei der ersten Ladung dabei sein wollen.«

»Natürlich.«

Newman steckte sein Winzermesser ein und folgte dem Arbeiter zum Schuppen. Der Duft von Weinlaub und Traubensaft hing in der Luft. Im Hof lauschte er unwillkürlich zum Haus hinüber. Nichts.

Ob das Kind schon da ist?

Nicht zum ersten Mal ertappte der Kellermeister sich dabei, dass seine Gedanken zu Helena wanderten. Die Sorge um sie brannte regelrecht in ihm. Lieber Gott, lass sie alles gut überstehen!, flehte er insgeheim, bevor er seine Befürchtungen verdrängte und den Kelterschuppen betrat.

Unruhig lief Louise im Gang auf und ab. Die Angst schnürte ihr die Kehle zu. Hin und wieder warf sie einen Blick aus dem Fenster. Wieder fuhr ein Wagen voller Trauben vor. Eigentlich müsste sie draußen bei ihren Leuten sein, doch das brachte sie nicht über sich. Papa und Rangi, bitte macht, dass die Geburt glücklich ausgeht!, flehte sie, während sie die glühende Stirn gegen die Scheibe presste.

Hinter der Tür vernahm sie die Stimme von Dr. Fraser, gefolgt von einem Schrei.

Ein Schauer überlief Louise, als sie an die Geburt von Laurent dachte. Sie hatte nicht lange in den Wehen gelegen, aber die Schmerzen waren unerträglich gewesen. Die Geburt hatte sie an den Rand ihrer Kräfte gebracht.

Hoffentlich ist Helena stark genug.

Nach weiteren quälenden Minuten wurde die Tür aufgerissen.

Frasers Gesicht verriet Furcht.

Louise spürte einen heftigen Stich in der Brust. »Was ist passiert, Doktor?«

»Die Lage ist ernst. Das Kind liegt nicht so, wie es sollte. Bestenfalls wird es eine Steißgeburt«, murmelte er betreten.

Plötzlich schien der Boden unter Louises Füßen zu wanken. Sie stützte sich an der Wand ab und rang um Fassung. »Das Kind ist in Gefahr?«

Fraser seufzte. »Wenn es sich nicht noch in die richtige Lage dreht, werden wir entscheiden müssen, wer leben soll: die Mutter oder das Kind.«

Louise wurde eiskalt. »Können Sie denn keinen Kaiserschnitt machen?«

»Doch. Ein Kaiserschnitt würde das Kind retten. Aber Ihre Schwiegertochter ist sehr schwach. Ich glaube kaum, dass sie den überstehen wird.«

Louise rang mit ihrem Gewissen. Durfte sie die Mutter für das Kind opfern? »Gibt es keine Möglichkeit, das Kind zu drehen?«

Fraser schüttelte bekümmert den Kopf. »Keine, die dem Kind nicht schaden würde. Außerdem stellt sich die Frage, wie lange Mutter und Kind noch durchhalten. Noch sind die Herztöne des Kindes zu hören, aber wer weiß, wie lange noch.«

Louise kaute auf ihren trockenen Lippen herum. Noch nie hatte sie über das Leben eines Menschen bestimmen müssen. Plötzlich kam ihr eine Idee.

»Versuchen Sie es weiter, Doktor Fraser!«, wies sie den Arzt an, bevor sie in die Küche eilte.

Die Dienstmädchen schreckten auf, als Louise zur Tür hereinstürmte.

»Sarah, komm mit!«

Mit gesenktem Kopf folgte ihr das Mädchen. Im Gang packte Louise es am Ärmel. »Lauf zur *tohunga!* Wir brauchen ihre Hilfe wegen des Kindes. Es geht um Leben oder Tod!«

Sarah öffnete erschrocken den Mund.

»Nun mach schon, lauf!«, fuhr Louise sie an. »Hol sie her, so schnell du kannst!«

Die Zeit verging zäh. Beunruhigt blickte Louise aus dem Fenster. Weitere Wagen fuhren vor. Schließlich gingen die Arbeiter zur Mittagspause. Wo blieb Sarah nur mit der Heilerin?

Hinter der Schlafzimmertür war es ruhiger geworden. Hin und wieder redete Fraser auf Helena ein.

Schließlich streckte der Arzt den Kopf zur Tür hinaus. »Wir können nicht mehr warten. Sie müssen eine Entscheidung treffen.«

Louise knetete die eiskalten Hände. »Warten Sie nur noch einen Moment, Doktor! Ich habe nach einer Maori-Heilerin geschickt. Sie kennt sich mit Geburten aus.«

»Sie wollen das Schicksal Ihrer Schwiegertochter und Ihres Enkels in die Hände einer Maori legen?« Fraser war offensichtlich entsetzt.

»Die Heilerin entbindet sämtliche Frauen ihres Dorfes. Wenn sich jemand mit Geburten auskennt, dann sie.«

»Aber sie hat keinerlei medizinische Ausbildung!«

Bevor Louise etwas entgegnen konnte, bemerkte sie eine Bewegung aus dem Augenwinkel. Die *tohunga* eilte über den Hof. Trotz ihres Alters bewegte sich die Heilerin so flink wie die junge Sarah an ihrer Seite.

»Sie ist da!«, rief Louise erleichtert und lief ihr entgegen. »*Haere mai*, Ahorangi.«

Die Heilerin nickte zum Gruß. »Wo ist sie?«

Louise führte sie ins Schlafzimmer. Der Geruch von Schweiß und Blut hing in der Luft. Blutige Tücher lagen auf dem Boden. Helenas Gesicht war kreidebleich, doch ihre Brust hob sich noch unter schwachen Atemzügen.

Dr. Fraser blickte sie verärgert an. »Madame de Villiers, was soll diese Frau hier?«

»Die *tohunga* wird meiner Schwiegertochter helfen.«

»Wollen Sie es wirklich dieser ... Frau überlassen, das Kind auf die Welt zu holen? Viel Zeit bleibt uns nicht mehr für einen Kaiserschnitt.«

»Ja«, entgegnete Louise entschieden, während sie Helena nicht aus den Augen ließ. »Sie ist sehr geschickt in solchen Dingen.«

»Wann die letzte Wehe gekommen?«

»Vor einer Stunde«, murmelte der Arzt und trat widerwillig beiseite.

»Schlecht, sehr schlecht«, murmelte Ahorangi, dann lupfte sie das Laken. »Wollen sehen, ob Kind noch lebt.«

»Aber sie ...«, setzte der Arzt an, doch Louise gebot ihm mit einer herrischen Handbewegung zu schweigen.

Was die Heilerin tat, sah niemand, aber plötzlich schnappte Helena nach Luft und bäumte sich auf.

»Kind lebt«, verkündete die Heilerin daraufhin. »Ich muss handeln schnell, sonst beide sterben.«

Damit kroch sie unter das Laken und machte sich an die Arbeit.

Wieder blieb Louise und dem Arzt verborgen, was sie tat.

Erneut bäumte sich Helena schreiend auf.

Zitternd vor Angst, schlug Louise die Hand vor den Mund, um einen Schrei zu unterdrücken.

Die Heilerin kroch nun unter dem Tuch hervor und reichte Louise einen kleinen Beutel, den sie aus den Falten ihres Gewandes gezogen hatte.

»Lass das in Wasser kochen! Schnell.«

Louise gehorchte, ohne zu zögern. Sie übertrug die Aufgabe Sarah und kehrte zurück.

»Kind lebt noch, aber Mutter sehr schwach. Kräuter werden helfen«, erklärte Ahorangi.

Nach einer Weile, die Louise wie eine Ewigkeit vorkam, brachte Sarah eine Kanne mit dem Kräutersud. Die Heilerin lüftete den Deckel, damit die Arznei ein wenig abkühlte, und flößte der benommenen Helena etwas davon ein. Anschließend flüsterte sie eine Beschwörung.

Helena drehte den Kopf zur Seite und murmelte etwas Unverständliches.

Die Heilerin kniete sich daraufhin auf das Bett und griff wieder unter das Tuch. Im nächsten Augenblick stöhnte Helena. Eine Wehe ließ sie erzittern.

»Pressen!«, rief die Heilerin.

Helena gehorchte. Mit letzter Kraft stemmte sie die Füße auf die Unterlage und drückte den Rücken durch. Dann entspannte sie sich.

Louise war einer Ohnmacht nahe vor Angst. Ist sie tot? Und was ist mit dem Kind?

Der Arzt hielt es nicht mehr aus. Er trat an das Bett und zog das Laken mit einem Ruck beiseite.

Die Heilerin richtete sich auf. Sie hielt das Kind in den Armen. Es war blutbeschmiert und etwas bläulich. Aber als Ahorangi es an den Füßen und mit dem Kopf nach unten hielt, schrie es aus Leibeskräften und übertönte das erstaunte Gemurmel des Arztes und Louises Seufzer der Erleichterung.

Louise zitterte noch immer so, dass sie sich auf den Stuhl neben der Kommode fallen ließ. Erschöpft lauschte sie den alten Beschwörungsformeln, welche die *tohunga* nun sprach, um böse Geister von dem Neugeborenen abzuwenden.

Dann wandte die Heilerin sich Helena zu, die leblos dalag. »Mädchen, aufwachen!«, rief sie und tätschelte ihr mit der freien Hand die Wange.

Helena regte sich, aber ihr Blick wirkte glasig.

»Dein Kind ist gesund. Klein, aber gesund.«

Ein Lächeln trat auf Helenas Lippen, als Ahorangi ihr den Säugling auf die Brust legte. Zu mehr war die junge Mutter nicht imstande. Die Wirkung des Tranks, der sie zuvor noch gestärkt hatte, verkehrte sich nun ins Gegenteil. Ihr fielen die Augen zu.

Die Heilerin nahm das Kind wieder auf den Arm und wandte sich an Louise. »Deine Tochter hat geboren *tamahine* mit Feuerhaar. Feuergott wird über sie wachen.«

Ob das ein Glück ist?, fragte sich Louise. Sie hatte sich insgeheim einen Jungen gewünscht, einen, der wie Laurent sein würde. Ein Mädchen wird den Namen meiner Familie nicht weitertragen, dachte sie enttäuscht. Und stets wird jemand versuchen, es zu verdrängen oder zu übervorteilen.

All diese Bedenken waren jedoch vergessen, als die Heilerin ihr die Kleine in die Arme legte. Stolz beobachtete Louise, wie ihre Enkelin eine Grimasse zog, ein schmatzendes Geräusch machte und offensichtlich nach der Brust suchte. In den kindlichen Zügen bemerkte Louise eine gewisse Ähnlichkeit mit Laurent. Tränen stiegen ihr in die Augen.

»Kind muss trinken«, sagte die Heilerin. »Im Dorf zwei Frauen mit Säuglingen sind. Soll ich fragen, ob sie werden wollen Amme für einen Tag?«

»Kann sie denn nicht selbst stillen?« Louise blickte zu Helena, die tief und fest schlief.

»Sie kann geben Kind die Brust, aber *rongoa* wird wirken bis zum Abend. Wenn sie schläft, Kind kann nicht trinken.«

»Einverstanden, frage die Frauen. Sie sind in meinem Haus willkommen.«

Als die Heilerin das Kind zur Wasserschüssel trug, blickte Louise zu Dr. Fraser, der sichtlich beeindruckt war. »Untersuchen Sie das Kind, Doktor! Ich stelle Ihnen derweil Ihren Scheck aus.«

208

7

Rotes Abendlicht fiel durch das Fenster, als Helena erwachte. Im ersten Moment wusste sie nicht mehr, wo sie war. Sie erinnerte sich nur noch an fremdartige Worte und unerträgliche Schmerzen. Danach war alles in Dunkelheit versunken. Nach und nach erkannte sie, dass sie in ihrem Schlafzimmer lag.

»Sarah?« Ihre Zunge löste sich nur mühsam vom Gaumen. Ein bitterer Geschmack lag auf ihren Lippen.

»Ich habe Sarah in die Küche geschickt«, antwortete Louise anstelle des Dienstmädchens.

Das bleiche Gesicht und der ernste Tonfall ihrer Schwiegermutter erschreckten Helena. »Mein Kind ... Was ist mit meinem Kind?« Hektisch versuchte sie, sich aufzurichten.

Louise legte ihr die Hände auf die Schultern. »Bleiben Sie ruhig, Helena, dem Kind geht es gut! Es schläft.«

»Bitte, ich will es sehen!«, flehte Helena.

Louise trat zurück. Aus einem Körbchen am Fußende des Bettes hob sie ein kleines Bündel.

»Hier ist unser kleines Mädchen.« Louise lächelte so hingebungsvoll, wie Helena es nicht für möglich gehalten hätte. Die Augen ihrer Schwiegermutter leuchteten vor Stolz, als sie Helena das Kind in den Arm legte. Vorsichtig schlug sie das Tuch zurück.

Beim Anblick ihrer Tochter brach Helena in Tränen aus. Da

bist du endlich, meine kleine Laura!, dachte sie. Ich werde immer für dich da sein und dich behüten.

Ungerührt schlief die Kleine weiter. Der rotblonde Haarschopf verlieh ihr das Aussehen einer kleinen Fee. Die zarten Hände waren zu Fäusten geballt.

Helena küsste ihre Tochter behutsam auf die Stirn und sog ihren unvergleichlichen Duft ein. Ein unbeschreibliches Glücksgefühl stieg in ihr auf. »Sie ist wunderschön«, schluchzte sie.

»Das ist sie«, stimmte Louise zu, während sie sich vorsichtig auf die Bettkante setzte und Mutter und Kind beobachtete.

Helenas Glück trübte ein bitterer Schmerz, als sie an Laurent dachte. Er wäre vor Freude außer sich gewesen. Aber immerhin habe ich jetzt einen Teil von ihm, tröstete sie sich und trocknete ihre Tränen.

»Ich habe sie erst einmal von einer Amme stillen lassen«, erklärte Louise. »Sobald Sie wieder bei Kräften sind, können Sie es selbst tun.«

»Ich fühle mich kräftig genug«, erklärte Helena.

»Dennoch sollten Sie warten. Die Heilerin, die Sie entbunden hat, musste Ihnen eine Droge einflößen. Wir sollten sichergehen, dass Sie das Mittel ausgeschieden haben, bevor das Kind Ihre Milch bekommt.«

Daher der bittere Geschmack, schoss es Helena durch den Kopf. »Sie haben die *tohunga* geholt?«

»Ja. Doktor Fraser wusste nicht weiter, und ich wollte nicht, dass Sie sterben.«

Rührung überwältigte Helena und verschlug ihr die Sprache. »Ich danke Ihnen, Louise«, flüsterte sie schließlich.

»Das Kind braucht seine Mutter«, erklärte Louise abwehrend. »Und deshalb sollten Sie sich jetzt ausruhen. Ich werde Sarah mit einer Brühe zu Ihnen schicken, und gegen acht kommt Ahine, die Amme.«

Die Maori erschien kurz nach Louise.

»Du bist Ahine, nicht wahr?«

Fasziniert betrachtete Helena die junge Amme, die ihr eigenes Kind in einem bunten Tuch am Körper trug. Ihre langen schwarzen Locken fielen anmutig über die Schultern und umrahmten ein wunderschönes olivenfarbenes Gesicht.

»Ich geben Kind zu trinken«, erklärte die junge Maori, während sie ihr Kind aus dem Tuch nahm und es auf Helenas Bett legte. Der kleine Junge war splitternackt. Während er mit den kräftigen Beinchen strampelte, lutschte er am Daumen und blickte Helena mit großen Augen an.

Meine Tochter wird eines Tages ebenso kräftig sein, sagte sich Helena, während sie sich in die Kissen lehnte und die Amme beim Stillen nicht aus den Augen ließ.

Am nächsten Morgen bemerkte Helena einen Blumenstrauß draußen, vor ihrem Fenster. Leuchtend bunte Blütenblätter wehten in einer sanften Morgenbrise. Wie ist er da hingekommen?, fragte sie sich, während sie sich den Schlaf aus den Augen rieb.

Von Neugier übermannt, rutschte sie zur Bettkante und setzte sich auf. Vorsichtig stand sie auf. Da sich ihre Beine noch ein wenig zittrig anfühlten, stützte sie sich zunächst am Bettgestell, dann am Tisch ab.

Am Fenster atmete sie tief durch, bevor sie einen Flügel aufzog.

Der Strauß steckte in einem einfachen braunen Tonkrug. Einige Blumen erkannte sie vom Spaziergang mit Sarah wieder. Andere wirkten noch exotischer und dufteten herrlich.

Wer hat sich die Mühe gemacht, diesen Strauß zu pflücken? Als sie ihn ins Zimmer geholt und auf dem Fensterbrett abgestellt hatte, entdeckte sie einen kleinen Zettel zwischen den Stielen.

»Ich hoffe, Ihnen und dem Kind geht es gut. Beste Genesungswünsche sendet Ihnen Zane Newman«, las Helena.

Er schenkt mir Blumen? Überrascht sank Helena auf den Stuhl neben dem Tisch. Was mochte das bedeuten?

Lange betrachtete sie den Strauß, bis Sarah mit einer Waschschüssel erschien.

»Sie sind schon aufgestanden?«, fragte das Mädchen überrascht.

»Ja, ich wollte mir den Strauß ansehen.«

»Das sind wunderschöne Blumen, Madam.«

»Ja, das sind sie.« Da Helena Sarahs Neugierde spürte, fügte sie hinzu: »Sie sind von Mister Newman. Er hat sie mir im Namen seiner Leute geschickt.«

Sarah lächelte hintergründig. »Er scheint Sie zu mögen, Madam. Jedenfalls erzählen das die Männer.«

»Ach, was wissen die schon!«, winkte Helena ab und machte sich an ihre Morgentoilette.

8

Wenige Tage später konnte Helena das Bett verlassen, denn sie erholte sich schnell.

Laura war kaum noch anzusehen, dass sie einen Monat zu früh geboren wurde. Sie war zwar zart, wirkte aber munter. Helena konnte sich gar nicht sattsehen an dem niedlichen Geschöpf. Hin und wieder übermannte Traurigkeit sie, wenn sie an Laurent dachte, doch ihre Mutterpflichten ließen ihr wenig Zeit für Grübeleien. Inzwischen stillte sie nicht nur selbst, sondern sorgte ganz allein für ihr Töchterchen.

Louise stattete ihr täglich mehrmals einen Besuch ab, um sich über das Befinden ihrer Enkelin zu informieren.

»Wir müssen das Kind taufen lassen und anschließend einen Empfang geben«, eröffnete Louise ihr am Nachmittag, als Helena Laura gestillt hatte.

»Halten Sie das für eine gute Idee?«, fragte Helena, während sie unablässig ihre Tochter betrachtete.

»Natürlich! Die Gesellschaft von Napier erwartet das von uns.«

»Und was ist mit den Abstinenzlern?«

»Wieso sollte ich auf diese Leute Rücksicht nehmen?«

»Es wäre möglich, dass sie die Taufe und die Feier stören.«

Louise schüttelte energisch den Kopf. »Das würden sie nicht wagen!«

Helena bezweifelte das. »Mir wäre es lieber, wenn die Taufe auf dem Gut erfolgen könnte.«

»Damit würden wir unseren Feinden nur zeigen, dass wir Angst vor ihnen haben. Die Familie de Villiers lässt sich nicht einschüchtern.«

Helena seufzte. Warum war ihre Schwiegermutter nur so stur?

»Außerdem geht es ja nur um den Kirchgang«, setzte Louise hinzu. »Den Empfang werden wir natürlich hier abhalten.«

»Und wenn die Abstinenzler in der Kirche auftauchen, um Unheil zu stiften?«

»Die De Villiers sind keine Feiglinge! So viel müssen Sie doch von meinem Sohn mitbekommen haben!«

»Ja, und deshalb …« Helena stockte und rief sich zur Besinnung. Du kannst ihr nicht vorhalten, dass es gerade dieser Mut war, der Laurent ins Unglück gestürzt hast! Damit würdest du alles nur noch schlimmer machen.

»Was, und deshalb?« Louise musterte sie aus schmalen Augenschlitzen.

»Nichts, Madame. Ich gebe Ihnen Recht, Ihr Sohn war sehr mutig. Aber verstehen Sie doch, dass ich um mein Kind besorgt bin. Ich möchte nicht, dass Laura etwas zustößt.«

Louises Miene wurde weicher. »Das ist sehr lobenswert, aber Sie sollten mir vertrauen, wenn ich sage, dass ihr nichts zustoßen wird. Manson mag vielleicht ein Teufelsbraten sein, aber so feige, sich an einer Mutter und ihrem Kind zu vergreifen, ist er nicht.«

Damit wandte sich Louise wieder um. Als die Tür ins Schloss fiel, betrachtete Helena besorgt ihr Töchterchen. Sie ist das Einzige, was mir von Laurent geblieben ist, dachte sie. Ich darf nicht zulassen, dass ihr etwas geschieht.

214

Am Abend klopfte es an der Tür von Helenas Salon. Newman stand im Flur. Unter dem Arm trug er eine Wiege.

»Wie geht es Ihnen, Madam? Wie ich sehe, sind Sie bereits wieder auf den Beinen.«

Helena versuchte die Aufregung, die sie angesichts seiner Gegenwart überkam, im Zaum zu halten, und bat ihn herein.

»Vielen Dank der Nachfrage, Mister Newman. Mir geht es bestens. Ich möchte mich auch noch für den wunderschönen Strauß bedanken. Er hat mir viel Freude gemacht.«

Newman trat einen Moment lang verlegen auf der Stelle. Dann besann er sich und stellte die Wiege vor Helena ab. »Wenn Sie erlauben, würden meine Männer und ich Ihnen dies gern als Geschenk überreichen.«

Helena strahlte. »Haben Sie schon als Kind darin gelegen?«

Newman lächelte. »Nein, wir haben zusammengelegt und die Wiege schreinern lassen. Es ist unser Taufgeschenk.«

Als sie die Wiege umrundete, bemerkte Helena, dass Weinblätter und Weinranken in das Holz geschnitzt waren. Ein frischer Holzduft strömte ihr entgegen.

»Das ist die schönste Wiege, die ich je gesehen habe!« Ergriffen blickte Helena zu Newman auf. »Vielen, vielen Dank, auch an Ihre Leute.«

Der Kellermeister nickte und wollte sich schon zurückziehen, als Helena sagte: »Warten Sie, Sie haben meine Tochter ja noch gar nicht gesehen.«

Damit lief Helena ins Schlafzimmer und hob Laura behutsam aus dem Weidenkorb, in dem sie friedlich schlummerte.

Als Helena mit der Kleinen vor den Kellermeister trat, stieß diese einen hellen Laut aus und schlug die blauen Augen auf.

»Darf ich vorstellen: Laura Marie de Villiers.«

Newmans Augen glänzten auf einmal feucht. »Sie erinnert mich ein bisschen an meine Schwester. Als ich Nelly zum ers-

215

ten Mal sah, war ich sieben, aber ich erinnere mich noch heute an das rote Haarbüschel auf ihrem Kopf.«

»Ihre Schwester war sicher wunderbar.«

»Und Ihre Tochter ist wunderschön. Ihr Vater wäre sicher sehr stolz auf sie.«

»Das wäre er.« Unwillkürlich kamen Helena die Tränen.

»Entschuldigen Sie, ich wollte nicht…« Newman zog ein sauberes Taschentuch hervor und reichte es Helena.

»Ist schon gut, Mister Newman, Sie können nichts dafür.« Dankend nahm sie das Taschentuch an und tupfte sich die Tränen von den Wangen. »Es ist nur so, dass mein Mann nie erfahren hat, dass er Vater wird. Er kam ums Leben, bevor ich es ihm sagen konnte.«

Newman senkte betreten den Kopf. »Das tut mir leid.«

Als Helena in die Augen ihrer Tochter sah, zog sich der Schmerz langsam wieder zurück.

Nachdem sie einen Moment schweigend nebeneinandergestanden hatten, räusperte sich Newman. »Ich sollte mal wieder gehen. Wir sind gerade dabei, den Most in die Reifefässer umzufüllen. Meine Leute arbeiten gut, aber es schadet nicht, ein Auge auf sie zu haben.«

»Die Presse läuft also?«

»Besser als erwartet. Nach dem Testlauf hatten wir zwar noch einige Zweifel, aber es klappt gut. Wir haben bereits zweitausend Liter gepresst.«

»Und die Qualität der Trauben?«

»Entspricht unseren Erwartungen. Wir werden einen großartigen Jahrgang bekommen. Hoffen wir nur, dass die Prohibition ausbleibt. Mit diesem Wein lassen sich Spitzenpreise erzielen.«

»Ja, das hoffe ich auch.« Helena lächelte verlegen. »Sobald es Ihre Zeit erlaubt, würde ich mir gern den Weinkeller ansehen. Hätten Sie etwas dagegen?«

216

Newman schüttelte den Kopf. »Natürlich nicht! Allerdings sollten wir das nach Feierabend machen. Im Moment ist dort sehr viel los.«

»Ich weiß. Ich möchte auch nicht stören, mich interessiert nur, wie Sie die Fässer lagern. So habe ich wenigstens das Gefühl, nicht alles zu vergessen.«

»Sie haben gern auf Ihrem Weingut gearbeitet, nicht wahr?«

»Das Weingut war mein Leben. Mein Vater hat immer behauptet, man hätte mir Traubensaft unter die Muttermilch gemischt.« Helena lächelte angesichts der Erinnerung an die glückliche Zeit. »Ich wollte das Gut schon immer führen, und für eine Weile war es mir auch vergönnt.« Das Lächeln verschwand schlagartig. Helena senkte den Kopf. »Ich frage mich ständig, ob ich das Unheil nicht hätte vorhersehen sollen. Dann wiederum sage ich mir, dass niemand eine Reblausplage vorhersehen kann. Nicht mal die erfahreneren Winzer haben das getan.«

»Da stimme ich Ihnen zu«, sagte Newman aufmunternd. »Obwohl wir hier weit von der restlichen Welt entfernt sind, verfolgen wir das Geschehen in Europa. In Deutschland soll die Reblaus große Schäden anrichten, und niemand hat bisher ein Gegenmittel gefunden.«

Helena nickte bedauernd. »Wollen wir hoffen, dass irgendwer doch noch etwas findet. Mir würde es in der Seele wehtun, wenn all die alten Sorten zum Untergang verdammt wären.«

»Ich bin sicher, dass man einen Weg finden wird. Weinbauern sind erfindungsreich. Und sollte mir etwas einfallen, werde ich die europäischen Winzer benachrichtigen.«

»Das ist sehr nett von ihnen. Aber Sie haben andere Sorgen.« Helena und Zane sahen einander an.

Schließlich räusperte der Kellermeister sich und verabschiedete sich von Helena mit einem galanten Handkuss.

An der Tür blieb er noch einmal stehen. »Sie sollen wissen,

217

wenn Ihre Tochter oder Sie irgendetwas brauchen … Ich bin immer für Sie da.«

»Danke sehr, Mister Newman. Das weiß ich zu schätzen.«

Silverstone lehnte sich im Sessel zurück und musterte Manson stechend. »Haben Ihre letzten Anstrengungen irgendeinen Effekt gezeigt?«

Manson seufzte. »Leider nicht. Die Frau ist zäh wie eine alte Krähe.«

Silverstone schnaufte spöttisch. »Wenn ich ehrlich bin, habe ich auch nicht daran geglaubt, dass eine Vogelscheuche die Frau vertreiben kann. Ebenso wenig wie ein Attentat auf sie. Sie werden sich etwas anderes einfallen lassen müssen.«

Manson sprang auf, ging zur Anrichte und goss zwei Gläser Limonade ein. Die Hitze in seinem Büro hinderte ihn am Denken. Zu allem Überfluss war der Besuch des Viehbarons vollkommen überraschend erfolgt.

»Sie werden verstehen, dass meine Freunde und ich nur ungern die Grenzen des Gesetzes überschreiten wollen. Immerhin geht es hier um Größeres.«

»Dann machen Sie sich doch das Gesetz zunutze!«, platzte Silverstone heraus. »Warum lassen Sie diese Frau nicht enteignen?«

Manson zuckte zusammen. Natürlich war ihm diese Möglichkeit auch in den Sinn gekommen. Leider war sie zu schön, um wahr zu sein.

»Weshalb sollte sie enteignet werden? Der Besitz ist rechtmäßig erworben, und sie hat kein Verbrechen begangen.«

»Und was ist mit dem Gemeinwohl?«, wandte der Viehbaron ein. »Ich habe schon von Fällen gehört, in denen Grundbesitzer enteignet wurden, weil sie sich einem dem Gemeinwohl dienlichen Unterfangen entgegengestellt haben.«

»Bei allem Respekt, Mister Silverstone, die Farm, die Sie anlegen wollen, dient wohl kaum dem Gemeinwohl!«, gab Manson zu bedenken, als er die Limonade vor Silverstone abstellte.

»Mein lieber Manson, jetzt enttäuschen Sie mich aber!«, rief Silverstone empört aus. Er rührte die Limonade nicht an.

»Inwiefern?« Zittrig leerte Manson sein Glas. Sein Magen schmerzte vor Ärger. Verdammtes Weibsbild! Warum kann sie nicht einfach nachgeben und von hier verschwinden?

»Haben Sie keine Mittel, um die Ratsmitglieder zu einem Enteignungsbeschluss zu bewegen? Nach allem, was wegen des Alkohols vorgefallen ist?«

Manson kniff die Lippen zusammen. »Meine Beziehungen reichen nicht bis in den Stadtrat. Überdies schätzen die meisten Mitglieder Louise de Villiers. Das macht es ja so schwer, gegen sie vorzugehen. Die einzige Möglichkeit ist, sie zum Aufgeben und Verkaufen zu bewegen.«

»Dann sollten Sie alles tun, um ihr die Freude an ihrem Grund und Boden zu verleiden. Da sollte Ihnen doch mehr einfallen als eine Vogelscheuche, oder?«

Manson wollte schon einwenden, dass seine Mittel ausgeschöpft seien, aber dann fiel ihm etwas ein. »Vielleicht gibt es ja doch eine Möglichkeit, sie zu verunsichern.«

Silverstones Augen leuchteten auf. »Na also! Schießen Sie los!«

»Vor einigen Tagen habe ich gehört, dass De Villiers' Schwiegertochter niedergekommen ist. Ich könnte mir vorstellen, dass die alte Louise nicht will, dass ihrem Enkelkind etwas zustößt.«

»Kein Mensch würde das wollen«, stimmte Silverstone zu.

Manson überlegte eine Weile. »Für meinen Plan benötige ich Unterstützung.«

»Sie sollen jede bekommen, die ich Ihnen geben kann – solange Sie meinen Namen raushalten.«

»Abgemacht.« Manson lächelte und lehnte sich zufrieden zurück.

9

Die Vorbereitungen für die Taufe liefen auf Hochtouren. Die Einladungskarten, die Louise an die bedeutenden Leute von Napier geschickt hatte, waren aus feinstem Bütten. Gläser und Möbel wurden poliert, Blumen und Seidenbänder als Tafelschmuck herbeigeschafft. Die Geburt ihrer Enkelin erfüllte die Herrin von Wahi-Koura mit neuem Lebensmut und ließ sie die Unannehmlichkeiten der vergangenen Wochen vergessen.

Helena erhielt keine Gelegenheit, sich an den Vorbereitungen zu beteiligen. »Kümmern Sie sich um das Kind, und lassen Sie alles andere meine Sorge sein«, hatte Louise gemeint. »Ich weiß, was die Menschen hier erwarten, und niemand soll behaupten, dass sich die Familie de Villiers bei einer Tauffeier lumpen lässt.«

»Nun gut. Haben Sie etwa auch schon über die Taufpaten nachgedacht?«, fragte Helena. Sie ahnte bereits, wie die Antwort lauten würde.

»Selbstverständlich. Myrna Hathaway und Jack Forrester sind anständige und angesehene Christen.«

Helena stutzte. »Ich kenne keinen von beiden.«

»Das ist auch nicht verwunderlich. Myrna Hathaway ist die Präsidentin des Frauenvereins von Napier und eine alte Freundin. Ich hatte auch meine Freundin Amalia Grimes in die engere Wahl gezogen, doch um ihre Gesundheit ist es nicht besonders gut bestellt. Myrna ist eine sehr feine Frau, die die Patenschaft sehr gern übernehmen wird.«

»Und dieser Jack Forrester?«

»Ist ein benachbarter Weinbauer. Gute Beziehungen zu ihm könnten uns von Nutzen sein.«

Helena schnaufte unwillig. »Er ist ein Wildfremder, von dem wir nicht mal wissen, ob er die Patenschaft übernehmen will.«

Louise sah sie direkt an. »Worauf wollen Sie hinaus?«

»Ich habe einen anderen Vorschlag.« Helena hatte zwar wenig Hoffnung, dass ihre Schwiegermutter dem zustimmen würde. Dennoch straffte sie sich und sagte geradeheraus: »Ich wünsche mir Zane Newman als Taufpaten.«

Louises Miene blieb reglos. Sie faltete die Hände auf der Tischplatte. »Mister Newman ist zweifellos ein rechtschaffener Mann, und ich schätze ihn auch als Kellermeister. Aber glauben Sie wirklich, dass er ein geeigneter Taufpate für meine Enkelin ist?«

»Für meine Tochter ist er ein geeigneter Taufpate!«, entgegnete Helena entschlossen. »Jeden Tag erkundigt er sich interessiert nach Lauras Wohlbefinden. Außerdem hätte Laurent sicher nichts dagegen gehabt, einen fähigen Mann, dem das Gut so viel zu verdanken hat, zum Taufpaten zu bestimmen. Der Kellermeister ist der Familie de Villiers mehr verbunden als jeder andere in der Stadt.«

Erst jetzt bemerkte Helena, dass sie die Fäuste geballt hatte. Unter Louises prüfendem Blick errötete sie.

»Haben Sie ihn denn schon gefragt, ob er diese Verantwortung überhaupt übernehmen will?«

Helena riss überrascht die Augen auf. »Sie haben also nichts dagegen?«

»Wie ich schon sagte, Mister Newman ist sehr fähig, und ich schätze ihn sehr. Aber die grundlegende Voraussetzung für das Patenamt ist das Einverständnis der betreffenden Person.«

»Ich hielt es für angemessen, das vorher mit Ihnen zu besprechen.«

»Das haben Sie hiermit getan.« Louises Stimme wurde wieder abweisend. »Fragen Sie Mister Newman!«

»Gut.« Helena verließ verwirrt das Arbeitszimmer. Erst als sie die Tür weit hinter sich gelassen hatte, lächelte sie breit.

Als Helena im Hof erschien, blieben einige Arbeiter unvermittelt stehen und grüßten sie freundlich.

»Einen schönen Tag noch!«, grüßte sie fröhlich zurück, während sie zum Kelterschuppen lief.

Säuerlicher Mostgeruch strömte ihr entgegen. Ein paar junge Burschen waren damit beschäftigt, die Presse zu säubern. Auf der gegenüberliegenden Seite befanden sich die Ruhebottiche. Der frisch gepresste Most ruhte dort für gut einen Tag, bis er entschleimt und vom Trub befreit wurde. Beim Anblick der Fässer vergaß Helena beinahe, warum sie gekommen war. Am liebsten hätte sie die Mostklärung persönlich überwacht, schließlich wusste sie, dass dieser Prozess von entscheidender Bedeutung für die Weinqualität war. Auf ihrem Gut hatte sie diesen Vorgang stets genauestens kontrolliert.

»Verdammt noch mal, Henderson!«, donnerte Newmans Stimme. »Ich habe dir doch schon hundert Mal gesagt, dass du auf die Hefe achtgeben sollst!«

Die Antwort des Mannes verstand Helena nicht, aber offenbar machte sie Newman wütend.

»Das ist mir egal! Wenn der Most abgehebert wird, hast du deine Augen auf dem Ballon und nirgendwo anders!«

Wenige Augenblicke später schoss Newman um die Ecke und strebte dem zweiten Behälter zu.

Vielleicht ist es gerade ungünstig, dachte Helena. Aber wenn ich Louise nicht bald Bescheid gebe, benennt sie womöglich einen falschen Paten für Laura.

222

Sie fasste sich also ein Herz und folgte dem Kellermeister, der sie in seinem Eifer noch nicht bemerkt hatte.

»Mister Newman?«

Zane wirbelte herum. Seine Miene, soeben noch verzerrt von Unmut, klärte sich plötzlich, und seine Augen leuchteten.

»Guten Morgen, Madam!«

»Ich hoffe, ich störe nicht.«

Newman legte den Kopf schräg. »Sie haben mitbekommen, dass ich Henderson die Leviten gelesen habe, nicht wahr?«

»Es war nicht zu überhören. Und jetzt bin ich unschlüssig, ob ich ihnen meine Bitte antragen darf.«

»Sie erinnern sich doch sicher daran, dass ich Ihnen meine Hilfe zugesichert habe.«

»Natürlich.«

»Also, was haben Sie auf dem Herzen?«

Obwohl Newman sie freundlich ansah, schwand Helenas Selbstsicherheit. Was, wenn er nein sagen würde?

»Können wir vielleicht für einen Moment nach draußen gehen. Es ist ... eine sehr persönliche Bitte.«

Newman zog überrascht die Augenbrauen hoch. »Aber natürlich. Kommen Sie!«

Als sie außer Hörweite der Arbeiter waren, fragte Newman: »Nun, was gibt es, Madam?«

Helena knetete die Hände und sprach sich selbst Mut zu: Mehr als ablehnen kann er nicht. »Ich wollte Sie fragen, ob Sie Pate meiner kleinen Tochter werden möchten.«

Newman war sprachlos.

»Es ist nur eine Bitte. Sie können sie auch abschlagen.« Helena ließ den Kellermeister nicht aus den Augen.

Newman kaute nachdenklich auf seiner Unterlippe herum. Schließlich lächelte er breit.

»Ich habe Ihnen versprochen, immer für Sie und Ihre Tochter da zu sein. Es wäre eine große Ehre für mich, der Taufpate des Kindes zu werden.«

Helena atmete erleichtert auf. »Vielen Dank, Mister Newman, das bedeutet mir sehr viel.«

»Wann soll die Taufe denn stattfinden?«

»Madame und ich sind noch dabei, einen Termin festzulegen. Aber ich informiere Sie natürlich umgehend.«

Helena strahlte Newman an, dann wandte sie sich um.

Am liebsten hätte sie vor Freude aufgejauchzt. Aber sie befahl sich, ruhig zu bleiben. Würdevoll schritt sie zu Louises Arbeitszimmer, um ihr die Nachricht zu überbringen.

Eine Woche später polierte Didier den Wagen auf Hochglanz, spannte die Apfelschimmel an und kutschierte Louise, Helena und die kleine Laura nach Napier. Newman war schon vorgeritten, denn vor der Taufe mussten sich die Paten einem Gespräch mit dem Reverend unterziehen.

Als sie die Stadtgrenze überquerten, wurde Helena ein wenig mulmig zumute. Wachsam ließ sie den Blick schweifen, während sie ihre Tochter fest an sich drückte.

Einige Passanten, die die Gehsteige bevölkerten, grüßten, andere eilten vorüber, ohne ihnen Beachtung zu schenken. Hin und wieder ernteten sie missgünstige Blicke, doch niemand rief etwas oder zeigte auf andere Weise eine Abneigung gegen Louise, sodass Helena sich allmählich entspannte.

Vor der Kirche wurden sie bereits von den Gästen erwartet. Inmitten all der weißen oder pastellfarbenen Roben der Frauen und den hellen Sommeranzügen der Männer wirkten Louise und Helena in ihren Trauerkleidern wie schwarze Edelsteine. Selbst dieses freudige Ereignis hatte Louise nicht dazu bewegen können, ihre Witwentracht abzulegen. Ebenso wie Helena trug sie schwarzen Satin.

224

Laura war in eine mit Spitzen gesäumte Decke gewickelt, die mit grünen Weinranken und roten Blüten bestickt war. Louise hatte mit Tränen in den Augen erklärt, dass sie in dieser Decke schon den kleinen Laurent zum Taufbecken getragen habe. Der Gedanke daran machte Helena traurig. Aber sie tröstete sich damit, dass Laurent gewollt hätte, dass sie an diesem Tag allen Kummer vergaß und sich nur freute. Helena straffte sich und sah auf.

Zane Newman stand plötzlich vor ihr. Sein Anblick raubte ihr den Atem. In seinem dunkelgrauen Gehrock, der perfekt zu den schwarzen Hosen, den blank polierten Stiefeln und der weinroten Krawatte passte, sah er ausgesprochen attraktiv aus.

Helena konnte die Augen nicht von ihm abwenden. Ihr Herz klopfte plötzlich so wild wie an dem Tag, als sie Laurent begegnet war. Benimm dich nicht wie ein verliebter Backfisch!, schalt sie sich. Du bist hier auf einer Taufe und nicht bei einer Tanzveranstaltung.

»Madame.« Er verbeugte sich zunächst in Richtung seiner Dienstherrin, dann gegenüber Helena. Sein Lächeln wärmte ihr Herz. »Misstres de Villiers.«

»Sie haben sich tadellos zurechtgemacht, Mister Newman«, bemerkte Louise. »Ich hoffe, Sie haben Reverend Rutherford davon überzeugt, dass Sie ein gottesfürchtiger Mann sind.«

»Nach besten Kräften, Madame.«

»Gut, dann wollen wir den Leuten hier zeigen, dass sie immer noch mit den De Villiers rechnen müssen.«

Beim Betreten der Kirche drehten sich beinahe alle Köpfe nach ihnen um. Eine alte Dame wurde im Rollstuhl zu ihnen geschoben.

»Meine Liebe!«, begrüßte sie Louise, worauf sich die beiden

225

Frauen umarmten. »Endlich lerne ich mal deine Schwiegertochter kennen. Was für ein reizendes Geschöpf!«

Errötend reichte Helena ihr die Hand.

»Ich bin eine alte Freundin Ihrer Schwiegermutter und war überglücklich, als ich hörte, dass Ihr Kind gesund zur Welt gekommen ist. Meine herzlichsten Glückwünsche!«

»Vielen Dank, das ist sehr freundlich von Ihnen.«

»Leider werde ich nicht an der Feier teilnehmen können. Meine Knochen schmerzen so furchtbar, dass ich mich gleich nach der Zeremonie wieder hinlegen werde. Aber die Taufe des Kindes, das die Zukunft von Wahi-Koura sein wird, wollte ich mir nicht entgehen lassen.«

Sie zwinkerte Louise zu, dann gab sie ihrer Pflegerin das Zeichen, sie auf ihren Platz zu schieben.

Im selben Moment erschien der Reverend, und die Orgel begann zu spielen.

Helenas Knie zitterten vor Aufregung. Alle Augen waren auf sie gerichtet, und sie wusste nur zu gut, dass Louise ihr jede noch so kleine Verfehlung vorhalten würde. Um sich ein wenig zu beruhigen, suchte sie nach einem festen Punkt in der Kirche – und fand ihn in Gestalt von Zane Newman, der zusammen mit Louises elegant gekleideter Freundin, Myrna Hathaway, bereits neben dem Altar stand.

Während Helenas Herz wie wild pochte, strahlte er Ruhe und Gelassenheit aus.

Helena atmete tief durch. Allmählich legte sich ihre Nervosität. Überrascht stellte sie fest, dass der Altar mit Trauben und Weinranken geschmückt war. Ob Louise das veranlasst hatte?

Als sie schließlich mit den Taufpaten an das Taufbecken trat, lächelte Newman ihr aufmunternd zu.

Die kleine Laura wachte auf und plärrte, als das Wasser ihr Köpfchen nässte und der Reverend die Taufformeln sprach:

»Siehe, ich bin mit dir und will dich behüten, wohin du auch ziehst.«

Diesen Spruch aus dem 28. Buch Moses hatte Helena als Taufspruch ausgesucht. Als sie ihn nun hörte, wusste sie, dass sie ihre Tochter damit nicht nur unter den Schutz Gottes stellen wollte, sondern ihr auch ein ganz persönliches Versprechen geben wollte. Tief bewegt betrachtete sie ihr Kind. Sie wiegte es sanft in den Armen, um es zu beruhigen, während ihre Augen sich mit Tränen füllten.

Als sie aufschaute, sah sie geradewegs in Newmans Gesicht. Der Kellermeister wirkte so gerührt, dass es Helena beinahe die Sprache verschlug. Er lächelte beinahe zärtlich und blickte sie unverwandt an.

Helena schlug verlegen die Augen nieder und konzentrierte sich wieder auf das Gebet, das der Reverend gerade sprach. Nach dem Amen war die Taufzeremonie zu Ende, und sie kehrte zu ihrem Platz in der ersten Bankreihe zurück. Dabei fiel ihr Blick auf Louise, die sich gerührt ein Taschentuch vors Gesicht hielt.

Helena betrachtete ihr Kind, das wieder friedlich schlummerte. Deine Großmutter liebt dich genauso wie ich, kleine Laura, dachte sie froh. Vielleicht kannst du ihr ja eines Tages die Bitterkeit nehmen.

Nach der Taufe stiegen die Gäste, die zum Empfang auf Wahi-Koura geladen waren, in die bereitstehenden Kutschen. Der Wagenzug fuhr unter den staunenden Blicken der Passanten aus der Stadt.

Helenas Wangen glühten. Sie war erleichtert, dass die Zeremonie reibungslos vonstattengegangen war. Ihre Gedanken wanderten zu Zane Newman. Er hatte seine Aufgabe einfach perfekt gemacht. Sein Lächeln nach dem Taufspruch ging ihr einfach nicht mehr aus dem Kopf. Irgendwie kam es ihr so vor, als habe er insgeheim auch ihr das Versprechen gegeben, sie stets zu behüten. Was ist nur los mit dir?, schalt sie sich. Das bildest du dir doch nur ein. Du fühlst dich einsam und bist anfällig für Gefühlsduselei! Er ist der Taufpate deines Kindes, weiter nichts.

»Sie haben meiner Familie Ehre gemacht«, bemerkte Louise, als sie eine Strecke gefahren waren.

Hat sie geglaubt, dass ich mich wie eine Idiotin benehmen würde?, fuhr Helena durch den Kopf. Aber sie zwang sich zur Ruhe: Sie hat dir ein Kompliment gemacht. Nur das zählt.

»Über Ihre tadellose Haltung am Altar wird die Gesellschaft der Stadt noch lange reden.«

»Vielen Dank, das ist sehr freundlich von Ihnen. Es war eine wunderschöne Zeremonie. Und der Altar war so passend geschmückt. Haben Sie dafür gesorgt?«

Louise schüttelte den Kopf. »Ich glaube, das haben wir Mister Newman zu verdanken. Er hat sich alle erdenkliche Mühe gegeben.«

Gedankenverloren blickte Louise zu den Hügeln, die sich im Dunst nur schwach abzeichneten.

Plötzlich lachte sie. »Die alte Maggie Simmons hat bei Ihrem Anblick dreingeschaut, als hätte der Blitz neben ihr eingeschlagen.«

»Welche der Damen war Mistress Simmons denn?«

»Die mit dem cremefarbenen Atlaskleid und den hennagetönten Haaren. Ein vollkommen unpassender Aufzug für eine Person ihres Alters.«

Helena versuchte vergeblich, sich an die Frau zu erinnern.

»Früher einmal hat die gute Maggie versucht, meinen Laurent für ihre Suzann zu begeistern. Abgesehen davon, dass ich dem niemals zugestimmt hätte, war auch mein Sohn klug genug, sich nicht mit ihr einzulassen.«

228

Helena schwieg dazu. Es überraschte sie, dass Louise etwas aus Laurents Leben preisgegeben hatte. Zu gern hätte sie mehr erfahren, aber so schnell dieser vertrauliche Moment gekommen war, so schnell verging er auch wieder. Louises Miene verdüsterte sich.

Bestimmt denkt sie wieder an Laurent, vermutete Helena, und auch ihr Herz wurde schwer. Wie würde es mir ergehen, wenn Laura etwas zustieße? Würde ich dann überhaupt weiterleben wollen?

Als sie auf das Gut zufuhren, bemerkte Helena, wie prachtvoll die Blumenarrangements waren, mit denen Haus und Garten geschmückt waren. Bei der Abfahrt hatte sie das wohl vor Aufregung übersehen.

Nach dem Aussteigen nahm Louise Helena beiseite. Sie deutete auf die Damen, die gerade in einer eleganten Kutsche vorfuhren.

»Das ist Eleanor Peckinpah, die Gattin eines der einflussreichsten Männer in der Stadt. Die Dame in Hellgrün ist die Frau des Bürgermeisters. Neben ihr sitzt Janice Norrington, die Gattin des hiesigen Stadtratsvorsitzenden. Diese Damen sind sehr wichtig für uns, von ihnen hängt die Stimmung der Stadt uns gegenüber ab.«

»Mit anderen Worten, ich soll mich ihnen gegenüber freundlich zeigen.«

»So ist es.«

Als ob ich nicht zu allen freundlich wäre!, dachte Helena, aber sie rang ihre Empörung nieder. An diesem Tag wollte sie keinen Streit und keine bitteren Gedanken. »Seien Sie unbesorgt, Madame, ich werde mich von meiner besten Seite zeigen.«

Als alle Gäste an der Tafel Platz genommen hatten, bedankte sich Louise als Gastgeberin und ließ das Essen auftragen, bei dem die Köchin von Wahi-Koura sich selbst übertroffen hatte.

229

Zu gebratenem Hühnchen und zartem Lamm gab es verschiedene Gemüse, Süßkartoffeln und Obst. Zu Lauras Ehren war ein Fass des Jahrganges 1900 angestochen worden. Die Gäste waren voll des Lobes über den edlen Tropfen. Louise genoss die Wertschätzung so sehr, dass sie hin und wieder sogar ein lobendes Wort über Helena fallen ließ.

Helena schwieg dazu bescheiden und lächelte nur vor sich hin. Wer weiß, wie lange Louises gute Laune anhält, dachte sie.

Nach dem Essen zerstreute sich die Gesellschaft im Garten. Um die Gäste vor der Sonne zu schützen, waren Schirme aufgestellt worden. Die Dienstmädchen reichten Erfrischungen auf Tabletts.

Helena entschuldigte sich für einen Moment, um nach ihrer Tochter zu sehen. Laura schlief noch immer ruhig in ihrer Wiege, in die sie sie gleich nach der Ankunft gelegt hatte. Erleichtert spazierte Helena ein Stück durch den Park. Ihr Kopf schwirrte von den Gesprächen am Tisch. Sie versuchte, sich vorzustellen, wie die Feier abgelaufen wäre, wenn Laurent noch bei ihr wäre.

Sie hätten gewiss nicht in Neuseeland gefeiert, aber auch in Deutschland hätte es ein großes Fest gegeben. Helena bedauerte zutiefst, dass ihre früheren Angestellten nicht daran teilhaben konnten. Besonders ihr Kellermeister war zerknirscht gewesen, als sie ihn entlassen musste.

Ich sollte Ludwig Bergau einen Brief schreiben und ihm mitteilen, dass ich eine gesunde kleine Tochter habe, dachte sie. Immerhin war er beinahe so etwas wie ein Vater für mich.

Als Sarah vorbeikam, nahm sich Helena ein Glas Limonade vom Tablett.

Kaum hatte sie einen Schluck getrunken, gesellte sich eine Frau im aprikosenfarbenen Kleid zu ihr. Laut Louises Beschreibung handelte es sich um Janice Norrington.

»Ich kann gar nicht glauben, dass Louise uns ein reizendes Geschöpf wie Sie so lange vorenthalten hat«, flötete sie und zerrte Helena am Arm mit sich.

Demnach hatten in der Stadt alle erwartet, dass sie vorgestellt wurde.

»Ich musste mich von einer sehr langen Reise erholen. Madame bestand darauf, dass ich mich schone.«

»Das sieht Louise ähnlich. Ganz die fürsorgliche Glucke.«

Helena entging nicht, dass die Frau sie wachsam musterte. »Sie sind also aus Deutschland?« Offenbar war die Dame sehr gut über sie informiert.

»Ja, aus Hessen-Nassau.«

»Ein Weinbaugebiet, wenn ich mich nicht irre. Mein Gatte lässt hin und wieder Wein von dort einschiffen. Ein teures, aber lohnenswertes Vergnügen!«

Helena zwang sich zu einem Lächeln.

»Sie haben sicher vor, Ihrer Schwiegermutter helfend unter die Arme zu greifen.«

»Ja, das habe ich. Aber vorrangig werde ich mich um meine Tochter kümmern.«

»Das ist sehr lobenswert von Ihnen! Inzwischen hört man immer öfter von sogenannten modernen Frauen, für die die Mutterpflichten erst an zweiter Stelle kommen. Arbeit und Vergnügen gehen ihnen vor!«

Helenas Abneigung gegen Mrs Norrington wuchs. Obwohl sie am liebsten geflohen wäre, entschied sie sich, das Beste aus der Situation zu machen.

»Nun, ich denke zwar auch, dass eine Frau durchaus imstande ist zu arbeiten, aber dennoch wird meine Tochter immer an erster Stelle stehen. Das wäre, glaube ich, auch der Wille meines Gatten gewesen.«

Janices Gesicht wurde plötzlich wehmütig. »Ach ja, der arme Laurent! Es war ein furchtbarer Schock für die arme

Louise. Besonders nach all den furchtbaren Dingen, die in früheren Jahren passiert sind.«

»Furchtbare Dinge?«

Janice betrachtete sie prüfend. »Hat man Ihnen noch nicht davon erzählt?«

Helena schüttelte den Kopf.

»Nun, Laurent war Louises zweiter Sohn. Der erste starb, bevor er ein Jahr alt wurde. Renard war sein Name, wenn ich mich richtig erinnere.«

Obwohl Helena eigentlich nicht neugierig erscheinen wollte, konnte sie nicht umhin zu fragen: »Was ist denn passiert?« Laurent hatte ihr gegenüber nie etwas von einem Bruder erwähnt.

»Der Kleine erlitt einen Zahnkrampf und starb am Fieber. Der Arzt konnte ihm nicht helfen.«

»War es etwa Doktor Fraser?«

»Nein, nein, sein Vorgänger.«

»Wie schrecklich!«

»Glücklicherweise wurde Louise kurze Zeit nach Renards Tod wieder schwanger. Laurent wurde geboren, und alles schien in bester Ordnung zu sein, bis ihr Mann bei einem Reitunfall tödlich verunglückte. Der arme Junge hatte nie die Gelegenheit, seinen Vater kennenzulernen. Beinahe war es, als läge ein böser Fluch auf der Familie.«

Helena fiel wieder ein, was Newman über den *manaia* gesagt hatte. Ob Louise oder ihr Mann dieses Amulett unrechtmäßig an sich genommen haben?, überlegte sie. Ist all das Unglück, das uns getroffen hat, darauf zurückzuführen?

Auf einmal hielt es Helena in der Gegenwart der Frau nicht mehr aus. »Würden Sie mich bitte entschuldigen? Ich muss nach meinem Kind sehen.«

Ohne auf die Reaktion der Frau zu warten, stürmte Helena davon.

Die Hoffnung, einen ruhigen Moment mit Laura zu verbringen, zerschlug sich jedoch, als sie ins Schlafzimmer kam. Fünf Frauen scharten sich um die Wiege. Louise hatte sie hereingeführt und genoss die Aufmerksamkeit für ihre Enkeltochter sichtlich.

Wie kann sie es wagen, Gäste in mein Schlafzimmer zu führen? Helena knirschte mit den Zähnen, behielt ihre Empörung aber für sich. Ich werde mit Louise sprechen, wenn die Gäste fort sind.

Als Helena zwischen die Frauen trat, verstummten sie schlagartig.

»Lassen Sie sich bitte nicht stören. Aber ich muss nach meinem Kind sehen.« Unter den stechenden Blicken der Frauen nahm Helena das Kind aus der Wiege. Sie beugte sich über ihr Töchterchen und nahm Lauras Duft in sich auf, worüber sie den Trubel für einen Moment vergaß.

»Sie haben also den guten Laurent bezaubert.«

Die Dame, die sie ansprach, musste Mrs Simmons sein, jedenfalls passte Louises Beschreibung haargenau auf sie. Helena entging nicht das giftige Funkeln in deren Augen.

»Er hat auch mich bezaubert«, gab sie zurück.

»Kein Wunder, so gut aussehend und reich, wie er war.«

»Glauben Sie mir, sein Reichtum war für mich nicht entscheidend. Ebenso wenig sein Aussehen. Sein Wesen, seine Phantasie und seine Herzlichkeit waren das, was mich am meisten angezogen hat.« Helena blickte zu Louise, deren Gesicht eine reglose Maske war. »Oder anders gesagt, wir waren beide Menschen mit Träumen.«

Mrs Simmons' Augen funkelten noch immer angriffslustig. »Zu schade, dass Ihre Ehe ein so frühes Ende gefunden hat.«

Helena verbarg ihr Gesicht hinter dem Kind. Sind diese Giftschlangen nur hier, um mich zu quälen? Mich und Louise, denn sie hört es sicher auch nicht gern, wenn ständig über Laurents Tod gesprochen wird.

Ihre Schwiegermutter war ein Musterbeispiel an Beherrschung. Aber Helena hatte Mühe, die Tränen zu unterdrücken.

»Bitte entschuldigen Sie mich, ich muss Laura jetzt stillen.«

»Sie stillen Ihr Kind selbst?«, zeigte sich eine andere Frau erstaunt.

»Natürlich«, antwortete Helena. »Ich habe mir sagen lassen, dass es das Gesündeste für das Kind ist.« Lächelnd verabschiedete sie sich von den Damen.

Erst, als sie in ihrem Salon allein war, verfinsterte sich ihre Miene.

10

Erschöpft sank Helena auf einen Stuhl im Salon. Ihr Gesicht glühte, obwohl es in ihren Räumen beträchtlich kühler war als draußen. Was für ein Tag! Sie wünschte inständig, dass er schon vorbei wäre.

Laura schlummerte neben ihr im Weidenkörbchen. Nachdem sie getrunken hatte, waren ihr gleich die Augen zugefallen. Wenigstens ein Mensch, dem der Trubel nichts auszumachen schien. Zärtlich zog Helena das Mützchen ihrer Tochter zurecht, dann blickte sie aus dem Fenster, wo sich die Festgesellschaft auf dem Rasen tummelte.

Die feine Gesellschaft von Napier, dachte sie enttäuscht. Ein Haufen blasierter Leute, mit denen ich hoffentlich nicht so schnell wieder zu tun haben werde.

Als sie schließlich wieder in den Park zurückkehrte, wurde Louise noch immer von den Frauen umlagert. Helena beschloss, sich von ihnen fernzuhalten, und lauschte dafür dem Gespräch einiger Männer, die sich in den Schatten zurückgezogen hatten.

»In Europa verdichten sich die Kriegsgerüchte«, erklärte ein Herr in feinem Zwirn. »Deutschland rüstet auf, besonders, was die Luftflotte angeht. Sie bauen neue Kriegsflugzeuge.«

»Hoffen wir, dass es wirklich nur Gerüchte bleiben. Meine Jungs studieren in Oxford. Wenn es Krieg gibt, wird England nicht unbeteiligt bleiben.«

Erschaudernd lehnte sich Helena gegen einen Baum. Den

Krieg kannte sie nur aus Erzählungen ihres Großvaters, aber diese hatten lebhafte Bilder des Grauens in ihr hinterlassen.

Ihr Magen klumpte sich zusammen, als sie daran dachte, dass der Nachbau der Maschine, die Laurent erprobt hatte, möglicherweise im Krieg eingesetzt wurde.

Schließlich ertrug sie das Gerede nicht mehr und wirbelte herum. Dabei lief sie beinahe Zane Newman über den Haufen.

»Verzeihen Sie, Madam«, sagte er und wich einen Schritt zurück. »Alles in Ordnung mit Ihnen?«

»Ja, alles bestens.« Helena rang sich ein Lächeln ab. »Ich möchte nur den Damen entfliehen.«

Newman lächelte verschmitzt. »Ja, die Ladys sind manchmal wie ein Schwarm Moskitos. Aber trösten Sie sich, auch dieser Tag geht vorüber.«

Helena seufzte. »Ich habe es so satt, die anderen über Laurent reden zu hören. Ihnen allen tut es ja so leid! Ich frage mich, ob sie ihn überhaupt richtig gekannt haben. Und ob sie nachfühlen können, was in mir vorgeht.«

»Ich glaube schon.« Newman machte eine ausladende Handbewegung in Richtung Festgesellschaft. »Jeder von ihnen hat sein Kreuz zu tragen. Nehmen wir doch mal Mistress Simmons. Sie hätte es gern gesehen, wenn ihre Tochter Master Laurent geheiratet hätte.«

»Das scheint eine recht populäre Geschichte in Napier zu sein. Madame hat sie mir auch schon erzählt.«

»Dann muss ich ja nicht weit ausholen. Nur so viel, Suzann hat natürlich einen Gatten gefunden, den Inhaber einer Handelskompanie, die bis nach Wellington expandiert hat.«

»Im Gegensatz zu mir hat sie also auf den Reichtum geschaut.«

»Das hätte sie besser nicht getan«, wandte Newman ein. »Der Kerl vergnügt sich mit sämtlichen Huren der Stadt und schenkt seiner Frau nicht die geringste Beachtung. Nach drei

Jahren Ehe hat sie immer noch kein Kind zur Welt gebracht. Angeblich ist sie dem Alkohol verfallen. Die Chancen, dass Maggie Simmons Großmutter wird, sind sehr gering. Deshalb ist sie gegenüber jeder Frau missgünstig, die mehr Glück hat als ihre Tochter.«

»Laurent hätte sie nie geheiratet.«

»Nein, er hatte einen wesentlich besseren Geschmack.« Newman senkte den Blick. »Lassen Sie sich nicht unterkriegen, Madam! Meine Patentochter wird uns allen sicher sehr viel Freude machen.«

»Das ist sehr freundlich von Ihnen.«

Zane senkte verlegen den Blick. »Möchten Sie vielleicht eine kleine Erfrischung? Ein Glas Limonade vielleicht? Ich war ohnehin auf dem Weg zum Buffet.«

»Danke.

Helena sah Newman nach. Wieder rang sie mit ihren Gefühlen. Was hat es nur damit auf sich, dass ich ihn am liebsten ständig ansehen würde?

»Ah, Mistress de Villiers, da sind Sie ja!«

Kaum hatte sich die Dame im lavendelfarbenen Kleid vor ihr aufgebaut, krachte es plötzlich.

Helena fuhr erschrocken zusammen. Die Frau schrie auf.

»Das war ein Schuss!«, rief einer der Männer, worauf die Leute auseinanderstoben.

Weitere Schüsse krachten, gefolgt von lautem Klirren. Geschirr ging zu Bruch, Scherben fielen zu Boden.

Einige Leute warfen sich der Länge nach hin, während andere versuchten, ins Haus zu gelangen, oder hinter Bäumen Deckung suchten.

Helena ging in die Hocke. Wieder hallten Schüsse wie Donnerschläge über das Gut hinweg. Hinter Helena zerbarst eine Fensterscheibe ihres Schlafzimmers. Obwohl Laura im Salon schlief, packte sie die Sorge.

Ich muss zu ihr.

Als sie aufspringen wollte, nahm sie jemand bei den Schultern und drückte sie zu Boden.

»Bleiben Sie unten!« Newman warf sich schützend über sie.

»Meine Tochter!«, rief Helena verzweifelt.

»Haben Sie sie wieder in die Wiege gebracht?«

»Nein, sie liegt im Salon.«

»Dann ist sie sicher.«

»Und was ist mit der Fensterscheibe da?«

Newman blickte sich um. »Wenn sie in ihrem Körbchen liegt, besteht keine Gefahr. Das steht unterhalb der Fensterkante. Kugeln fliegen nicht um die Ecke.«

Das beruhigte Helena keineswegs. Sie wollte sich losmachen, aber der Kellermeister hielt sie fest.

»Bitte, Madam, seien Sie vernünftig!«

»Wollen Sie denn gar nichts dagegen tun?« Helena heulte vor Zorn auf. Ringsherum herrschte Chaos. Alle flüchteten in irgendeine Richtung, während sie dazu gezwungen war, mit Newman auf dem Boden zu hocken.

Der Kellermeister antwortete nicht, und Helena wurde klar, wie töricht diese Frage war. Nach einer Weile wurde es endlich still. Die Gefahr schien vorüber zu sein.

Newman richtete sich vorsichtig auf und half Helena auf. Sie errötete, als er ihr die Hand reichte. Erst jetzt wurde ihr bewusst, wie nah er ihr gewesen war und wie geborgen sie sich bei aller Gefahr bei ihm gefühlt hatte.

Verlegen blickte sie sich nach allen Seiten um. Einige Gäste stürzten zu den Kutschen. Louise war nirgends zu entdecken.

»Ich glaube, wir können jetzt wieder ins Haus.«

»Glauben Sie, dass die Männer fort sind?«

»Ja. Wären Sie noch hier, hätten sie weiter gefeuert.«

»Wer ist zu so etwas fähig?«

238

Newman runzelte die Stirn. »Dieselben Leute, die auch einen Galgen in den Weinberg stellen. Die Kerle, die versuchen, Madame von ihrem Grund und Boden zu vertreiben.«

Im Haus flog ihnen Louise entgegen, kreidebleich und mit wirrem Haar. »Wo waren Sie? Warum sind Sie nicht bei meiner Enkelin?«

»Meine Tochter ist in Sicherheit«, antwortete Helena. »Ich hatte sie im Haus gelassen, damit sie abseits des Trubels schlafen kann.«

»Sie hätten sie nicht aus den Augen lassen dürfen!«

Helena ignorierte den Vorwurf und rannte an Louise vorbei in den Westflügel.

Die Scheiben des Salons waren unversehrt.

Laura lag in ihrem Körbchen und schlief seelenruhig.

Plötzlich versagten Helena die Knie. Mit letzter Kraft schleppte sie sich zur Chaiselongue, und dann brach sie in Tränen aus.

Am Abend saß Helena auf der Bank vor dem Haus und blickte in den Sonnenuntergang. Alles schien so friedlich, doch in ihr wütete die Angst. Die Polizisten hatten versichert, dass sie sich um den Fall kümmern würden. Aber wen sollten sie verhaften?

Newmans Männer hatten wiederum vergeblich nach den Schuldigen gesucht. Alles, was sie hatten, war ein Verdacht, den sie nicht beweisen konnten.

Immerhin war die Tauffeier nach dem Vorfall rasch zu Ende gewesen. Die Gäste, die nicht die Flucht ergriffen hatten, hatten sich unverzüglich verabschiedet.

»Sie sollten besser reingehen, Madam.«

Zane Newman trat neben sie. Seinen feinen Gehrock hatte er gegen grobe Arbeitskleidung vertauscht. Unter dem Arm hielt er ein Gewehr.

»Was wollen Sie denn damit?«, fragte Helena erschrocken.

»Ich habe beschlossen, mich ebenfalls an der Wache zu beteiligen.«

»Glauben Sie denn, dass es die Angreifer noch mal versuchen werden?«

»Es ist unerheblich, was ich glaube. Ich werde mit allen Mitteln verhindern, dass Ihnen und Ihrer Tochter etwas geschieht. Und wenn ich mir jede Nacht um die Ohren schlagen muss.«

»Das ist sehr freundlich von Ihnen.«

»Ich habe Ihnen versprochen, dass ich alles für Sie und die Kleine tun werde.«

»Dennoch ist es mehr, als Sie tun müssten.«

Newman lächelte sanft. »Das liegt, mit Verlaub, in meinem Ermessen. Bitte, Madam, gehen Sie wieder ins Haus und ruhen Sie sich aus! Sie hatten in letzter Zeit viel durchzumachen.«

Helena rührte seine Fürsorge zutiefst. Wer hätte das angesichts unseres ersten Treffens gedacht!

»Gut, Mister Newman!« Helena erhob sich und legte ihm die Hand auf den Arm. »Bitte, versprechen Sie mir, dass Sie auf sich aufpassen werden! Ich möchte nicht, dass Ihnen etwas zustößt.«

Der Kellermeister wurde blass. Er wandte sich hastig zum Gehen. »Gute Nacht, Madam.«

»Gute Nacht, Mister Newman!«

Dritter Teil
Das Gold von Wahi-Koura

1

Der Morgen dämmerte über dem Gut herauf. Das Tageslicht übertrumpfte den trüben Schein der Petroleumlampe, der auf Louises Schreibtisch fiel.

Da sie nicht mehr schlafen konnte, hatte sie sich bereits in aller Frühe an ihren Schreibtisch begeben, um die Post aufzuarbeiten, die in den vergangenen Tagen liegen geblieben war.

Obwohl es einige erfreuliche Schreiben gab, ging Louise der Angriff auf die Tauffeier nicht aus dem Sinn. Was werden sie sich als Nächstes einfallen lassen? Mich auf offener Straße niederschießen?, fragte sie sich.

Ihr Magen krampfte sich zusammen. Seufzend legte sie den Federhalter beiseite und zog die Schreibtischschublade auf. Unter einem Bündel von Briefen und Dokumenten zog sie einen schmucklosen braunen Umschlag hervor.

Eigentlich hätte ich diesen Wisch zerreißen sollen, ging ihr durch den Kopf, als sie ein Blatt herauszog. Das Angebot Mansons, ihr einen Teil ihres Landes abzukaufen, war ihr damals inakzeptabel erschienen, aber jetzt fragte sie sich, ob sie sich nicht auf das Geschäft einlassen sollte.

Zur Sicherheit meiner Enkelin, dachte sie, während sie voller Abscheu auf die mit Schreibmaschine verfasste Offerte blickte. Doch ist es nicht eher meine Verantwortung, ihr das Land zu hinterlassen? Und was wird aus den Maori?

Nein, ich werde nicht verkaufen! Entschlossen knüllte sie das Blatt zusammen und warf es in den Papierkorb.

An diesem Morgen wurde Helena nicht von dem fröhlichen Krähen des Babys geweckt. Alarmiert erhob sie sich und trat an die Wiege. Laura lag apathisch da und bewegte nur schwach die Hände.

»Was hast du denn, mein Liebling?« Vorsichtig hob sie das Kind heraus. Lauras Körper glühte.

Helena trug sie rasch zu ihrem Bett und betrachtete sie gründlich. Die Wangen waren knallrot. Auf der Brust zeigten sich rote Flecken.

Um Gottes willen!

»Sarah!«, schrie sie.

Wenig später steckte das Dienstmädchen den Kopf durch die Tür. »Madam?«

»Bitte Madame de Villiers, unverzüglich zu mir zu kommen. Schnell!«

Sarah nickte erschrocken und verschwand.

Wenig später erschien Louise. Besorgt musterte sie Laura.

»Wir sollten Doktor Fraser benachrichtigen«, sagte Helena.

Louise schüttelte entschieden den Kopf. »Nein, nicht ihn. Er hat keine Ahnung von Kindern.«

»Wen können wir dann rufen?«

»Die *tohunga*.«

»Die Heilerin aus dem Maori-Dorf?«, rief Helena entsetzt aus.

»Immerhin hat sie Ihnen das Leben gerettet.«

»Aber eine Geburt ist etwas anderes als ein krankes Kind.«

»Ahorangi ist auch für die Kinder ihres Stammes zuständig. Glauben Sie mir, die Säuglingssterblichkeit dort ist wesentlich geringer als in Napier!«

Ein dunkler Schatten zog über Louises Gesicht. Für einen Moment verlor sich ihr Blick in der Ferne.

Helena fiel wieder ein, was Janice Norrington ihr über Louises Erstgeborenen erzählt hatte, und sie empfand einen jähen Schmerz. Mein Kind darf nicht sterben, dachte sie. Es ist sicher nichts Ernstes. »Gibt es denn keinen anderen Arzt in der Stadt?«

Louise schüttelte den Kopf und presste die gefalteten Hände so fest ineinander, dass die Knöchel weiß hervortraten.

»Also gut, versuchen wie es mit der Heilerin«, gab Helena schließlich nach. »Doch sollte sie ratlos sein, müssen wir unbedingt nach Doktor Fraser schicken.«

Nicht mal eine Viertelstunde später erschien Ahorangi. Um den Leib hatte sie ein rotes Tuch geschlungen. Kräuterduft erfüllte sogleich den Raum.

Lauras Zustand hatte sich nicht verändert. Sie war apathisch und weigerte sich zu trinken. Um ihren Körper ein wenig abzukühlen, hatte Helena die dicke Windel entfernt und sie nur mit einem leichten Tuch bedeckt.

Die Heilerin murmelte etwas in ihrer Muttersprache, als sie an die Wiege trat. Dann schlug sie das Tuch zurück. »Wann du gemerkt, dass Kind krank?«

»Heute Morgen, als ich es füttern wollte.«

Behutsam legte die Heilerin eine Hand auf das Kind.

»Kind ist von bösem Geist besessen, der macht, dass Blut zu heiß.«

Helena erschrak. War es vielleicht doch keine gute Idee, die Maori zu konsultieren? Wer glaubte schon an Geister? Oder ist das ihre Umschreibung für das Fieber?

»Ich werde singen *karakia*, das vertreiben Geist«, setzte die Heilerin hinzu, bevor sie einen kleinen Beutel aus dem roten

245

Tuch zog. »Vorher du lassen bereiten *rongoa*. Doch aufpassen, Kind ist noch klein, es darf nicht viel davon haben.«

Helena nickte, als sie das Beutelchen annahm. Aber ihre Ruhe war nur Fassade. Am liebsten wäre sie persönlich zu Dr. Fraser geritten.

Auf dem Weg in die Küche begegnete sie Louise, die in der Eingangshalle unruhig auf und ab wanderte. Sie hielt ihre Schwiegertochter am Ärmel fest und fragte:

»Was ist mit dem Kind?«

»Die Heilerin meint, dass es von einem Geist besessen ist«, antwortete Helena erbost und machte sich los. »Glauben Sie immer noch, dass sie die beste Wahl ist?«

Louises Miene verhärtete sich. »Was will sie tun?«

»Ich soll ein paar Kräuter aufbrühen lassen. Und sie will singen!«

»So behandelt sie die Kinder ihres Stammes.«

»Aber mein Kind gehört nicht zu ihrem Stamm!«

Louise zuckte zusammen. Während ein Schatten über ihr Gesicht huschte, schwankte sie ein wenig. Doch sie bekam sich rasch wieder in den Griff. »Lassen Sie es die *tohunga* versuchen. Ich habe Didier bereits benachrichtigt, damit ich ihn so schnell wie möglich in die Stadt schicken kann.«

Ist das noch dieselbe Frau, die ihren Maori-Angestellten europäische Namen gibt? Hat sie vielleicht den Verstand verloren?

Helena hätte sie am liebsten geschüttelt und geschrien, dass das Leben ihres Kindes in Gefahr sei. Stattdessen wandte sie sich abrupt um und lief mit dem Kräuterbeutelchen in die Küche. Als sie mit dem stark riechenden Sud zurückkehrte, schlug ihr Weihrauchduft entgegen.

Louise saß in einer Ecke auf einem Hocker und verfolgte die Zeremonie der Heilerin. Ahorangi hob beschwörend die Hände über das Kind und sang mit geschlossenen Augen eine fremdartige Melodie, deren Worte Helena nicht verstand.

Es kostete Helena sehr viel Beherrschung, die Schüssel mit dem Sud kommentarlos auf die Kommode zu stellen und zurückzutreten. Laura war immer noch krebsrot und regte sich kaum noch. Helena verging beinahe vor Angst. Sie schlug die Hand vor den Mund und unterdrückte die Tränen. Da spürte sie Louises kühle Hand beruhigend auf ihrem Handgelenk. Ihre Schwiegermutter wandte den Blick nicht von der *tohunga*. Helena hätte gern gefragt, was das solle, doch sie schwieg und betete im Stillen, dass sie nicht wertvolle Zeit verspielten, indem sie dieser Schamanin vertrauten.

Die ganze Nacht über wachte Helena neben der Wiege und ließ Laura nicht aus den Augen. Die Tränke und Gesänge der Heilerin hatten nicht viel ausgerichtet. Laura war noch immer matt und verweigerte die Nahrung. Ihr kleiner Körper glühte, und ihre halb geöffneten Augen glänzten fiebrig.

Vergeblich hatte Helena Louise gebeten, nach Dr. Fraser zu schicken. Ihre Schwiegermutter schien felsenfest davon überzeugt zu sein, dass die Heilerin mehr ausrichten würde als er.

Bitte, lieber Gott, bring sie rechtzeitig zur Vernunft!, betete Helena insgeheim, vollkommen erschöpft. Bitte nimm mir nicht auch noch mein Kind!

Schließlich zog sie das goldene Medaillon unter der Bluse hervor, klappte auf und flehte: Laurent, wenn du im Himmel bist, dann sorg dafür, dass unsere Tochter nicht stirbt! Ich bitte dich von Herzen. Als sie das Porträt zärtlich küsste, begann die Heilerin wieder zu singen. Dabei hob sie die Hände in die Höhe, als wolle sie einen ihrer Götter anrufen. Die Melodie war aggressiv, und die Worte klangen, als würden sie geschleudert wie Dolche.

Laura zuckte zusammen und begann leise zu weinen.

Helena hob ihr Töchterchen aus der Wiege und barg es an der Schulter. »Ist ja schon gut, mein Liebes! Weine nicht!«, flüsterte sie.

Während die Heilerin mit ihrem Gesang fortfuhr, ließ sie Helena nicht aus den Augen. Ein eisiger Schauder überlief Helena, als sie sich wegdrehte, um das Gesicht der Frau nicht mehr sehen zu müssen.

Der Gesang dauerte eine Weile an und reizte Laura zusehends. Die Kleine quengelte und weinte. Ich sollte die Maori rauswerfen, dachte Helena zornig. Das alles ist doch bloß Theater. Aber sie wagte es nicht.

Als das *karakia* schließlich beendet war, ging eine Welle der Erleichterung durch Helenas Körper. Ihre Knie waren plötzlich weich wie Butter.

»Du Kind wieder hinlegen«, befahl die *tohunga*, während sie ein Tuch in den Kräutersud tauchte.

Helena gehorchte.

Die Heilerin tupfte behutsam mit dem Tuch über Lauras Gesicht.

Als Louise zusehen wollte, wies Ahorangi sie an, sich zu Bett zu begeben.

»Das ist Sache von Mutter, die mit Seele von Kind verbunden. Nur sie kann helfen, Geist zu besiegen.«

Unwillig zog sich Louise zurück.

Gegen Morgen fielen Helena schließlich die Augen zu.

»Du gehen zu Bett«, sagte die Heilerin, die sich mit dem Kauen von Kräutern wach hielt. »Muss stark sein für deine kleine *tamahine*.«

»Nein, ich muss wachen.«

»Du nicht wollen, dass Geist geht auf dich über, oder?«

Helena schüttelte den Kopf. Als sie in ihr Bett schlüpfte, begann die Heilerin wieder zu singen. Die beruhigende Melodie entführte Helena wenig später ins Land der Träume.

Wie lange sie geschlafen hatte, wusste Helena nicht, als Ahorangi sie weckte. Helles Licht erfüllte das Schlafzimmer. Der Kräuterduft hatte sich ein wenig abgeschwächt.

»Du kommen zu Kind«, sagte die Heilerin mit ernster Miene.

Helenas Herz stolperte vor Angst, als sie in die Höhe fuhr.

»Was ist mit Laura? Ist es schlimmer geworden?«

»Du kommen und sehen.«

Am ganzen Leib zitternd, folgte Helena der Heilerin. Noch bevor sie Laura sehen konnte, hörte sie das Kind leise brabbeln.

Es verschlug Helena beinahe den Atem, als sie ihr Töchterchen sah: Laura lag mit offen Augen da. Der fiebrige Glanz war daraus verschwunden, und auch ihre Haut war nicht mehr ganz so rot.

»Gott sei Dank!« Schluchzend sank Helena auf die Knie.

»Dein Kind stark. Geist ist gegangen, bevor er konnte schaden.«

Helena antwortete nicht. Sie streichelte ihre Tochter zärtlich und weinte über das Glück, das ihr zuteilgeworden war.

»Du musst deinem Kind zu trinken geben«, riet die Heilerin sanft, bevor sie das Zimmer verließ.

Helena bemerkte es nicht. Überglücklich hob sie Laura aus der Wiege und legte sie an die Brust.

Sie war gerade mit dem Stillen fertig, als Louise ins Zimmer kam. Sichtlich bewegt trat sie an die Wiege. Die Sorge hatte tiefe Spuren in ihrem Gesicht hinterlassen. Tränen rannen ihr über die Wangen.

»Mein kleiner Liebling«, flüsterte sie, als sie sanft über Lauras Köpfchen streichelte.

»Sie hatten Recht«, gestand Helena ihr zu. »Die Heilerin versteht ihr Werk.«

»Wenn ich ehrlich bin, habe ich selbst zu zweifeln begon-

249

nen«, antwortete Louise ein wenig zerknirscht. »Ich hatte
Didier bereits wecken lassen, damit er notfalls in die Stadt fahren könnte.«

Helena lächelte. »Das war sehr freundlich von Ihnen.«

»Sie und Ihr Kind sollten sich heute ausruhen. Ich werde die
tohunga bitten, noch einen Tag zu bleiben, für den Fall der
Fälle.« Louise wandte sich zum Gehen.

»Vielen Dank!«, rief Helena, aber da fiel die Tür bereits ins
Schloss.

2

Laura erholte sich in den folgenden Tagen prächtig. Ihr Appetit kehrte zurück, und weitere Fieberanfälle blieben aus. Zu gern hätte Helena sich bei der Heilerin bedankt, doch Sarah riet ihr, nichts zu sagen.

»Bei uns dankt man nicht mit Worten, sondern mit Taten. Sie sollten der *tohunga* ein Geschenk machen, Madam.«

Das verwirrte Helena ein wenig. Aber sie war nur zu gern bereit, sich den Gepflogenheiten der Maori anzupassen »Was hältst du denn für angemessen?«

»Vielleicht sollten Sie einen schönen Stoff besorgen. Oder Perlen für ihren Schmuck.«

»Wo kann man denn Perlen kaufen, die Ahorangi gefallen?«, fragte Helena, denn sie konnte sich vorstellen, dass die Maori auf ganz andere Dinge Wert legten als auf Strassschmuck oder die Edelsteine, die europäische Frauen trugen.

»Wenn Sie mal einen Bummel durch die Stadt machen, kann ich Ihnen einen Laden zeigen.«

»Das wäre sehr freundlich von dir.« Helena verschwieg, dass sie nach dem Angriff auf die Taufgesellschaft keine Lust auf einen Ausflug nach Napier verspürte.

Beim Mittagessen überraschte Louise Helena mit einer Ankündigung: »Ich habe mich nach einem Kindermädchen umgesehen.«

Helena ließ vor Schreck beinahe ihre Gabel fallen. »Ein Kindermädchen?«

»Ja, ich denke, dass Sie etwas Unterstützung gebrauchen können.«

»Aber bisher habe ich doch sehr gut für mein Kind gesorgt! Dass Laura krank geworden ist, liegt nicht an mangelnder Fürsorge.«

»Das habe ich auch nicht behauptet. Ich möchte lediglich eine erfahrene junge Frau, die Ihnen zur Seite steht.«

Schlagartig verging Helena der Appetit. Der Lammbraten lag ihr plötzlich wie ein Stein im Magen. Sie hält mich für unfähig, fuhr ihr durch den Kopf. »Entschuldigen Sie mich, Madame!« Wütend warf Helena die Serviette neben den Teller und verließ den Speisesaal.

In einem spontanen Entschluss rannte sie hinaus auf den Hof. Sie würde in den Weinberg laufen, um sich wieder zu beruhigen. Als sie um die Ecke des Kelterschuppens bog, stieß sie mit Newman zusammen.

»Holla, Madam, was ist denn los?«, fragte er, während er sie festhielt, bis sie sich wieder gefangen hatte.

Helena sah ihn scharf an, zwang sich jedoch zur Ruhe. »Meine Schwiegermutter will ein Kindermädchen für meine Tochter einstellen. Als ob ich nicht allein für Laura sorgen könnte!«

»Das können Sie sicher, Madam, aber ein wenig Hilfe wäre vielleicht nicht schlecht«, wandte Newman ein. »Die meisten Damen der Gesellschaft von Napier haben ein Kindermädchen.«

»Ich bin sehr gut imstande, meine Tochter allein aufzuziehen. Wenn ich noch in Deutschland wäre, hätte ich auch kein Kindermädchen.«

»Wirklich nicht?«, fragte Newman erstaunt. »Meine Mutter wäre froh gewesen, wenn sie so eine Hilfe gehabt hätte.«

252

Aber ich bin nicht Ihre Mutter! Helena biss sich auf die Lippen, versagte sich diesen Kommentar und marschierte davon. Was wusste Newman schon?

»Haben Sie mal drüber nachgedacht, dass Sie dank eines Kindermädchens auf dem Gut mitarbeiten könnten?«, rief er hinter ihr her.

Daran hatte Helena nicht gedacht. Bin ich denn so gefangen in den Vorurteilen gegenüber meiner Schwiegermutter?, fragte sie sich selbstkritisch und wandte sich um. »Meinen Sie wirklich, meine Schwiegermutter hätte das im Sinn gehabt?«, fragte sie unsicher.

Newman lächelte. »Ich weiß nicht, was Madame durch den Kopf geht, aber sie hat es bestimmt nicht böse gemeint. Wenn Sie das Kindermädchen eingearbeitet haben, wird es sicher gut für Laura sorgen. Und Sie könnten endlich wieder Ihrer Leidenschaft nachgehen. Wäre das nicht schön?«

»Doch. Natürlich!«

»Sehen Sie! Ich denke, Madame möchte Ihnen nur einen Gefallen tun.«

Helena war sprachlos. Sie konnte das nicht glauben. Besser, sich nicht zu früh zu freuen.

»Gibt es sonst noch etwas, was ich für Sie tun kann?«, fragte Newman gütig.

»Nein, eigentlich nicht«, antwortete Helena zögerlich.

»Nun, ich schulde Ihnen doch noch den Rundgang durch den Weinkeller. Jetzt, in der Mittagszeit, ist dort nichts los; die Männer sind alle zu Tisch. Wie wär's mit einer kleinen Führung?«

»Wollen Sie denn nichts essen?«

»Das habe ich bereits. Ich brauche nie besonders lange für die Pause. Ist mit Ihrem Mädchen alles in Ordnung?«

»Ja, Laura schläft. Die nächste Mahlzeit ist erst in ein, zwei Stunden fällig.«

253

»Gut, dann gibt es keinen Grund, sich nicht ein wenig umzusehen, oder?«

Helena atmete tief durch. Sie spürte, wie ihre Wut allmählich verrauchte. Was ist nur an diesem Mann, dass er so eine beruhigende Wirkung auf mich hat?, fragte sie sich. »Also gut, schauen wir uns den Weinkeller an.«

Als Louise Helena mit Newman im Hof sah, presste sie die Lippen zusammen. Ihr war nicht entgangen, welche Wandlung ihr Kellermeister in den vergangenen Wochen durchgemacht hatte. Aus dem Raubein war ein besorgt und verliebt wirkender Mann geworden. Alle schienen das zu bemerken, selbst die Arbeiter, die hin und wieder über ihren Vorgesetzten tuschelten.

Ob Helena seine Gefühle erwidert? Louise seufzte. Vielleicht nicht, aber früher oder später wird sie eine neue Liebe finden. Und was wird dann mit Laura? Ob ich sie dann überhaupt noch zu sehen kriege?

Etwas krampfte sich in ihrem Innern zusammen. Während sie an der Spitze ihres Ärmels nestelte, überlegte sie fieberhaft, was sie dagegen tun könnte. Ich sollte Helena an diesen Ort binden, dachte sie schließlich. Vielleicht ist es an der Zeit, ihr Aufgaben zu geben. Nur so kann ich Einfluss auf sie nehmen. Nur so kann ich verhindern, dass sie sich eines Tages mit meiner Enkeltochter aus dem Staub macht.

»Das ist beeindruckend!«, rief Helena, als sie die Lampe in die Höhe hielt. Der Lichtschein streifte feuergeschwärzte Fässer, die, nach Jahreszahl geordnet, an beiden Längsseiten des Weinkellers aufgestapelt waren. Dass der Keller so groß war, hatte Helena nicht vermutet.

»Wir verwenden Kauri-Holz für die Dauben. Dadurch schmeckt unser Wein ganz anders als der europäische.«

»Das kann ich leider nicht beurteilen. Madame achtet strikt darauf, dass ich keinen Tropfen Alkohol trinke. Und das möchte ich auch gar nicht, solange ich Laura noch stille.«

»Ihre Tochter wird die Liebe zum Wein trotzdem erben.«

»Wollen wir es hoffen! Ihr Vater hatte es eher mit der Fliegerei.«

Zane strich ihr tröstend über den Arm. »Ihre Tochter wird sich blendend machen.« Er lächelte aufmunternd und ging weiter in das Tonnengewölbe hinein.

Helena folgte ihm durch Reihen von Fässern bis zu einer Tür, die in ein weiteres Gewölbe führte.

»Hier lagern die jüngeren Jahrgänge. Die wahren Schätze finden Sie dort.« Er deutete auf ein Regal voller Flaschen, das von Spinnweben und einer dicken Staubschicht bedeckt war. »Das ist die sogenannte Schatzkammer. So etwas gab es auf Ihrem Gut sicher auch.«

Helena nickte stumm. Sie erinnerte sich schweren Herzens an die kostbaren Flaschen, die sie vor dem Verkauf des Gutes gesondert veräußert hatte. Einige dieser Weine waren noch zu Zeiten ihres Großvaters abgefüllt worden. Der Preis, den sie erzielt hatten, war so lächerlich gering gewesen, dass die Erinnerung daran schmerzte.

»Das hier ist unser ältester Tropfen.« Newman blies vorsichtig den Staub von einem der Etikette und reichte ihr die Flasche. Eine Sonne zierte den Wachsverschluss über dem Korken.

»Jahrgang 1835«, stellte Helena erstaunt fest. »Meinen Sie wirklich, den kann man noch trinken?«

»Normalerweise ja, denn weder der Korken noch die Flasche ist schadhaft. Madame würde allerdings nicht wollen, dass er getrunken wird.«

»Warum denn nicht?«

»Sagt Ihnen der Name James Busby etwas?«

Helena schüttelte den Kopf.

»Madames Urgroßvater Roland de Mareille kam im Jahr 1833 zusammen mit James Busby nach Neuseeland. Hier pflanzte er die ersten Reben. Nach zwei Jahren waren die Stöcke so weit, dass sie die ersten Trauben trugen. Insgesamt haben wir noch zehn Flaschen von diesem ersten Wein. Wahrscheinlich wird er noch hunderte Jahre hier liegen, denn es heißt, dass das Weingut gedeiht, solange diese Flaschen in unserem Keller sind. Schließlich möchte niemand, dass es mit Wahi-Koura bergab geht.«

»Natürlich nicht.« Helena strich versonnen über das Etikett. Die Tinte war an den Rändern ein wenig ausgelaufen und verblichen.

»Wie alt waren Ihre ältesten Weine?«

»Mein Vater war der Meinung, dass Weine ab einer gewissen Zeit untrinkbar werden. Weine sind keine Einrichtungsgegenstände, die man der Nachwelt vererbt, lautete seine Philosophie. Wein muss getrunken werden. Unsere ältesten Flaschen waren deshalb nicht älter als fünfzig Jahre.«

»Eine gute Philosophie. Genauso sehe ich es auch.«

Schweigend sahen sie einander an. Helena glaubte in seinen Augen zu versinken, und ihr Herz pochte plötzlich bis zum Hals. Aber das Gewissen meldete sich rechzeitig, bevor sie etwas tun konnte, was sie später bereuen würde. Sie wollte Laurents Andenken nicht beschmutzen.

Sie räusperte sich, und die Magie zwischen ihnen verflog. »Vielen Dank für die kleine Führung.«

»Helena!«, rief er, als sie zum Ausgang stürmte. »Ich ...«

»Ja?«

»Bitte verzeihen Sie, ich ... ich begleite Sie nach oben.«

3

Seit Abby Lewis sich als Kindermädchen der kleinen Laura angenommen hatte, war Louise wie verwandelt. Allmählich gefiel es auch Helena, dass sie selbst etwas mehr Zeit für sich hatte, zumal sie Laura bei der sympathischen jungen Frau in den besten Händen wusste.

Mit allen Sinnen sog Helena in sich auf, was ihre Schwiegermutter ihr nun Tag für Tag erzählte. Louise gewährte ihr neuerdings Einblick in den Betrieb des Weinguts. Helena fragte sich nicht, was diesen Sinneswandel bewirkt hatte, sie freute sich nur darüber. Sie hatte sich bereits mit den wichtigsten Geschäftspartnern und Zulieferern vertraut gemacht und mit ihrer Schwiegermutter über verschiedene Anbaumethoden und das Kelterverfahren gesprochen. Wenn Louise ab und zu noch so tat, als habe sie eine blutige Anfängerin vor sich, sah Helena geduldig darüber hinweg. Jeden Morgen erschien sie pünktlich in Louises Büro, das sie erst wieder verließ, um sich zwischendurch davon zu überzeugen, dass es Laura mit dem Kindermädchen gutging.

Abby Lewis war ein echter Gewinn. Unter ihrer Obhut gedieh Laura prächtig. Da das Mädchen ein Zimmer im Westflügel bezogen hatte, war es auch immer schnell zur Stelle, wenn Helena Hilfe benötigte.

Als Helena an diesem Morgen das Arbeitszimmer betrat, war Louise noch nicht da. Wie es ihre Angewohnheit war, öffnete Helena ein Fenster, um zu lüften. Die Morgensonne leuchtete und tauchte den Dunst, der über den Reben lag, in ein kräftiges Rot. Was für ein wunderbarer Anblick!

»Guten Morgen, Mistress de Villiers!«

Zane Newman tauchte hinter der Hausecke auf und winkte ihr lächelnd zu.

»Guten Morgen, Mister Newman. Wie geht es dem neuen Wein?«

»Bestens! In ein paar Wochen werden wir ihn auf Flaschen ziehen können.«

Und ich werde dann ganz offiziell dabei sein!, dachte Helena. »Gut zu hören! Was gibt es sonst Neues?«

»Nur den üblichen Tratsch. Wenn Sie wollen, erzähle ich Ihnen davon bei einem Spaziergang durch den Weinberg. Wie wär's heute Mittag?«

»Das wäre mir sehr recht.«

»Gut, ich erwarte Sie vor dem Kelterschuppen.«

Helena strahlte, als sie hinter Newman hersah. Es freute sie, dass er die Scheu verloren hatte und mit ihr sprach, als seien sie alte Freunde.

»Guten Morgen, Helena.«

Helena fuhr zusammen und wandte sich um. »Guten Morgen, Madame!« Seit wann steht Louise da? Und wieso spricht sie mich mit dem Vornamen an?

»Ich darf Sie doch ›Helena‹ nennen?«

Helena räusperte sich verlegen. »Natürlich, Madame.« Sie schloss das Fenster und setzte sich an ihren Platz vor dem Schreibtisch.

»Mit wem haben Sie vorhin gesprochen?«, wollte Louise wissen, als sie vor das Regal mit den Rechnungsbüchern trat.

»Mit Mister Newman.«

Louise betrachtete sie prüfend. »Was halten Sie von ihm?«

Helena schoss das Blut in die Wangen. »Er ist ein sehr gewissenhafter und kenntnisreicher Kellermeister.«

»Hegen Sie persönliche Gefühle für ihn?«

Wie kommt sie bloß darauf?, fragte sich Helena empört. Doch sie sagte nur: »Ich schätze ihn sehr. Er hat mir schon einige Male geholfen und erkundigt sich immer nach seinem Patenkind.«

Louises Blick klebte weiterhin an ihr. »Können Sie sich vorstellen, noch einmal zu heiraten?«

Das ging entschieden zu weit! »Ich bitte Sie, Madame. Ich trauere immer noch um Ihren Sohn!« Ob und wann ich mir einen neuen Gatten erwähle, ist allein meine Entscheidung und geht Sie gar nichts an, setzte Helena in Gedanken hinzu.

»Durch Ihre Tochter haben Sie eine Verantwortung gegenüber meiner Familie. Vergessen Sie das nie!«

»Was wollen Sie damit sagen, Madame?«, fragte Helena mit scharfer Stimme.

»Dass in den Adern von Laura das Blut der De Villiers fließt. Sollten Sie beabsichtigen, wieder zu heiraten, wählen Sie gut! Ich möchte nicht, dass meine Enkeltochter unter ihrem Stiefvater zu leiden hat.« Damit begab sich Louise hinter ihren Schreibtisch.

Helena knetete empört die eiskalten Hände. Was sollte diese Unterhaltung? Wollte Louise ihr verbieten, sich mit Newman zu unterhalten? Warum nur? Er ist ein ehrlicher Mann, und unter seiner rauen Schale verbirgt sich ein weicher Kern.

An diesem Morgen hatte Helena Mühe, sich auf die Dinge zu konzentrieren, die ihre Schwiegermutter mit ihr besprechen wollte. Die Verwunderung über das merkwürdige Gespräch hatte sich auch gegen Mittag noch nicht gelegt.

Vielleicht sollte ich den Spaziergang mit Newman absagen, überlegte Helena. Aber es widerstrebte ihr, sich von ihrer

259

Schwiegermutter einschüchtern zu lassen und den Kellermeister zu enttäuschen.

Entschlossen schnürte sie die Stiefeletten, warf noch einen Blick auf Laura, die ihr Mittagsschläfchen hielt, und verließ das Haus.

Newman erwartete sie bereits. Er hatte einen Korb bei sich.

»Ein kleiner Imbiss«, erklärte er. »Für den Fall, dass der Rundgang etwas länger dauert.«

Helena wurde heiß und kalt. Er will mit mir picknicken, dachte sie überrascht. Wenn Louise Wind davon kriegt, wird sie es sicher falsch verstehen.

»Stimmt etwas nicht mit Ihnen?«, fragte Zane, als er Helenas Zögern bemerkte.

»Nein, nein. Ich muss mich nur an die Wärme hier draußen gewöhnen. Im Büro von Madame war es wesentlich kühler.«

»Wir suchen uns ein schattiges Plätzchen. Kommen Sie!«

Helena warf einen Blick zurück zum Haus, bevor sie sich Newman anschloss.

Während des Spazierganges sprachen sie zunächst über die Erträge der letzten Lese.

Helena ertappte sich dabei, dass sie Newman immer wieder von der Seite musterte. Hegt er wirklich mehr als freundschaftliche Gefühle für mich?, fragte sie sich.

Schweigend wanderten sie durch die abgeernteten Spaliere. Das Weinlaub hatte sich bereits rot und gelb verfärbt.

»Wie kalt wird es in diesen Breiten eigentlich im Winter?«, erkundigte sie sich sie, während sie eines der farbenfrohen Blätter abriss.

»Etwas kälter als jetzt auf jeden Fall, so etwa um zehn Grad plus. Das ist auf der Südinsel schon ganz anders.«

»Sie waren schon mal dort. Ich erinnere mich, dass Sie mir vorgeschlagen haben, dorthin zu reisen.«

»Ich habe als sehr junger Bursche auf der Südinsel gearbeitet. Auf einer Schaffarm. Aber das war nichts für mich.«

»Und dann sind Sie nach Wahi-Koura gekommen?«

Newman nickte. »Madame hat mich als Lehrling aufgenommen. Ich habe im Weinberg und im Keller geholfen.«

»Und sehen Sie, was aus Ihnen geworden ist!« Helena zwinkerte Newman zu. Auf einmal waren die Bedenken, die sie angesichts von Louises Worten überfallen hatten, wie weggeblasen. Sie fühlte sich in Zanes Nähe geborgen. Und das wollte sie einfach nur genießen.

Newman wurde rot. »Ich glaube, ich habe meine Arbeit recht gut gemacht.«

»Recht gut? Da untertreiben Sie aber, Mister Newman! Sie müssen meine Schwiegermutter wirklich überzeugt haben, sonst hätte sie den Posten des Kellermeisters nicht mit Ihnen besetzt.«

Helena faszinierte die Bescheidenheit, die Zane an den Tag legte. Laurent war ganz anders gewesen. Nicht großmäulig, aber doch sehr von sich, seiner Arbeit und seinen Zielen überzeugt. Sie spürte, dass viel mehr in Newman steckte, als er eingestehen wollte.

»Haben Sie nie mit dem Gedanken gespielt, sich ein eigenes Weingut zuzulegen?«

»In diesen Zeiten?« Newman lachte bitter. »Sie wissen doch, mit welchen Problemen die Winzer zu kämpfen haben. Außerdem fühle ich mich Madame verbunden. Sie braucht mich als Kellermeister, und nach allem, was sie für mich getan hat, will ich sie nicht enttäuschen.«

»Ihre Loyalität ehrt Sie«, sagte Helena lächelnd. »Aber manchmal sollte man ein Risiko eingehen.«

Newman lächelte hintergründig. »Glauben Sie mir, wenn es eine Sache gibt, für die ich brenne, werde ich alles auf eine Karte setzen und jedes Risiko auf mich nehmen.«

Auf einer Freifläche mitten im Weinberg machten sie Halt. Der Platz war von runden Steinen eingefasst. Er hatte die Form einer Sonne, deren Strahlen sich in die Spaliere erstreckten.

»Ist das ebenfalls ein heiliger Ort der Maori?«, fragte sie überrascht. So weit war sie noch nie in den Weinberg vorgedrungen.

Newman schüttelte den Kopf. »Nein, dies ist die Sonne von Wahi-Koura. Madames Großvater hat sie angelegt in Anlehnung an die Ornamente, die er bei den Maori gesehen hat. Dieser Platz ist das Herz des Weinbergs. Man erzählt sich, dass Roland de Mareille sich hier oft mit seiner Braut getroffen hat.«

Helena schoss das Blut in die Wangen. Gibt es einen Grund, weshalb Zane mich hergeführt hat? Vor Erwartung beschleunigte sich ihr Puls.

Newman war jedoch nichts Besonderes anzumerken. Er holte ein Tischtuch aus dem Korb, breitete es aus und präsentierte Früchte, Brot und Käse darauf. Auch eine kleine verkorkte Tonflasche zauberte er hervor.

»Keine Sorge, es ist nur Traubensaft«, erklärte er lächelnd. »Wir wollen doch nicht, dass die kleine Laura betrunken wird.«

Zögerlich ließ sich Helena auf einer freien Ecke des Tuchs nieder. Newmans Fürsorglichkeit rührte sie, und sie hatte Mühe, die Gefühle, die in diesem Augenblick in ihr aufstiegen, zu unterdrücken.

Vielleicht empfinde ich doch mehr für ihn, als ich mir eingestehen mag, überlegte sie. Aber diesen Gedanken verbannte sie sofort wieder.

Nach dem Imbiss machten sie sich wieder auf den Rückweg. Die ganze Zeit über hatte Helena das Gefühl, dass Newman ihr etwas sagen wollte. Aber er schwieg versonnen und schaute sie immer wieder an.

Als sie sich dem Haus näherten, ertönten aufgeregte Stimmen.

Ein Streit auf dem Hof?

»Was ist denn da los?«, fragte Newman und beschleunigte den Schritt. Helena folgte ihm, so gut sie konnte.

Sämtliche Arbeiter hatten sich im Hof versammelt. Sie gestikulierten aufgeregt und redeten lautstark auf einen Pulk von Männern ein, die Louises Grund und Boden offenbar unrechtmäßig betreten hatten.

»Was ist hier los?«, wollte Newman wissen, während Helena zurückblieb und nach Louise Ausschau hielt.

»Ah, Mister Newman, endlich mal ein Mann, mit dem man reden kann«, rief Manson, der etwa zwanzig Leute anführte.

Einige Arbeiter reckten drohend die Fäuste, andere schleuderten den Eindringlingen wüste Beschimpfungen entgegen.

Manson war die Ruhe selbst.

»Was wollen Sie hier?«

»Ihre Chefin sprechen. Madame ist doch zu Hause, oder?«

Newman verschränkte die Arme vor der Brust. »Sie haben wirklich Nerven, Manson! Ich habe Ihnen doch gesagt, dass Sie sich hier nicht mehr blicken lassen sollen. Dass sie es trotzdem wagen, ist ungeheuerlich. Erst recht nach dem letzten Vorfall.«

»Ich weiß nicht, was Sie meinen.« Manson zog einen Umschlag aus der Innentasche seiner Jacke. »Ich habe etwas, was Madame bestimmt interessieren wird.«

»Warum sollte sie sich das ansehen?«

»Das geht Sie gar nichts an.«

»Lassen Sie nur, Newman!« Mit forschen Schritten und geballten Fäusten ging Louise auf die Eindringlinge zu.

Während einige unter Mansons Gefolgschaft zurückwichen, blieb der Bankier ungerührt stehen.

Louises Gesicht war hochrot. »Das ist Hausfriedensbruch,

Mister Manson. Ich habe Ihnen verboten, mein Land zu betreten. Scheren Sie sich zum Teufel mit Ihrem Pack!«

»Das muss mir entfallen sein«, gab Manson frech zurück, nachdem er Newman einen spöttischen Seitenblick zugeworfen hatte. »Aber da ich nun schon mal hier bin, sollten Sie sich das hier mal ansehen.«

»Was ist das?«, fragte Louise, während sie den Umschlag in Mansons Hand angewidert betrachtete.

»Ich hatte ein Gespräch mit dem Bürgermeister. Er stimmt mit mir überein, dass das Land hinter Ihrem Weingut besser genutzt werden könnte.«

»Dieses Land gehört den Maori! Mein Großvater hat einen Vertrag mit ihnen geschlossen.«

Manson lächelte schief. »Dieser Vertrag ist wohl kaum rechtsgültig. Er ist mündlich geschlossen worden, nicht wahr? Ich kann mir nicht vorstellen, dass ein Maori-Häuptling damals schon unserer Sprache mächtig war und ein Papier unterschrieben hat.«

»Wenn Sie das so sehen, ist es immer noch mein Land!«

»Deshalb richte ich dieses Papier ja auch an Sie, Madam!« Er wedelte mit dem Umschlag, aber Louise griff noch immer nicht danach. »Dies ist mein letztes Kaufangebot. Sollten Sie es ablehnen, werde ich Ihren Landbesitz öffentlich in Frage stellen. Ich bin sicher, dass Sie keine Kaufurkunde vorweisen können.«

Ein Raunen ging durch die Männer.

Louise starrte Manson entgeistert an. »Was fällt Ihnen ein? Dazu haben Sie kein Recht!«

»Sie werden schon sehen, Madame! Ich bin schließlich nicht der Einzige, der dafür sorgen will, dass dieser Schandfleck in der Hawke's Bay getilgt wird.«

Louise zitterte nun am ganzen Leib. Ihr Atem beschleunigte sich, und sie hob zu einer Erwiderung an. Aber plötzlich sank sie stöhnend zu Boden.

264

»Verpasst diesem Mistkerl eine Tracht Prügel!«, rief Yves Leduc, worauf Mansons Gefolge das Weite suchte.

Bevor die Männer der Aufforderung nachkommen konnten, hielt Newman sie zurück. »Macht euch nicht unglücklich, Jungs! Lasst sie laufen!«

»Um Gottes willen!« Helena stürzte zu Louise.

Ihre Schwiegermutter war ohnmächtig. Mit kreidebleichem Gesicht und bläulich verfärbten Lippen lag sie da und atmete nur noch schwach.

»Das Herz!«, rief Helena entsetzt, die sich unwillkürlich an die letzten Tage ihrer Tante Sophie erinnerte. »Mister Newman, schnell, holen Sie Doktor Fraser! Didier, bitte, schaffen Sie Madame ins Haus!«

»Sie verdammter Mistkerl!«

Während der Kutscher Louise vorsichtig davontrug, war Newman auf Manson losgegangen.

Blitzschnell packte der Kellermeister sein Gegenüber am Kragen und zog Mason zu sich heran. »Beten Sie zu Gott, dass Madame de Villiers nichts passiert. Sonst werde ich dafür sorgen, dass Sie hinter Gittern landen.«

»Große Worte, Mister Newman!« Manson schüttelte sich wie ein Hund. »Ich glaube kaum, dass Sie mich verantwortlich machen können.«

»Das wird sich zeigen.« Obwohl Zane dem Bankier am liebsten eine Tracht Prügel verpasst hätte, stieß er ihn von sich und rannte zu den Pferden.

4

Helena fühlte sich hilflos und war den Tränen nahe, als sie neben Louises Bett wachte. Sie hatte ihrer Schwiegermutter ein feuchtes Tuch auf die Stirn gelegt und hielt ihre Hand, doch Louise reagierte nicht. Ihr Atem war immer noch schwach. Schweiß perlte über ihr blasses Gesicht.

Wir hatten doch gerade begonnen, uns einander anzunähern ... und jetzt das, grübelte sie. Hoffentlich wird Louise wieder gesund. Warum nur lassen diese Abstinenzler uns nicht in Ruhe?

Hufschlag riss sie aus den Gedanken. Als sie zum Fenster stürmte, brachten Newman und Fraser die Pferde zum Stehen und sprangen aus dem Sattel. Wenig später führte Adelaide den Arzt herein. Entsetzt blickte sie auf ihre Herrin, bis Helena ihr sagte, dass sie sich zurückziehen könne.

»Was ist passiert?« Fraser zog bereits ein Stethoskop aus seiner Tasche.

Helena schilderte das Geschehen in aller Kürze, worauf der Doktor die Stirn krauszog. »Offenbar habe ich mich damals nicht verhört.«

»Wie bitte?«

»Bei meinem letzten Besuch habe ich Madame de Villiers gebeten, sich in meiner Praxis vorzustellen, sobald sie sich von der Kopfverletzung erholt hat. Mir ist damals eine Unregelmäßigkeit an ihrem Herzschlag aufgefallen.«

»Das wusste ich gar nicht.«

»Sie hatte mich auch gebeten zu schweigen. Bei Ihrer Niederkunft verlief alles so dramatisch, dass ich vergessen habe, sie daran zu erinnern.« Fraser seufzte und griff nach Louises Handgelenk. »Ich denke, Sie sollten es wissen, denn Sie sind die einzige Angehörige, die sie noch hat. Und Sie müssen schnell handeln, wenn es wieder zu einem Notfall kommt.«

»Sie meinen, es könnte wieder passieren?«

»Ich würde es nicht ausschließen. Aber zuvor sollte ich mir meine Patientin genauer ansehen.«

»Soll ich während der Untersuchung den Raum verlassen?«, fragte Helena.

Fraser schüttelte den Kopf. »Nein, bleiben Sie. Sie braucht jemanden, den sie kennt.«

Wahrscheinlich kennt sie Sie besser, Doktor, dachte Helena, aber sie rückte den Stuhl ans Fenster, um dem Arzt Platz zu machen, und setzte sich. Während der Untersuchung blickte sie ins Freie hinaus. Die Nachmittagssonne hüllte sich in Dunst. Am Horizont tauchten dunkle Wolken auf.

Dieser verdammte Manson!, schimpfte Helena im Stillen. Was führt er nur im Schilde, dass er Louise mit solchem Fanatismus verfolgt?

»Es ist so, wie ich vermutet habe«, sagte Fraser, als er sich wieder aufrichtete. »Ihre Schwiegermutter hat ein Aneurysma der Aorta.«

»Und das bedeutet?«

»Die große Hauptschlagader, die zum Herzen führt, hat eine schadhafte Ausbuchtung. Sie verändert den Klang des Herzschlags. Es entsteht ein schwirrendes Geräusch. Möchten Sie es hören?«

Helena schüttelte den Kopf. In ihrer Magengrube schien plötzlich ein schwerer Stein zu liegen. Kalter Schweiß trat auf ihre Stirn. »Ist das gefährlich?«

»Sehr gefährlich sogar, denn das Gefäß kann jederzeit platzen.«

Entsetzt schlug Helena die Hand vor den Mund. Solch ein Schicksal hatte Louise nicht verdient.

»Ein Aneurysma taucht aber nicht plötzlich auf, es bildet sich über Jahre hinweg. Die plötzliche Verschlechterung schreibe ich der Aufregung zu, die sie in den vergangenen Monaten hatte.«

»Gibt es irgendwelche Medikamente, die sie einnehmen kann?«

»Ich fürchte nicht. Die beste Medizin ist strikte Schonung. Wir müssen auf alle Fälle verhindern, dass das Aneurysma reißt. Sonst verblutet Ihre Schwiegermutter innerlich.«

Helena krallte die Hände in ihren Rock. Verzweiflung, aber auch eine grenzenlose Wut auf Manson erfasste sie.

»Gibt es etwas, was ich tun kann?«

»Sie müssen dafür sorgen, dass sie kürzertritt. Ich werde ihr ein Medikament verschreiben, das ihr das Atmen ein wenig erleichtert. Achten Sie darauf, dass sie sich nicht unnötig bewegt und erst recht nicht aufregt. Jeder Anstieg ihres Blutdruckes könnte das Ende bedeuten.«

Kürzertreten? Das wird Louise gar nicht gefallen, ging Helena durch den Kopf. Und sie bezweifelte auch, dass ihre Schwiegermutter Medikamente schlucken würde.

»Bitte, könnten Sie mir Ihre Anweisungen aufschreiben? Ich befürchte nämlich, dass meine Schwiegermutter nicht auf mich hören wird. Nach der Gehirnerschütterung ist sie auch viel zu früh aufgestanden.«

Fraser nickte.

Sobald der Arzt gegangen war, klopfte Newman an die Schlafzimmertür.

»Wie geht es ihr?«, fragte er flüsternd, als Helena öffnete.

»Nicht gut. Doktor Fraser meint, dass sie sich in der nächsten Zeit sehr schonen muss.« Helena schlüpfte hinaus und schloss die Tür leise hinter sich.

»Kein Wunder bei der Aufregung heute.« Newman stemmte die Hände in die Seiten. Zorn flammte in seinen Augen auf. »Wird sie wieder gesund?«

Helena senkte den Kopf. Tränen schossen ihr in die Augen. »Doktor Fraser sagt, dass sie vielleicht noch fünf Jahre hat – oder fünf Wochen. Je nachdem, ob ihre Aorta hält oder nicht.«

Newman verschlug es die Sprache.

Auch Helena wusste nichts mehr zu sagen. Was habe ich sie gehasst, als ich hier ankam!, dachte sie. Und jetzt, wo sie dem Tode nahe ist, bin ich beinahe so traurig, als würde ich Laurent noch einmal verlieren ...

Auf einmal konnte Helena ihre Gefühle nicht mehr unterdrücken. Sie brach in Schluchzen aus.

Zane zog sie an sich und streichelte ihr beruhigend den Rücken. »Nun weinen Sie doch nicht, Madam! Es wird schon alles werden.«

Helena hielt sich an seiner Jacke fest und weinte hemmungslos. »Ich weiß nicht, was werden soll! Dieser Manson macht alles zunichte!«

»Er versucht es nach Kräften. Aber wird nicht durchkommen damit. Madame hat einen guten Anwalt. Der wird nicht zulassen, dass sie enteignet wird.«

Diese Worte beruhigten Helena ein wenig. Sie schöpfte wieder Zuversicht. Keine Begründung würde ausreichen, um Louise von ihrem Besitz zu vertreiben.

Helena straffte sich und löste sich von Newman. »Bitte entschuldigen Sie meinen Gefühlsausbruch«, sagte sie. Sie war plötzlich verlegen und schämte sich ein wenig.

Zane hielt ihr sein Taschentuch hin. »Mir hat er gefallen, Madam«, flüsterte er. »Hier, nehmen Sie!«

Helena fragte sich verwirrt, ob sie sich verhört hatte. Sie bedankte sich, nahm das Taschentuch und trocknete ihre Tränen.

Als sie es zurückgeben wollte, schüttelte er den Kopf. »Behalten Sie es für den Fall, dass Sie es noch mal brauchen.«

»Das ist sehr freundlich von Ihnen.«

Als Newman sich zum Gehen umwandte, hielt Helena ihn am Arm zurück.

»Mister Newman!«

»Ja, Madam?«

Helena zögerte einen Moment. »Wenn Sie möchten, können Sie mich Helena nennen.«

Newman lächelte. »Ob es Ihrer Schwiegermutter gefällt, dass Sie sich mit einem Angestellten verbrüdern wollen?«

»Sie sind mehr als nur ein Angestellter ...«

»Danke, Helena, aber nur unter der Bedingung, dass Sie mich im Gegenzug Zane nennen.«

»Das mach ich, Zane.«

Helena sah dem Kellermeister nach, bis er um eine Ecke verschwand, bevor sie zu Louise zurückkehrte.

Wie betäubt saß Helena neben Louise, unfähig, auch nur einen klaren Gedanken zu fassen. Ihr Kopf war wie leer gefegt. Stumpf betrachtete sie das Muster der Bettdecke.

»Laurent.«

Das Flüstern schreckte Helena auf. Ihre Schwiegermutter bewegte die Lippen.

»Madame? Sind Sie wach?«

Louise reagierte nicht. »Ich bin's, Helena.«

Nun drehte Louise den Kopf. »Helena?«, fragte sie verwirrt. »Wo ist Laurent?«

Ein eisiger Schauder erfasste Helena. Sie wusste einfach nicht, was sie sagen sollte.

»Laurent«, wiederholte Louise, ohne die Augen aufzuschlagen. Nur einen Atemzug später schlief sie wieder ein.

Helena umschlang fröstelnd ihre Schultern. Was soll ich nur tun, wenn sie wieder nach ihm verlangt? Ich kann sie doch nicht anlügen ...

Es wurde ein langer Abend. Adelaide und Sarah lösten Helena nacheinander bei der Wache ab, denn Helena wollte sich um ihre Tochter kümmern. Sobald Laura für die Nacht versorgt war, fand Helena sich erneut am Krankenlager ein.

Im Haus herrschte eine beklemmende Stille. Auch auf dem Hof war es ruhig geworden. Irgendwann erschien Abby und teilte Helena mit, dass Laura ruhig schlafe und sie selbst sich zu Bett begeben werde.

Obwohl Helena sich bleischwer fühlte, blieb sie neben dem Bett sitzen, bis ihr selbst die Augen zufielen.

Der Ruf eines Vogels schreckte sie hoch. Zunächst dachte sie, Louise habe nach ihr gerufen, aber die schlief noch immer.

Helena beschloss, ihre verspannten Glieder bei einem Rundgang zu lockern. Leise verließ sie das Schlafzimmer. Das Echo ihrer Schritte im Korridor erschien ihr überlaut.

Als sie schließlich aufblickte, fand sie sich vor der Bibliothekstür wieder. Ohne Umschweife drehte sie den Türknopf. Der Wind raunte vor den Fenstern. Mondlicht fiel auf den Teppich. Helena zündete die Lampe auf dem Schreibtisch an und setzte sich. Abwesend strich sie über den Einband eines Buches, als ihr plötzlich das Amulett einfiel.

Vielleicht hört all das Unglück auf, wenn ich es zurückgebe.

Sofort sprang sie auf. Der schmale Band stand an derselben Stelle im Regal, an dem sie ihn gefunden hatte. Helena öffnete ihn, zog das Amulett hervor und betrachtete den Greenstone.

Die seltsame Vogelgestalt wirkte plötzlich bedrohlich.

Ich werde dieses Ding fortschaffen, koste es, was es wolle, dachte sie.

271

Wenig später schlich sich Helena aus dem Haus. Am Horizont erhob sich der erste Silberstreif des Morgens. Sie erwog, Zane zu wecken und ihn um Begleitung zu bitten, verwarf die Idee allerdings gleich wieder. Das ist meine Sache, dachte sie. Ich habe das Amulett gefunden, ich gebe es den rechtmäßigen Besitzern zurück. Laurent wird schon über mich wachen.

Bewaffnet mit einer Laterne aus dem Kelterschuppen, verließ sie schließlich das Gut.

Nur noch bruchstückhaft erinnerte sich Helena an den Weg, den sie mit Sarah gegangen war. Dennoch hatte sie das Gefühl, dass sie in die richtige Richtung lief. Während das Morgenlicht immer stärker wurde, erwachte ringsumher das Leben. Vögel stimmten ihre melodischen Gesänge an, während kleine Tiere durch das Gras huschten.

Helena schenkte dem kaum Beachtung. Farne peitschten ihre Waden, und Äste streiften ihr Gesicht. Der Rocksaum ihres Kleides, Strümpfe und Stiefeletten waren nass vom Morgentau, doch Helena kümmerte es nicht.

Was zählt das schon im Vergleich zu einem Menschenleben?

Als es schließlich so hell war, dass Helena das Licht löschen konnte, erreichte sie den Baumvorhang. Sie wappnete sich innerlich gegen das Auftauchen der Wächter und sprach sich Mut zu: Irgendwie werde ich ihnen schon begreiflich machen können, was ich will.

Als sie wider Erwarten nicht auftauchten, durchquerte Helena kurzerhand das tiefhängende Geäst. Ihr Herz pochte ängstlich, doch sie rannte weiter, das Amulett fest in der Hand.

Die Vogelrufe klangen nun bedrohlich, und Helena überfiel das Gefühl, dass sie beobachtet wurde. Erst als sie den durchdringenden Duft der Heilpflanzen roch, wurde sie ruhiger.

Ich werde den Anhänger der Heilerin bringen. Hoffentlich erkennt sie mich noch.

272

Am Trockenplatz vorbei strebte sie der Dorfmitte zu. Die Frauen, die sich dort aufhielten, schauten verwundert auf. Eine Schar Kinder stürmte ihr entgegen.

»Ahorangi!«, rief Helena und riss den Arm hoch. »Ich muss mit der *tohunga* sprechen!«

Von dem, was die Frauen antworteten, verstand sie nicht das Geringste. Deshalb zeigte sie ihnen den *manaia*. Aber noch immer regten sie sich nicht.

»Warum du mich wollen sprechen?«

Helena fuhr zusammen. Ahorangi war wie aus dem Nichts hinter ihr aufgetaucht.

»Ich möchte dir etwas zurückgeben.« Helena streckte ihr den Anhänger entgegen.

Die Heilerin erschrak. »Ist Huia tot?«

»Wer?«

»Die Mutter deines *tane*. Deines Mannes.«

»Louise?«

»Das ist der Name, den *pakeha* ihr geben. Bei uns heißt sie Huia.«

»Sie ist nicht tot. Aber sehr, sehr krank. Ich will, dass es aufhört.«

»Was soll aufhören?«

»Der Fluch. Alles, was mit diesem *manaia* zusammenhängt. Wenn euch jemand diesen Gegenstand geraubt hat, sollt ihr ihn zurückbekommen. Mir bedeutet er nichts.«

»Du glaubst, *manaia* hat Huia Unglück gebracht?« Die Heilerin sah sie verständnislos an.

»Ist es nicht so?« Helenas Schläfen pochten so wild, dass sie glaubte, ihr Kopf würde jeden Augenblick zerspringen.

»Du mit mir kommen, Mädchen«, sagte die Alte und streckte die Hand nach ihr aus. »Ich dir erzählen alles.«

»Huia ist Teil von uns«, begann die Heilerin, nachdem sie ein Stück durch den Busch gegangen waren. »Mutter ihrer Mutter war eine Maori. Tochter von *ariki*.«

»*Ariki*?«

»Ihr sagen König. König vom Stamm. *Pakeha*-Mann zu uns gekommen ist und gebeten hat um Hauora, Tochter von *ariki*. *Ariki* hat ihm gegeben seine Tochter zur Frau und hat dafür Vertrag bekommen: Stamm kann bleiben auf dem Land, solange Kinder von Hauora leben bei *pakeha*. Kind von Hauora war Huias Mutter.«

Dann war Louises Großmutter eine Maori? Helena erinnerte sich mit einem Mal, dass Louise ihr bei der ersten Begegnung exotisch erschienen war. Das Maori-Blut in ihren Adern! »Dann gehörte Laurent auch zu euch?«

»Genauso wie dein Kind. Du hast neue Hoffnung gebracht für unser Volk.«

Helena ließ sich auf eine mächtige Baumwurzel sinken. All das war zu viel für sie.

»Und was ist damit?«, fragte sie und streckte der Heilerin das Amulett erneut hin. Die *tohunga* nahm es auch diesmal nicht an. Will sie uns nicht von dem Fluch befreien?, fragte Helena sich.

»Der *manaia* hat Hauora gehört. Er ist weitergegangen zu ihrem Kind und weiter zu Huia. Danach zu Laurent, und jetzt er gehören deiner Tochter.«

»Dann liegt gar kein Fluch darauf?«

Die Heilerin schüttelte den Kopf. »Der *manaia* wird an die Kinder weitergegeben. Immer an das erste, das lebt. Dieser *manaia* trägt keinen Fluch. Ich ihn sonst nicht bei Huia gelassen. Sie sollte ihn ihrem Sohn geben, aber Laurent ist fortgegangen, ohne ihn mitzunehmen.«

Helena betrachtete die leuchtende Jade. Das Geschöpf wirkte noch immer bedrohlich.

»Er soll Glück bringen dem Kind und es beschützen, bis es eigene Kinder hat«, fuhr die Heilerin fort.

Helena kam sich plötzlich sehr dumm vor. Aber zugleich spürte sie eine unendliche Erleichterung.

»Nun du mir erzählen von Huia. Welche Krankheit hat sie? Ich vielleicht kann mit *rongoa* helfen.«

Wie soll ich ihr nur ein Aneurysma erklären?, fragte sich Helena verzweifelt.

»Ihr Herz ist schwach«, antwortete sie kurzerhand. »Sie hat nur noch wenig Zeit, sagt der Arzt. Aber ich möchte nicht, dass sie stirbt.«

»Huia ist manchmal wild und zornig. So sie war schon immer. Ihr Herz sich selbst auffressen.«

»Kann man nichts dagegen tun?«

»Ich dir gebe Medizin, die machen stark. Aber Götter lassen nicht mit sich handeln. Wenn Zeit für Huia gekommen, dann sie muss reisen ins Reich der Ahnen.«

Das klang wenig hoffnungsvoll. Helena nahm ihre Umgebung plötzlich nur noch verschwommen durch einen Tränenschleier wahr.

Warum haben wir unsere gemeinsame Zeit nur so vertan? Habe ich noch Zeit, ihr zu sagen, dass ich dankbar bin für alles, was sie für mich und Laura getan hat?

Diese Fragen ließen sie nicht mehr los.

Die Heilerin verschwand in ihrer Hütte, während Helena auf dem Dorfplatz wartete. Sie trocknete sich die Tränen. Unter den neugierigen Blicken der Frauen fühlte sie sich unwohl. Erst als eine Horde Kinder an ihr vorbeirannte, schlich sich ein Lächeln auf ihr Gesicht. Unter den Jungen und Mädchen erkannte sie auch die Kleine, die im Weinberg mit den Steinen gespielt hatte. Ihre Blicke trafen sich kurz, dann verschwand das Mädchen hinter einer Hütte.

»Hier, nimm *rongoa*.« Die Heilerin hielt Helena einen bunt

gemusterten Beutel entgegen, dem ein starker aromatischer Duft entströmte. »Huia muss trinken dreimal am Tag Tee davon. Nur dann nicht, wenn Sonne schlafen geht.«

Helena nahm ihn mit einem dankbaren Lächeln entgegen und erinnerte sich an Sarahs Rat, ihrer Dankbarkeit durch ein Geschenk Ausdruck zu verleihen. Jetzt hat die *tohunga* mir schon zum dritten Mal geholfen, dachte sie mit schlechtem Gewissen. Ich muss ihr unbedingt eine Gabe zukommen lassen.

Als Helena das Gut erreichte, stand die Sonne schon hoch am Himmel. Sie brachte die Kräuter in die Küche und sah nach Louise, die inzwischen wieder wach war. Adelaide hatte ihr ein paar Kissen in den Rücken geschoben.

»Helena! Wo waren Sie so lange? Ich habe Sie schon vor einer Stunde rufen lassen.«

»Bitte, verzeihen Sie, Madame! Ich habe die Heilerin aus dem Maori-Dorf konsultiert. Sie hat mir Kräuter für einen kräftigen Sud gegeben, den Sie trinken müssen.«

»Demnach haben Sie Fraser nicht geholt?«

»Doch, natürlich. Er hat Ihnen ebenfalls Medikamente verschrieben.«

Louise nickte nur. Ihr war deutlich anzusehen, dass jedes Wort sie anstrengte. »Sie müssen etwas für mich erledigen«, sagte sie schließlich.

»Wenn es in meiner Macht steht.«

»Sie werden keine andere Wahl haben. Eigentlich wollte ich mich morgen mit Monsieur Rouget von der Weinhandelsgesellschaft Auckland treffen.«

Der Name war Helena vertraut. Er war in den Lehrstunden gefallen, als es um den Verkauf des Weins ging.

»Die Verhandlungen mit ihm sind immer recht zäh, und ich möchte, dass Sie mich vertreten.«

Helena schnappte nach Luft. »Trauen Sie mir wirklich zu, dass ...«

»Mister Newman wird Sie begleiten und Ihnen unterwegs alles erzählen, was Sie über Rouget wissen müssen. Sie werden als meine Stellvertreterin auftreten, und ich hoffe sehr, dass Sie zu einem guten Abschluss kommen.«

Louise sank zurück in die Kissen.

Helena bemerkte die geschwollenen Adern an ihren Schläfen.

»Ich werde alles zu Ihrer Zufriedenheit erledigen, Madame.«

»Gut, dann lassen Sie mir die Arznei bringen, die Ahorangi Ihnen mitgegeben hat. Ich wette, dass sie mich schneller wieder auf die Beine bringt als Frasers Mittelchen.«

Am Nachmittag trafen sich Helena und der Kellermeister in Louises Arbeitszimmer. Monsieur Pelegrin hatte bereits alle notwendigen Unterlagen vorbereitet. Und Sarah hatte für Tee gesorgt, der Helenas Lebensgeister stärkte.

»Monsieur Rouget ist ein sehr gwiefter Händler«, erklärte Newman, während er auf den Briefkopf des Kunden deutete.

Louise hatte die Korrespondenz mit ihm akribisch abgeheftet. Dabei war ein ziemlich dicker Ordner entstanden.

»Madames forsche Art hat ihn immer wieder aufs Neue beeindruckt und davon abgehalten, die Preise zu drücken, was er auch diesmal zweifellos versuchen wird«, fuhr er fort. »Darauf dürfen Sie sich auf keinen Fall einlassen.«

»Das habe ich auch nicht vor.« Helena erinnerte sich noch sehr gut an das erste Jahr nach ihrer Übernahme von Gut Lilienstein. Nicht nur, dass sie von den anderen Weinbauern der Umgebung belächelt wurde, auch die Händler hielten sie für ein Kind, das sie getrost übervorteilen konnten. Helena lächelte, als sie sich wieder die erstaunten Gesichter nach den ersten Verkaufsverhandlungen ins Gedächtnis rief.

»Der Wein des vergangenen Jahres ist hervorragend geraten. Und in diesem Jahr können wir zu Recht darauf hoffen, einen der besten Weine der vergangenen fünfzig Jahre zu produzieren. Sie haben also keinen Grund, Ihr Licht unter den Scheffel zu stellen, Helena.«

»Rouget wird natürlich trotzdem versuchen, die Preise zu drücken, und als Argument die Prohibitionsbewegung nennen. Dass einige Weingüter aufgegeben haben, könnte uns aber von Nutzen sein. Ein Weinhändler braucht Ware, die er an seine Geschäftskunden weiterverkaufen kann. Bekommt er sein Kontor nicht voll, fällt das auf ihn zurück, denn es sieht so aus, als würden einige Zulieferer auf seine Dienste verzichten. Wir werden das Gerede also getrost ignorieren und auf den Preisen des vergangenen Jahres beharren.«

»Sie kennen sich wirklich hervorragend aus«, sagte Zane, der sichtlich beeindruckt wirkte.

»Danke, Zane, aber das ist bestimmt gar nichts im Vergleich zu dem Wissen, über das meine Schwiegermutter verfügt.«

Nach einer kurzen Gedankenpause erklärte der Kellermeister: »Es ist ein großer Vertrauensbeweis von Madame, dass Sie Ihnen dieses Gespräch überlässt. In all den Jahren hat sie die Verkaufsverhandlungen stets selbst geführt.«

»Ich schätze mal, jetzt hat sie keine andere Wahl«, winkte Helena ab. Sie hatte beschlossen, nicht allzu viel in diese Sache hineinzulesen. Wahrscheinlich macht Louise mir wieder die Hölle heiß, wenn es ihr besser geht, dachte sie resigniert.

»Sie hätte auch mich schicken können«, entgegnete Newman. »Ich kenne Rouget, und sie hat auch Vertrauen zu mir. Aber sie hat sich für Sie entschieden, Helena. Das bedeutet nichts anderes, als dass sie Ihre Fähigkeiten erkannt hat.«

»Dann hoffe ich, dass ich sie nicht enttäusche.« Helena blickte zum Bücherregal. Dann erhob sie sich und holte den Anhänger, den sie am Vortag wieder zwischen den Buchseiten verstaut hatte. Er soll es wissen ...

Zane blickte sie erschrocken an. »Wollten Sie den nicht verschwinden lassen?«

»Das wollte ich. Aber wie ich gestern erfahren habe, gibt es dazu keinen Grund.«

Helena fuhr mit dem Finger über die Umrisse des Greenstone. »Ich war gestern bei der *tohunga* des Maori-Dorfes. Ich wollte ihr den *manaia* zurückgeben, weil ich dachte, er sei für unser Unglück verantwortlich.«

»Und?«

»Da hat sie mir verraten, dass dieser *manaia* eigentlich Madame gehört und dass er von Generation zu Generation weitergegeben wird. Wenn man es so nimmt, gehört er jetzt meiner Tochter.«

»Aber *manaia* wurden früher nicht an Weiße vergeben. Sie haben keine Beziehungen zu der Totenwelt der Maori.«

»Das mag vielleicht stimmen, aber ob Sie es glauben oder nicht, Madame hat Beziehungen zu dieser Welt.«

Newman schüttelte ungläubig den Kopf.

»Sie haben mir doch von der Braut von Madames Großvater erzählt.«

»Der er die Sonne gewidmet hat.«

»Diese Frau war eine Maori.«

Zanes Miene verriet, dass er nichts davon wusste.

Warum mochte Louise es ihm verheimlicht haben?

»In den Adern meiner Tochter fließt also auch Maori-Blut.«

Er schnappte nach Luft und griff nach Helenas Hand. »Aber das ist ja wunderbar!«

Helena überlief es heiß und kalt. Ihr Herz pochte, aber sie wollte ihre Hand nicht wegziehen. »Inwiefern?«

»Sie haben doch gehört, was dieser Manson gesagt hat.«

279

»Er hat bezweifelt, dass es einen Vertrag zwischen den Maori und Louises Familie gibt.«

»Ja, aber diese Behauptung ist haltlos, denn Madame gehört das Land allein schon wegen ihrer Verwandtschaft zu dem Stamm!«

Freudige Erregung erfasste Helena. »Dann wird Manson ihr ihren Grund und Boden nicht wegnehmen können?«

»Das kann niemand«, antwortete Newman skeptisch und zog seine Hand wieder zurück. »Allerdings gibt es da einen Haken. Madame wird beweisen müssen, dass ihre Großmutter Maori war.«

»Das weiß man doch im Dorf!«

»Das mag sein. Aber Gerichte wollen Beweise sehen. Amtliche Papiere.«

Helenas Mut sank. Es würde schwierig sein, Unterlagen aus dieser Zeit aufzutreiben. Aber vielleicht konnte Madame ihr behilflich sein . . .

»Wenn wir in Napier sind, können wir ja mal in der Kirche nachfragen. Vielleicht liegen dort irgendwelche Dokumente.«

»Keine schlechte Idee, Helena.« Newman lächelte triumphierend. »Aber jetzt sollten wir uns besser wieder dem Wein zuwenden.« Er tippte auf den Greenstone. »Wenn Sie wirklich davon überzeugt sind, dass der *manaia* Glück bringt, sollten Sie ihn bei den Verhandlungen tragen.«

280

5

Die Straßen von Napier waren an diesem Morgen überfüllt von Passanten. Vor wenigen Stunden hatte ein Dampfschiff Zuwanderer aus Übersee und Gäste aus Auckland gebracht. Die Fuhrwerke mussten immer wieder Rücksicht auf die Fußgänger nehmen, um niemanden zu überrollen. Auch Didier kam mit dem Landauer nur langsam voran.

»Verdammt, was ist denn heute los?«, murmelte er vor sich hin, als er einem Jungen mit Schubkarre ausweichen musste, der unvermittelt auf die Straße geraten war.

»Wie spät ist es?«, fragte Helena, während sie aufgeregt ihr Haar ordnete. Zu viel stand heute auf dem Spiel. Sie durfte sich keinen Fehler erlauben.

Zane, der ihr gegenübersaß, zog seine Taschenuhr aus der Westentasche. »Viertel vor zehn. Bis um zehn Uhr sind wir im *Lions*.«

Helena kamen allmählich Zweifel. Hat sich das Schicksal gegen mich verschworen? Monsieur Rouget wird es nicht schätzen, wenn ich zu spät komme.

»Immer mit der Ruhe!«, versuchte Newman sie zu beruhigen. »So groß ist Napier nicht. Das Hotel liegt ganz in der Nähe.«

Helena lehnte sich zurück und versuchte, sich mit dem Betrachten der Häuser abzulenken. Der fischige Geruch, der durch die Straßen zog, erinnerte sie an ihre Ankunft in Napier. Wie viel hatte sich seitdem verändert!

In Hafennähe lichteten sich die Straßen ein wenig, worauf Didier die Pferde schneller antrieb. Als der Landauer vor dem Hotel hielt, war es wenige Minuten vor zehn.

Helenas Angst, zu spät zu kommen, wich der Aufregung angesichts des Treffens mit dem Händler. Sie schloss die Augen und zwang sich zur Ruhe. Du machst so etwas doch nicht zum ersten Mal, sagte sie sich. Du wirst Monsieur Rouget schon überzeugen.

»Sind Sie bereit?«, fragte Newman, nachdem er Helena aus der Kutsche geholfen hatte.

Sie nickte und tastete dann nach dem Medaillon und dem *manaia* unter dem hochgeschlossenen, mit Spitzen verzierten schwarzen Taftkleid.

Die Möblierung im Stil des Empires verlieh dem *Lions* die Eleganz vergangener Tage. In Helenas Vorstellung sahen so englische Männerclubs aus. Zigarrenrauch hing in der Luft der Eingangshalle, die mit Mahagonisesseln vollgestellt war. Zwischen zahlreichen exotischen Kübelpflanzen saßen die Gäste, plauderten oder vertieften sich in eine Lektüre. Der Portier hinter dem Empfangstresen, der in einer tadellos sitzenden blauen Livree steckte, grüßte die Neuankömmlinge freundlich.

»Dahinten ist er«, sagte Newman, während er unauffällig auf einen Tisch neben der Treppe deutete. Ein mittelgroßer, in einen dunkelgrauen Anzug gekleideter Mann blickte gerade von seiner Zeitung auf. »Ich drücke Ihnen die Daumen, Helena.«

»Vielen Dank«, entgegnete sie und straffte sich.

Schon faltete Rouget die Zeitung zusammen, erhob sich und kam mit langen Schritten auf sie zu. »Guten Tag, Mister Newman. Darf ich fragen, wer denn Ihre reizende Begleitung ist?«, rief er. »Ich habe Madame de Villiers erwartet!«

»Das ist Helena de Villiers«, antwortete der Kellermeister lächelnd. »Die Schwiegertochter von Madame.«

»Freut mich sehr«, antwortete der Weinhändler und gab

282

Helena einen formvollendeten Handkuss. »Ich bin Rodolphe Rouget und ehrlich gesagt ziemlich überrascht. Was verschafft mir das Vergnügen?«

»Madame fühlte sich heute nicht wohl«, antwortete Helena diplomatisch. »Da sie mich seit geraumer Zeit in die Geschäftsführung eingewiesen hat, gab sie mir den Auftrag, mit Ihnen zu verhandeln.«

Rougets Augen verengten sich zu schmalen Schlitzen. »Es ist doch hoffentlich nichts Ernstes.«

»Keine Sorge, Monsieur Rouget! Meine Schwiegermutter wird Sie beim nächsten Treffen wieder selbst begrüßen. Jetzt hoffe ich, dass wir die Verhandlungen zu einem guten Abschluss bringen können.«

Der Weinhändler musterte Helena von Kopf bis Fuß, bevor er ihr und Zane bedeutete, ihm in den Speisesaal zu folgen.

»Schwierige Zeiten sind über den Weinhandel hereingebrochen«, begann er, als alle drei an einem abseits stehenden Tisch Platz genommen hatten. »Die Weingüter leiden unter der drohenden Prohibition. Das geht Wahi-Koura sicher nicht anders, *n'est-ce pas?*«

»Nun, wir beobachten das mit Sorge.« Helena tauschte einen kurzen Blick mit Newman, bevor sie fortfuhr. »Aber ich kann Ihnen versichern, dass sich das nicht auf unsere Produktivität auswirkt. Nicht wahr, Mister Newman?«

»So ist es, Madam. Im Gegensatz zum Vorjahr haben wir den Ertrag sogar noch gesteigert.«

»Das bedeutet, dass wir gern jene Lücken ausgleichen werden, welche die bankrotten Weingüter in Ihr Lager gerissen haben, Monsieur Rouget. Zu einem guten Preis, versteht sich.«

Rougets Miene blieb geschäftsmäßig ernst. Dennoch blitzte so etwas wie Bewunderung in seinen Augen auf. »Ihre Schwiegermutter hat ganz offensichtlich eine aufmerksame Schülerin. Also gut, sprechen wir über den Preis.«

Rodolphe Rouget erwies sich als ein harter, aber fairer Kunde. Helena bot ihm so gut wie möglich die Stirn. Am Ende des Gespräches durften beide Parteien mit dem Ergebnis zufrieden sein. Und Madame ist es sicher auch, dachte Helena, als sie dem Weinhändler zum Abschied die Hand schüttelte.

Voller Überschwang über die erfolgreichen Verhandlungen beschloss Helena, den Gang zur Kirche mit einem kleinen Bummel durch die Stadt zu verbinden.

»Ich muss mich ein wenig abreagieren, sonst fange ich noch zu tanzen an«, flüsterte sie Zane zu, als sie das Hotel verließen.

»Das wäre für die Leute hier sicher ein netter Anblick«, gab er lächelnd zurück. »Madame würde das allerdings gar nicht gutheißen.«

»Aus diesem Grund sehe ich davon ab und schaue mir stattdessen die Stadt zu Fuß an, bevor wir den Reverend aufsuchen. Würden Sie mich begleiten?«

»Mit großem Vergnügen.« Zane strahlte.

Nachdem er Didier gebeten hatte, ohne sie zur Kirche zu fahren und dort auf sie zu warten, hängte Helena sich bei Zane ein.

»Sie sollten sich darüber im Klaren sein, dass die Augen der ganzen Stadt auf Sie gerichtet sind, Helena«, sagte er, als die Kutsche davonrollte.

»Ich bezweifle, dass man mich hier kennt. Außerdem, was ist schon dabei, wenn ich am Arm eines Gentleman gehe?«

»Nur dass ich keiner bin. Jedenfalls nicht im ursprünglichen Sinne des Wortes.« Und ich habe im Moment auch nicht gerade die Gedanken eines Gentleman, dachte er und wurde rot.

Helena blickte demonstrativ an ihm auf und ab. In seinem Gehrock machte er wirklich eine sehr gute Figur. »Aber Sie sehen wie einer aus. Und Sie haben sich mir gegenüber immer so verhalten, Zane.«

Newman lächelte verlegen. »Die Verhandlungen sind wirklich hervorragend gelaufen. Besser hätte es Madame auch nicht hinbekommen.«

»Haben Sie gesehen, wie blass er um die Nase wurde, als wir ihm unseren Preis genannt haben?« Helena kicherte amüsiert.

»Und die Schweißperlen auf seiner Stirn, als er merkte, dass er uns nicht kleinkriegen kann! Sie sind seine Fallen wirklich sehr gut umgangen, Helena.«

»Ich hatte in Ihnen auch einen sehr guten Helfer.«

Wie schön sie ist, wenn sie lächelt!, fiel Zane auf, als er ihr Profil betrachtete. Diesen Gedanken schob er aber sofort von sich. Sie ist meine Chefin. Ich will sie nicht ins Gerede bringen.

Vor dem Schaufenster eines Stoffladens blieben sie stehen. Die geschmackvolle Auslage sprach Helena sofort an. Farbige Tuchproben umrahmten fertig genähte Kleidungsstücke, unter anderem auch ein Abendkleid aus türkisblauem Taft.

Damit könnte ich der Heilerin sicher keine Freude machen, dachte Helena. Dann entdeckte sie jedoch einen Stoff, der ihr passend erschien.

Unter dem Gebimmel der Türglocke betraten Helena und Zane den Verkaufsraum.

Die Regale hinter dem Tresen waren prall gefüllt mit Stoffballen. Auf dem Zuschneidetisch lag noch ein Ballen dunkelgrüner Taft.

»Guten Tag, meine Herrschaften, was kann ich für Sie tun?« Eine ältere Dame mit Dutt war aus dem Hinterzimmer herbeigeeilt. Sie trug ein beigefarbenes Kleid mit dezenten schwarzen Streifen.

»Ich hätte gern zehn Ellen von diesem Baumwollstoff.« Helena deutete auf ein buntes Stoffmuster. Für die Damen

285

der feinen Gesellschaft war das sicher nichts, doch sie konnte sich vorstellen, dass die Heilerin ihn mögen würde.

»Möchten Sie Vorhänge daraus fertigen lassen?«, erkundigte sich die Verkäuferin.

»Nein, es soll ein Geschenk sein.«

Die Verkäuferin nickte und verschwand mit dem Stoff im Hinterzimmer, um ihn abzumessen.

»Ich wette, das würde Ihnen hervorragend stehen«, bemerkte Zane, als Helena schwärmerisch das blaue Kleid betrachtete.

»Finden Sie?«

»Die Farbe passt zu Ihren Augen und zu Ihrem Haar. Mit dem Kleid wären Sie die Sensation auf jedem Ball.«

Helena wollte schon einwenden, dass sie auch in den nächsten Monaten nichts anderes als Schwarz tragen dürfe. Aber sie verdrängte die trüben Gedanken. Was ist schon dabei, wenn ich von besseren Zeiten träume? Ich würde so gern wieder tanzen... »Welche Bälle gibt es denn in der Gegend?«, erkundigte sie sich.

»Nun, wir haben den Frühjahrsball, den Unternehmerball, das Scheunenfest und natürlich den Herbst- und Neujahrsball. Darüber hinaus gibt es noch viele andere Möglichkeiten, sich fein zu machen.«

Helena lächelte schelmisch. »Zu diesen Bällen kann ich aber unmöglich allein erscheinen.«

»Sie werden sicher einen Kavalier finden.«

Helena musterte ihn von Kopf bis Fuß. Dann sah sie sich nach der Stoffauslage um. »Ihnen würde Smaragdgrün stehen. Wie wäre es, wenn Sie sich einen Anzug schneidern ließen?«

»Glauben Sie nicht, dass ich darin wie ein Zirkusclown aussehen würde?«

»Nein, ganz sicher nicht. Eher wie ein Dandy.«

»Und Sie würden sich von einem Dandy begleiten lassen?«

Helene legte kokettierend den Kopf zur Seite. »Wenn Sie es sind, sicher.«

In dem Augenblick erschien die Verkäuferin mit dem Stoffpaket. Verwundert betrachtete sie den Kellermeister, der plötzlich rot geworden war und sehr verlegen wirkte.

Nach dem Einkauf im Stoffladen suchten Helena und Zane wie geplant den Reverend auf. Das Gespräch mit ihm verlief ernüchternd. Da von den Akten seiner Amtsvorgänger im Laufe der Jahre einiges verlorengangen war, machte er ihnen nur wenig Hoffnung, die gewünschte Urkunde zu finden. Allerdings versprach er ihnen, nachzusehen und binnen einer Woche das Ergebnis mitzuteilen.

»Vielleicht sollten Sie doch lieber Madame nach den Papieren fragen«, schlug Newman vor, als sie zur Kutsche zurückkehrten. »Der Reverend kennt gewiss sein Archiv. Und wenn er schon nicht glaubt, dass er Unterlagen aus jener Zeit finden wird, sieht es schlecht aus.«

»Selbst wenn sich die Heiratsurkunde in Madames Besitz befinden sollte, wird sie sie mir nicht zeigen«, antwortete Helena seufzend.

»Auch nicht, wenn sie damit Mansons Angriff abwehren kann?«

Helena schüttelte den Kopf. »Sie wird mir wahrscheinlich nur sagen, dass ich mich nicht in ihre Angelegenheiten einmischen soll. Aber nach allem, was geschehen ist, kann ich nicht einfach zusehen, wie Manson ihr das Gut wegnimmt.«

»Es könnte gut sein, dass er nur blufft. Eine Enteignung ist ein kompliziertes Verfahren. Manson mag vielleicht Freunde und Fürsprecher haben, aber letztlich trifft der Gouverneur solche Entscheidungen.«

»Sicher ist sicher«, gab Helena zurück. »Wir wissen nicht,

wie Mansons Verhältnis zum Gouverneur aussieht. Aber gegen Fakten, die wir schwarz auf weiß belegen können, kommt er nicht an.«

Da Zane Helenas Anspannung spürte, behielt er den Einwand für sich, dass die Regierung einzelne Maori-Stämme trotz geltender Verträge und anderer Fakten, die dagegen sprachen, enteignet hatte. Er hielt es für klüger, das Thema zu wechseln.

»Für wen ist eigentlich der Stoff gedacht?«

Helena betrachtete das sauber gefaltete und mit einer Schleife zusammengebundene Päckchen.

»Es ist ein Dankeschön für die *tohunga*. Nachdem sie uns schon mehrere Male geholfen hat, denke ich, dass es angebracht ist, ihr meine Dankbarkeit zu zeigen. Sarah hat mir erklärt, dass für die Maori ein Dankeschön in Worten nichts gilt.«

»Da hat sie Recht. Was halten Sie davon, wenn ich Sie zum Dorf begleite? Ich war seit Ewigkeiten nicht mehr dort.«

»Ich würde mich sehr freuen.« Helena lächelte glücklich.

»Sieh einer an, was für ein seltenes Vergnügen!« Wie ein Windstoß fegten diese Worte Helenas Lächeln hinweg.

»Wenn man vom Teufel spricht«, raunte Newman, bevor sie sich umwandten.

Obwohl Jacob Manson lächelte, wirkte seine Erscheinung alles andere als freundlich. Sein dunkler Anzug passte perfekt zu dem Schatten, der über seinen Augen lag. »Was führt Sie denn in diese Gegend?«

»Das geht Sie nicht das Geringste an«, kam Helena Zane zuvor. »Guten Tag, Mister Manson!«

Der Bankier ließ sich nicht abwimmeln. »Wie geht es denn Ihrer Schwiegermutter, Madam? Sie werden doch wohl nicht deshalb beim Reverend gewesen sein?«

»Meiner Schwiegermutter geht es bestens«, entgegnete Helena und zog Zane mit sich, der Manson zornig anfunkelte. »Mister

Newman, wir sollten keine Zeit mit unnützen Gesprächen vergeuden.«

»Richten Sie Madame doch meine Genesungswünsche aus!«, rief Manson ihnen höhnisch hinterher. »Ich bin sicher, dass wir uns bald wiedersehen werden, Mistress de Villiers!«

Als Newman sich umdrehen wollte, hielt Helena ihn zurück. »Lassen Sie ihn! Es bringt nichts, mit ihm zu streiten, schon gar nicht auf offener Straße. Wir werden ihn mit anderen Mitteln bekämpfen.«

Sie blickte sich zu Manson um, der immer noch dastand und spöttisch lächelte. Du kriegst uns nicht klein!, schwor sie sich.

6

Bei ihrer Rückkehr nach Wahi-Koura dämmerte es bereits.

Helena sah als Erstes nach Laura und dem Kindermädchen, bevor sie sich zu Louise begab. Adelaide las ihr gerade aus der Zeitung vor. Als Helena eintrat, schickte sie das Dienstmädchen fort.

»Endlich sind Sie zurück! Kommen Sie näher.«

Louises Zustand hatte sich offenbar noch nicht gebessert. Das gelbliche Licht der Petroleumlampe milderte ihre Blässe kaum.

»Wie ist es gelaufen?«, fragte sie, während sie auf den Stuhl neben sich deutete.

»Sehr gut. Monsieur Rouget hat den Wein zu den Konditionen des vergangenen Jahres angekauft.«

»Hat er Sie über mich ausgefragt?«

»Er wollte natürlich wissen, was mit Ihnen ist, aber ich habe ihn beruhigt, dass es sich nur um eine vorübergehende Schwäche handelt und Sie beim nächsten Mal die Verhandlungen wieder selbst führen werden.«

Das schmerzliche Lächeln, das über Louises Gesicht huschte, sagte etwas anderes.

»Sie haben Ihre Sache offenbar sehr gut gemacht, Helena. Ich gebe zu, es ist mir schwergefallen, mich an Sie zu gewöhnen, aber mittlerweile glaube ich, dass Laurent eine gute Wahl getroffen hat.«

Helena hielt kurz den Atem an. »Das ist sehr freundlich von Ihnen, Madame.«

Nachdem sie gedankenvoll geschwiegen hatte, blickte Louise aus dem Fenster. »Wissen Sie, bevor Laurent begann, sich für die Fliegerei zu begeistern, war auch er von der Leidenschaft für den Weinanbau beseelt. Schon als kleiner Junge hat er mir in den Ohren gelegen, dass er einmal Winzer werden wolle. Er folgte mir auf Schritt und Tritt, und manchmal hatte ich Mühe, ihn von den Pressen fernzuhalten. Aber dann wurde er erwachsen und rebellisch. Er hatte das Interesse am Wein verloren und beschäftigte sich nur noch mit Konstruktionszeichnungen und Büchern über die Fliegerei. ›Mutter‹, sagte er einmal, ›wärst du nicht neugierig, wie dein Weinberg von oben aussieht? Wärst du nicht gern der Sonne ganz nah?‹ Ich habe ihn gescholten, dass so etwas nicht im Interesse eines Weinbauern sei. Ich glaube, an diesem Abend habe ich ihn verloren...« Louise verstummte. Tränen glitzerten in ihren Augen.

Auch Helena kämpfte mit der Rührung. Sie ahnte, wie tief die Verletzung ging, die Laurent und Louise einander zugefügt hatten.

Vielleicht kann ich sie durch den *manaia* ein wenig aufmuntern. Immerhin hat er mir heute Glück gebracht.

»Ich habe vor einigen Wochen etwas in einem Ihrer Bücher gefunden. Die *tohunga* meinte, dass es ein *manaia* sei.« Sie legte den Greenstone behutsam auf die Bettdecke. Louise riss die Augen auf, vor Überraschung, wie Helena glaubte. »Sie erzählte mir, dass er Ihrer Großmutter gehört hat. Wenn Sie Verbindungen zu den Maori...«

»Nehmen Sie dieses Ding weg!«, fuhr Louise dazwischen und fuchtelte wütend mit den Händen. »Was fällt Ihnen ein, in meinen Sachen herumzuschnüffeln?« Ihre Stimme überschlug sich vor Aufregung.

»Ich habe nicht geschnüffelt. Der Anhänger ist mir zufällig

291

in die Hände gefallen, und ich wollte wissen, was es damit auf sich hat.«

Louise zitterte am ganzen Leib. »Kümmern Sie sich nie wieder ...«

Plötzlich brach sie ab und sank kreidebleich in die Kissen. Beim Anblick ihrer starren Augen fuhr Helena auf.

»Madame?«

Louise reagierte auch dann nicht, als Helena sie sanft an der Schulter berührte.

Ist sie tot? Entsetzt schlug Helena die Hand vor den Mund. Dann stürmte sie hinaus.

So schnell sie konnte, rannte sie zu dem Nebengelass, in dem Newman wohnte.

»Wo ist Mister Newman?«, rief sie dem ersten Arbeiter zu, der ihr entgegenkam.

»In seinem Zimmer, am Ende des Korridors.«

Helena bedankte sich und hastete weiter.

»Zane!« Mit aller Kraft donnerte sie gegen die Tür.

Der Kellermeister trug kein Hemd und war offensichtlich schnell in die Hose geschlüpft, da er sie noch nicht gegürtet hatte. Wasserflecke auf seiner Brust deuteten darauf hin, dass er sich gerade gewaschen hatte.

»Um Gottes willen, was gibt es denn?«

»Meine Schwiegermutter ist ohnmächtig geworden. Sie müssen Fraser holen.«

Newman griff nach seinem Jackett und stürzte nach draußen.

»Ich konnte Didier nirgends finden. Also bin ich zu Ihnen gekommen«, rief Helena, während sie ihm zu den Ställen folgte.

»Das war richtig. Gehen Sie wieder rein, ich komme so schnell wie möglich wieder.«

Er verschwand im Stall und preschte nur wenig später auf einem Rappen an ihr vorbei.

292

Während Helena auf den Arzt wartete, wich sie nicht von Louises Seite. Zwischendurch überprüfte sie immer wieder, ob ihre Schwiegermutter noch atmete. Der Versuch, ihr die Arznei der Heilerin einzuflößen, blieb erfolglos. Louise blickte starr nach oben und schien alle Kraft darauf zu verwenden, am Leben zu bleiben.

Als Dr. Fraser endlich eintraf, schickte er Helena aus dem Krankenzimmer.

Während sie unruhig vor der Tür auf und ab ging, erwog Helena, die *tohunga* zu rufen. Immerhin hat sie mir auch geholfen, als ich halb tot war, überlegte sie.

Als die Tür nach einer schier endlosen halben Stunde endlich aufging, fürchtete Helena sich beinahe vor dem, was der Doktor sagen würde. Er trat mit ernster Miene zu ihr.

»Wie geht es ihr, Herr Doktor?«

»Sie ist wieder stabil. Aber der zweite Anfall war deutlich schwerer als der erste. Hat sie sich über irgendwas aufgeregt?«

Helena senkte schuldbewusst den Kopf. Allerdings hatte sie nicht vor, Louises Verwandtschaft zu den Maori zur Sprache zu bringen. »Es ging ums Geschäft«, antwortete sie knapp.

»Davon müssen Sie sie dringend fernhalten. Und auch von allen anderen Aufregungen. Offenbar ist es schlimmer, als ich dachte. Es ist ein Jammer, dass ich nicht auf eines dieser neuen Geräte von Doktor Röntgen zugreifen kann. Mit dessen Hilfe könnte ich Ihre Schwiegermutter durchleuchten und mir die schadhafte Stelle ansehen.«

»Würde das denn etwas bringen?«

Fraser schüttelte den Kopf. »Nein, nur die Gewissheit, wie weit das Aneurysma fortgeschritten ist.«

Helena schlug die Hände vors Gesicht und schluchzte. Ich hätte ihr den *manaia* niemals zeigen dürfen, dachte sie.

»Bitte sorgen Sie für strikte Schonung, Mistress de Villiers!

Sonst fürchte ich, dass Ihrer Schwiegermutter nur noch wenige Wochen zu leben hat.«

Helena antwortete nicht. Sie war vor Entsetzen wie gelähmt.

Fraser reichte ihr eine kleine Flasche mit einer durchsichtigen Flüssigkeit. »Trauen Sie sich zu, im Notfall eine Spritze zu setzen?«

Zögerlich nahm Helena sie entgegen. »Ich weiß nicht. Das habe ich noch nie gemacht.«

»Es ist eigentlich ganz simpel«, sagte Fraser, während er eine Spritze samt Nadel aus einem Etui zog. »Sie brauchen keine Vene zu treffen, Sie müssen die Lösung einfach nur in den Armmuskel spritzen, wenn Madame erneut einen Anfall erleidet. Bitte öffnen Sie die Flasche.«

Helena beobachtete, wie der Arzt die Spritze aufzog und dann vorsichtig die Luftblasen aus dem Kolben klopfte.

»Sehen Sie! Jetzt brauchen Sie sie nur noch anzuwenden, wenn der Notfall eintritt.«

»Was für ein Medikament ist das?«

»Eines, das den Herzschlag schnell beruhigt. Bis ich hier bin, dauert es immer gut eine Stunde. Ich fürchte, so viel Zeit hat sie beim nächsten Mal nicht mehr.«

Hoffentlich habe ich genug Mut, das zu tun, dachte Helena, während sie die Spritze in ein Tuch einschlug und auf die Kommode legte.

Nachdem der Doktor gegangen und Helena Adelaide aufgetragen hatte, bei Madame zu wachen, lief sie ins Kinderzimmer. Die kleine Laura begrüßte sie mit einem fröhlichen Krähen. Voller Energie streckte sie ihrer Mutter die kleinen Hände entgegen.

Als sie ihr Töchterchen auf dem Arm hielt, beruhigte Helena sich ein wenig.

»Wie geht es Madame de Villiers?«, erkundigte sich Abby, die Lauras frisch gewaschene Windeln faltete.

»Besser. Doktor Fraser hat ihr eine Spritze gegeben.« Helena schmiegte ihr Gesicht an das von Laura und schloss die Augen. Ach, könnte ich diesen Augenblick des Glücks doch festhalten!, dachte sie.

»Kann denn niemand etwas tun?«

»Wir können nur beten«, antwortete Helena seufzend.

Da sie nach einer Weile das Gefühl hatte, die Wände würden sie erdrücken, ließ sie Laura in Abbys Obhut zurück und ging nach draußen, um frische Luft zu schöpfen. Traurig blickte sie zu den Sternen auf. Ach, Laurent, könntest du mich nur trösten!

Ein diskretes Hüsteln verriet ihr, dass sie nicht allein war.

Auf der Bank neben dem Eingang saß Newman. Er hatte die Hände vor dem Körper gefaltet, als bete er.

Helena ließ sich leise neben ihm nieder. »Sie haben eine Vorliebe für die Dunkelheit, wie?«

»Immerhin sind Sie diesmal nicht über mich gestolpert.« Zane flüsterte beinahe. »Wie geht es Madame? Doktor Fraser wirkte sehr besorgt, als er wieder losgeritten ist.«

»Dazu hatte er auch allen Grund. Wenn ich ehrlich bin, sorge ich mich auch.« Helena strich seufzend ein Stäubchen von ihrem Rock. »Ich habe ihr nur eine Freude machen wollen.«

»Haben Sie ihr erzählt, dass wir beim Reverend waren?«

»Ich habe ihr den *manaia* gezeigt. Ich dachte, sie hätte ihn schon vermisst. Aber sie hat sich furchtbar aufgeregt und schrie nur, dass ich das Amulett wegnehmen soll.«

»Das konnten Sie nicht vorhersehen, Helena.«

»Nein, aber ich wünschte, ich hätte diesen Anhänger nicht gefunden.«

Plötzlich konnte Helena die Tränen nicht mehr zurückhalten. Was sollte nur aus Wahi-Koura werden, wenn Louise nicht mehr dafür kämpfen konnte? So viele Familien lebten von der Arbeit auf dem Gut. Die Verantwortung, die auf ihr lastete, erschien Helena mit einem Mal übermächtig.

»Bitte, weinen Sie nicht, Helena!« Zane tastete nach ihrer Hand und drückte sie sanft. »Es ist doch nicht Ihre Schuld. Sie haben sich von Anfang an sehr bemüht, alles richtig zu machen.« Damit legte er den Arm um ihre Schulter, zog Helena an sich und schaute sie zärtlich an.

Helena spürte das unbändige Verlangen, sich an ihn zu schmiegen und sich von ihm trösten zu lassen. Der Seifenduft seiner Haut und seine Wärme zogen sie magisch an. Nach kurzem Zögern entspannte sie sich, lehnte sich an ihn und legte den Kopf an seine Schulter.

7

Warm schmiegte sich das Handtuch des Barbiers um Mansons Gesicht.

»Was gibt es Neues, Jenkins?«, fragte der Bankier, nachdem der Barbier ihn eingeschäumt hatte.

»Dies und das«, antwortete der grauhaarige Mann, während er mit dem Rasiermesser über die Bartstoppeln schabte. »Die älteste Whimby-Tochter wird wahrscheinlich schon nächsten Monat heiraten, weil sie in anderen Umständen sein soll.«

»Das war abzusehen«, gab Manson zurück, als der Barbier die Klinge abwischte.

»Bei den Hatteltons fliegen dauernd die Fetzen. Gestern soll sie ihrem Gatten einen Blumentopf aus dem Fenster hinterhergeworfen haben. Die alte Milly hat mir das erzählt.«

»Und wie sieht es mit Neuigkeiten von außerhalb aus?«

Jenkins hielt mit betretener Miene inne. »Madame de Villiers liegt im Sterben, munkelt man. Aber das wussten sie sicher schon.«

Manson wirkte überrascht. »Was ist geschehen?«

»Sie ist wohl zusammengebrochen. Viel erfährt man natürlich nicht. Wie man es von der Familie kennt, hüllt sie sich in Schweigen. Aber letzte Woche hat sich die junge Madame de Villiers mit einem bekannten Weinhändler getroffen. Ein Page aus dem Hotel will mit angehört haben, dass sie ganz offiziell Verhandlungen geführt hat.«

Mansons Körper spannte sich an. Dann war sie also doch nicht nur in der Kirche.

»Hat Madame die Führung des Gutes abgegeben?«

»Wie gesagt, niemand weiß etwas Genaues. Aber wenn die alte Dame stirbt, wird sie die Geschäfte sicher ihrer Schwiegertochter übertragen.« Damit setzte Jenkins das Messer wieder an.

Während die Klinge über Wangen und Kehle strich, fragte sich Manson, was für eine Frau die junge De Villiers wohl sei. Würde sie mit ihm verhandeln? Bei ihren Begegnungen hatte sie ganz offensichtlich kein Interesse gehabt, mit ihm zu sprechen. Um das Erbe ihres Kindes zu bewahren, wird sie sicher versuchen, das Gut zu halten, überlegte er und beschloss, sie beobachten zu lassen. Wenn ich ihre Schwachstellen kenne, werd ich sie schon zu packen kriegen, dachte er.

Helena seufzte. Die Unterlagen auf dem Schreibtisch schienen sie förmlich zu erdrücken. Viele Gepflogenheiten waren anders als in Deutschland. Dazu kam, dass Louise kaum bestrebt gewesen war, etwas auf dem Gut zu ändern.

Monsieur Pelegrin unterstützte sie nach Leibeskräften, doch letztlich war sie es, die sich vor Madame verantworten musste.

Nachdem sie den Sekretär für ein paar Besorgungen in die Stadt geschickt hatte, blieb Helena noch eine Weile im Büro und blätterte in Unterlagen, die aus der Zeit von Madames Großvater stammten. Die Schrift war an manchen Stellen unleserlich geworden, aber Helena bekam dennoch ein Gefühl dafür, wie schwer der Aufbau dieses Weinguts gewesen war. Roland de Mareille hatte zahlreiche Rückschläge zu verkraften. Einmal hatte er durch ein Erdbeben beinahe die gesamte Ernte verloren. Helena war beeindruckt, dass er trotz allem nicht aufgegeben hatte. Wir werden es auch schaffen, tröstete sie sich.

Sofern Louise mir weiterhin das Vertrauen schenkt, werde ich alles tun, um Wahi-Koura zu halten.

Lächelnd klappte sie den schweren ledergebundenen Folianten zu und verließ das Haus.

Auf dem Hof unterhielt sich Newman gerade mit einem Mann, der einen zerschlissenen Seesack über der Schulter trug.

»Ah, Mistress de Villiers, gut, dass Sie da sind.« Er klopfte dem Mann aufmunternd auf die Schulter und trat zu Helena. »Das ist Matthew Haynes, ein Pflücker von der Südinsel. Sein Weingut ist bankrottgegangen, und er möchte für einige Monate hier arbeiten.«

»Haben Sie denn Verwendung für ihn?«

»Er könnte beim Winterschnitt helfen. Außerdem müssten Fässer geschrubbt und Ausbesserungen bei den Schuppen vorgenommen werden. Er würde sich hier nicht langweilen.«

»Und die Bezahlung?«

»Er sagt, er wäre mit dem zufrieden, was wir ihm geben. Ein Gehilfenlohn wäre angemessen, denke ich.«

»Was würde Madame dazu sagen?«

»Madame überlässt die Einstellung neuer Leute weitgehend mir.«

»In Ordnung, dann stellen Sie ihn erst einmal für drei Monate ein.«

Zane winkte den Pflücker herbei. »Mistress de Villiers hat beschlossen, Sie einzustellen.«

»Vielen Dank, Madam.« Das stoppelbärtige Gesicht des Mannes verzog sich zu einem Lächeln, als er eine kleine Verbeugung andeutete.

»Keine Ursache, Mister Haynes. In diesen Zeiten müssen wir Winzer zusammenhalten. Wenn Sie sich bewähren, bin ich bereit, Sie auch für längere Zeit zu übernehmen.«

Newman lächelte Helena an. Dann geleitete er den Neuen zu den Quartieren.

Am Nachmittag tauchte Zane vor dem geöffneten Bürofenster auf. »Kommen Sie zurecht, Helena?«

Sie blickte auf. »Ja, allmählich lichtet sich das Dunkel. Monsieur Pelegrin kämpft sich mit mir wacker durch die Bilanzen. Es ist ein großes Glück, dass ich ihn habe.«

Der Sekretär lächelte geschmeichelt, blickte aber nicht von seinem Pult auf.

»Monsieur Pelegrin, würden Sie das bitte Madame zur Unterschrift vorlegen?« Helena streckte ihm eine schwarze Ledermappe entgegen.

»Natürlich, Madam.«

Mit der Mappe unter dem Arm verließ Pelegrin das Zimmer. Jetzt konnte sie endlich ungestört mit Zane reden.

»Wollten Sie der Heilerin nicht noch das Geschenk bringen?«, fragte er. »Ich würde Sie gern ins Dorf begleiten. Monsieur Pelegrin wird sicher auch ein Weilchen ohne Sie auskommen.«

Helena betrachtete ihre Finger, die mit Tintenflecken übersät waren. Eine kleine Pause könnte wirklich nicht schaden.

»Gut, ich komme«, sagte Helena und verließ das Büro.

Newman führte sie auf einen kleinen Pfad in Richtung Fluss. Hier war es angenehm kühl. Die Wolken über ihnen wirkten wie ein zarter Schleier auf blauem Grund.

»Das war wirklich eine gute Idee«, sagte Helena, während sie sich bei Zane einhakte. »Hier draußen fühle ich mich gleich leichter.«

»Kein Wunder bei all dem Papierkram, den Sie erledigen müssen. Für mich wäre das nichts.«

Helena pflückte einen Farnwedel und betrachtete versonnen die Samen an der Unterseite. »Wenn ich ehrlich bin, habe ich davon geträumt, wieder ein Weingut zu führen. Allerdings hätte ich mir bessere Umstände gewünscht.«

»Wissen Sie, was meine Mutter immer sagt?«, fragte Newman und antwortete gleich selbst. »›Egal, was dir im Leben widerfährt, Gott wird sich schon was dabei gedacht haben.‹«

»Eine fromme Aussage.«

»Aber sie stimmt. Schmerzen und Freude gehören gleichermaßen zum Leben. Große Verluste gleicht Gott meist wieder aus.« Er blieb stehen und sah sie eindringlich an. »Sie haben hier eine neue Heimat gefunden und eine wunderbare Tochter geboren, Helena. Und vielleicht finden Sie eines Tages ja auch eine neue Liebe.«

Helena war rot geworden. Sie wusste nicht, was sie dazu sagen sollte. Erleichtert stellte sie fest, dass es hinter ihnen raschelte.

Ein Ruf ertönte, und die beiden Wächter traten aus dem Gebüsch.

»Wir wollen zur *tohunga*«, erklärte Helena und hob das Stoffbündel hoch. »Ich habe ein Geschenk für sie.«

Die Männer bedeuteten ihnen stumm, weiterzugehen.

Im Dorf herrschte rege Betriebsamkeit. Einige Männer kehrten von der Jagd zurück, während die Frauen vor ihren Hütten Mahlzeiten zubereiteten oder einfach nur miteinander plauderten.

Als Helena der Hütte der Heilerin zustrebte, kam diese ihr bereits entgegen. »*Haere mei, tamahine* von Huia. Was dich führt her? Ist Huia nicht gut?«

»Es geht ihr noch nicht gut, aber sie trinkt deine *rongoa*. Ihretwegen bin ich aber nicht hier. Ich möchte dir ein Geschenk machen.«

Sie streckte Ahorangi ihr Mitbringsel entgegen. »Du hast für mich und meine Familie so viel getan, dass ich dir auch etwas Gutes tun möchte.«

Ein Lächeln huschte über das Gesicht der Heilerin. Sie nahm das Päckchen entgegen und sagte: »Ihr kommen in meine Hütte und seien meine Gäste.«

Helena winkte Newman, der etwas zurückgeblieben war, aufmunternd zu. »Kommen Sie, Zane, die *tohunga* lädt uns ein.«

Die Einrichtung der Hütte war spärlich. Rings um die Feuerstelle lagen gelbe Fasermatten, an den Wänden stapelten sich Körbe mit Kräutern. Eine zusammengerollte Matratze in einer Ecke diente der Heilerin wohl als Schlafstätte.

Selten hatte Helena so einen aromatischen Duft eingeatmet. Er entströmte nicht nur den Körben, sondern auch kleinen Sträußen, die vor dem Fenster trockneten. Einige der Pflanzen hatte sie bereits an den Wegrändern entdeckt, andere waren ihr völlig fremd.

Zane und Helena ließen sich auf den Matten nieder. Die Heilerin stellte einen Korb mit Früchten und Fladenbrot vor ihnen ab und setzte sich dann ebenfalls.

»Selten *pakeha* kommen zu mir, um nur zu besuchen«, erklärte sie. »Viele suchen Rat.«

»Wie oft verirren sich denn Fremde hierher?«

»Nicht oft. Einige kommen zu handeln, aber reisen schnell weiter.«

»Gehen Sie hin und wieder in die Stadt?«, erkundigte sich Zane.

Die *tohunga* winkte ab. »Stadt nichts für mich. Ich bin alte Frau und werde gebraucht hier. Aber viele junge Leute wollen da leben, auch Männer aus unserem Stamm. Sagen, das Leben dort besser ist. Aber ich sehe, dass sie in Stadt vergessen Ahnen. *Mana* ihnen nicht mehr wichtig, und sie wollen auch kein *moko*, damit man nicht weiß, dass sie Maori sind.«

Helena verstand die Wehmut, die in den Worten der Alten mitschwang. Die Stadt barg viele Gefahren für junge Leute, die ihr bisheriges Leben nur hier verbracht hatten. Außerdem bedeutete das Aufgeben der Traditionen den Verlust der eigenen Kultur. Ihr würde es auch nicht gefallen, sollte Laura sich einmal von allen Werten und Gepflogenheiten abkehren, die ihrer Mutter etwas bedeuteten.

»Aber nicht reden von traurige Dinge. Reden wir von *tamahine*. Welchen Namen du ihr gegeben?«

»Laura«, antwortete Helena.

»Und was bedeuten in deiner Sprache?«

Helena zog überrascht die Augenbrauen hoch und blickte hilfesuchend zu Zane, der aber ebenfalls ratlos wirkte.

»Ich habe darüber noch gar nicht nachgedacht. Ich habe sie nach meinem Mann benannt, Laurent. Der Name soll sie an ihren Vater erinnern.«

»Du solltest kennen Bedeutung von Name. Nicht, dass Bedeutung schlecht.«

»Der Name bedeutet bestimmt nichts Schlechtes«, meinte Helena. »Viele Frauen in Europa heißen so.«

Ahorangi schien aber immer noch nicht zufrieden zu sein. »Wir *tamahine* nennen wollen ›Ahurewa‹. Das heißt ›heiliger Platz‹. Du einverstanden mit Name?«

Helena war überrascht. Ein Maori-Name für mein Kind? Aber vielleicht war das ja selbstverständlich für die Nachfahrin einer Maori... »Ich bin einverstanden und fühle mich geehrt«, sagte sie schließlich und neigte den Kopf.

Die Heilerin erwiderte die Geste mit einem glücklichen Lächeln.

Die Sonne stand schon tief am Himmel, als Zane und Helena sich auf den Heimweg machten. Helena fühlte sich wie verwandelt. Für ein paar Stunden hatte sie all ihre Sorgen vergessen, denn die *tohunga* hatte sie mit Geschichten ihres Volkes und aus ihrer Jugend so gut unterhalten, dass die Zeit im Nu vergangen war.

Beschwingt wanderte Helena neben Zane, der völlig versunken zu sein schien. Nur das Knacken der Äste unter ihren Füßen und das Flattern und Gezwitscher von Vögeln waren zu hören. Ob er über das nachdachte, was die *tohunga* am Ende des Besuchs geäußert hatte?

»Frau braucht *tane*«, hatte sie Helena erklärt, und der war aufgegangen, dass damit ein Ehemann gemeint war. »Mann braucht *wahine*. Menschen nicht gemacht für leben allein.« Dabei hatte die Heilerin eindringlich Zane angeschaut.

Dass er errötet war, brachte Helena nachträglich zum Schmunzeln. Dabei musste sie sich eingestehen, dass sie selbst peinlich berührt gewesen war.

»Was die Worte der Heilerin angeht ...«, begann sie zögerlich.

Zane schreckte aus seinen Gedanken auf. »Sie meinen die Geschichte von den Nebelgeistern?«

»Nein, die andere Sache.« Helena spürte plötzlich, dass ihre Hände feucht wurden.

»Oh, ja, das.« Zane klang heiser. »Sie werden bestimmt nicht allein bleiben, Helena. Aber vielleicht sollten Sie sich noch Zeit lassen. Die Männer werden sich noch früh genug um Sie reißen. Immerhin gehören Sie zu einer der angesehensten Familien in der Hawke's Bay.«

Helena biss sich auf die Lippen. Das war nicht gerade das, was sie hatte hören wollen. Zählte denn nur das Ansehen? Konnte er ihr nicht mal ein Kompliment machen? »Ich glaube kaum, dass ich einen erhören würde, der mich wegen der Reputation meiner Familie will«, erklärte sie schnippisch, blieb unvermittelt stehen und stemmte die Hände in die Hüften.

Aber als sie Zane ansah, schämte sie sich sofort für ihren Ton. Sein Blick war scheu, doch er floss über vor Liebe. Helena war wie vom Blitz getroffen. Verlegen wandte sie sich ab. Was sollte sie nur tun? Tränen der Rührung traten ihr in die Augen.

»Helena, was ist denn? Bitte weinen Sie nicht!« Zane legte behutsam eine Hand auf ihren Arm.

Helena zitterte plötzlich. Seine Berührung hatte ein grenzenloses Begehren in ihr geweckt. »Ich habe bereits jemanden gefunden, Zane, mit dem ich den Rest meines Lebens verbringen möchte«, raunte sie kaum hörbar. »Wenn er nur will.«

Zane glaubte zu träumen. Hatte er sich verhört? Er schaute Helena fragend an.

Als sie ihm ein zärtliches Lächeln schenkte, zog er sie leidenschaftlich in seine Arme.

Helena spürte seinen Kuss auf den Lippen, und die Welt um sie herum begann sich zu drehen. Schwindelig war ihr vor Glück. Dennoch stieg ein unbeschreibliches Gefühl der Geborgenheit in ihr auf, und die Gewissheit, dass alles gut werden würde, erfüllte sie mit Ruhe. Als ihr bewusst geworden war, was gerade passiert war, wanderten ihre Gedanken unwillkürlich zu ihrer ersten großen Liebe, Laurent.

»Du weißt gar nicht, wie glücklich du mich machst«, flüsterte Zane, während er sanft Helenas Rücken streichelte. »Ich wusste nie, wie ich es dir sagen soll, ich habe mich einfach nicht getraut, aber ich liebe dich, Helena ...«

Helena schmiegte den Kopf an seine Brust. »Zane, mein lieber Zane! Ich liebe dich auch, sosehr ich versucht habe, es mir auszureden.«

Eine ganze Weile hielten sie einander fest umschlungen.

»Eigentlich mochte ich dich von Anfang an«, gestand Zane, als sie sich voneinander losgemacht hatten.

Helena lachte. »Hast du mir deshalb so oft die kalte Schulter gezeigt?«

»Nein. Ich hatte Respekt vor deiner Trauer um deinen Ehemann und Angst vor meinen Gefühlen. Du warst so anders als die Frauen, die ich kannte. Du hast deiner Schwiegermutter die Stirn geboten und dich von mir nicht einschüchtern lassen.«

Zärtlich strich er ihr eine Haarsträhne aus dem Gesicht. »Du bist wunderschön.«

Plötzlich raschelte etwas neben ihnen.

»Was war das?« Helena schaute sich ängstlich um. Einige Äste bewegten sich noch, aber mehr war nicht zu sehen.

»Sicher nur ein Tier.«

»Und wenn es die Maori-Wachen sind?«

»Die bleiben meist dicht beim Dorf. Die Jagdgründe der Maori liegen weiter westlich. Es war sicher nur ein Wiesel oder einer dieser plumpen Kakapos. Du weißt schon, diese Vögel, die nicht fliegen können. Sie watscheln meistens geräuschvoll durchs Gebüsch.«

Helena fröstelte. Die Umgebung erschien ihr mit einem Mal unheimlich. »Lass uns lieber schnell zurückgehen, Zane.«

Er nahm wortlos ihre Hand und zog sie mit sich.

Bei ihrer Rückkehr fiel Helena der neue Pflücker ins Auge. Nicht zum ersten Mal begegnete sie Haynes zufällig. Diesmal lehnte er neben dem Kelterschuppen und kaute auf einem Grashalm herum. Die unverhohlene Art, mit der er sie anstarrte, gefiel Helena überhaupt nicht.

»Guten Abend, Madam!«, rief er ihr zu, als sie in Hörweite war, dann tippte er sich an den Hut. »Mister Newman.« Spöttisch grinsend wandte er sich um und verschwand hinter dem Gebäude.

Ahnt er etwas?, fragte sich Helena erschrocken.

»Wie macht sich der Neue eigentlich so?«, erkundigte sie sich.

»Warum fragst du?«

»Irgendwie ist er immer in der Nähe, wenn ich auf dem Hof bin. Und hast du gesehen, wie er mich eben angestarrt hat?«

»Du bist eine schöne Frau, da kann sich ein Mann schon mal vergessen«, gab Zane scherzhaft zurück.

»Dennoch wäre es mir lieb, wenn du ihn ein wenig im Auge behalten würdest. Wir brauchen hier niemanden, der herumschnüffelt.«

Zane blickte sie überrascht an. »Ist gut, das mach ich.«

8

Nach Ablauf einer Woche fanden sich Helena und Zane wieder bei Reverend Rutherford ein. »Warten Sie einen Moment, mein Mann kommt gleich«, erklärte Mrs Rutherford, während sie die beiden ins Arbeitszimmer führte und wieder verschwand.

Ein vergilbter, mit einer Schnur verschlossener Foliant auf dem Schreibtisch stimmte Helena hoffnungsfroh. »Ob er etwas gefunden hat?«

Zane reckte den Hals. »Die Aufschrift ist zu verblasst, ich kann sie nicht entziffern.«

Helena legte seufzend die Hände in den Schoß. »Dann werden wir uns wohl gedulden müssen.«

Der Reverend tauchte wenige Minuten später auf. Unter dem Arm trug er ein Bündel Akten, das er neben den Band legte.

»Ah, Mistress de Villiers, Mister Newman, seien Sie mir willkommen!« Der Geistliche reichte erst ihr, dann Zane die Hand. »Ich habe hervorragende Neuigkeiten für Sie.«

Helenas Herz stolperte vor Aufregung, als er den Folianten öffnete. »Dann haben Sie einen Beleg für die Heirat gefunden?«

»Ja. Es gibt einen Eintrag in diesem Kirchenbuch. Meine damaligen Kollegen waren gewissenhafter, als ich vermutet habe.« Vorsichtig blätterte Rutherford die Seiten um, bis er ein bestimmtes Blatt gefunden hatte. »Ah, da haben wir es ja.«

Obwohl das Dokument vergilbt und an den Rändern ein wenig angefressen war, lächelte der Reverend, als habe er einen Goldschatz entdeckt.

»Dies sind die Aufzeichnungen des Geistlichen, der zusammen mit Roland de Mareille und James Busby in Neuseeland eingetroffen ist. Nebenbei bemerkt, ein sehr aufschlussreiches Dokument darüber, wie viel Elend auf dem Klipper herrschte, der die Menschen herbrachte. Aber das interessiert Sie sicher weniger.«

Helena überflog die verblichene Schrift, bis sie die richtige Stelle gefunden hatte. »Am 28. November 1831 wurden Mister Roland de Vries und Miss Hauora vom Stamme der Ngati Kahungunu im Angesicht Gottes getraut, nachdem zuvor die Taufe an der Braut vollzogen wurde«, las sie laut vor. »Als Zeugen waren anwesend Mister John Henderstone und Mister Barnaby Grimes.«

»Das ist es!«, platzte Zane heraus.

Der Reverend lächelte mild. »Offenbar konnte ich Ihnen helfen.«

»Und ob Sie das konnten!«, rief Helena begeistert. »Dieses Dokument ist sehr wertvoll für uns.«

»Es war sehr mutig von Mister de Mareille, eine Maori zu heiraten. Die Einheimischen waren damals noch wesentlich rauer, und ein Mann, der eine der ihren heiraten wollte, musste seinen Mut und seine Ehre vor dem Häuptling beweisen.«

»Der Großvater meiner Schwiegermutter muss beides besessen haben«, sagte Helena, während sie erneut das Papier betrachtete.

»Wenn Sie möchten, mache ich Ihnen rasch eine Abschrift. Sie werden verstehen, dass ich solch ein wertvolles Dokument nicht aus der Hand geben darf.«

»Natürlich verstehe ich das«, antwortete Helena überglücklich. »Die Abschrift und Ihre Beglaubigung reichen vollkommen aus.«

309

»Wir sollten Mister Reed aufsuchen«, schlug Helena vor, als sie das Pfarrhaus hinter sich gelassen hatten. Die Abschrift des Dokuments steckte in einem grauen Umschlag, den Helena so fest hielt, als hinge ihr Leben davon ab.

»Den Anwalt von Madame?«, wunderte sich Zane.

»Ja, er kann Louises Anspruch vielleicht rechtlich absichern.«

»Mit Hilfe der Heiratsurkunde?«

»Genau! Louises Großmutter war die Tochter eines Häuptlings. In Europa stehen auch Frauen in der Thronfolge. Wenn die Maori das ähnlich halten, hat Louise möglicherweise Anspruch auf die Führung des Stammes. Und damit auch auf das Land.«

»Ich habe noch nie von einem weiblichen *ariki* gehört.«

»Das tut nichts zur Sache.«

Zane bot Helena den Arm an. »Dann gehen wir!«

Die Kanzlei von Jonathan Reed flößte Besuchern Respekt ein. Das zweistöckige Gebäude war prächtig verziert, der überdachte Eingang ruhte auf hohen Säulen. Reeds Name und Beruf prangten auf einem blank polierten Messingschild.

»Warst du jemals hier?«, fragte Helena, während sie zu den Marmorstatuen aufblickte, die Nischen zwischen den Fenstern zierten. Sie schienen griechische Göttinnen darzustellen. Helena erkannte Athene mit ihrer Eule, die Siegesgöttin Nike und Themis, die Göttin der Gerechtigkeit. Reed besaß offensichtlich eine Schwäche für die Mythologie.

»Glücklicherweise habe ich Mister Reeds Dienste noch nie gebraucht«, antwortete Zane. »Wenn du nichts dagegen hast, würde ich lieber draußen warten.«

»Ist gut.« Mit dem Umschlag unter dem Arm erklomm sie die Treppe und läutete.

Wenig später bat ein junger Mann sie herein. Seine schwarzen Ärmelschoner deuteten darauf hin, dass er einer von Reeds Sekretären war.

Nachdem Helena ihm kurz geschildert hatte, warum sie den Anwalt zu sprechen wünsche, bat er sie herein. Sie nahm auf einem der samtüberzogenen Stühle im Wartezimmer Platz und sah sich um. Der Anwalt ihrer Familie hatte nur eine sehr bescheidene Kanzlei gehabt. Ein Schauer überlief Helena, wenn sie an ihren letzten Besuch dort dachte. Damals hatte sie erfahren, dass ihr Gut nicht mehr zu retten war.

»Mistress de Villiers?«

Jonathan Reed verneigte sich und gab ihr einen Handkuss. »Was verschafft mir das Vergnügen? Hoffentlich kein trauriger Anlass?«

Woher weiß er das? Helena ließ sich ihre Überraschung nicht anmerken.

»Nein, Mister Reed. Eine Familienangelegenheit.«

»In der Stadt kursiert das Gerücht, Ihre Schwiegermutter wäre zusammengebrochen.«

»Das stimmt, aber sie hat lediglich einen Schwächeanfall erlitten. In ein paar Wochen wird sie wieder auf den Beinen sein.«

»Das zu hören erleichtert mich ungemein.« Reed führte Helena in sein Sprechzimmer. »Ich habe Ihre Schwiegermutter zuletzt beim Prozess gegen Joe Aroa gesehen und mir große Sorgen gemacht, als mir das Gerede der Leute zu Ohren kam.«

Diese verdammten Abstinenzler!, dachte Helena zornig. Wahrscheinlich haben sie die Nachricht sofort verbreitet.

»Mir ist auch zu Ohren gekommen, dass Sie inzwischen eine hübsche kleine Tochter haben«, setzte er hinzu, nachdem er Helena einen Platz auf einem der bequemen Ledersessel angeboten hatte. »Meine herzlichen Glückwünsche!«

»Vielen Dank, Mister Reed, das ist sehr freundlich.«

»Nun, worum geht es denn bei Ihrer Familienangelegenheit?«

Helena legte den Umschlag auf den Tisch. »Sind Sie in den Streit zwischen meiner Schwiegermutter und den Abstinenzlern eingeweiht?«

Reed nickte. »Aus diesem Grund hatte sie mich gebeten, die Vertretung für Joe Aroa zu übernehmen.«

»Dann sagt Ihnen der Name Manson sicher auch etwas.«

»Selbstverständlich.«

Helena zog das mitgebrachte Dokument hervor. »Dieser Manson hatte die Frechheit, auf dem Gut aufzutauchen und zu behaupten, dass es zwischen den Maori und meiner Familie keine rechtsgültige Vereinbarung über das Land gebe. Er hat meiner Schwiegermutter damit gedroht, das an die Öffentlichkeit zu bringen, sollte sie nicht auf sein Kaufangebot eingehen.«

Reed lehnte sich zurück. Das Leder seines Sessels knarzte protestierend. »Dieser Mann ist sehr gefährlich. Er steht der hiesigen Bank vor und weiß sehr viel über die Menschen hier. Seit einigen Jahren steht er ebenfalls der Abstinenzbewegung vor. Ihre Schwiegermutter vermutet, dass er sich mit diesen Leuten nur zusammengetan hat, weil sie sein erstes Kaufgesuch abgelehnt hat.«

»Ich habe hier den Beweis, dass meine Schwiegermutter die rechtmäßige Besitzerin ihres Landes ist.« Helena schob Reed das Blatt aus dem Kirchenregister zu. »Louise de Villiers ist die Nachfahrin eines Maori-Häuptlings.«

Zane klappte den Deckel seiner Taschenuhr zu und strich beinahe zärtlich über das eingravierte Muster. Der Besuch beim Reverend hatte ihn dazu gebracht, über seine eigene Familiengeschichte nachzudenken. Seit dem Tod seiner Schwester hatte er vermieden, sich zu erinnern, denn es gab zu viele Verluste zu beklagen. Aber nun war ihm wieder jener Tag eingefallen, an

312

dem sein Vater ihm diese Uhr überreicht hatte. Damals war Zane dreizehn Jahre alt geworden. Am Tag darauf sollte sein Vater an Bord eines Walfängers gehen.

»Du bist jetzt fast ein Mann«, hatte Jack Newman feierlich erklärt, als er ihm die blaue Schachtel überreichte. »Hüte diese Uhr gut, mein Junge, und halte sie stets in Ehren! Ich habe sie von meinem Vater bekommen, und er hatte sie wiederum von seinem Vater geerbt. Vielleicht kannst du sie ja eines Tages an deinen Sohn weitergeben.«

Zane war darüber verwundert gewesen. Eigentlich war es Brauch, dass Väter ihre Uhren an die Söhne vererbten. Doch damals war sein Vater nicht älter als vierzig – ein gesunder Mann, der noch viele Jahre vor sich hatte.

Als sein Vater fort war, grübelte Zane noch oft darüber nach, wenn er abends im Bett bei Mondschein die Uhr betrachtete. Seine Mutter wusste nichts von dem Geschenk.

Drei Monate später erhielten sie die Nachricht, dass Jack Newman auf hoher See über Bord gegangen war und nicht gefunden werden konnte.

Hat mein Vater geahnt, dass er sterben würde? Oder hat er sich das Leben genommen? Die Antwort auf diese quälenden Fragen suchte Zane noch heute.

Er atmete tief durch und schob die Uhr wieder in die Westentasche. Als er aufsah, wurde er auf zwei Männer aufmerksam, die die Straße entlanggingen.

Unwillkürlich ballte er die Fäuste, als er Manson erkannte. Dessen Begleiter war Zane fremd, doch die beiden schienen Freunde oder zumindest Geschäftspartner zu sein. Sie waren so sehr in ihr Gespräch vertieft, dass sie Newman nicht bemerkten.

Als sie vorüber waren, trat Helena aus der Kanzlei. Ihre Wangen waren gerötet, und auf ihren Lippen lag ein glückliches Lächeln.

»Mister Reed wird sich um alles kümmern«, verkündete sie. »Fahren wir nach Hause. Dort erzähle ich dir alles.«

Unter dem Vorwand, in der Stadt etwas besorgen zu müssen, hatte Haynes die Unterkunft verlassen und war nach Napier geritten. In den Straßen wurden nach und nach die Gaslaternen entzündet. Aus dem Pub drangen ihm laute Stimmen entgegen. Die wenigen Passanten auf der Straße nahmen keine Notiz von ihm.

Vor dem Haus von Jacob Manson machte er Halt und stieg ab. Er wollte schon zur Tür stürmen, als er Stimmen vernahm. Vorsichtig spähte er durch ein hell erleuchtetes Fenster. Vier Frauen und fünf Männer saßen in einer Runde um einen Tisch. In der Mitte stand eine Kaffeekanne.

Das sind wohl seine Abstinenzlerfreunde.

Haynes hatte für diese Leute nichts übrig, immerhin waren andere von ihrer Sorte dafür verantwortlich, dass das Gut, auf dem er gearbeitet hatte, bankrottgegangen war. Aber Manson bezahlte ihn gut für seine Dienste. Etwas anderes zählte nicht.

Es wird wohl besser sein, nicht in diese Versammlung zu platzen, überlegte er und führte sein Pferd bedächtig in den Schatten. Lange brauchte er allerdings nicht dort auszuharren. Nur Minuten später öffnete sich die Tür und die Leute strömten heraus. Haynes sah ihnen nach, bevor er sich aus dem Schatten löste und an Mansons Tür klopfte.

Der Hausherr öffnete selbst. »Haynes, was suchen Sie hier?« Hektisch blickte er sich um.

»Keine Sorge, Ihre Freunde sind weg.« Haynes grinste breit. »Ich hab da was aufgeschnappt, was Sie wissen sollten.«

»Was haben Sie gehört?«

»Wollen wir das nicht drinnen besprechen? Für den Fall, dass Ihre Freunde noch was vergessen haben.«

Widerwillig ließ Manson seinen Informanten ein.

Beim Duft nach Kaffee und Gebäck lief Haynes das Wasser im Mund zusammen.

»Also, was gibt's?« Manson klang ungehalten.

»Wie es aussieht, haben Sie schlechte Karten, Sir. Jedenfalls was Ihre Absicht angeht, sich das Gut unter den Nagel zu reißen.«

Manson erbleichte. Was fällt diesem unverschämten Kerl nur ein?, dachte er und bellte: »Inwiefern?«

»Die junge Lady ist gerissen. Wussten Sie schon, dass Madame mit den Maori verwandt ist?«

»Louise de Villiers? Woher haben Sie das?«

»Ich habe gelauscht, als ihre Schwiegertochter sich mit Newman besprochen hat. Demnach ist Madame zu einem Viertel Maori, und somit kann ihr niemand das Land streitig machen, auf dem ihr Weinberg steht. Sie werden sich was anderes einfallen lassen müssen, um es zu bekommen.«

Manson überlief es gleichzeitig heiß und kalt.

»Woher wissen Sie . . .«

»Dass Sie das Land wollen? Nun, die Arbeiter sprechen darüber.« Haynes grinste erneut über beide Wangen. »Sie bezweifeln, dass Madame die rechtmäßige Besitzerin ist, heißt es. Doch das können Sie sich unter diesen Umständen sparen. Sie müssen wohl andere Saiten aufziehen.«

Mansons Herz raste. Er hatte Haynes für einen unbedarften Taugenichts gehalten. Aber das war offenbar ein Irrtum. Der Kerl ist ganz schön gerissen und könnte dir gefährlich werden, dachte er.

»Und was schlagen Sie vor?«

Haynes lächelte diabolisch. »Wenn man eine alte Krähe nicht loswird, räuchert man ihr Nest eben aus, Sir.«

9

Nervös stand Helena vor Louises Schlafzimmertür. Wie wird Louise die Nachricht aufnehmen? Allen Mut zusammennehmend, klopfte sie.

Gestützt von Kissen, saß ihre Schwiegermutter aufrecht im Bett. Auf dem Nachtschränkchen lag eine gefaltete Ausgabe der *Napier Gazette*. Louise hatte sie offenbar noch nicht angerührt.

»Wie geht es Ihnen, Madame?«, fragte Helena sanft.

»Den Umständen entsprechend, würde Doktor Fraser wohl sagen.« Louise musterte sie. »Sie haben etwas auf dem Herzen, nicht wahr?«

Helena blieb vor dem Bett stehen und nickte.

»Sprechen Sie, Helena.«

»Ich war heute erneut bei Reverend Rutherford.«

»Wegen meines Großvaters, nicht wahr? Ich wusste, dass Sie in dieser Sache nicht nachgeben würden.«

»Ich möchte Ihnen helfen, das Gut zu erhalten.«

Louise schien nicht zuzuhören. »All die Jahre habe ich versucht, es zu verdrängen«, murmelte sie. »Aber die Vergangenheit lässt sich nicht einfach ausradieren.«

»Dazu haben Sie auch keinen Grund. Es ist doch nicht schlimm, Maori-Blut in den Adern zu haben.«

»Was wissen Sie denn schon?« Louise schnaubte. »Die feine Gesellschaft von Napier unterscheidet sehr wohl zwischen

Menschen mit und ohne Maori-Blut in den Adern. Schon in der Schule musste ich härter als alle anderen arbeiten, weil ich damals meiner Großmutter sehr ähnlich sah. Die Kinder haben mich gehänselt, die Erwachsenen haben mich schief angesehen. In der Schule bezog ich einmal Prügel, weil ich maori gesprochen habe. Es ist hier verboten, müssen Sie wissen. Aus diesem Grund habe ich Sarah und Didier englische Namen gegeben und ihnen ans Herz gelegt, ihre Muttersprache nur mit den eigenen Leuten zu sprechen.« Louises Blick schweifte in die Ferne, als habe sie all diese schmerzlichen Ereignisse plötzlich wieder vor sich.

Helena schwieg erschüttert.

»Ich habe in meinem Leben so viele Nachteile erlitten, dass ich beschlossen habe, meine Herkunft zu verleugnen«, fuhr Louise fort. »Als ich heranwuchs, wurde mein Aussehen europäischer. Der Reichtum meiner Familie wurde zu meinem Schutzschild. Schließlich kam mir auch die Zeit zu Hilfe. Ein Großteil der Leute, die von meiner Herkunft wussten, sind mit den Jahren weggezogen oder gestorben, sodass ich meine Ruhe hatte.«

»Dennoch haben Sie Kontakt zur *toghunga* gehalten und die Maori weiterhin auf Ihrem Land leben lassen.«

»Mit der Zeit habe ich gelernt, mit dem Erbe meiner Großmutter zu leben. Aber gern denke ich nicht daran. Noch immer gibt es in der Stadt Menschen, die in den Maori eher Wilde sehen als ein Volk mit einer eigenen Kultur.«

»Ich bin sicher, dass die Zahl dieser Leute mittlerweile abgenommen hat.«

»Wie ich schon sagte, Sie haben keine Ahnung von diesen Dingen, Helena. Wie denn auch? Sie sind in einem ganz anderen Land aufgewachsen.«

»Auch bei uns gibt es Neid und Missgunst«, wandte Helena ein. »Als ich das Gut meiner Eltern übernehmen musste, war ich gerade achtzehn. Sie können mir glauben, dass etliche Konkurrenten versucht haben, sich meinen Besitz anzueignen. Ich wurde in der feinen Gesellschaft schief angesehen. Entweder wurde ich gemieden, oder man wollte mich mit einem der eigenen Sprösslinge verkuppeln. Bevor ich Laurent traf, hatte ich nicht vor, jemals zu heiraten. Aber damals wusste ich noch nichts von der Liebe. Erst durch Laurent habe ich erfahren, wie überwältigend die Liebe ist.«

Louise verharrte einige Minuten in nachdenklichem Schweigen.

Helena fürchtete bereits, dass sie ihre Schwiegermutter verärgert hatte.

Aber dann fragte Louise leise: »Versprechen Sie mir etwas, Helena?«

»Wenn es in meiner Macht steht.«

»Bitte lassen Sie Wahi-Koura nicht untergehen! Bewahren Sie es für Ihre und Laurents Tochter. Und behüten Sie den Stamm auf unserem Land. Diese Menschen haben es nicht verdient, von engstirnigen *pakeha* vertrieben zu werden. Sie sollen so leben können, wie es sie glücklich macht.«

»Dafür werde ich sorgen.«

Die Blicke der beiden Frauen trafen sich.

»Sie fragen sich sicher, warum ich so heftig auf den *manaia* reagiert habe.«

»Ich habe ihn wieder ins Buch zurückgetan«, antwortete Helena schnell.

»Geben Sie ihn ruhig meiner Enkelin. Er gehörte einst Laurent. Ich wollte nicht, dass ihm seine Herkunft zum Nachteil geriet, also habe ich das Amulett versteckt. Dort, wo ich glaubte, dass Laurent es niemals finden würde.«

»In einem Buch über Weinbau.«

»Jetzt bin ich froh, dass Sie es gefunden haben. Es war ein Zeichen der alten Götter.« Louise zog die Bettdecke höher an ihre Brust. »Ich habe noch eine Bitte, Helena.«

»Sagen Sie ruhig, was Sie sich wünschen«, antwortete Helena.

»Ich möchte Laura sehen. Würden Sie sie mir wohl bringen, da ich nicht aufstehen kann?«

Helena presste die Lippen zusammen und unterdrückte die Tränen. Sollte es so schlimm um Louise stehen, dass sie von ihrer Enkelin Abschied nehmen wollte?

»Ich hole sie sofort«, antwortete sie und lief in die Kinderstube. Dort hob sie die schlafende Laura behutsam aus der Wiege und trug sie in Louises Schlafzimmer.

Als sie das Mädchen der Kranken in den Arm legte, strahlte Louise und ihr blasser Teint nahm wieder ein wenig Farbe an. Gerührt beobachtete Helena, wie sich ihre Schwiegermutter in Gegenwart ihrer Tochter verwandelte.

»*Ma petite princesse*«, murmelte sie, als die Kleine die Augen aufschlug und die Hände nach ihrer Großmutter ausstreckte.

Laura umklammerte Louises Zeigefinger und krähte fröhlich.

»Eines Tages wirst du die Herrin über Wahi-Koura sein. Bestimmt wirst du eine wunderbare Winzerin«, murmelte Louise.

»Ich werde dafür sorgen, das verspreche ich Ihnen«, sagte Helena, aber Louise reagierte nicht darauf. Sie hatte nur Augen für ihre Enkeltochter.

Als Louise schließlich ein altes französisches Wiegenlied anstimmte, wandte Helena sich ab, denn sie konnte ihre Tränen nicht länger zurückhalten.

Lieber Gott, bitte, gib ihr noch ein wenig Zeit!, betete sie still.

In der Nacht fand Helena keinen Schlaf. Nachdem sie sich eine Weile im Bett hin und her gewälzt hatte, erhob sie sich und zog sich ihren Morgenmantel über. Dann verließ sie das Zimmer. Sehnsucht brannte in ihr. In diesem Augenblick wünschte sie sich Zane her, doch das war unmöglich. Er war in seinem Quar-

319

tier, und sie beide waren übereingekommen, sich gegenüber den Arbeitern nichts anmerken zu lassen. Also streifte sie ruhelos im Haus umher, getrieben von ihren Gedanken. Louises Beichte vor ein paar Stunden beschäftigte sie noch immer. Dass ihre Schwiegermutter es aufgrund ihrer Herkunft so schwer gehabt hatte, hätte sie nie vermutet. Werden die Maori irgendwann einmal anerkannt werden?, fragte sie sich. Werden sie ihre Sprache sprechen können? Dann hatte sie wieder Louises zärtlichen Umgang mit Laura vor Augen. Louise war gewiss eine gute Mutter für Laurent, trotz aller Differenzen, die sie schließlich auseinandergetrieben hatten. Gebe Gott, dass sie sich wieder erholt und ihr noch ein paar Jahre beschieden sind!, flehte sie im Stillen.

Als sie den Flur zu Louises Büro betrat, erstarrte sie. Ein Feuerschein! Verwirrt wischte sich Helena über die Augen. Bilde ich mir das nur ein? Ist es eine Täuschung?

Nein, es waren Flammen. Im Weinberg brannte es!

Nachdem die Schrecksekunde vergangen war, rannte Helena nach draußen. Die Nachtluft schnitt ihr in Kehle und Lunge. Am Quartier der Arbeiter hämmerte sie mit Leibeskräften gegen die Tür.

»Zu Hilfe! Feuer! Der Weinberg brennt!«

Wenig später wurde das erste Fenster aufgerissen. Yves Leduc rieb sich den Schlaf aus den Augen.

»Was ist, Madam?«

»Der Weinberg brennt!«, rief Helena verzweifelt, während über ihr weitere Fenster aufgerissen wurden.

»O mein Gott!« Leduc zog sich vom Fenster zurück. Dann wurde es laut im Quartier. Schritte polterten in den Gängen. Fäuste hämmerten gegen Türen. Schließlich drängten Newman, Leduc und noch ein einige andere Männer ins Freie.

»Wo brennt es genau?«, fragte Newman und umfasste Helenas Schultern.

320

»Mittendrin«, antwortete Helena. »Ich habe nur einen Lichtschein gesehen.«

»Holt Eimer, und bildet eine Kette zum Brunnen! Wir müssen löschen!«, rief Zane seinen Leuten zu.

»Ich komme mit euch!«

»Nein, bleib lieber hier, Helena«, bat Zane, doch sie wollte davon nichts hören.

»Ihr braucht jede Hand! Ich komme mit!«

Während ein Teil der Mannschaft zum Brunnen lief, drang Newman mit ein paar Männern in den Weinberg vor. Den beißenden Geruch, der in der Luft hing, kannte er genau.

»Petroleum!«, rief er seinen Leuten zu und stellte erschrocken fest, dass die Flüssigkeit auch von den Stöcken tropfte, an denen sie gerade vorbeirannten.

»Wir müssen zurück, sonst fangen wir selbst Feuer!«

Inzwischen hatten sich Helena und die anderen Eimer besorgt. Leduc schöpfte das Wasser aus dem Brunnen. Die Arbeiter verteilten sich in einer Reihe.

»Das Feuer ist mit Petroleum gelegt worden!«, verkündete Newman. »Wir müssen zusätzlich eine Schneise graben, um es am Ausbreiten zu hindern!«

Während die ersten Eimer mit Wasser in Richtung Brandherd wanderten, bewaffneten sich Zane und seine Leute mit Äxten und Schaufeln.

Helena half, so gut es ging. In diesem Augenblick war ihr Kopf wie leer gefegt, sie funktionierte einfach nur. Das Zittern in ihren Armen ignorierend, reichte sie einen Wassereimer nach dem anderen weiter, bis ihre Knie versagten und sie zu Boden sank.

»Madam!«, rief einer der Männer. »Sie sollten sich besser schonen.«

»Es geht schon wieder.« Entschlossen rappelte Helena sich wieder auf und griff erneut nach dem Eimer.

Haynes zügelte sein Pferd und blickte sich um. Das Feuer im Weinberg war weithin zu sehen. Dicker Qualm waberte vor dem Mond.

Manson wird zufrieden sein, dachte er. Für einen Moment empfand er Mitleid für die junge Herrin, die stets freundlich zu ihm war. Aber er schob es beiseite. Die Welt ist kein Rosengarten, sagte er sich. Mit dem Geld von Manson werde ich ein neues Leben anfangen. Der Weinbau kann mir gestohlen bleiben!

Mit einem Zungenschnalzen trieb Haynes sein Pferd wieder an. Nachdem er eine Weile dem Fluss gefolgt war, preschte er durch den Busch und erreichte schließlich die Straße nach Napier.

Nur vereinzelt blinkten ihm Lichter aus der Stadt entgegen. Hundegebell war zu hören. Niemand kümmerte sich um den nächtlichen Reiter, der über die Hauptstraße ritt.

Vor dem Haus des Bankiers saß Haynes ab. Er hatte mit Manson vereinbart, zu ihm zu kommen, sobald der Weinberg in Flammen stand.

Nur zweimal brauchte er zu klopfen, bis die Tür geöffnet wurde.

»Kommen Sie rein.«

Schweigend gingen sie in Mansons Arbeitszimmer.

»Ich nehme an, Sie haben den Job erledigt.«

»In diesem Augenblick versucht die Mannschaft von Wahi-Koura, den Weinberg zu löschen. Er brennt lichterloh, ein wahres Freudenfeuer.«

Manson lächelte zufrieden. »Gute Arbeit, Haynes! Dann sollten Sie jetzt Ihren Lohn bekommen.«

Aus einer kleinen Schatulle in seinem Schreibtisch holte er ein Bündel Pfundnoten hervor. »Ich muss Sie wohl nicht daran erinnern, dass Sie Stillschweigen bewahren müssen.«

»Natürlich, Sir.« Gierig musterte Haynes die Geldscheine.

322

»Ich werde morgen früh das erste Schiff besteigen, das mich auf die Südinsel bringt.«

Manson reichte ihm das Geld. »Es war mir ein Vergnügen, Geschäfte mit Ihnen zu machen.«

»Ganz meinerseits, Mister Manson.«

Damit verabschiedeten sie sich voneinander.

Draußen vor der Tür zählte Haynes die Scheine. Zweihundert Pfund! Davon würde er einige Monate gut leben können. Frohgemut schwang er sich auf sein Pferd und ritt in Richtung Hafen davon.

In der Ferne ertönte das Läuten einer Schiffsglocke. Vor der Hafenmeisterei saß Haynes ab. Mondschein fiel auf die Masten der Schiffe, die in der Strömung schaukelten. Haynes lächelte versonnen, als er seine Tasche vom Sattel losband. Gleich morgen früh würde er sich eine Schiffspassage kaufen.

Schritte ertönten. Haynes blickte sich suchend um. Niemand zu sehen. Wahrscheinlich nur ein Herumtreiber auf der Suche nach einer Bleibe, dachte er, als Sterne vor seinen Augen aufflammten.

Von einem Schlag auf den Hinterkopf getroffen, taumelte Haynes nach vorn. Das Pferd fuhr wiehernd zusammen und wich zur Seite aus. An der Wand der Hafenmeisterei fand er Halt. Verschwommen ragten zwei Männer vor ihm auf.

»Was soll das?«, fragte er benommen, aber da traf ihn bereits der nächste Schlag, dann wurde es ihm schwarz vor Augen.

Obwohl unermüdlich Wasser in das Feuer gegossen wurde, fraßen sich die Flammen immer weiter. Verzweifelt versuchte Newman, die Schneise voranzutreiben, aber immer wieder mussten seine Männer zurückweichen, weil neue Stöcke Feuer fingen und der aufsteigende Qualm ihre Sicht behinderte.

»Wir müssen diese Stöcke absägen«, rief er, worauf einige Leute sich sogleich an die Arbeit machten. Das Geräusch der Sägen und Äxte mischte sich in das Prasseln des Feuers.

Nachdem die Schneise mit Hilfe eines Pfluges endlich gezogen war, beorderte Newman alle Männer zum Wassertragen und löste selbst Helena ab. Sie zitterte vor Erschöpfung.

»Wir kriegen es unter Kontrolle!«, rief Newman ihr zu. »Ruh dich ein wenig aus.«

Helena ließ sich ins Gras fallen. Ihre Augen brannten, und die Lunge schmerzte. Wie betäubt fragte sie sich: Wie um alles in der Welt soll ich Louise diese Katastrophe beibringen, ohne ihr Leben aufs Spiel zu setzen?

Bei Sonnenaufgang war der Brand gelöscht. Erschöpft betrachtete Helena die ruinierten Reben. Der Schaden war verheerend. Um ihn genau zu beziffern, würde sie das gesamte Terrain inspizieren müssen, aber dazu fehlte ihr die Kraft. Es hatte Wahi-Koura in jedem Fall schwer getroffen.

Helena fiel nur ein Schuldiger ein: Jacob Manson. Zur Hölle soll er fahren!, wünschte sie still.

Da trat Newman zu ihr und legte ihr den Arm um die Schultern.

»Wie sieht es aus?, fragte sie wie betäubt.

»Das Feuer ist gelöscht. Eine Vielzahl der Stöcke ist verloren, fürchte ich. Aber vielleicht treibt doch der ein oder andere, der jetzt tot zu sein scheint, wieder aus.« Zane streichelte ihre Wange. »Sie werden uns nicht kleinkriegen.«

»Das haben wir Manson zu verdanken, nicht wahr?«

Newman nickte. »Ich hätte nicht gedacht, dass er so weit gehen würde.«

»Er gehört ins Zuchthaus.«

»Leider haben wir auch diesmal keine Beweise für seine Schuld. Wir haben ein paar leere Petroleumflaschen gefunden, allerdings hatten sie nicht mal ein Etikett.«

Helena schluchzte. »Irgendwer muss ihn stoppen! Es kann doch nicht so weitergehen!«, rief sie verzweifelt.

Zane hatte keine Antwort darauf. So hilflos wie in diesem Augenblick hatte er sich schon lange nicht mehr gefühlt.

Im Haus wurde Helena von Sarah und Adelaide erwartet. Die Fenster zur Eingangshalle waren hell erleuchtet.

»Das Feuer ist gelöscht«, berichtete sie. »Bringt den Männern etwas zu trinken und eine kleine Stärkung.«

Während die Dienstmädchen in die Küche eilten, begab Helena sich schweren Herzens zu Louise. Magenschmerzen plagten sie. Am liebsten hätte sie sich hingelegt, aber sie fühlte sich verpflichtet, nach ihrer Schwiegermutter zu sehen. Der Tumult und der Feuerschein waren ihr sicher nicht entgangen.

Als auf ihr Klopfen keine Antwort ertönte, öffnete Helena leise die Schlafzimmertür. Das Bett war leer. War Louise aufgestanden?

Helena sah sich suchend um und schlug erschrocken die Hand vor den Mund. Louise lag vor dem Fenster auf dem Boden: eine leblose Gestalt in Weiß, die Augen starr nach oben gerichtet. In ihrem Mundwinkel klebte ein dünner Blutfaden.

O mein Gott!, schoss es Helena durch den Kopf. Das darf nicht sein!

Schon rannte sie zur Kommode, wo sie das Herzmedikament aufbewahrte. Mit zitternden Händen nestelte sie die Spritze unter der Serviette hervor.

Dann zwang sie sich zur Ruhe, obwohl ihr Puls vor Angst raste. Sie kniete sich neben Louise, schob den Ärmel ihres

Nachtkleides hoch, stach die Nadel in den Oberarm und drückte den Kolben herunter.

»Kommen Sie«, redete sie leise auf die Bewusstlose ein, während sie deren Arm rieb. »Sie dürfen nicht sterben!«

Aber Louise reagierte nicht.

»Bitte, Louise, Sie dürfen uns nicht alleinlassen!«, schluchzte Helena, während sie ihre Schwiegermutter sanft rüttelte. »Bitte tun Sie mir das nicht an!« Sie wagte nicht nachzusehen, ob sich Louises Brust noch hob. Sie betete leise, hoffte, dass Louise jeden Moment aufröcheln und wieder zu sich kommen würde.

Ein Schrei an der Tür schreckte Helena auf.

Eine kreidebleiche Adelaide stand auf der Schwelle. »Was ist mit Madame?«

Helena sank in sich zusammen. Die grausame Gewissheit, dass Louise nicht zu retten war, raubte ihr die Kraft. Tränen flossen über ihre Wangen und verschleierten ihren Blick.

»Madame ist tot.«

Adelaide heulte klagend auf.

Helena rappelte sich auf. »Bitte, sag den anderen im Haus Bescheid«, flüsterte sie matt. »Und richte Didier aus, dass er Doktor Fraser und dem Totengräber Bescheid geben soll.«

Als Adelaide gegangen war, setzte Helena sich wieder zu Louise und ließ ihren Tränen freien Lauf. Als sie nur noch eine dumpfe Leere in sich spürte, drückte sie Louise zärtlich die Augen zu und schob ihr eine Haarsträhne aus dem Gesicht. Danke für alles, Louise, dachte sie und nahm ihre kalte Hand. Ich hoffe für Sie, dass Sie nun Ihren Sohn wiedersehen, Madame.

Fassungslos betrachtete Zane die zerstörten Weinstöcke. Hätten wir das verhindern können? Wohl kaum. Es hatte sich herausgestellt, dass die Attentäter die Wachposten niedergeschlagen hatten. Glücklicherweise waren seine Leute weit genug vom Brandherd entfernt gewesen, sodass sie nur Beulen und Kratzer davongetragen hatten.

»Sir, uns fehlt ein Mann.« Paul Walker tauchte keuchend neben dem Kellermeister auf. Auch sein Gesicht war schwarz wie das eines Bergmanns.

»Wer?«, fragte Newman erschrocken.

»Dieser Neue. Haynes.«

Zane kam ein unschöner Verdacht. »Habt ihr überall nachgesehen?«

»Nein, wir haben es gerade erst bemerkt.«

»Durchkämmen wir den Weinberg! Vielleicht ist ihm vom Qualm schlecht geworden.«

Die Männer machten sich unverzüglich auf die Suche, aber Haynes blieb verschwunden.

Als auch der letzte Suchtrupp wieder da war, versammelte Newman seine Leute auf dem Hof.

»Hat einer von euch Haynes heute Nacht gesehen?«, fragte er.

Kopfschütteln allerorten.

»Nein, Sir, ich hab mich schon gefragt, wo er ist!«

»Vielleicht schläft er selig vor sich hin«, mutmaßte einer der Gehilfen.

Daran glaubte Newman nicht. Als er in das Zimmer stürmte, das er dem Neuen zugeteilt hatte, fand er die Bettdecke unberührt vor.

Er dachte einen Moment nach, bevor er Leduc zu sich rief.

»Reiten Sie in die Stadt und suchen Sie nach Haynes! Ich habe da ein paar Fragen an ihn.«

Leduc nickte und rannte zum Pferdestall.

»Ruht euch ein wenig aus«, wies Newman die anderen an. »Ich werde mit Mistress de Villiers reden.«

Während sich die Männer zurückzogen, eilte der Keller-

327

meister zum Haus. Gott gnade diesem Haynes, wenn er sich hier noch mal blicken ließ!

Auf der Treppe trat ihm Helena entgegen. Ihre Augen waren verquollen, ihr Gesicht kreidebleich.

Newmans Herz krampfte sich zusammen. »Was ist passiert?«

Helena flog ihm entgegen und warf sich bitterlich weinend in seine Arme.

10

Erwartungsvoll schlenderte Manson durch die Stadt. Wie lange würde es wohl dauern, bis man hier von dem Feuer sprach? Wussten die Ersten bereits, was geschehen ist? Er lauschte den Gesprächen der Passanten, aber noch sprach niemand von Wahi-Koura. Da preschte ein Reiter an ihm vorbei. Er erkannte Didier. Als Manson sich umwandte, verschwand Louises Kutscher gerade hinter der nächsten Hausecke. Was will der in der Spring Street?, fragte der Bankier sich. Die Polizeiwache befindet sich nicht dort ... Die einzig plausible Antwort erschien ihm unglaublich. Sollte es möglich sein?

Manson machte kehrt und eilte die Straße entlang. Der Puls hämmerte heftig in seinen Schläfen, als er ebenfalls in die Spring Street einbog. Er ignorierte den empörten Ruf eines Mannes, den er angerempelt hatte, und entging nur knapp der Kollision mit zwei Frauen, die schwere Einkaufskörbe trugen.

Eine Entschuldigung murmelnd, rannte er bis zu einem roten Gebäude. Ein Schauder überlief ihn angesichts der strengen schwarzen Lettern, die auf dem Schild prangten. Hier hatte der Undertaker von Napier sein Domizil. Vor der Tür stand Didiers Pferd.

Hatte es bei dem Brand Tote gegeben? Oder war die alte Krähe endlich zur Hölle gefahren?

Ich werde es noch früh genug erfahren, dachte Manson und kehrte diesem Ort hoffnungsfroh den Rücken zu.

Newman fiel es schwer, seiner Arbeit nachzugehen. Immer wieder hatte er das Bild vor Augen, wie der Sarg mit Louise aus dem Haus getragen wurde. Alle Arbeiter und Angestellten des Guts hatten Spalier gestanden, um ihrer Herrin die letzte Ehre zu erweisen. Helena hatte mit ihrer kleinen Tochter auf dem Arm so unglücklich und hilflos gewirkt, dass es Zane bei der Erinnerung daran beinahe das Herz zerriss. Zu gern hätte er sie in seine Arme gezogen und ihr Trost zugesprochen. Aber er musste sich beherrschen. Er durfte Helena nicht kompromittieren.

Wütend stieß Zane die Schaufel in den Boden. Er hoffte inständig, dass Leduc diesen Haynes auftreiben würde. Er würde schon aus diesem Mistkerl herausprügeln, ob Manson hinter dem Verbrechen steckte. Und dann sollte der was erleben!

Sie hatten damit begonnen, die Stöcke, die nicht mehr zu retten waren, auszugraben. Den Vorschlag, die Arbeit für heute ruhen zu lassen, hatten seine Leute abgewiesen. »Madame hätte gewollt, dass wir weitermachen und den Weinberg wieder in Ordnung bringen«, hatte einer der Männer gesagt, und alle anderen hatten murmelnd zugestimmt.

Es herrschte eine beklommene Stimmung. Nahezu schweigend tat jeder seine Pflicht. Der Tod der Herrin ging allen an die Nieren. Und sicher sorgten sich die Männer auch um ihre Existenz.

Hufschlag unterbrach Newmans kreisende Gedanken. Yves Leduc preschte direkt auf den Weinberg zu. Der Kellermeister ließ die Schaufel fallen und lief ihm entgegen.

»Mister Newman!«, rief Leduc und sprang vom Pferd, noch bevor es richtig stand.

»Haben Sie diesen Haynes aufgetrieben?«

»Leider nein.«

»Verdammt!« Zane trat nach seiner Schaufel. »Er hat sich offenbar frühzeitig aus dem Staub gemacht.« Jetzt kann Haynes uns nicht mehr zu seinem Auftraggeber führen, dachte Newman niedergeschlagen. »Wie konnte ich nur so dumm sein, ihn anzustellen?« Wütend schlug er seine Faust in die andere Hand. »Ich hätte riechen müssen, dass an der Sache was faul ist.«

»Um diese Zeit suchen viele Männer Arbeit als Aushilfe«, beschwichtigte Leduc. »Wie sollten Sie wissen, was er im Schilde führt?«

»Ich hätte ihn besser überprüfen müssen. Ich habe mich von seinem ordentlichen Auftreten blenden lassen.«

Nachdem der Kellermeister Leduc gedankt hatte, machte er sich auf die Suche nach Helena. Da er sie im Arbeitszimmer nicht fand, klopfte er an die Tür ihres Salons.

»Herein!«, rief Helena.

Sie spielte auf der Chaiselongue mit Laura. Das kleine Mädchen strampelte fröhlich, während es mit den Händen die Zeigefinger der Mutter umklammerte.

Zane war vollkommen gerührt von diesem Anblick. Helena und ihr Kind schienen in ihrer eigenen Welt versunken zu sein, einer Welt, in der es kein Unheil und kein Leid gab.

Auch Helenas trauriges Lächeln rührte Newman zutiefst, und wieder einmal wurde er sich bewusst, wie stark seine Gefühle für sie waren. »Verzeihung, ich wolle nicht stören«, begann er beklommen.

»Du störst nicht.« Helena hob ihre Tochter an ihre Brust.

Laura strahlte. Zane konnte dem Liebreiz des Kindes nicht widerstehen. Er ging vor ihm in die Hocke und streckte ihm die Hand entgegen. Laura griff mit einem begeisterten Juchzen danach.

331

»Eines Tages wird sie sämtliche Männer der Stadt bezaubern. Du wirst auf sie achtgeben müssen.«

»Das werde ich.« Helena küsste den roten Haarschopf. »Doch wen auch immer sie lieben wird, sie soll ihn bekommen.«

»Und er tut gut daran, sie nicht zu enttäuschen, sonst kriegt er es mit ihrem Paten zu tun.«

Helena gestattete sich für einen Moment, von der Zukunft zu träumen. Ein Mädchen im weißen Kleid rannte mit wehenden Haaren durch Weinspaliere. Ein helles Lachen tönte durch die Reihen und scheuchte ein paar Wildtauben auf, die sich auf den Stöcken niedergelassen hatten. Sie selbst stand, Hand in Hand mit Zane, am Rand des Weinbergs und hielt Ausschau nach ihrer Tochter.

Vielleicht darf ich nicht zu viel erhoffen, dachte sie wehmütig.

»Was wolltest du mir sagen?«, fragte sie, als sich das Bild wieder zurückzog.

»Das hat Zeit bis heute Abend.«

»Nein, sag es mir jetzt.«

Newman atmete tief durch. »Du erinnerst dich an Haynes? Du hast mir geraten, ihn im Auge zu behalten.«

»Den Pflücker, den du als Gehilfe eingestellt hast.« Helena nickte.

Unwohlsein regte sich in ihrer Magengrube.

»Er wurde gestern Abend von den anderen vermisst«, fuhr Zane fort. »Ich dachte zunächst, wir hätten ihn in den Flammen verloren, aber wir haben alles abgesucht und ihn nicht gefunden. Schließlich stellte sich heraus, dass auch seine Sachen verschwunden sind.«

Helena war wie betäubt. »Du meinst, er hat den Weinberg angezündet?«

»Möglicherweise. Leduc war in der Stadt, um ihn zu suchen. Aber er hat ihn nicht mehr gefunden. Vermutlich hat der Kerl sich auf irgendeinem Kahn eingeschifft.«

332

Helena war schockiert. Wie konnte dieser Mann so etwas tun? Hatte Manson ihm aufgetragen, sich hier eine Anstellung zu suchen? Eine andere Erklärung gab es für sie nicht.

Zane senkte den Kopf. »Es tut mir leid.«

Helena wiegte ihre Tochter gedankenverloren in den Armen. »Wir werden nicht aufgeben«, sagte sie entschlossen.

11

Die Kirche von Napier war so gefüllt wie sonst nur an hohen Festtagen. Trauergäste unterschiedlicher Gesellschaftsschichten wollten Louise die letzte Ehre erweisen.

Sie hätte sich darüber gefreut, dachte Helena bitter. Aber noch besser wäre es gewesen, wenn alle Menschen ihr bereits zu Lebzeiten Wertschätzung entgegengebracht hätten.

Die Vorbereitung des Begräbnisses hatte Helena ziemlich in Anspruch genommen. Zeit, um über die Folgen des Brandes nachzudenken, hatte sie nicht. Immer wieder überkam sie die Trauer um Louise. Und sie fragte sich selbstkritisch, ob sie alles getan hatte, um ihren Tod zu verhindern.

Noch immer schwebte das Damoklesschwert von Mansons Drohungen über ihnen. Solange kein Schuldiger gefasst wurde, konnte es erneut zu einem Vorfall kommen. Wer weiß, was sich dieser Kerl als Nächstes einfallen ließ ...

Als Newman neben sie trat, wandte sich Helena von der Menschenmenge ab.

»Wie geht es dir?«, fragte er sanft.

»Den Umständen entsprechend«, antwortete sie traurig. »Es tut mir alles furchtbar leid. Louise und ich mögen unsere Differenzen gehabt haben, aber sie hat sehr viel für mich und meine Tochter getan. Ich wünschte, wir hätten mehr Zeit miteinander gehabt. Wie unerbittlich das Schicksal doch sein kann!«

»Es war nicht das Schicksal. Es war ein skrupelloser Mensch.

Hätte Manson sie in Ruhe gelassen, wäre sie bestimmt nicht krank geworden.«

Helena schüttelte den Kopf. »Krank war sie bereits. Die Aufregung hat lediglich die ihr verbleibende Zeit verkürzt. Vielleicht hätte ich hier nicht auftauchen sollen.«

»Und ihr damit die Freude nehmen, ihre Enkeltochter kennenzulernen?«, fragte Newman. »Nein, du hast schon richtig gehandelt. So hatte sie wenigstens ein paar Monate Freude. Und sie ist mit der Gewissheit gestorben, dass es eine Erbin für Wahi-Koura gibt.«

Helena blickte zum Sarg hinüber, der vor dem Altar aufgebahrt war. Ein großes Gebinde aus weißen Rosen und Weinranken schmückte den Deckel.

»Glaubst du, die Abstinenzler lassen sich blicken?«, fragte Helena, als sie sich wieder umwandte.

Newman zuckte mit den Schultern. »Keine Ahnung. Wenn sie eine Spur von Gewissen haben, bleiben sie fern.«

Helena betrachtete Newman eine Weile, dann griff sie nach seiner Hand. »Versprichst du mir etwas?«

»Alles, was du willst.«

»Louise hätte nicht gewollt, dass es auf ihrer Trauerfeier zu einem Eklat kommt. Sie war immer bestrebt, in der Öffentlichkeit ein gutes Bild abzugeben. Falls die Abstinenzler kommen sollten, bewahre bitte Ruhe!«

»Das weiß ich doch. Ich werde mich zurückhalten, auch wenn mir die Galle überkocht.«

»Und deine Leute?«

»Die haben ihre Anweisungen.«

»Gut.« Helena drückte seine Hand, bevor sie sie losließ, und ging zur Familienbank der De Villiers.

Reverend Rutherford wartete dort bereits auf sie.

»Ich glaube, wir können jetzt anfangen«, sagte er, nachdem er ihr mitfühlend die Hand gedrückt hatte. »Sind Sie bereit?«

Helena nickte und nahm ihren Platz ein, um die Totenfeier zu verfolgen.

Am Ende der Zeremonie wurde Louises Sarg unter dem Geläut der Totenglocke zum Familiengrab getragen. Der Trauerzug folgte stumm. Helena ging an der Spitze, gefolgt von Zane mit den Arbeitern des Weinbergs und dem Hauspersonal. Hinter ihnen reihten sich die Trauergäste ein.

Der große Marmorengel, der über der Grabstelle thronte, war auf Helenas Wunsch mit Weinranken geschmückt worden.

Louise hätte es bestimmt gefallen, dachte sie wehmütig.

Als der Sarg in die Erde gelassen wurde, blickte Helena wie betäubt in die finstere Grube. Unwillkürlich stieg die Erinnerung an Laurents Begräbnis in ihr auf. Damals hatte sie das Gefühl gehabt, vor Schmerz zu sterben.

»Laurent!«

Ohne Rücksicht auf die Trauergäste warf sich Helena schluchzend über den Sarg. Sie hatte sich vorgenommen, Haltung zu bewahren, aber als der Sarg durch das Kirchenportal ins Freie getragen wurde, verlor sie die Beherrschung.

Sie stellte sich vor, wie ihr Liebster auf dem Totenkissen lag, das Gesicht schön und lebendig wie noch vor wenigen Tagen, als er neben ihr im Bett geschlafen hatte. Das war zu viel für sie.

»Laurent, du darfst mich nicht verlassen!«, flehte sie unter Tränen, während die Trauergäste betreten die Köpfe senkten. »O Gott, warum tust du mir das an?«

Schließlich hatte Bergau sie sanft von dem Sarg fortgezogen.

»Contencance, Frau de Villiers«, flüsterte er. »Ihr Mann würde nicht wollen, dass Sie so herzzerreißend weinen.«

Das hätte Laurent wirklich nicht gewollt. Helena trocknete sich die Tränen, und die Sargträger gingen weiter.

Gestützt auf Bergaus Arm, folgte Helena ihnen mechanisch bis zum offenen Grab. Den Rest der Zeremonie verfolgte sie wie betäubt.

Als sich der Pastor von ihr verabschiedete und die Trauergäste den Friedhof verließen, überkam sie eine seltsame Erleichterung. Endlich kann ich wieder mit ihm allein sein!, dachte sie.

Allen Aufforderungen seitens Bergau zum Trotz blieb Helena am Grab stehen und beobachtete, wie die Totengräber Erde auf den Sarg ihres Geliebten warfen. Weder die Blicke der Arbeiter noch das Gezwitscher der Vögel konnten sie aus der stummen Zwiesprache mit ihrem Mann reißen.

Ich werde dich für immer lieben, Laurent. Für immer ...

Eine warme Berührung riss Helena aus ihren Erinnerungen. Zane hatte ihre Hand gestreift, um ihr zu bedeuten, dass sie gleich ans Grab treten müsse.

Noch immer mit den Bildern der Vergangenheit ringend, warf Helena einen Strauß weißer Lilien auf den Sarg. Erzählen Sie Ihrem Sohn von mir und unserem Kind, Madame. Eines Tages werden wir uns alle wiedersehen, dachte sie.

Die kondolierenden Trauergäste nahm Helena kaum wahr. Sie schüttelte die Hände und bedankte sich höflich für die tröstenden Worte.

Auch dem Reverend hatte sie zu danken. Seine Rede war sehr ergreifend gewesen.

»Ihre Schwiegermutter hatte die Ehrung verdient«, erklärte der Geistliche. »Ohne sie wäre Napier nicht das, was es ist. Viele Leute stehen bei ihr in Lohn und Brot. Und sie hat stets großzügig für meine Kirchengemeinde gespendet. Wir werden sie alle vermissen.«

Sicher nicht alle, dachte Helena bitter. Manson hat sicher einen Freudentanz aufgeführt, als er von ihrem Tod gehört hat.

»Meine Liebe«, sagte Amalia Grimes, als die Pflegerin ihren Rollstuhl neben Helena schob.

»Mistress Grimes.« Helena lächelte die alte Dame an, die trotz ihrer schlechten gesundheitlichen Verfassung darauf bestanden hatte, ihrer Freundin das letzte Geleit zu geben.

»Es tut mir unendlich leid. Ich habe immer gedacht, dass ich diejenige wäre, die vorangeht.«

Helena seufzte. »Das Leben ist manchmal unberechenbar.«

»In der Tat! Hoffen wir, dass es einen Himmel gibt, in dem Laurent und John auf Louise warten. Und in dem ich sie wiedersehe.«

»Das hoffe ich ebenfalls.«

Amalia Grimes umfasste Helenas Hände. »In Ihren Händen liegt jetzt die Verantwortung für Wahi-Koura.«

»Dessen bin ich mir bewusst.«

Die alte Frau seufzte. »Es sind schlechte Zeiten für die Weinbauern, aber da erzähle ich Ihnen wohl nichts Neues. Laurent hat Sie zu seiner Frau gemacht, und was immer er Ihnen erzählt haben mag, er hat Wahi-Koura sehr geliebt. Er wird gespürt haben, dass Sie die Richtige sind, um die Tradition seiner Familie fortzuführen.«

Helena lächelte mild. Sie bezweifelte, dass Laurent sie aus dem Beweggrund geheiratet hatte. Aber die Worte wärmten ihr Herz. »Das ist sehr freundlich von Ihnen, Mistress Grimes.«

Ein trauriges Lächeln huschte über Amalias Gesicht. »Meine Tür stand Louise stets offen. Sie sollen wissen, dass das auch für Sie gilt. Jedenfalls, solange ich noch in dieser Welt weile.«

»Das wird hoffentlich noch lange der Fall sein. Vielen Dank.«

»Gehaben Sie sich wohl, Madame de Villiers!«

Nachdem sie sich von Amalia verabschiedet hatte, trat

Helena zu Zane und seinen Leuten. Einige der Männer hatten die Tränen nicht zurückhalten können. Verlegen rieben sie sich die Augen.

»Ich danke Ihnen allen, dass Sie gekommen sind. Die Einladung zum Leichenschmaus im *Lions* gilt für Sie natürlich ebenfalls. Lassen Sie uns meiner Schwiegermutter gedenken.«

Während sich die Männer in Bewegung setzten, strebten Helena und Zane der Kutsche zu, wo sie bereits von den Dienstmädchen und Didier erwartet wurden.

»Mein Beileid!« Beim Klang der Männerstimme schien sich ein Messer in Helenas Magengrube zu bohren.

Fassungslos sah Helena sich um.

»Es hat mich sehr betrübt, vom Tod Ihrer Schwiegermutter zu hören. Und von dem Unglück, das Ihnen widerfahren ist.«

Helena zitterte am ganzen Leib. Wo kam dieser Unhold bloß auf einmal her? Wie konnte er es wagen, sich hier blicken zu lassen? »Gehen Sie mir aus den Augen, Manson, sonst –« Helena versagte die Stimme.

»Warum denn so harsch, Madam?«, spottete Manson. »Ich wollte Ihnen nur mein Mitgefühl ausdrücken.«

»Sie braucht Ihr Mitgefühl nicht!« Newman baute sich vor dem Bankier auf. »Lassen Sie Mistress de Villiers in Ruhe, oder ich schleife Sie an den Haaren zum Hafen und werfe Sie ins Wasser.«

Augenblicklich verging Manson das Grinsen. »Ich verstehe ja, dass Sie Ihre Geliebte schützen wollen, Newman, aber Sie sollten Ihr großes Maul zügeln. Sonst werden Sie alle dafür bezahlen.«

Blitzschnell schoss Newman vor und packte Manson am Kragen.

»Zane, nein!«, rief Helena und legte eine Hand beschwichtigend auf seinen Arm. »Denk an dein Versprechen! Er will dich nur provozieren.«

Newman sah Manson flammend an. »Wagen Sie es ja nicht, sich noch einmal auf Wahi-Koura blicken zu lassen!« Damit ließ er ihn wieder los.

Manson wich zurück und zog sich das Jackett gerade.

Sein schiefes Lächeln beunruhigte Helena. Er wird nicht aufgeben, bis es uns gelingt, ihm irgendwie das Handwerk zu legen, erkannte sie.

Nach dem Leichenschmaus, den das *Lions*-Hotel sehr vornehm ausgerichtet hatte, kehrten Helena, Zane und ihre Angestellten wieder zum Gut zurück.

Helena war froh, den Trauergästen entronnen zu sein, unter denen sich recht schnell eine heitere Stimmung ausgebreitet hatte. Sie hatte vor Trauer kaum etwas zu sich nehmen können und brauchte jetzt Zeit, um Louise im Stillen zu gedenken.

Auf dem Gut wurde Helena bereits von einer Maori-Abordnung erwartet. Einige junge Frauen und Männer scharten sich um die *tohunga*.

Was wollen sie hier?, fragte sich Helena. Noch am Tag von Louises Ableben hatte sie Didier ins Maori-Dorf geschickt. Das Angebot, sie bei der Beerdigung zu begleiten, hatten die Heilerin und der Häuptling ausgeschlagen. Nach allem, was Louise ihr kurz vor dem Tod erzählt hatte, hatte Helena Verständnis dafür.

»Was hat das zu bedeuten?«, murmelte sie.

»Du solltest sie fragen«, meinte Zane.

»Die *tohunga* ist sicher hier, um Sie zu der traditionellen Totenfeier einzuladen«, mischte Sarah sich ein, worauf Adelaide sie strafend ansah.

»Verzeihen Sie, Madam«, sagte sie darauf kleinlaut.

Eine Totenfeier? Helena ging der Heilerin entgegen. »*Haere mai*, Ahorangi. Was führt dich zu mir?«

»Ich dich bitten will, mit deiner Tochter ins Dorf zu kommen. Wir werden Feier für Huias Geist machen. Dabei wir auch Geister für *tamahine* beschwören, damit sie hat Glück im Leben.«

Eine Totenfeier der Maori? Helenas Neugier war geweckt. »Wann soll das Ritual stattfinden?«

»In sieben Tage von jetzt an. Ich sprechen muss mit Geistern von Ahnen. Dann du kommen zu Ort von Tangaroa.«

Als Helena nickte, griff die *tohunga* nach ihren Händen. »Du jetzt wachen über die Erde hier. Huias Geist wird dich beschützen.«

Damit verabschiedete sie sich mit ihrem Gefolge.

»Was meint sie mit dem ›Ort von Tangaroa‹?«, fragte Helena, als sie nach dem Essen einen kleinen Spaziergang mit Zane unternahm. Die Sonne trat zwischen dicken Wolken hervor, die Regen versprachen.

»Den Ort, den ich dir gezeigt habe«, antwortete er.

»Den Aussichtsplatz?«

Zane nickte.

Helena erinnerte sich an das Seepferdchen. »Und wie läuft so ein Ritual ab?«

»Das weiß ich nicht. Ich habe nur etwas von dem Neujahrsritual mitbekommen; die Totenrituale werden nur unter Ausschluss der Weißen gefeiert.«

»Aber ich bin eine Weiße!«

»Deine Tochter ist eine Nachfahrin von Madame. Ich kenne mich nicht sonderlich mit den Familienverhältnissen bei den Maori aus, aber ich kann mir vorstellen, dass sie großen Wert auf ihre Abstammung legen. Auch wenn sie sich mit Weißen vermischt haben.«

»Laura ist die Ur-Ur-Enkelin eines Häuptlings«, murmelte Helena.

»Dadurch genießt sie hohes Ansehen – genau wie ihre Mutter. Die Maori betrachten Mutter und Kind als Einheit. Du bist für sie fast so etwas wie ein Stammesmitglied.« Zane wandte sich ihr zu und umfasste ihre Taille. »Ich weiß, es ist nicht ganz leicht. Aber du wirst es schaffen.«

Helena lehnte sich an seine Brust. »Das werde ich. Allerdings wünsche ich mir im Moment nur, irgendwohin zu reisen, wo ich keine Sorgen habe.«

»Diese Reise werden wir machen.« Zärtlich küsste Zane ihre Stirn.

»Ich fürchte, ich muss von unserem Geschäft Abstand nehmen«, sagte Silverstone, nachdem er in Mansons Büro Platz genommen hatte.

Manson fiel beinahe die Karaffe mit Limonade aus der Hand.

»Aber Mister Silverstone ...«

»Ich habe ein Angebot von der Südinsel erhalten. Bestes Land, keine Maori. Ich kann sofort mit dem Aufbau der Farm beginnen.« Silverstone lehnte sich mit einem süffisanten Lächeln zurück. »Bisher habe ich noch nicht zugesagt, aber das werde ich – es sei denn, Sie liefern mir endlich die gewünschte Nachricht.«

Manson stellte die Karaffe ab. Seine Hände zitterten. Alles, was er eingefädelt hatte, sollte umsonst gewesen sein? »Madame de Villiers ist gestorben. Es ist nur eine Frage der Zeit bis ...«

»Sie wird sicher Erben haben. Sind die verkaufsbereit?«

»Ich werde der Schwiegertochter ein Angebot unterbreiten.«

»Glauben Sie wirklich, sie geht darauf ein?«

342

Manson erinnerte sich, wie die junge Frau ihm entgegengetreten war. Sie mochte zart und zerbrechlich wirken, aber ihre Gesichtszüge verrieten Willenskraft und Entschlossenheit.

»Ich werde das Land kriegen, das verspreche ich Ihnen«, versicherte er dennoch.

»Nur leider kann ich auf Ihrem Versprechen keine Schafe züchten!«

»Es ist nur noch eine Frage von wenigen Tagen. Ich habe schon mit der Schwiegertochter gesprochen; sie hat keineswegs die Härte von Louise. Sie wird ganz bestimmt einlenken.«

Silverstone schnaufte ungehalten.

Vielleicht blufft er ja nur, sagte sich Manson, während er sein Gegenüber genau beobachtete. Hätte er wirklich ein besseres Angebot, wäre er sicher gar nicht mehr hier aufgekreuzt.

»Es wäre ein nicht unbeträchtlicher Mehraufwand, die Schafe auf die Südinsel zu bringen«, räumte Silverstone schließlich ein. »Nur aus diesem Grund gebe ich Ihnen eine letzte Chance. Sie haben eine Woche, um das Land zu beschaffen, Manson. Gelingt Ihnen das nicht, werde ich das andere Angebot annehmen.«

Damit erhob der Viehbaron sich und verabschiedete sich mit einem knappen Gruß.

Manson zitterte noch immer. Er ließ sich auf einen Stuhl fallen. Eine Woche nur! Er brauchte einen Plan. Einen todsicheren Plan.

12

Die Tage bis zu der Maori-Totenfeier waren derart angefüllt mit Arbeit, dass Helena kaum dazu kam, an das Ritual zu denken. Mit Hilfe von Monsieur Pelegrin sichtete sie Louises Nachlass und beantwortete Beileidsschreiben. Außerdem beruhigte sie besorgte Kunden, die befürchteten, dass das Weingut schließen werde. Abwechselnd ritten Didier und Monsieur Pelegrin in die Stadt, um Telegramme und Briefe aufzugeben. Natürlich brachten sie stets neue Post mit, unter anderem vom Weinhändler aus Auckland.

Monsieur Rouget zeigte sich tief getroffen über Louises Tod, versicherte Helena jedoch, er werde Wahi-Koura weiterhin die Treue halten.

Ein Klopfen schreckte Helena aus ihrer Bürotätigkeit auf.

»Herein.«

Helena rechnete fest damit, dass es Didier war. Zu ihrer Überraschung trat Zane ein. Er trug einen Obstkorb, und aus seiner Jackentasche lugte ein Päckchen.

»Ich dachte, du könntest eine kleine Erfrischung brauchen.«

Schlagartig traten ihre Kopfschmerzen in den Hintergrund. »Du bist wirklich ein Schatz. Was bringst du mir denn?«

»Mangos, Papayas und Sternfrüchte. Außerdem habe ich dem alten Petersen am Stadtrand Äpfel abgeschwatzt. Und in den nächsten Tagen kannst du dich auf Butternut-Kürbis freuen. Die Köchin hat freudestrahlend verkündet, dass sie ihn einwecken will.«

Helena erhob sich, legte Zane die Arme auf die Schultern und küsste ihn.»Ich danke dir.«

»Und hier habe ich noch was für den kleinen Engel.« Er hielt ihr das Päckchen hin.»Leducs Frau hat sie genäht.«

Ein buntes Stoffpüppchen war in das grobe Packpapier gewickelt.

Helena war gerührt.»Sag Monsieur Leducs Gattin vielen Dank von mir.«

»Ich werd's ausrichten. Wie kommt ihr voran?«

»Das Dickicht lichtet sich. Ich habe fast alle Kondolenzschreiben beantwortet, und auf der Inventarliste fehlt nur noch das, was auf dem Dachboden steht. Ich werde nachher mit Sarah nach oben gehen und alles sichten.«

»Eigentlich bräuchtest du das nicht zu tun«, wandte Zane ein.»Das Gut ist das Erbe deiner Tochter.«

»Ich habe bislang noch keine Ahnung, was Madame verfügt hat. Vielleicht hat sie Laurent ja enterbt.«

»Niemals! Sie hat immer gehofft, dass er zurückkommt. Die Erbschaft wäre ein Grund gewesen.«

Wäre Laurent wirklich nach Neuseeland zurückgekehrt?, fragte Helena sich. Vermutlich schon, denn er hatte Louise bestimmt geliebt – trotz allem, was seine Mutter und ihn entzweit hatte.

Hufschlag ertönte. Ein Reiter preschte auf den Hof. Als sich die Staubwolke legte, erkannte Helena Didier. Seine Posttasche war prall gefüllt. Flink sprang er aus dem Sattel und stürmte die Treppe hinauf.

Als er wenige Minuten später klopfte, war er vollkommen außer Atem.

»Didier, was ist los? Haben Sie unterwegs Ihrem Pferd hinterherlaufen müssen?«

345

Der Kutscher schüttelte den Kopf. »Nein, Madam. In der Stadt wurde ich von Manson abgefangen. Er hat mir diesen Umschlag gegeben.«

Helena erbleichte.

»Der Kerl hat wirklich Nerven!«, brummte Zane. »Was will er denn?«

Helena presste die Hand auf den Magen. Wenn das so weiterging, würde sie noch Geschwüre bekommen.

Dann erinnerte sie sich an Louises Entschlossenheit, mit der sie Helenas Bedenken wegen der Tauffeier ignoriert hatte.

Ich werde mich von dem widerlichen Kerl ebenfalls nicht einschüchtern lassen, dachte Helena, griff beherzt nach dem Brieföffner und schlitzte das Kuvert auf.

Ein leichter Zigarrenduft entströmte ihm. Mit zitternden Händen faltete sie das Schreiben auseinander und überflog den Text, bevor sie es mit einem empörten Schnaufen von sich warf. »Dieser Mann hat den Verstand verloren!«

»Droht er dir?«

»Nein, er macht mir ein Angebot für das Land hinter dem Weinberg. Er will mir zwanzigtausend Pfund zahlen!« Helena schob Zane das Angebot hin.

»Das ist eine Unverschämtheit«, murmelte er zornig, nachdem er es überflogen hatte. Das gesamte Land ist mindestens das Doppelte wert – abgesehen davon, dass du nicht vorhast, es zu verkaufen, oder?«

»Das werde ich auf keinen Fall tun! Soll er mir doch drohen! Meine Gesundheit ist besser als die meiner Schwiegermutter, und ich kann genauso starrköpfig sein.«

Zane schaute sie mit so unverhohlener Bewunderung an, dass Helena lächeln musste.

346

Helena schlug das Kalenderblatt um. Wie im Flug war der März vergangen. Das April-Blatt zeigte an, dass Ostern nahte. Zanes Schwester hatte diese Seite mit gelben Schleifen, Glanzbildern von Eiern und Hasen sowie einer grünen Borte mit Weidenkätzchen verziert.

Auf dem Gut gingen die Vorbereitungen zum Winterfestmachen des Weinbergs voran.

Ein Gespann fuhr auf den Hof.

»Wer ist das denn?«, fragte Helena, während sie sich vom Stuhl erhob. Ihr Puls schnellte in die Höhe. Fuhr Manson jetzt mit der Kutsche vor?

Dem Landauer entstieg ein Mann im schwarzen Anzug.

»Mister Reed gibt sich die Ehre«, sagte Pelegrin, der hinter Helena getreten war. Jetzt erkannte sie den Anwalt ebenfalls und beschloss, ihm entgegenzugehen.

An der Tür wurde der Besucher bereits von Sarah in Empfang genommen.

»Guten Tag, Mistress de Villiers, ich hoffe, ich komme nicht ungelegen.«

»Keineswegs, Mister Reed. Sie sind mir jederzeit willkommen.«

Helena streckte ihm die Hand entgegen, worauf er ihr einen Handkuss gab.

»Ich bin wegen des Testaments von Madame de Villiers hier«, eröffnete er ihr, während Sarah ihm Hut und Gehstock abnahm. »Da Sie wahrscheinlich sehr viel zu tun haben, dachte ich mir, dass ich Ihnen einen kurzen Besuch abstatte.«

Helena wurde mulmig zumute. »Gehen wir in Madames Arbeitszimmer, Mister Reed. Sarah, würdest du uns bitte Tee und Gebäck bringen?«

Das Dienstmädchen knickste und verschwand.

Als sie in das Arbeitszimmer traten, zog sich Pelegrin diskret zurück.

»Ihre Schwiegermutter hat bei mir schon vor einigen Jahren ein Testament hinterlegt, das rechtsgültig ist, sofern Sie nicht eine andere Verfügung gefunden haben.« Reed ließ sich auf dem Stuhl vor dem Schreibtisch nieder und öffnete seine Tasche. Der Umschlag, den er hervorzog, war leicht vergilbt.

Helena schüttelte den Kopf. »Bisher haben wir nichts gefunden. Ich habe die Unterlagen von Madame weitgehend gesichtet.« Ihre Unruhe verbergend, setzte sie sich ebenfalls.

Newman deutete auf den Brieföffner. »Darf ich?«

Während er den Umschlag öffnete, faltete Helena nervös die Hände.

Jonathan Reed räusperte sich, bevor er zu lesen anhob.

»*Heute, am 24. Mai 1908, lege ich, Louise de Villiers, im Vollbesitz meiner geistigen Kräfte folgenden Letzten Willen fest.*«

Zwei Jahre bevor Laurent Wahi-Koura verlassen hat, kam Helena in den Sinn. Louise hätte genug Zeit gehabt, ihn zu enterben.

»*Das Weingut Wahi-Koura und alle damit zusammenhängenden Vermögenswerte gehen nach meinem Tode in den Besitz meines Sohnes Laurent Michel de Villiers über. Mit der Annahme des Erbes verpflichte ich ihn zu einer Jahreszahlung von eintausend Pfund an den Wohltätigkeitsverein von Napier.*«

Reed ließ das Blatt sinken.

»Weitere Verwandte hatte meine Schwiegermutter nicht?«

»Nicht, dass ich wüsste. Soweit mit bekannt ist, hatte sie nur eine Schwester, die jedoch bereits im Kindesalter verstorben ist. Weitere Nachkommen von Monsieur Roland de Mareille sind ebenfalls nicht bekannt.« Er schob das Blatt über den Schreibtisch, damit Helena das Testament lesen konnte. »Das bedeutet, dass Sie als Erbin Ihres Gatten sowie Ihre Tochter die neuen Besitzer von Wahi-Koura sind.«

348

Mein Wunsch geht also in Erfüllung, dachte Helena bitter, während sie die wenigen Zeilen überflog. Ich habe wieder ein Weingut. Nur zu welchem Preis ...

»Nehmen Sie das Erbe an?«

Helena nickte. »Ja.«

»Gut, dann werde ich alle notwendigen Formalitäten in die Wege leiten.« Reed ließ das Papier wieder in seiner Tasche verschwinden. »Ich bin sicher, dass Wahi-Koura mit Ihnen eine hervorragende neue Herrin gefunden hat.«

13

Als der Tag der Totenfeier gekommen war, erhob sich Helena schon in aller Frühe. Obwohl niemand ihre Kleidung bemängeln würde, wählte sie zu Ehren von Louise das Trauerkleid aus, das diese ihr gegeben hatte. Da es ihr nach Lauras Geburt viel zu weit war, gürtete sie es in der Taille mit einem schwarzen Satinband. Dann trat sie an die Wiege ihrer Tochter.

»Eine kleine Maori-Prinzessin bist du, Ahurewa«, flüsterte sie, doch das Kind schlief selig weiter.

Anschließend ging sie in die Bibliothek, um den *manaia* zu holen. Ihr Gefühl sagte ihr, dass es gut wäre, den Anhänger mitzunehmen. Sie schlang das Lederband um ihr Handgelenk und knotete es fest.

»Du solltest jemanden mitnehmen, der auf euch aufpasst«, hatte Zane vorgeschlagen. »Didier vielleicht. Die Maori kennen und schätzen ihn.«

»Glaubst du, dass ich den Weg zum Aussichtspunkt nicht allein finde?«, hatte sie gefragt.

»Doch. Aber wer weiß, was Manson als Nächstes im Schilde führt.«

»Du hast doch die Wachen verstärkt. So schnell wird er es nicht wagen, noch mal anzugreifen.«

»Mir wäre es trotzdem lieber, wenn du dich begleiten ließest. Für alle Fälle.«

»Einverstanden.« Helena lächelte gerührt.

Zane hatte ihr auch ein Tuch besorgt, in dem sie die kleine Laura nach dem Vorbild der Maori-Frauen am Körper tragen konnte.

Gleich nach dem Mittagessen nahm Helena ihr Töchterchen behutsam aus der Wiege. Es schlug die Augen auf, schmiegte sich wie ein Kätzchen an seine Mutter und gluckste fröhlich.

Da es nicht einfach war, das Tuch umzulegen, rief Helena nach Abby, die ihr damit behilflich war.

Laura schien die Wärme ihrer Mutter zu genießen. Sie legte den Kopf auf Helenas Brust und schlief sofort wieder ein.

Didier wartete vor dem Haus bereits auf Helena. Dem Anlass entsprechend, hatte er sich schwarz gekleidet.

Auch Zane hatte sich eingefunden. »Versprich mir, vorsichtig zu sein!«, flüsterte er Helena zu, bevor er sich laut an den Kutscher wandte: »Dass Sie mir ja gut achtgeben auf Mistress de Villiers!«

»Keine Sorge, Mister Newman! Die Maori sind sehr friedliche Menschen. Außerdem war Madam doch schon bei ihnen.«

»Es geht mir nicht um die Maori«, entgegnete Newman. »Mittlerweile ist es Mansons Handlangern schon drei Mal gelungen, in den Weinberg einzudringen, obwohl wir Wachen aufgestellt haben. Haynes gehörte zu Manson, da bin ich mir sicher. Fragt sich jetzt nur, wer noch für ihn arbeitet und was als Nächstes passiert.«

Didiers Augen weiteten sich. »Sie glauben, wir haben einen Spion unter unseren Leuten?« Sein Ton war schroff geworden.

»Durchaus möglich.«

»Didier, ich freue mich sehr, dass Sie mich begleiten«, versicherte Helena, die schneller als Zane begriffen hatte, dass Didier sich verdächtigt fühlte.

»Es ist mir eine Ehre, Madam.« Didier deutete eine Verbeugung an und warf dem Kellermeister einen vernichtenden Blick zu.

Helena blickte Zane auffordernd an.

»Ich weiß, dass Mistress de Villiers bei Ihnen in guten Händen ist«, erklärte der bereitwillig und lächelte Didier freundlich an.

»Also dann, wollen wir?«, fragte Helena. »Auf Wiedersehen, Mister Newman. Und danke für Ihre Fürsorge!«

Didier nickte und ging voran.

»Was muss ich denn bei dem Totenfest beachten?«, fragte Helena, während sie den Weinberg durchschritten.

Didier war sichtlich geschmeichelt. »Die *tohunga* und der *ariki* werden Sie mit einem *hongi* begrüßen, dem sogenannten Nasenkuss. Dabei berühren sich Ihre Nasenspitzen als Zeichen des gegenseitigen Vertrauens. Zeigen Sie keine Furcht! Ihnen geschieht nichts.«

»Die Heilerin hat mir das Leben gerettet. Weshalb sollte ich mich vor ihr fürchten?«, sagte Helena lächelnd. »Wie geht es dann weiter?«

»Es werden verschiedene Gesänge und Tänze vollführt. Sie brauchen dabei nichts zu tun. Niemand erwartet, dass Sie als *pakeha* die Gesänge und Anbetungen kennen. Sie sollten die ganze Zeit über aufmerksam und vor allem furchtlos wirken. Beim *manawa wera haka* werden zwar keine Waffen gezeigt, trotzdem kann auch das Trauerritual einem Fremden leicht Angst einflößen. Aber die Maori würden einem Besucher, der in friedlicher Absicht zu ihnen kommt, niemals etwas antun.«

»Das hätte ich auch nicht anders erwartet.«

Als sie den Weg erreicht hatten, der zum Kultplatz führte, wehte ihnen eine frische Brise entgegen. Helena atmete tief ein. Es riecht nach Regen, dachte sie. Hoffentlich bekommen wir bald welchen, der Wein könnte es gebrauchen.

»Madam?«, sprach ihr Begleiter sie unvermittelt an.

»Ja, Didier?«

352

»Als Sie hier eintrafen, haben Sie mich doch nach meinen Eltern gefragt.«

»Und Sie haben geantwortet, dass sie nicht darüber sprechen möchten.«

»Sarah und ich waren über lange Zeit die Einzigen, die wussten, dass Madame Maori-Vorfahren hatte. Sie hatte uns darauf eingeschworen, es niemandem zu verraten, denn sie hatte deshalb immer wieder unter Repressalien zu leiden. Aus Angst, dass es uns ähnlich ergehen könnte, haben Sarah und ich nicht mehr in unserer Muttersprache miteinander gesprochen und auch niemandem von unserer Herkunft erzählt, auch wenn diese offensichtlich ist.«

»Halten Sie das, wie Sie möchten«, erklärte Helena. »Ich habe nichts dagegen, wenn Sie mit Sarah in Ihrer Muttersprache reden. Wenn ich ehrlich bin, würde ich Ihre Sprache sogar gern lernen, immerhin werde ich noch eine ganze Weile mit Maori zu tun haben.«

Didier sah sie überrascht an. »Das ist sehr freundlich von Ihnen.«

Sie gingen ein paar Schritte, dann sagte er unvermittelt: »*Ropata.*«

»Wie bitte?« Helena blickte sich um in der Annahme, dass ein Wächter aufgetaucht war.

»Das ist der Name, den meine Mutter mir gegeben hat«, erklärte Didier. Er bedeutet so viel wie ›strahlender Ruhm‹.«

»Ein sehr schöner Name«, sagte Helena. »Wie soll ich Sie nun nennen?«

»Didier ist mir schon ganz recht. Ich habe mich daran gewöhnt.«

Nachdem sie den Weinberg hinter sich gelassen hatten, gingen sie ein Stück durch den Busch und erklommen die Anhöhe. Außer Vogelgezwitscher und dem Rauschen der Bäume war nichts zu hören. Ob sie sich zu früh eingefunden hatten?

Erst als sie den Platz erreichten, zeigte sich, dass Helena bereits erwartet wurde. Der gesamte Stamm hatte sich bereits auf der Lichtung versammelt. Männer wie Frauen trugen dunkle Gewänder und Kränze aus Farnwedeln und Efeuranken auf dem Kopf. In den Händen hielten sie frische grüne Zweige.

Ein Schauder der Ehrfurcht erfasste Helena. Didier blieb respektvoll zurück, als sie sich den Wartenden näherte.

Aus der Menschenmenge schälten sich nun zwei Gestalten heraus. In der einen erkannte Helena die *tohunga*, die eine Halskette aus Perlen, Knochen und Federn trug. Sie hatte das graue Haar unter einem hohen schwarzen Zylinder verborgen.

Der junge Mann an ihrer Seite hätte ihr Enkel sein können. Jede seiner Bewegungen strotzte nur so vor Kraft. Sein Mantel schien auf den ersten Blick aus einem schwarzen Fell gefertigt zu sein, doch bei näherem Hinsehen fiel Helena auf, dass es zarte Federn waren, die in der sanften Brise wogten.

»*Haere mai*, Tochter und Enkeltochter von Huia«, grüßte die Heilerin und beugte sich vor. Als Helena ihr ein wenig entgegenkam, berührten sie einander an den Nasen, und Ahorangi zog sich wieder zurück.

Nachdem auch der Häuptling Helena auf diese Weise begrüßt hatte, bedeutete die Heilerin Helena, ihr zu folgen.

Vor dem Seepferdchen-Ornament machten sie Halt. Ahorangi murmelte einige Worte, hob die Hände zum Himmel und blickte nach oben. So verharrte sie einen Moment, bevor sie sich bückte und einen Farnkranz vom Boden aufhob. Diesen setzte sie Helena leise singend auf. Als die Heilerin verstummte, schüttelten die Umstehenden die Zweige in den Händen. Das Rascheln der Blätter übertönte das Raunen des Windes. Dann wurde alles still.

Helenas Schläfen pochten. Ihr gesamter Körper war angespannt. Was kommt jetzt?, fragte sie sich. Und welche Rolle soll ich spielen?

354

Nach einer Weile bedeutete die *tohunga* ihr, sich zu setzen. Als Helena sich im Gras niederließ, setzten sich auch die Maori.

»Eine Seele ist gegangen zu den Ahnen, eine Seele ist gekommen von den Ahnen«, sagte Ahorangi zunächst auf Englisch, bevor sie in ihrer Muttersprache weitersprach.

Die Maori murmelten eine Antwort. »Wir lassen ziehen die Seele von Huia, *tamahine* von Anahera, *tamahine* von Hauora, *tamahine* von Arapeta«, übersetzte die Heilerin.

Das muss Louises Ahnenreihe sein, dachte Helena beeindruckt, als weitere Namen folgten.

Als die Heilerin fertig war, raschelten die Maori wieder mit den Blättern.

Nun stimmte Ahorangi einen klagenden Gesang an, der Helena tief berührte. Nicht einmal die Trauerrede des Reverends hatte sie so ergriffen.

Als sich die Heilerin neben Helena niedergelassen hatte, erhoben sich aus den Reihen der Umstehenden einige junge Männer, deren Körper mit beeindruckenden Tätowierungen versehen waren. Es wirkte bedrohlich, als sie Aufstellung nahmen und in Kampfhaltung gingen.

Helena bemühte sich, ihre Unruhe im Zaum zu halten. Mir wird hier nichts passieren, sagte sie sich.

»*Ka mate!*«, rief einer der Männer, worauf die anderen im Chor antworteten. Diesen Ruf wiederholten sie noch zwei Mal, bevor sie mit einem furiosen Tanz begannen, bei dem sie grimmige Gesichter zogen und ihre Zungen weit herausstreckten.

Helena fröstelte. Unwillkürlich zog sie ihr Kind fester an sich, während die Stimmen der Männer über sie hinweghallten. Die Heilerin neben ihr verfolgte vollkommen ruhig das Ritual. Ob sie damit böse Geister vertreiben wollen?, fragte sich Helena. In den Aufzeichnungen von Captain Cook hatte nur etwas über Kriegstänze gestanden.

355

Als die Männer ihren Tanz beendet hatten, erhob sich die Heilerin wieder. Ein Mädchen brachte einen kunstvoll verzierten Holzkäfig, in dem zwei Tauben saßen. Ahorangi nahm eine nach der anderen heraus, flüsterte ihnen etwas auf Maori zu und ließ sie dann frei. Die Vögel schwangen sich in die Lüfte und verschwanden in den Baumkronen.

Was für ein schöner Brauch!, dachte Helena gerührt. Mögen sie auch meinen Dank für Louise mitnehmen.

Die beiden Männer schlichen vorsichtig durch das Unterholz. Fremdartige Gesänge erklangen in der Ferne. Sie hatten ihre Pferde abseits des Weges verborgen, damit die Frau und ihr Begleiter keinen Verdacht schöpften. Sie hier allein anzutreffen war ein Glücksfall, mit dem sie gar nicht gerechnet hatten. Seit Tagen hielten sie das Gut nun schon im Auge, um auf eine günstige Gelegenheit für ihren Plan zu lauern.

»Die Kleine ist noch hübscher, jetzt, wo sie ihren Balg hat«, sagte Nigel zu seinem Begleiter. »Vielleicht sollten wir noch ein wenig Spaß mit ihr haben, ehe wir sie Manson bringen.«

»Und uns von den Maori aufspießen lassen, oder was?« Der andere, der auf den Namen Burt hörte, versetzte ihm einen Stüber an den Hinterkopf. »Wenn wir sie haben, verschwinden wir sofort mit ihr. Manson wartet schon seit Tagen, und ich habe keine Lust, meinen Lohn zu riskieren.«

Nach einer Weile bedeutete er seinem Kumpanen, stehen zu bleiben. »Psst! Da ist ihr Bewacher!«

»Warum ist der nicht bei dem Fest? Der ist doch auch einer von denen.«

»Keine Ahnung. Jedenfalls wird es leichter, wenn wir ihn jetzt schon ausschalten.«

»Aber wenn sie . . .«

»Sei leise, oder willst du, dass er uns bemerkt!«

Augenblicklich verstummte der Mann. Auf ein Zeichen seines Kumpans pirschten sich die beiden näher an Didier heran, der wachsam den Weg musterte.

Aber es half ihm nichts. Aus dem Hinterhalt stürzten sich Masons Handlanger auf ihn. Der Kutscher wehrte sich zwar heftig, doch ein Schlag mit dem Revolverkolben gegen die Schläfe brachte ihn zum Taumeln. Burt versetzte ihm einen Faustschlag gegen das Kinn, worauf Didier ohnmächtig zu Boden sank.

Als Nigel nachsetzen wollte, hielt sein Kamerad ihn zurück.

»Halt! Wir dürfen hier keine Schweinerei machen, dann merkt die Kleine gleich, was los ist. Legen wir ihn ins Gebüsch.«

Die beiden packten den Bewusstlosen und zerrten ihn hinter einen Baumstamm. Dann suchten sie sich ein Versteck in der Nähe.

Als Helena sich von den Maori verabschiedet hatte, machte sie sich auf die Suche nach ihrem Begleiter. Ob er sich ein Stück zurückgezogen hatte, weil er einem anderen Stamm angehörte?

»Didier?«, rief sie, als sie sich ein Stück von den anderen entfernt hatte, aber er antwortete nicht.

Da ertönte ein Rascheln dicht neben ihr.

»Didier, da sind Sie ja...«

Ein Fremder! Eine Woge der Angst erfasste Helena, aber sie wirbelte geistesgegenwärtig herum und rannte in die Richtung, aus der sie gekommen war.

»Das würde ich an Ihrer Stelle nicht tun!«, zischte der Mann.

Ein Revolver klickte.

Helena blieb stehen. Sie war plötzlich wie gelähmt. Sie spürte, wie sich ihre Nackenhaare aufstellten.

»Und wagen Sie ja nicht zu schreien, sonst rutscht mein Finger ab!«

Sie zwang sich zur Ruhe und wandte sich langsam um. Noch ein Mann trat aus dem Busch. Das sind die beiden Kerle, die im Weinberg herumgeschlichen sind!, dachte Helena grimmig. Sie wollen dich nur einschüchtern, redete sie sich ein.

»Was wollen Sie?«

»Es gibt jemanden, der gern mit Ihnen reden würde.«

»Und warum bemüht Mister Manson sich nicht persönlich zu mir?«, fragte Helena frech, obwohl ihr das Herz bis zum Hals schlug.

Die Männer sahen einander überrascht an. Wahrscheinlich hatte Manson ihnen eingeschärft, seinen Namen nicht preiszugeben.

»Wir haben keine Zeit für Gerede!« Ein Mann packte sie am Arm und zerrte sie mit sich.

In der Hoffnung, dass Didier in der Nähe war, schrie Helena um Hilfe, doch sofort spürte sie den Revolverlauf im Rücken.

»Halt die Schnauze, sonst jag ich dir eine Kugel in den Leib!«

Ängstlich blickte sich Helena um. Von Didier war nichts zu sehen. Aber vielleicht hatten die Maori sie gehört?

Die Männer schleppten sie zu den Pferden, die sie im Busch versteckt hatten.

»Rauf da!«, herrschte der Kerl mit dem Revolver sie an.

Helena zögerte. Ob sie es wagen sollte wegzulaufen? Nein, sie durfte Lauras Leben nicht aufs Spiel setzen. Mit ihr würde sie ohnehin nicht weit kommen. Schon erwachte das Mädchen und begann zu weinen.

»Stopf dem Gör das Maul!«, brüllte der andere.

Helena verließ plötzlich der Mut. Die Angst um ihre Tochter überwältigte sie. »Sei still, meine Kleine!«, flüsterte sie und wiegte Laura sanft. Dabei starrte sie wie gebannt in die Richtung, aus der sie gekommen war. Irgendwer musste das Weinen doch gehört haben. Warum kam ihr bloß niemand zu Hilfe?

Als Laura sich wieder beruhigt hatte, zog der Bewaffnete ein Tuch aus der Tasche und knebelte Helena damit. Ihr blieb nun nichts anderes übrig, als auf das Pferd zu steigen. Er setzte sich hinter sie auf die Kruppe, während sein Begleiter sich auf das zweite Tier schwang.

»Bloß keinen Mucks, sonst schubse ich dich mitten im Galopp runter!«, raunte der Mann hinter Helena. Dann griff er nach den Zügeln und trieb das Pferd an.

Helena hatte Mühe, sich im Sattel zu halten. Sie war so verkrampft, dass Arme und Beine schmerzten. Die Nähe ihres Entführers war ihr unangenehm. Während er das Pferd einen steilen Pfad hinuntertrieb, hielt er ihre Taille mit einem Arm umschlungen, und sie spürte seinen warmen Atem im Nacken.

Wo bringen sie mich hin?, fragte sie sich bang, während sie Laura nicht aus den Augen ließ. Sie können doch so nicht mit mir durch die Stadt reiten.

Schnell wurde ihr klar, dass die Männer öffentliche Straßen und Wege mieden und stattdessen querfeldein durch die Wildnis ritten. Wenn die mir wirklich etwas antun, wird mich hier draußen niemand finden, dachte Helena verzweifelt. Als ihr jedoch Meeresluft entgegenströmte, schöpfte sie wieder Hoffnung. Vielleicht wollen sie doch in die Stadt, dachte sie.

Nach einer Weile tauchte Napier tatsächlich vor ihnen auf. Vielleicht kommen mir ja Passanten zu Hilfe, tröstete Helena sich. Manson will mich bestimmt lebend, sicher werden die Kerle mir nichts tun.

Enttäuscht musste sie allerdings feststellen, dass die Seitenstraßen, die die Männer wählten, nahezu menschenleer waren und sie plötzlich wieder die Mündung des Revolvers im Rücken spürte. Schließlich durchquerten sie das Tor zu einem Hinterhof. Das Gebäude, zu dem er gehörte, war ungewöhnlich hoch.

Ob Manson darin wohnte?

»Da wären wir. Sie sind wirklich ein braves Mädchen.« Nachdem der Mann abgestiegen war, half er Helena aus dem Sattel und zerrte sie am Arm zum Hintereingang. Auch sein Begleiter saß ab.

Zu ihrer Überraschung führten die Männer sie aber nicht in die oberen Räumlichkeiten, sondern zu einer Treppe, die in den Keller führte. Dort befreiten sie Helena von dem Knebel.

»Kein Wort, Schätzchen, sonst ergeht es dir und der Kleinen schlecht«, zischte der Bewaffnete.

Die Warnung war unnötig, denn vor Angst brachte Helena kein Wort heraus.

Als sein Kumpan sie die Stufen hinunterstieß, schaffte Helena es gerade noch, sich am Geländer festzuhalten.

»Na mach schon! Oder willst du die Treppe runterfliegen?«

Vorsichtig setzte Helena einen Fuß vor den anderen. Modergeruch strömte ihr entgegen. Ein finsteres Verlies!, fuhr ihr durch den Kopf, während die Angst sie beinahe wahnsinnig machte. Will Manson mich hier so lange verrotten lassen, bis ich in den Verkauf einwillige?

Schon hüllte Dunkelheit Helena ein. Eine Lampe schien es hier unten nicht zu geben.

»Manson wird sich gleich um Sie kümmern, nur Geduld.« Schon fiel die Tür ins Schloss, und Helena war mit ihrem Kind allein.

Laura klagte leise. Helena kniete sich hin, löste den Knoten des Tragetuchs und nahm ihre Tochter heraus. Dann ließ sie sich auf den Boden nieder und bettete die Kleine in ihren Schoß. »Sei ruhig, mein Schatz, alles wird gut!«, redete Helena sanft auf sie ein, obwohl ihr Herz vor Angst raste. »Wir werden hier rauskommen, das verspreche ich dir.«

Allmählich gewöhnten sich ihre Augen an die Umgebung. Ein schwacher Lichtschein drang durch die Ritzen der vernagelten Kellerfenster herein.

Wie soll Zane mich hier nur finden?, überlegte Helena verzweifelt, während sie ihr Kind wiegte, damit es nicht vor Angst zu weinen begann.

14

Als es dunkelte, sah Zane besorgt auf die Uhr. Viertel nach acht, und Helena und Didier waren immer noch nicht zurück. Dauerte das Maori-Ritual so lange?

Die Feier zum Aufgang der Plejaden konnte die ganze Nacht über dauern, aber Totenfeiern waren bestimmt auch bei den Maori zeitlich begrenzt.

Unruhe stieg in ihm auf. Sollte ihnen etwas zugestoßen sein?

Eigentlich war das unmöglich, denn Didier war kräftig und konnte sich gut verteidigen. Aber vielleicht war etwas anderes geschehen.

Rastlos wanderte er im Hof auf und ab. Schließlich hielt er es nicht mehr aus und lief zum Stall, um sein Pferd zu satteln. Er würde nachsehen, wo sie blieben.

Die Rufe der Nachtvögel begleiteten Zane, vermochten das Pochen seines Herzens aber nicht zu übertönen. Er drängte die finsteren Ahnungen zurück. Wahrscheinlich hat die Heilerin Helena noch zu einem Imbiss im Dorf eingeladen, redete er sich ein.

Plötzlich scheute sein Pferd. Auf dem Wegrand lag etwas. Zane beruhigte das Tier und saß ab.

Didier!

Vor Entsetzen stolperte Zanes Herz. Er kniete sich neben den Leblosen und drehte ihn vorsichtig um.

Blut klebte im Haar des Maori.

Jemand musste ihm einen Schlag auf den Kopf versetzt haben.

Doch der Kutscher atmete noch. Zane lockerte Didiers Halstuch und holte die Wasserflasche, die er immer am Sattel trug. Er zog sein Taschentuch hervor, befeuchtete es und fuhr Didier damit über das Gesicht.

»Didier, können Sie mich hören?«

Als Zane die Wangen des Ohnmächtigen tätschelte, stöhnte der Kutscher auf.

»Didier? Kommen Sie, alter Junge, wachen Sie auf!«

Nachdem Zane ihm die letzten Tropfen Wasser über die Stirn gegossen hatte, schlug der Kutscher die Augen auf.

»Was ist passiert?«, fragte er leise.

»Das wollte ich von Ihnen hören. Wo ist Helena?«

Entsetzt riss Didier die Augen auf.

Zane hinderte ihn daran, sich aufzusetzen.

»O mein Gott, ist sie nicht nach Hause gekommen?«

»Nein. Sie wäre sicher nicht ohne Sie gegangen.«

Didier starrte einen Moment ins Leere und versuchte erneut aufzustehen. »Jemand hat mir eins über den Schädel gezogen.«

»Haben Sie gesehen, wer das war?«

»Nein, es ging alles ziemlich schnell. Es hat hinter mir geraschelt, und da habe ich auch schon den Schlag gespürt.«

»Es ist ein Wunder, dass er Ihnen nicht den Schädel zertrümmert hat.« Newmans Magen krampfte sich zusammen. Wenn der Angreifer so mit Didier umgesprungen ist, was hat er dann nur mit Helena gemacht?, fragte er sich entsetzt.

»Bleiben Sie ganz ruhig liegen, ich komme gleich wieder. Ich will nach Helena suchen.«

Während er sich wieder auf sein Pferd schwang, wirbelten die schrecklichsten Gedanken durch Zanes Kopf. Was, wenn der Kerl Helena und Laura getötet hat? Oder hat er sie verschleppt und ihr was Schlimmes angetan? Allmählich dämmerte ihm, dass Manson hinter der Sache steckte und er Helena nicht finden würde.

Die Dunkelheit verfluchend, trieb er das Pferd dennoch weiter. »Helena?«

Sein Ruf echote durch den Busch und scheuchte die Vögel auf. Doch eine Antwort erhielt er nicht. Während er weiterritt, musterte er gründlich den Boden. Sie ist nicht tot, redete er sich ein. Ich würde es spüren. Vielleicht hat sie sich nur irgendwo versteckt.

»Helena!«

Auch dieser Ruf verhallte ohne eine Antwort.

Ich sollte meine Leute auf die Suche nach ihr schicken. Bestimmt hat Manson sie entführen lassen. Ein anderer Schuldiger wollte ihm nicht einfallen.

Er kehrte zu Didier zurück, der sich inzwischen aufgerappelt hatte.

»Kommen Sie!« Zane streckte ihm die Hand entgegen. Als Didier hinter ihm saß, ritt er zum Gut zurück.

Obwohl Helena sich fest vorgenommen hatte, wach zu bleiben, fielen ihr nach einer Weile die Augen zu.

Flackerndes Licht weckte sie.

Benommen tastete Helena neben sich, wo sie Laura auf das Tragetuch gebettet hatte.

Der Platz war leer. Von Panik erfasst, sprang sie auf. »Laura! Laura, wo bist du?«

»Ihre Tochter ist in Sicherheit.«

Mansons Stimme war so eisig, dass Helena beinahe das Blut in den Adern gefror.

»Wo ist mein Kind?« Vor Angst krampfte sich ihr Innerstes

364

zusammen. Warum habe ich nicht bemerkt, dass sie jemand weggeholt hat? Helena zitterte am ganzen Körper.

»Das sagte ich bereits: Es ist in Sicherheit. Und solange Sie Vernunft zeigen, wird ihm auch nichts geschehen.«

Erst jetzt bemerkte Helena, dass ein kleiner Tisch im Raum stand. Eine rußende Petroleumlampe beleuchtete ein Tintenfass und einige Bögen Papier.

»Was wollen Sie, Manson?« Helena versuchte, sich ihre Furcht nicht anmerken zu lassen.

»Das wissen Sie genau. Ich will das Land von Wahi-Koura.«

»Glauben Sie wirklich, dass ich es Ihnen unter diesen Umständen verkaufen werde?«

»Ich denke schon. Bestimmt wollen Sie Ihre Tochter wiederhaben. Das einzige Andenken an Ihren geliebten Gatten.«

Helena wurde so wütend, dass sie sich vergaß. Mit geballten Fäusten ging sie auf Manson los.

Aber der versetzte ihr geistesgegenwärtig einen so heftigen Stoß, dass sie nach hinten taumelte und sich nur mühsam auf den Beinen halten konnte.

»Eine schwache Frau will sich mit mir anlegen. Wie amüsant!«

»Dafür werden Sie bezahlen, Manson! Damit werden Sie nicht durchkommen.«

»Ich glaube schon.« Der Bankier schob ihr einen Stuhl zu. »Setzen Sie sich!«, bellte er. »Und wagen Sie ja nicht noch mal, mich anzugreifen, Madam! Ein zweites Mal bin ich nicht so nachsichtig.«

Während Helena ihn wütend anstarrte, ließ sie sich auf dem Stuhl nieder.

»Es tut mir aufrichtig leid, dass Sie für den Starrsinn Ihrer Schwiegermutter büßen müssen. Alles hätte so schön werden können, wenn sie mir das Land verkauft hätte.«

Mansons schmeichelnde Stimme widerte Helena an.

»Von diesem Land hat sie gelebt. Sie und all ihre Angestellten. Sie hätten es auch nicht verkauft, wenn Sie an ihrer Stelle gewesen wären«, rief sie empört.

Manson sah sie ungerührt an. »Ich bin kein Unmensch, Mistress de Villiers. Mein Angebot an Ihre Schwiegermutter umfasste doch nur das Hinterland. Wer will schon einen unwegsamen Hügel mit Weinstöcken!«

»Und warum haben Sie dann versucht, meiner Schwiegermutter das Geschäft zu verderben?«

»Weil Ihre Schwiegermutter so furchtbar stur war und nicht verkaufen wollte. Einen Flecken Erde, den sie nicht mal selbst genutzt hat!«

»Auf diesem Flecken Erde leben Maori! Es bestehen Verträge zwischen ihnen und den Weißen.«

Manson schnaubte verächtlich. »Was sind schon Verträge! Die meisten dieser Wilden können ja nicht mal lesen! Allerdings verstehe ich mittlerweile, warum Louise so besorgt um sie war. Sie gehörte ja selbst zu ihnen.«

Helena schnappte nach Luft. Woher wusste er das?

Hatte dieser falsche Pflücker etwa gelauscht?

»Also, Sie haben die Wahl: Unterzeichnen Sie zu meinen Bedingungen, bin ich gewillt, Ihnen den Hang mit dem Wein zu lassen, und Sie bleiben auch von den Abstinenzlern verschont. Stellen Sie sich ebenso stur wie Ihre Schwiegermutter, wird auf Wahi-Koura schon bald wieder Trauer herrschen, weil die neue Herrin und ihre Tochter bei einem bedauerlichen Unfall ums Leben gekommen sind. Herrenlos wie das Gut dann ist, wird es der Allgemeinheit zum Kauf angeboten ...«

Helena starrte Manson fassungslos an. Hatte sie richtig gehört? Hatte er ihr gerade ganz unverhohlen angedroht, sie zu ermorden? Allmählich sickerte diese Ungeheuerlichkeit in ihren Verstand, und Angst und Verzweiflung überwältigten sie.

Sie war verloren! Helena schlug die Hände vors Gesicht und brach in Schluchzen aus.

Auf Wahi-Koura vermisste man Helena mittlerweile. Abby, die Nanny, kam Zane entgegengelaufen, als er sein Pferd zum Stehen brachte.

»Wo ist Mistress de Villiers?«

»Entführt worden«, antwortete Newman knapp, während er absprang und Didier aus dem Sattel half. »Kümmern Sie sich um ihn! Ich reite in die Stadt.«

»Sie sollten ein paar Ihrer Leute mitnehmen!«, rief die junge Frau, doch Newman lehnte ab.

»Das ist meine Sache!«

Damit rannte er in sein Quartier. Leduc und Walker hatten den Tumult draußen mitbekommen.

»Was ist passiert?«, fragte der Franzose, worauf Newman ihm kurz die Lage schilderte.

»Wir kommen mit Ihnen!«, sagte er daraufhin.

»Nein, durchkämmen Sie mit unseren Leuten lieber die Gegend. Ich werde mich in der Stadt umsehen. Wenn Manson dahintersteckt, hat er sie sicher an einen Ort gebracht, an dem wir sie nicht so leicht finden können.«

Zane klopfte Leduc auf die Schulter und schwang sich wieder auf sein Pferd.

Als sei der Teufel hinter ihm her, trieb er das Tier den Hang hinunter und ein Stück am Flussufer entlang, bis er schließlich die Straße erreichte. Verzweiflung überkam ihn. Nur zwei Gedanken wirbelten wieder und wieder durch seinen Kopf: Ich hätte sie zum Trauerritual begleiten sollen. Ich hätte sie beschützen müssen.

Nach knapp einer Stunde erreichte er Napier. Hundegebell hallte durch die einsamen Straßen. Vorbei am Pub, dem einzigen Gebäude, das zu dieser späten Stunde noch voller Leben war, ritt Zane zu Mansons Wohnhaus.

Obwohl kein Licht in den Fenstern brannte, stürmte Zane die Treppe zum Eingang hinauf und klopfte wie ein Besessener gegen die Tür. Verdammter Mistkerl!, dachte er. Wenn ich dich in die Finger kriege, werde ich dir sämtliche Knochen brechen.

Doch alles blieb still.

Ich würde auch nicht öffnen, wenn ich eine Frau entführt hätte, dachte Zane grimmig und umrundete das Haus.

Im Stillen verfluchte er sich dafür, dass er so kopflos losgeritten war und nicht mal eine Waffe mitgenommen hatte. Ich Narr! Er könnte mich einfach so über den Haufen schießen. Ich hätte meine Leute zusammentrommeln und sein verdammtes Haus stürmen sollen. Aber ich habe keine Zeit, um mir Vorwürfe zu machen, sagte er sich. Ich muss mir etwas einfallen lassen. Vielleicht kann ich einen von Mansons Gehilfen überwältigen und ihm eine Waffe abnehmen.

Da die Tür zum Hof abgesperrt war, kletterte er kurzerhand über den Zaun. Auch der hintere Teil des Hauses war unbeleuchtet. Da die Hintertür ebenfalls abgeschlossen war, versuchte er es bei den Fenstern.

Er drückte gegen sämtliche Rahmen, zunächst erfolglos, aber dann entdeckte er ein Fenster, das leicht gekippt war.

Zane schob einen Arm durch den Spalt und suchte nach dem Griff.

Schweiß trat ihm auf die Stirn, und nach einer Weile wurden seine Fingerspitzen taub. Doch aufgeben würde er nicht. Das Fenster knackte, als Zane den Arm noch ein Stück weiter schob. Abblätternde Farbe schnitt ihm in die Haut. Die Zähne zusammenbeißend, tastete Zane auf der Innenseite des Rahmens nach unten und spürte schließlich Metall. Er drückte gegen den Griff, der plötzlich nachgab. Knarrend löste sich die

368

untere Verriegelung. Das Fenster schwang mit einem hässlichen Knacken zur Seite. Es hing nur noch an einem Scharnier.

Zane lauschte konzentriert, bevor er ins Haus einstieg. Er landete in einer Küche. Wohnte Mansons Köchin hier? Oder sein Hausdiener? Vorsichtig schlich Zane durch den Raum. Im Gang, der sich an die Küche anschloss, war alles still. Nichts deutete darauf hin, dass Helena hier war.

Lautlos tastete Zane sich vor. Er schlüpfte durch eine Tür, die offensichtlich in Mansons Arbeitszimmer führte. Auf dem Schreibtisch herrschte Chaos. Als Newman die Papiere, die von Mondschein beleuchtet wurden, überflog, entdeckte er einen Entwurf des Kaufangebots an Helena. Im Briefhalter steckte ein Umschlag, den ein gewisser H. R. Silverstone an Manson geschickt hatte.

Kein Hinweis darauf, wo Helena sein könnte. Als Newman die Treppe erklomm, ahnte er bereits, dass er sie hier nicht finden würde.

Die Bibliothek war ebenso verlassen wie das Schlafzimmer. Das Bett war gemacht. Wütend trat Newman gegen den Bettpfosten, dann eilte er wieder nach unten.

Zurück bei seinem Pferd, blickte Newman verzweifelt die Straße entlang. Wo sollte er Helena nur suchen? Wohin hatte dieser verdammte Mistkerl sie verschleppt? Zane dachte angestrengt nach. Und plötzlich fiel es ihm ein.

Helena starrte auf das Papier vor sich, mit dem Manson sie die Nacht über allein gelassen hatte. Wie mochte es Laura gehen? Sie musste allmählich Hunger haben. Die Angst um ihr Töchterchen nagte so an ihr, dass sie kaum einen klaren Gedanken fassen konnte. Obwohl sie kein Auge zugetan und die ganze Nacht gegrübelt hatte, war ihr nicht eingefallen, wie sie sich aus dieser misslichen Lage befreien könnte.

Die Fenster!, erinnerte sie sich. Vielleicht gelingt es mir, die Bretter zu lösen.

Helena griff nach der Petroleumlampe und schritt vorsichtig den Raum ab. Dabei horchte sie auf die Vorgänge vor der Tür. Zweifelsfrei wachten dort noch immer Mansons Handlager. Aber es war schon lange her, dass sie miteinander geredet hatten. Vor einem der Kellerfenster machte sie Halt und rüttelte an den Brettern. Sie waren so gut befestigt, dass die Bemühungen vergeblich waren. Auch beim zweiten Fenster hatte Helena kein Glück. Aber die Bretter des dritten Fensters bewegten sich immerhin ein wenig.

Ich brauche einen Hebel, dachte sie und sah sich suchend um.

Der Keller war bemerkenswert gut aufgeräumt. Nichts lag herum, alles war auf Regalen in Kisten verstaut. In einer Ecke neben einem der Regale fand Helena einen Besen. Während sie angestrengt lauschte, schob sie den Besenstiel in einen Spalt zwischen zwei Brettern.

»Komm schon!«, flüsterte sie, während sie versuchte, eines der Bretter loszuhebeln. Als ein leises Knacken ertönte, glaubte sie schon, es geschafft zu haben. Sie fasste den Besen etwas weiter hinten an und verstärkte die Bemühungen.

Da splitterte der Stiel.

»Nein!«, flüsterte Helena entsetzt. Alarmiert blickte sie sich zur Tür um. Hatten die Wächter das Geräusch gehört?

Als alles ruhig blieb, betrachtete sie die Bruchstelle des Besenstiels. Vor Verzweiflung schossen ihr Tränen in die Augen.

Ich werde es nicht schaffen!, dachte sie enttäuscht. Aber dann riss sie sich wieder zusammen. Weinen bringt dir nichts. Überleg dir etwas anderes!, befahl sie sich.

Nervös lief sie auf und ab. Die Sorge um ihre Tochter raubte ihr beinahe den Verstand, aber schließlich kam ihr eine Idee. Sie erklomm die Treppe und hämmerte gegen die Kellertür.

Der Mann, der ihr öffnete, musterte sie schamlos. »Na, Süße, hast du schon unterschrieben?«

»Noch nicht. Ich will erst zu meinem Kind.«

Der Wächter lachte. »Da hast du Pech gehabt. Erst die Unterschrift, dann dein Balg.«

»Es ist Stillzeit«, entgegnete Helena. »Sie wollen doch nicht, dass meine Tochter das ganze Haus zusammenschreit. Sie hat eine sehr gute Lunge.«

»Manson weiß schon, wie er ihr das Maul stopfen kann«, mischte sich der andere jetzt ein, der ebenfalls hinter der Tür gesessen hatte.

Obwohl sich Helenas Kehle zuschnürte, antwortete sie: »Wenn Manson meinem Kind etwas antut, unterschreibe ich diesen Wisch niemals. Also, was ist?«

Die Männer sahen einander ratlos an. Ist das ein Schimmer am Horizont? Helena versagte sich, das zu hoffen.

»Also gut, füttere deine Kleine!«, lenkte der erste Wächter ein. »Aber einer von uns kommt mit, damit du keine Dummheiten machst.«

Der zweite Wächter führte Helena einen muffig riechenden Gang entlang. Dielen knarrten unter ihren Schritten. Wo zum Teufel bin ich hier?

Hinter einer Glastür lag ein weitläufiger Raum mit hohen Fenstern. Das Mondlicht spiegelte sich in Glasscheiben, hinter denen sich offenbar Schalter befanden.

Die Schalterhalle der Bank! Manson hatte sie in der Bank eingesperrt. Helenas Herz tat einen kleinen Hüpfer. Wenn Zane nur lange genug nachdachte, würde er vielleicht darauf kommen.

Unwillkürlich war Helena stehen geblieben.

»Los, weiter!«, herrschte sie der Mann nun an und versetzte ihr einen Stoß, der sie vorantrieb.

Ihr Bewacher führte sie zu einer Tür im ersten Stock.

371

Ob Mansons Büro dahinterlag?

»Du hast zehn Minuten.« Der Mann riss die Tür auf und stieß Helena ins Zimmer.

Sie erblickte eine mit gestreiftem Stoff überzogene Sitzgruppe, eine Anrichte und ein mächtiges Bücherregal. Ihre Tochter entdeckte sie zunächst nicht. Erst als sie näher trat, entdeckte sie auf dem Sofa ein in eine graue Decke gehülltes Bündel.

»Denk dran, in zehn Minuten hole ich dich wieder ab«, schnarrte der Mann und warf die Tür hinter ihr zu.

Helena stürmte zu ihrem Kind und schlug die Decke zurück.

Laura schlief seelenruhig. Ihr kleiner Mund bewegte sich, als wolle sie sprechen. Ihre Hände waren zu Fäusten geballt.

Helena küsste sie, selig vor Erleichterung, und eilte zum Fenster.

Unmöglich, mit Laura hinauszuklettern! Sie musste sich etwas anderes einfallen lassen. Vorsichtig trug Helena das Kind zur Tür. Dort legte sie die Kleine ab und ließ den Blick durch den Raum schweifen. Neben dem Bücherregal entdeckte sie einen großen silbernen Kerzenleuchter. Zehn Minuten!, donnerte die Stimme des Wächters durch ihre Erinnerung, als sie zum Fenster eilte und es aufschob. Anschließend holte sie den schweren Leuchter und postierte sich damit neben der Tür.

Helena schlug das Herz bis zum Hals. Die Minuten dehnten sich ganz furchtbar, während sie angestrengt lauschte. Ob der Kerl eine Uhr hatte?

»He, Missy! Bist du fertig?«

Helena schloss die Augen und zwang sich zur Ruhe. Sie presste sich fest an die Wand und wartete.

»He, was ist mit dir, hat es dir die Sprache verschlagen?«

Die Tür wurde aufgestoßen, und der Wächter stürmte herein.

»Was zum Teufel ...«, murmelte er mit Blick auf die Gardine, die sich im Wind bauschte.

Als Helena seinen Rücken direkt vor sich hatte, löste sie sich von der Wand, hob den Kerzenleuchter und schlug ihn mit aller Kraft auf den Kopf des Mannes.

Der Wächter taumelte und stieß einen Fluch aus. Als er sich umdrehen wollte, schlug Helena erneut nach ihm. Diesmal traf der Leuchter ihn an der Stirn und hinterließ einen blutenden Riss. Stöhnend fiel der Mann zu Boden.

Helena betrachtete ihn fassungslos und ließ den Leuchter fallen.

Raus hier!, befahl ihr ihre innere Stimme.

Helena raffte Laura an sich, und das Mädchen schreckte auf.

»Still, meine Süße, wein jetzt bloß nicht!«

Auf Zehenspitzen huschte sie zur Treppe. Die Stufen knarrten leise unter ihrem Gewicht. Vielleicht hat Manson den Schlüssel zum Haupteingang stecken lassen.

Vorsichtig drückte sie die Klinke der Glastür herunter. Das Quietschen der Türangeln hallte durch den Schalterraum. Helena rannte geradewegs zur Tür.

Abgeschlossen. Kein Schlüssel im Schloss. Sie wich zurück und sah sich suchend um. Sie musste einen anderen Ausgang finden ...

»Wo wollen Sie denn hin, Mistress de Villiers?«

Helena wirbelte herum.

Manson stand mit dem Wächter, der an der Kellertür zurückgeblieben war, auf der Schwelle der Schalterhalle und musterte sie finster.

»Haben Sie das Papier bereits unterschrieben?«

Helena antwortete nicht. Ihr Geist arbeitete fieberhaft. Was konnte sie tun?

»Lassen Sie mich gehen!«, flehte sie schließlich.

»Erst wenn Sie das Papier unterschrieben haben.«

»Sie wissen genau, dass das Erpressung ist. Sie haben kein Recht, mich dazu zu zwingen.«

»Wer zwingt Sie denn?«, entgegnete Manson spöttisch. »Ich verlange nur einen Gefallen von Ihnen, sonst nichts.«

Im nächsten Augenblick polterte der zweite Wächter die Treppe hinunter. Er war blutüberströmt. »Verdammtes Weibsstück!«, knurrt er. »Ich dreh dir den Hals um.«

»Immer mit der Ruhe!« Manson trat ihm entgegen. »Wir brauchen diese Frau noch.«

»Sie hat mir 'nen Kerzenleuchter über den Schädel gezogen!«

Helena presste ihr Kind fester an sich.

Laura begann zu weinen.

»Das ist allein deine Schuld. Warum hast du nicht besser achtgegeben? Du hättest sie gar nicht erst aus dem Keller lassen dürfen.« Manson lächelte eisig.

»Ich habe Sie gewarnt, Gnädigste. Meine Geduld ist allmählich erschöpft. Ich fürchte, ich muss jetzt andere Saiten aufziehen.« Dann wandte er sich an den Wächter: »Nimm mal das Kind!«

Der Mann entriss Helena das Kind.

Sie schrie auf und klammerte sich an seinen Arm.

Aber der Wächter versetzte ihr einen derart kräftigen Stoß, dass sie zu Boden fiel.

Rasch rappelte sie sich wieder auf und rannte ihm nach. Aber da packte der zweite Wächter sie und drehte ihr brutal den Arm nach hinten.

Manson ging seelenruhig zu einem Holzkasten, in dem die Notaxt für Brandfälle aufbewahrt wurde. Er zog sie demonstrativ hervor.

Helena schrie, so laut sie konnte.

»Schaff sie wieder nach unten!«, bellte Manson.

374

Während der Wächter mit dem Kind zurückblieb, zerrte Helenas Bewacher sie zurück in den Keller.

Helena heulte und zitterte, während sie vergeblich versuchte, sich von ihm loszumachen.

Manson folgte ihnen mit der erhobenen Axt.

Auf der Treppe umklammerte Helena mit der freien Hand das Geländer und stemmte sich dem Wächter entgegen, doch der packte sie kurzerhand und trug sie nach unten.

»Manson, Sie haben den Verstand verloren!«, schrie Helena verzweifelt, als sein Handlanger sie vor dem Tisch abstellte. »Lassen Sie mich gehen!«

»Nein, meine Liebe, erst werden Sie diesen verdammten Vertrag unterzeichnen.«

Der Wächter umklammerte nun Helenas rechten Arm und bugsierte ihn trotz ihrer Gegenwehr auf den Tisch.

»Also, was wählen Sie?«, fragte Manson, während er mit der Axt neben sie trat. »Unterschreiben Sie, oder muss ich Ihnen die Hand abhacken?«

»Nein!«, brüllte Helena. »Ich unterschreibe niemals!«

In blinder Wut holte Manson aus.

Und es krachte markerschütternd.

Helena fuhr zusammen. Aber der Schmerz blieb aus.

Es krachte erneut. Lauter jetzt. Holz splitterte. Der eiserne Griff um ihren Arm löste sich.

Blind vor Tränen, taumelte Helena zur Seite.

»Werfen Sie die Axt weg, Manson!«, bellte jemand.

Revolver klickten.

Mit einem dumpfen Schlag fiel die Axt zu Boden.

»Ich verhafte Sie wegen Entführung von Mistress de Villiers und versuchten Mordes.«

Als die Constables hereinstürmten, um die Entführer und Manson in Gewahrsam zu nehmen, versagten Helena die Knie. Plötzlich war all ihre Energie dahin. Obwohl sie Halt an der

Wand suchte, sackte sie zusammen wie ein Blasebalg, dem die Luft ausgegangen war.

Da spürte sie eine zärtliche Berührung an der Hand. Zane. Er war vor ihr auf die Knie gegangen. Seine Züge wirkten abgespannt, doch seine Augen leuchteten.

»Mein Liebling!«, sagte er und zog sie überglücklich in die Arme. »Du ahnst ja nicht, welche Angst ich um dich hatte.«

»O Zane, ich dachte schon, ich würde dich nie wiedersehen.« Helena sank in seine Arme, schreckte aber sofort auf und machte sich frei. »Laura!«, rief sie. »Habt ihr Laura schon gefunden?«

Als Zane den Kopf schüttelte, rappelte sich Helena auf. Ihre Knie waren butterweich, und ihre Arme zitterten, aber das hinderte sie nicht daran, in den ersten Stock zu stürmen. Lieber Gott, mach, dass Manson sie verschont hat!, flehte sie, blind für ihre Umgebung. Sie merkte nicht, dass Zane dicht hinter ihr blieb. Sie stürzte durch die Tür, stolperte und fiel auf den Teppich. Ein leises Glucksen ertönte.

Sie lebt!, dachte Helena erleichtert und setzte sich auf. Schwer atmend saß sie da, bis Zane ihr aufhalf.

Laura lag wieder auf dem Sofa. Als sie ihre Mutter sah, machte sie große Augen und lächelte.

»Mein süßer Schatz!« Vor Glück aufschluchzend, nahm Helena ihr Kind in die Arme, drückte es an die Brust und küsste es zärtlich. »Ich dachte schon, ich hätte dich verloren.«

Helena stand mit Laura und Zane hinter einem der hohen Fenster und beobachtete, wie Manson und seine Handlanger abgeführt wurden. Einige Schaulustige hatten sich vor der Bank eingefunden.

Helena hob die Hand und streichelte sanft über Zanes stoppelige Wange. »Woher wusstest du eigentlich, dass Manson mich in die Bank bringen würde?«

376

Zane küsste lächelnd ihre Schläfe. »Ich habe zunächst in seinem Haus nachgesehen. Als du dort nicht warst, fiel mir die Bank ein. Manson hat die Schlüssel und ist hier über Nacht ungestört.«

»Du bist in sein Haus eingestiegen?«

Newman grinste. »Um euch beide zu retten, hätte ich ohne weiteres noch ganz andere Sachen getan.«

»Offenbar hast du auch das Talent zum Detektiv.«

»Ich hatte eine starke Motivation, das ist alles.« Sanft zog er sie an sich und küsste sie. »Ich liebe dich, Helena. Und bin so froh, dass ich euch beide heil wiederhabe. Als ich Didier bewusstlos am Wegrand fand und dich nicht finden konnte, wäre ich beinahe verrückt geworden.«

Helena lächelte dankbar und sah ihn nur zärtlich an. Sie fühlte sich plötzlich zu erschöpft, um etwas zu sagen.

Zane legte den Arm um ihre Schulter. »Lass uns nach Hause reiten. Für heute hattet ihr beide genug Aufregung.«

EPILOG

Helena blickte vom Aussichtsplatz auf den Weinberg hinunter. Der Herbst hatte den Rebstöcken das Laub genommen. Kahl und trostlos säumten sie die schwarze Wunde, die das Feuer in ihrer Mitte gerissen hatte. Dennoch bot der Hang einen imposanten Eindruck.

In Deutschland ist jetzt Sommer, dachte Helena, während sie mit dem Daumen zärtlich über ihr goldenes Medaillon strich. Die Weinberge sind grün, und die Winzer kontrollieren die Dichte der Reben. »Es ist viel passiert, seit ich meine Heimat verlassen habe, Laurent«, flüsterte sie. »Aber ich weiß jetzt, dass ich auch in deiner Heimat glücklich sein kann. Ich werde das Werk deiner Mutter fortsetzen und das Erbe unserer kleinen Laura hegen und pflegen, *chéri*. Ich werde ihr von ihrem Vater erzählen, der den Himmel erobert hat. Denn du bist für immer in meinem Herzen, auch wenn ich mich in Zane verliebt habe.«

Sie schob den Anhänger wieder unter ihr Kleid und zog den Brief aus Deutschland hervor, der heute eingetroffen war. Ein Anflug von Heimweh überfiel sie, als sie die Briefmarke sah. Dann öffnete sie den Umschlag und begann zu lesen:

Sehr geehrte Frau de Villiers,
die ganze Zeit über habe ich mich gefragt, wie es Ihnen wohl in Ihrer neuen Heimat ergeht. Zu hören, dass Sie gesund sind

und eine Tochter entbunden haben, hat mich mit so großer Freude erfüllt, dass ich sofort zum Grab meiner geliebten Agnes gehen und ihr davon erzählen musste. Ich habe Martha und einige andere ehemalige Bedienstete von Gut Lilienstein benachrichtigt, und sie alle lassen Ihnen die besten Segenswünsche zukommen.

Mittlerweile arbeite ich auf einem Weingut im Badischen. Auch hier wütet die Reblaus, aber mein Dienstherr hat Freunde in Amerika, die gerade ein neues Verfahren zur Immunisierung von Rebstöcken erproben. Sie pfropfen Triebe unserer anfälligen Sorten auf die Basis von einheimischen Stöcken, die offensichtlich gegen die Wurzelreblaus immun sind. Zunächst war ich skeptisch, aber der Erfolg gibt ihnen Recht. Die Schädlinge machen einen großen Bogen um diese Stöcke. Ich bin zuversichtlich, dass uns auf diese Weise die bewährten alten Sorten erhalten bleiben. Und wer weiß, vielleicht wird Gut Lilienstein eines Tages von neuem erblühen.

Meine liebe Frau de Villiers, ich schließe diesen Brief in der Hoffnung, bald wieder von Ihnen zu hören. Bis dahin wünsche ich Ihnen und Ihrer Tochter alles erdenklich Gute,

Ihr ergebener Ludwig Bergau

Tief bewegt faltete Helena den Brief wieder zusammen. Es rührte sie, dass Bergau an sie gedacht hatte. Und die Nachricht, dass Rettung für die deutschen Weinsorten möglich war, erfüllte sie mit Freude.

»Hier bist du!« Zane schloss Helena in die Arme und küsste sie.

In den vergangenen Wochen war ihre Beziehung noch inniger geworden. Mittlerweile konnte Helena sich ein Leben ohne ihn nicht mehr vorstellen.

»Ich dachte schon, du wärst mir wieder verloren gegangen.«

»Ich brauchte einen Moment zum Nachdenken.«

»Worüber?«

»Über den Weinberg. Und über uns.«

»Zu welchem Ergebnis bist du gekommen?«

»Wir werden die kahle Stelle wieder bepflanzen. Mit neuen Rebsorten aus Amerika.«

Zane zog verwundert die Augenbrauen hoch, worauf Helena ihm Bergaus Brief zeigte und ihm erklärte, was darin stand.

»Eine gute Lösung für die europäischen Winzer. Doch warum sollten wir diese Rebsorten pflanzen?«

»Weil ich glaube, dass die Zeit für etwas Neues auf Wahi-Koura gekommen ist. Wir könnten zum Beispiel Rotwein anbauen. Der Boden ist dafür geeignet.«

»Du bist der Boss. Außerdem halte ich Rotwein für eine gute Idee. Er würde unser Sortiment perfekt ergänzen.«

Hätte ich einen besseren Mann finden können als ihn?, dachte Helena glücklich. »Ich werde in der kommenden Woche Kontakt mit Winzern aus Amerika herstellen. Vielleicht sind sie gewillt, mir einige Hölzer zu verkaufen. Und was uns angeht ...« Helena schlang die Arme um seine Taille.

»Ja?«

Helena strich mit ernster Miene über seine Brust. »Laurent wird ewig in meinem Herzen eingeschlossen sein. Aber dieses Herz gehört jetzt dir. Wenn du es willst.«

»Und ob ich es will! Ich liebe dich, Helena de Villiers!« Er küsste sie noch inniger als zuvor, bevor er mit ernster Miene sagte: »Jetzt solltest du aber besser mitkommen. Es gibt da etwas, was du dir ansehen musst.«

Helena zog verwundert die Augenbrauen hoch. »Worum geht es denn?«

»Das wirst du gleich sehen.«

Während sie den Weg hinuntereilten, fielen Helena alle möglichen Szenarien ein. Eine neue »Vogelscheuche«, protestierende Abstinenzler, schadhafte Fässer oder die defekte Presse…

Erleichtert stellte sie fest, dass weder Protestierende vor der Tür standen, noch Aufregung unter ihren Leuten herrschte.

Was mochte es nur sein?

Zane ließ ihr an der Tür den Vortritt, dann sagte er: »In deinem Salon.«

Unterwegs trafen sie auf Sarah, die verschmitzt lächelte, bevor sie davonhuschte. Eine Ahnung überkam Helena. Ist es möglich, dass…

Sie öffnete die Tür und hielt überrascht inne. Der gesamte Raum war mit Blumen geschmückt. Und auf der Kommode standen ein Strauß roter Rosen und eine kleine Torte.

»Alles Gute zum Geburtstag, Liebling!«, sagte Zane, zog ein dunkelgrünes Samtschächtelchen hervor und öffnete den Deckel.

Zwei Ohrringe blitzten auf. Sie hatten die Form von Weinblättern und waren mit Perlen geschmückt.

»Aber woher wusstest du…«

»Nicht dass du denkst, ich hätte geschnüffelt. Ich habe dein Geburtsdatum zufällig auf den Erbschaftspapieren gesehen, als ich vor Wochen bei dir im Arbeitszimmer war. Du hattest sie zuoberst liegen. Da dachte ich mir, ich überrasche dich.«

»Das ist dir gelungen.« Freudentränen schossen Helena in die Augen, als sie Zane um den Hals fiel und ihn leidenschaftlich küsste. »Ich danke dir, meine geliebter Zane!«